DONGSUH MYSTERY BOOKS 62

THE CANARY MURDER CASE

카나리아살인사건

반 다인/안동민 옮김

동서문화사

옮긴이 안동민(安東民)

경기고등학교, 서울대학교 국문학과 졸업. 1951년 경향신문에 장편소설
《성화》당선. 소설집에 《어느날의 아담》《노스트라무스의 유서》《연옥기》
《안동민 전작집》등과 평론 《공상과학소설의 마법》이 있다.

DONGSUH MYSTERY BOOKS 62
카나리아살인사건
반 다인 지음/안동민 옮김
초판 발행/1977년 12월 1일
중판 발행/2003년 5월 1일
발행인 고정일/발행처 동서문화사
창업 1956. 12. 12. 등록 16-345(윤)
서울강남구신사동540-22 ☎546-0331~6 (FAX) 545-0331
www.epascal.co.kr

＊

편찬·필름·제작 일체 「동판」 자본으로 이루어짐에 따라
출판권 소유권자 「동판」에서 제조출판판매 세무일체를 전담합니다.
사업자등록번호 211-90-02201
ISBN 89-497-0147-2 04840
ISBN 89-497-0081-6 (세트)

카나리아살인사건

차례

겉으로 드러난 모습은 흔히 잘못 보여지기 쉽다.
지혜로운 사람만이 마음 밑바닥에 신중히 숨겨져
있는 것을 꿰뚫어 본다.
페들스

등장인물

마거리트 오델(카나리아) 브로드웨이의 아름다운 무희. 전직 여배우

찰즈 클리버 도락가

케니스 스포츠우드 제조업자

루이스 매닉스 모피수입상

앰블로이즈 린드퀴스트 정신과의사

토니 스킬 상습 절도범

앨리스 라 포스 여배우

에이미 깁슨 하녀

윌리엄 엘머 제섭 ⎫
                        ⎬ 전화교환원
해리 스파이블리 ⎭

윌리엄 M. 모런 뉴욕 경찰국 형사과 과장. 총경

어니스트 히스 살인과 형사부장

존 F.X. 매컴 뉴욕 지방검사

반 다인 나. 번스의 고문변호사이며 친구

파이로 번스 미술 애호가. 아마추어 탐정

윌리엄 알렌 도박사

머리글

나는 오랜 세월 동안 파이로 번스의 고문변호사로서 늘 행동을 같이하는 벗이었다. 이 기간은 번스의 가장 친한 친구 존 F.X. 매컴이 뉴욕 지방검사를 지낸 4년 동안에 해당된다.

젊은 변호사로서 나는 도저히 누리기 힘든 가장 놀랄 만한 범죄 사건들에 직접 맞닥뜨리는 특권을 가지게 되었다. 사실 그 기간 동안 내가 참여한 어둡고 끔찍하며 극적인 사건은 미국 경찰사상 가장 두드러진 비밀기록이었다고 할 수 있다.

이들 극적인 사건에서 번스는 늘 중심역할을 했다. 그는 내가 아는 한 이때까지 범죄활동에 한 번도 적용된 적이 없는 분석적이고 해석적인 방법에 의해 경찰과 지방검사국이 모두 단념하고 있던 많은 중대한 범죄를 해결하는 데 크게 성공했다.

나는 번스와의 특별한 관계 덕분에 그가 손댄 모든 사건에 참여하게 되었을 뿐 아니라, 번스와 지방검사 사이의 사건에 관한 비공식 토론에도 거의 자리를 같이했다.

나는 본디 꼼꼼한 성격이므로 사건에 관한 완전한 기록을 해두었다. 내가 자료수집과 메모라는 그리 쓸모 있을 듯싶지 않은 일을 해 둔 것은 참으로 다행한 일이었다. 지금 사정이 바뀌어 이런 사건들을 널리 알리게 된 단계에 이르고 보니 모든 자세한 점, 여러 가지 측면적인 사정, 사건의 경과 등을 모두 다 제공할 수 있게 되었기 때문이다.

다른 책——《벤슨 살인사건》——에서 나는 번스가 어째서 범죄수사에 관여하게 되었는지를 설명했으며, 동시에 그 풀기 어려웠던 앨빈 벤슨 살인사건을 해결하는 데 있어 번스가 취한 범죄탐지의 독특하고 분석적인 방법을 설명한 바 있다.

이번 이야기는 '카나리아' 살인으로 알려진 'cause célébre(유명한 재판사건)——마거리트 오델의 잔학한 살인사건'을 번스가 어떻게 해결했느냐에 관한 것이다.

이 범죄사건은 그 기묘하고 대담무쌍하며 언뜻 보기에 도저히 해결하기 어려웠던 점 등으로 뉴욕 경찰사상 가장 특이하고도 놀라운 사건 가운데 하나로 여겨지며, 이것을 해결하는 데 파이로 번스가 참여하지 않았다면 이 나라에서 미궁에 빠진 최대 사건의 하나로 남았으리라고 나는 믿는다.

S.S. 반 다인

카나리아

센터 거리의 경찰본부 건물 3층에 있는 뉴욕 경찰국 형사부 살인과 사무실에 커다란 강철제 서류 보관함이 있고 그 속에 같은 빛깔인 몇만 장의 카드에 섞여 작은 녹색 카드가 한 장 있는데, 그 카드에는 '마거리트 오델, 서71블록 184번지. 9월 10일. 살인. 오후 11시쯤 교살. 방 안이 마구 어질러지고 보석류를 도둑맞음. 시체는 하녀 에이미 깁슨에 의해 발견됨'이라고 쓰여져 있다.

이렇듯 평범한 몇 마디 말로 이 나라 경찰사상 가장 놀라운 범죄 가운데 하나가 아무런 꾸밈도 없이 기록되어 있다. 이 범죄는 모순투성이고 애매모호하며 교묘하기 짝이 없어, 경찰과 지방검사국의 가장 뛰어난 두뇌를 동원시켰는데도 며칠이 지나도록 어디부터 손대야 할지 도무지 알 수 없을 정도였다. 어느 방향으로 수사의 선을 잡든 마거리트 오델이 죽음당할 까닭이 있을 리 없다는 결론에 이른 것이었다. 그러나 비단을 씌운 거실의 커다란 침대 겸용 긴의자 위에 쓰러진 여자의 교살시체는 그 괴상한 결론이 거짓임을 가리키고 있었다.

이 범죄의 진상은 암흑과 혼돈의 우울한 한때를 거쳐 마침내 겨우 밝은 곳으로 나와, 인간의 알 수 없는 본성이 지니는 기묘하고 추악한 온갖 속성과 어두운 마음 밑바닥이며 미칠 듯한 비극적인 절망에 의해 닳고 닳은 인간정신의 기분 나쁜 교활성을 드러냈다. 그리고 또한 그 본질과 구성에는 저 불행한 에스텔 반 고르세크[*1]에 대한 누팅겐 남작의 터무니없는 연애와, 불행한 토르피유의 비극적인 죽음을 다룬 《인간희극》의 박진감 넘치는 극적 장면에 못지않은 낭만적이고 매력적인 정열의 멜로드라마 한 토막이 숨겨져 있음이 밝혀졌다.

마거리트 오델은 브로드웨이의 방종한 demi-monde(화류계 사회)가 낳은 산물로——순간적 환락의 야하고 요염한 로맨스의 화려한 전형적인 존재였다. 그녀는 죽기 전 2년 가까이 동안 뉴욕의 밤생활에서 많은 사람의 눈길을 끌었으며 어떤 뜻에서는 가장 인기 있는 사람이었다.

우리들 할아버지 시대였다면 '거리의 소문난 예쁜 아가씨'라는 좀 달갑지 않은 이름이 주어졌을 테지만, 오늘날에는 이런 부류에 끼어들고 싶어 하는 후보자가 너무나 많고 우리들 카페 생활의 이른바 '매미 족' 속에는 지나치게 많은 파벌과 심한 경쟁이 있으므로, 수많은 라이벌 가운데에서 그런 식으로 단 한 사람을 골라낼 수는 없다. 그러나 전문적 또는 비전문적 선전원들이 야단스럽게 떠들어대는 인기 있는 사람들 가운데, 마거리트는 그 조그만 세계에서 의심할 여지 없는 명성을 떨치고 있었다.

그녀가 유명해진 까닭 가운데 하나는 그 정체를 알 수 없는 한 사람인가 두 사람의 유력자와 벌인 전설적인 정사(情事) 소문이 유럽에서 밀려오는 파도를 타고 들어와 퍼졌기 때문이다. 그녀는 '브르타뉴 태생의 하녀'——그 내막은 신비의 구름에 싸여 있지만 대중적인 이 뮤지컬 코미디로 그녀는 이름없는 여배우에서 단숨에 '스타'가 되었다——에서 첫 성공을 거둔 다음 2년쯤 해외에서 살았다. 그리고 마음 내키는 대로 짓궂은 상상을 해 본다면, 그녀가 없는 동안을 이용하여 그녀의 선전원이 그 도색행각을 마구 퍼뜨렸다고 할 수도 있으리라.

그녀의 용모는 그런 좀 미심쩍은 소문으로 떨쳐진 그녀의 명성을 유지시켜 주는 데 힘이 되었다. 억세 보이고 좀 야하지만 아름다운 것만은 사실이었다. 나는 어느 날 밤 그녀가 앤틀러스 클럽[(1)]——경영자는 악명 높은 레드 레건으로, 자정이 지난 뒤 환락을 찾는 사람들이 모이는 곳으로 유명했다——에서 춤추는 모습을 본 적이 있다. 그때 나는 그녀가 타산적이고 욕심 많아 보이는 용모에도 불구하고 뛰어나게 아름답다는 인상을 받았다. 보통 키에 날씬한 몸매로 암사자 같은 우아함을 지녔다. 좀 도도해 보이는 태도는 거만스럽게 여겨지기조차 했다. 아마도 그 소문난 지체 높은 유럽 신사와의 교제 때문이리라. 전통적인 바람기 있는 여자의 통통한 빨간 입술에 로제티의《축복받은 소녀》같은 시원스러운 몽구스[*2] 눈을 하고 있었다.

그 얼굴에는 어느 시대의 화가든 영원한 막달라 마리아를 그리려고 할 때 반드시 표현하는 관능적인 유혹과 정신적인 투시력이 기묘하게 합치된 게 있었다. 그 얼굴은 남자의 정열을 지배하고 그 정신을 정복하여 무모한 행동으로 치닫게 하는 형(型)이었다.

마거리트 오델은 여자들이 저마다 갖가지 새로 분장하고 나오는 '폴리즈'[*3] 극장의 화려한 발레극에서 맡은 역할 때문에 카나리아라는 별명을 받았다. 그녀는 카나리아로 분장하고 나왔던 것이다. 하양과 노랑 새틴 의상은 눈부시게 빛나는 금발이며 핑크빛 감도는 새하얀 살결과 어우러져 관객의 눈에 뛰어나게 매력적인 여자로 비쳤다. 2주일도 채 안 되어——신문기사는 크게 칭찬하고 관객들은 온통 그녀에게 박수갈채를 퍼부어——'새의 발레'는 '카나리아의 발레'로 이름이 바뀌었다.

그리하여 오델 양은 première danseuse(주연무희)가 되었으며, 그녀의 매력과 재능을 특별히 나타내보이기 위해 그녀 혼자 추는 월츠와 노래가 프로에 끼워졌다[2].

그녀는 그 시즌이 끝나자 '폴리즈'를 나왔다. 그리고 그 뒤 브로드웨이의 밤생활 환락경에서 화려한 생활을 보내는 동안 사람들은 정답게 카나리아라고 불렀다. 그리하여 그녀가 자기 아파트에서 무참하게도 교살된 시체로 발견되었을 때 사건은 눈 깜짝할 사이 온 세상에 알려졌으며 그 뒤 그것은 카나리아 살인사건이라고 불리게 되었다.

내가 카나리아 살인사건 수사에 관여한 것은——정말은 보스웰 풍의 입회인 역할을 했지만——생애에서 가장 잊을 수 없는 경험 가운데 하나였다. 마거리트 오델이 살해되었을 때 존 F.X. 매컴은 지난해 1월부터 뉴욕 지방검사 직책을 맡고 있었다.

그는 지방검사로 일한 4년 동안 범죄수사관으로서 굉장한 성공을 거두었는데, 그 뛰어난 업적을 새삼스럽게 늘어놓을 필요는 없을 것이다. 그러나 그는 언제나 자기에게로만 쏠리는 칭찬에 대해 몹시 씁쓰레하게 생각했다. 그는 아주 정직한 사람이어서 완전히 자기 힘만으로 얻은 것이 아닌 업적으로 이름을 떨치는 일은 어쩐지 뒷맛이 좋지 않았던 것이다.

진상을 밝히면 매컴은 그 유명한 범죄 사건들에서 대부분 조연 역할을 했을 따름이었다. 그 사건을 실제로 해결한 공적은 그 무렵 이름을 밝히기 싫어한 매컴의 가장 친한 친구에게로 돌아가야 마땅했던 것이다.

그 사람은 사교계의 젊은 귀족으로, 이름을 밝힐 수 없으므로 파이로 번스라고 부르기로 한다.

번스는 갖가지 놀라운 천분과 능력을 지니고 있었다. 그는 규모가 작으나마 미술 수집가였으며 뛰어난 피아니스트인 데다 미학과 심리학에 조예 깊은 학도였다. 미국사람이었지만 대부분의 교육을 유럽에서 받았으므로 그의 말투에는 영국적인 액센트와 억양이 얼마쯤 남아 있었다. 그에게는 독립된 풍부한 수입이 있었으며, 집안 체면상 치러야 할 사교적인 의무를 위해 꽤 많은 시간을 소비하고 있었으나 게으름쟁이도 아니고 호사가도 아니었다.

그는 빈정거리는 듯한 초연한 태도를 지녔으므로 만나는 사람들은 그가 잘난 체한다고 여겼다. 그러나 나처럼 번스를 잘 아는 사람은 겉으로 나타나는 태도 뒤에 숨은 그의 참된 인품을 엿볼 수 있었다. 그러므로 나는 번스의 그런 태도는 잘난 체하기 위해서가 아니라 그의 민감한 성격과 고독한 본성에서 본능적으로 생겨난 것임을 알고 있었다.

번스는 35살로 차갑고 조각적인 용모가 훌륭하고 인상적이었다. 갸름한 얼굴은 표정이 풍부했으나 어쩐지 엄격하고 냉소적인 기색이 깃들어 있어 친구들 사이에 울타리를 치는 근원이 되었다. 그는 감정의 지배를 받지 않는 사람이라 할 수는 없었지만, 그 감정은 주로 지적인 것이었다. 금욕적이라고 곧잘 비난받곤 했으나 나는 미학이나 심리학 문제에 이따금 그가 정열을 쏟는 것을 보았다.

그러나 그는 세상사와는 일체 멀리 떠나온 듯한 인상을 풍겼는데, 사실 정열도 없는 비인격적인 연극을 바라보는 관객처럼 차가운 눈빛으로 인생을 내려다 보면서 모든 일들이 부질없음을 소리없이 비웃고 있었다. 한편 지식에 대해서는 욕심이 많아 그의 시야에 들어오는 인간 희극의 아무리 하찮은 점이라도 그의 눈길에서 벗어나지 못했다.

번스가 비공식적으로 매컴의 범죄수사에 적극 관계하게 된 것은 결국 이 지적 탐구심 때문이었다.

나는 번스가 이른바 amicus curiae(법정 조언자)로서 참여한 온갖 사건의 거의 완전한 기록을 보존하고 있으나 그것을 공표할 특권을 가질 수 있으리라고는 전혀 생각지 않았었다. 그러나 매컴은 모두들 알다시피 다음 선거에서 수습할 길 없는 투표율 때문에 패배하여 정치계에서 물러났다. 그리고 지난해 번스는 미국으로 돌아오지 않을 생각이라는 말을 남기고 외국에 가서 살게 되었다. 그 결과 나는 그 두 사람으로부터 내가 기록해 두었던 것을 모두 발표해도 좋다는 허락을 받았다. 번스는 다만 이름을 밝혀서는 안 된다는 조건을 붙였을 뿐 그밖에는 아무 제한도 두지 않았다.

나는 다른 책(3)에서 번스가 범죄수사에 손대게 된 특수한 사정을 이미 설명했으며, 그대로 넘어가기에는 너무나 모순이 많은 증거들을 앞에 두고 번스가 도저히 이해하기 어려운 앨빈 벤슨 살인사건을 어떻게 해결했는지 이야기했었다. 이 책에서 다루는 마거리트 오델 살인사건은 같은 해 가을 첫 무렵에 일어났으며 모두들 기억하고 있듯이 그전 사건보다 더욱 센세이션을 불러일으켰던 것이다(4).

번스가 이 새로운 수사에 나서게 된 것은 일련의 기묘한 상황 때문이었다. 경찰이 기소하려고 넘긴 어떤 암흑가의 법을 어긴 자들에게 매컴이 유죄판결을 내리게 하지 못한 것은 검찰측의 큰 실수였다고 하며 반정부측 신문이 심한 공격을 퍼부었다.

금주법이 행해진 결과 새로운 위험하고 바람직하지 못한 밤의 생활이 뉴욕에 온통 퍼져나가고 있었다. 돈을 잔뜩 들인 나이트클럽이라는 카바레가 브로드웨이며 그 가까이에 잇달아 생겨남으로써, 이처럼 좋지 못한 유흥장을 거점으로 하는 치정이며 금전적인 문제가 얽힌 중대한 범죄가 몸서리쳐질 만큼 수없이 발생하고 있었다.

마침내 주택가의 어떤 가족호텔에서 보석 강도 살인사건이 일어나 단서를 더듬어 올라가보니 어떤 나이트클럽에서 그 계획과 준비가 이루어졌음이 밝혀졌다. 더욱이 그 사건을 맡은 살인과 형사 두 사람이 어느 날 아침 그 클럽 가까이에서 등에 총을 맞고 숨진 시체로 발견되자 매컴은 다른 사건을 모두 제쳐놓고 직접 나서서 그대로 보아 넘길 수 없을 만큼 악화된 이 사태를 결말짓기로 마음먹었던 것이다[5].

( )는 지은이의 설명, *는 옮긴이의 설명.

(1) 앤틀러즈 클럽은 그 뒤 경찰이 폐쇄시켰다. 레드 레건은 대절도죄로 장기 형을 받고 지금 신 신 형무소에서 복역 중이다.

(2) 노래는 B G 데 실버가 그녀를 위해 특별히 썼다.

(3)《벤슨 살인사건》.

(4) 렙 레오폴드의 범죄, 도로시 킹 사건, 홀 밀스 살인사건은 나중에 일어났지만 카나리아 살인사건은 넌 패터슨 〈세잘〉 영 사건, 샌프란시스코에서 일어난 블랑슈 라먼트와 미니 윌리엄즈의 듀런트 살인, 모리느 비소 독살사건, 카라일 해리스의 모르핀 살인사건과 충분히 견줄 만큼 이채로운 사건임이 증명되었다. 세상 사람들의 관심이 쏠린 점에서 이것과 비슷한 것을 고른다면 폴 리버의 보뎅 이중 살인사건, 소우 사건, 엘웰 사살사건, 로젠셀 살인사건을 들 수 있다.

(5) 서95블록 애들런 호텔에 살던 돈 많은 미망인 엘리너 키글리 부인 사건을 말하는 것이다. 그녀는 9월 5일 아침 터크 클럽——서48블록 89번지에 있는 밤새도록 영업하는 작은 규모의 호화스러운 카페——에서부터 호텔까지 뒤따라 온 도둑들이 재갈을 물려 질식사한 시체로 발견되었다. 맥케이드와 캔니슨 두 형사가 살해된 까닭은 범인에 대한 유죄증거를 갖고 있었기 때문이라고 경찰은 믿고 있다. 키글리 부인의 방에서는 5만 달러어치가 넘는 보석이 없어졌다.

*1 에스텔 반 고브세크 이하의 인물은 발작의 《인간희극》 가운데 '탕녀 성쇠기' 등에 나온다.

*2 인도 족제비.

*3 레뷰(revúe)를 중심으로 한 대중오락 또는 그 오락장.

눈 위 발자국

매컴이 그 결심을 한 다음날 그와 번스와 나 세 사람은 스타이비샌트 클럽 휴게실의 구석자리에 앉아 있었다.

우리는 모두 이 클럽 회원이었으므로 늘 함께 왔다. 더욱이 매컴은 이따금 이른바 비공식 본부로 이 클럽을 이용하고 있었다[1].

그날 밤 매컴이 말을 꺼냈다.

"이 도시 시민의 반 이상이 지방검사국을 일종의 고급 징세(徵稅) 기관 같은 것으로 여기니 도무지 당해 낼 재간이 없네. 나로서는 유죄판결을 얻는 데 충분한 정확한 증거를 내놓지 못한다고 해서 수사에 발 벗고 나서야 하는 까닭을 알 수가 없는 걸세."

번스는 천천히 미소를 떠올리며 장난기어린 눈으로 매컴을 보았다. 그는 마음 내키지 않는 듯 귀찮아하는 목소리로 말했다.

"문제는 요컨대 경찰이 정밀한 법률 수속 절차에 능통하지 못하기 때문에, 여느 지능을 가진 사람을 납득시킬 만한 증거라면 법정도 납득시킬 수 있으리라는 생각으로 일하는 점일세. 어리석은 생각이지. 법률가는 사실 증거가 필요 없네. 해박한 전문기술이 필요할 뿐이지. 하지만 경관의 두뇌는 대개 지나치게 외곬스러워서 법정의 판결이 요구하는 현학적인 요구를 채워주지 못하는 걸세."

"자네가 말하듯 그토록 형편없지는 않네."

매컴은 지난 몇 주일 동안의 긴장으로 여느 때의 냉정함을 잃고 있었으나 애써 기분 좋은 표정을 지어보였다.

"증거라는 규칙이 없다면 자칫 죄 없는 사람에게 큰 잘못을 저지르게 될 테니까. 그리고 우리나라의 재판소에서는 죄인이라 하더라도 보호받을 권리가 있네."

번스는 가볍게 하품했다.

"매컴, 자네는 교육가가 되었어야만 했네. 자네가 비판에 대해 온갖 모범적인 답변을 가지고 있는 점에는 정말 놀라지 않을 수 없네. 하지만 나로서는 받아들이기 어렵군.

자네는 유괴당한 남자를 재판소가 죽은 것으로 추정한 위스콘신 사건을 기억하고 있을 테지? 그가 이웃 사람들 앞에 팔팔한 모습으로 나타났을 때에도 사망했다는 신분은 법률적으로 고쳐지지 않았었네. 실제로 살아 있고 눈에 보이며 또한 증명할 수 있는 사실을, 재판소는 중요하지도 적절하지도 않으며 본 줄거리와 동떨어진 사실로 인정했잖은가[2]?

더욱이——이 공명정대한 나라에서 곧잘 부딪치는 일이지만——누군가가 어느 주에서는 미치광이인데 다른 주에서는 온전한 정신을 가진 사람이라는, 참으로 동정해 마지않을 상황이 일어나곤 하네. 안 그런가, 매컴? 법률적 윤리의 자비스러운 절차에 익숙지 못한 평범한 지능을 가진 사람에게 그런 미묘한 nuances(차이)를 가려내라는 일은 무리일세.

자네가 말하는 이른바 비전문가는 일반상식의 어둠 속에 묻혀 있으므로 강 한쪽 가에서 미치광이였던 사람은 반대쪽 강가로 건너가도 역시 미치광이라고 말할 테지. 그리고——물론 잘못 아는 것일 테지만——사람이 살아 있으며 살아 있다고 추정할 걸세. "

매컴은 좀 화가 치미는 듯했다.

"어째서 그처럼 사실과 동떨어진 이론을 내놓는가? "

번스는 태연한 표정으로 말했다.

"보아하니 자네가 지금 놓인 난처한 입장을 내가 정통으로 찌른 듯 싶군. 경찰은 법률가가 아니므로 자네가 호되게 당하도록 만든 걸세. 안 그런가, 매컴? 어째서 형사들을 모두 법률학교에 보낼 운동을 하지 않나? "

매컴이 받아넘겼다.

"자네의 조언은 정말 고맙네. "

번스는 눈썹을 치켜 올렸다.

"어째서 내 제안을 얕잡아보는가? 꽤 유익한 말이라는 것을 잘 알 텐데. 법률적인 훈련이 없는 사람은 어떤 사실이 진실임을 알게 되면 그에 반대되는 부적당한 증거를 모두 무시하고 사실에만 매달린 다네. 그런데 법정은 짐짓 점잔빼며 아무 가치도 없는 것을 산더미만큼 귀담아 듣고는 사실은 내버려둔 채 복잡한 법규정에 따라 판결내리지. 그 결과 재판소는 자네도 알다시피 분명히 유죄라고 말해 놓고서 피고를 풀어주는 일이 이따금 있네. 사실 많은 판사가 범인에게 다음과 같이 말하지. '피고가 죄를 저지른 것은 본 재판관도 알고 배심원도 알고 있소. 그러나 법률적으로 용인할 수 있는 증거에 따라 본 재판관은 피고의 무죄를 선고하오. 나가서 또다시 나쁜 짓을 저지르지 않도록 하오'라고. "

매컴은 받아들일 수 없다는 듯이 말했다.

"내가 지금의 그 비난 공격에 대답하는 뜻에서 경찰국 사람들에게 법률공부를 권한다면, 이 나라 사람들의 인기를 차지하기는 어려울 걸세."

"그렇다면 미안하지만 '법률가는 모두 죽여버려라'*1라는 셰익스피어의 도살자 대사를 그 대신 증정하겠네."

"안됐구먼. 맞부딪쳐나가야 하는 것은 사태이지 공상적인 이론이 아닐세."

번스는 나른한 말투로 물었다.

"그럼, 자네는 경찰의 분별 있는 결론과 자네가 교묘하게도 법률적 절차의 정확성이라고 부르는 것을 어떻게 합치시키려고 하는가?"

매컴이 설명했다.

"맨 먼저 나는 지금부터 모든 중대한 나이트클럽 관계의 범죄사건을 직접 조사하기로 했네. 어제 사무실에서 부장 및 과장 회의를 열었는데, 앞으로는 우리 사무실에서 직접 지휘하여 본격적인 수사활동이 벌어지게 될 걸세. 나는 유죄판결을 얻는 데 필요한 증거를 내 손으로 모을 작정이네."

번스는 천천히 케이스에서 담배를 꺼내 의자팔걸이 위에 가볍게 두드렸다.

"아, 그럼, 자네는 죄 있는 사람을 풀어주는 방법을 버리고 이번에는 죄 없는 사람을 유죄로 만드는 일을 하기 위해 나서려는가 보군."

매컴은 버럭 화를 내며 의자에서 몸을 돌려 괘씸하다는 듯이 번스를 쏘아보았다. 그는 차갑게 말했다.

"나는 자네가 무얼 말하고 싶어하는지 모른다고는 하지 않겠네. 자네는 언제나의 그 심리학 이론이며 미학적 가설에 비하면, 상황증거는 도무지 불완전한 것이라고 늘 자랑스럽게 떠벌리는 논법을 또 끌어내려는 건가?"

번스는 선선히 동의했다.

"맞네. 여보게, 매컴, 상황증거에 대한 자네의 감미롭고도 매력만점인 신념은 실제로는 무장해제나 다를 바 없네. 그 앞에 나서면 평범한 추리력은 마비되고 말 테니까. 자네가 법률망으로 덮치려 하는 죄 없는 희생자들을 생각하면 나는 몸이 떨리네. 무심코 어떤 카바레에 놀러갔다가 그만 자네에게 붙잡혀 호된 꼴을 당할지도 모르니까."

매컴은 잠시 말없이 담배를 피웠다. 이 두 사람의 논쟁은 때로 신랄해 보였으나 상대방에 대한 서로의 태도 밑바닥에는 아무런 증오도 원한도 없었다. 그들의 우정은 이미 오랜 세월에 걸쳐, 기질도 다르고 견해도 뚜렷이 차이나지만 서로에 대한 깊은 존경이 그 친밀한 관계의 바탕을 이루고 있었다.

이윽고 매컴이 입을 열었다.

"어째서 자네는 상황증거에 그토록 철저하게 반대하나. 때로 상황증거가 잘못의 근원이 된다는 것은 나도 인정하네. 하지만 대부분 유죄의 유력한 추정증거가 된단 말일세. 더욱이 우리나라에서 가장 위대한 법률적 권위자 가운데 한 사람은 상황증거를 실제로 존재하는 가장 유력하고 현실적인 증거라고 말할 정도라네. 번스, 직접증거란 범죄의 본질 그 자체로 말한다 하더라도 손에 넣기가 거의 어렵네. 만일 재판소가 직접 증거에만 의존해야 한다면 대부분의 범인들을 이제까지 그대로 내버려두어야 했을걸세."

"나로서는 그 귀중한 대부분의 범인이 여전히 활개치며 자유를 즐기는 듯 여겨지는걸."

매컴은 그 주제넘은 말을 무시했다.

"예를 하나 들어보겠네. 열 두 명의 어른이 눈 속을 달리는 한 마리의 동물을 보고 닭이었다고 증언했는데, 한 아이는 오리였다고 말했다 하세. 그런데 그 동물의 발자국을 조사해 보고 오리의 물갈퀴가 달린 발자국임을 알게 되었네. 이 경우 직접 증거가 압도적으로 유력한데도 불구하고 그 동물은 오리였지 닭이 아니었다는 사실은 결정적이잖겠는가?"

번스는 무뚝뚝하게 동의했다.

"자네의 오리 설(說)을 인정하셨네."

"그 말은 고맙게 받아들이지."

매컴은 잠시 말을 끊었다가 다시 이었다.

"나는 거기서 나오는 당연한 결론을 하나 내놓겠네. 열두 명의 어른이 눈 속을 가로질러가는 사람 모습을 보고 틀림없이 여자였다고 말했네. 그런데 한 아이가 그것은 남자였다고 주장했네. 이 경우 자네는 눈 위에 난 남자 발자국이라는 상황증거가, 실제로 그것이 여자가 아니라 남자였다고 토론할 여지없는 증거를 가리킨다고 인정하지 않겠는가?"

"절대로 인정하지 않겠네, 유스티니아누스*²."

번스는 나른한 듯이 두 발을 앞으로 뻗었다.

"물론 사람이 오리보다 뛰어난 고급 두뇌조직을 가지고 있지 못하다고 증명해 주지 않는 한 말일세."

매컴이 초조해 하며 물었다.

"두뇌와 이것이 무슨 관계가 있다는 건가? 두뇌는 발자국에 아무 영향도 미치지 않네."

"오리 발자국에 있어서는 확실히 그렇지. 하지만 두뇌는——틀림없이, 그리고 곧잘——사람의 발자국에 크게 영향을 미친다네."

"나에게 다윈의 순응성 또는 단순한 형이상학적 사변(思辨)의 강의를 하고 있는 건가?"

그러자 번스는 잘라 말했다.

"그처럼 심원한 문제와는 아무 관계도 없네. 나는 다만 관찰에 의해 알아낸 사실을 말하고 있을 뿐일세."

"좋네. 그럼, 자네의 고도로 발달된 독특한 추리방법에 의하면 이 남자 발자국이라는 상황증거는 남자를 가리키는가, 아니면 여자를 가리키는가?"

"반드시 어느 한쪽이라고 말할 수는 없네. 차라리 양쪽 다 가능성이 있다고 말하고 싶군. 나로서는 그런 증거를 사람에게 적용시켰을 경우 즉 추리능력을 지닌 생물에게 적용시켰을 때는 눈 속을 가로질러 간 사람 모습은 자기 구두를 신은 남자이거나 남자 구두를 신은 여자이거나 그 어느 한쪽이라고밖에 생각할 수 없네. 아니면 키가 아주 큰 아이였을지도 모른다는 정도일 뿐일세.

요컨대 순수하게 비법률적인 내 지능으로는 그 발자국은 발에 남자 구두를 신은 Pithecanthropus erectus(직립 유인원) 후예 가운데 누군가가 만들었으리라는 것 말고는 더 이상 추정할 수가 없네. 성도 나이도 미지수일세. 이와 반대로 오리 발자국 쪽은 그대로 받아들이고 싶네."

"오리가 변장하여 정원사의 구두를 신고 있었을지도 모른다는 가능성만은 자네도 부인하는 듯하니 기쁘군."

번스는 잠시 잠자코 있다가 말했다.

"자네들 현대의 솔론*3들은 한심하게도 인간의 성격을 하나의 공식에 압축시키려 애쓰고 있네. 그러나 진실로 인간은 생명과 마찬가지로 무한히 복잡한 존재일세. 교활하고 약아빠졌으며 몇 백년 동안 더없이 악마적인 사기 음모의 솜씨를 길러왔지.

교활한 하등동물인 인간은 덧없고 어리석은 생존경쟁의 일상생활 속에서조차도 본능적으로, 그리고 고의적으로 하나의 진실에 대해 아흔 아홉 가지의 거짓말을 하고 있다네. 오리는 인간의 문명

같은 하늘이 내려준 은혜를 부여받고 있지 않은 올바르고 아주 정직한 새일세."

매컴이 물었다.

"결론에 이르기 위한 여느 방법을 모두 버린다면, 자네는 대체 눈 위에 발자국을 남긴 사람의 성별 같은 것을 어떻게 결정하겠는가?"

번스는 천장 쪽으로 동그란 담배연기를 뿜어 올렸다.

"우선 난시인 열 두 어른과 눈 밝은 한 아이의 증언을 모두 물리치겠네. 그리고 눈 속의 발자국도 무시하네. 그런 다음 수상쩍은 증언에 현혹되지 않고 물질증거에 의해 괴로움을 당하지도 않는 정신으로, 그 달아난 사람이 저지른 범죄의 성질을 정확하게 결정하겠네.

그 범죄의 온갖 요인을 분석하면 나는 결코 틀림없이 범인이 남자인지 여자인지 자네에게 말할 수 있을 뿐만 아니라, 범인의 습성과 성격, 개성까지 낱낱이 설명할 수 있을 걸세. 나는 달아난 인물이 남자 발자국을 남겼든 여자 발자국을 남겼든, 또는 캥거루 발자국을 남겼든, 죽마를 타고 갔든, 자전거를 타고 달아났든, 자국 같은 것을 하나도 남기지 않고 하늘로 날아갔든, 그런 것에 상관없이 그런 일쯤은 모두 보여줄 수 있네."

매컴은 명랑하게 미소 지었다.

"자네는 나에게 법률적 증거를 제공하는 데는 아무래도 경찰보다 더 다루기 힘든 사람 같네."

번스가 반박했다.

"나는 적어도 진범인에게 구두를 도둑맞는 무사태평한 사람에 대한 불리한 증거를 모으는 일만은 하지 않을 수 있네. 그리고 매컴, 발자국에 중점을 두는 한 자네는 진범인이 자네에게 붙잡히도록 하고 싶은 사람 즉 자네가 조사하려는 범죄조건과 아무 관계 없는 죄 없는 사람을 체포하는 것이 고작일 걸세."

그는 갑자기 진지한 표정을 지었다.

"알겠는가, 매컴? 세상에는 지금 신학자들이 어둠의 힘이라고 부르는 것과 손잡은 교활한 지능을 갖춘 사람이 있다네. 자네를 괴롭히는 범죄의 표면에 나타난 겉모습의 대부분은 틀림없는 속임수일세.

나는 고약한 살인 갱이 미국의 카모라 당*⁴을 조직하여 나이트클럽을 근거지로 삼고 있다는 얼토당토않은 설에는 그다지 흥미가 없네. 구성이 너무 멜로드라마적이기 때문이네. 도무지 터무니없는 저널리스틱한 공상의 냄새가 나거든. 너무 으제느 슈*⁵ 식이란 말일세.

범죄는 전쟁 때 말고는 집단적인 본능이 아니네. 그리고 전쟁에서는 그저 단순한 스포츠라네. 범죄는 개인적인 비즈니스일세. 브리지를 할 때처럼 살인에 partie carrée(남녀 2인조)를 만들 수는 없지…… 안 그런가, 매컴. 그런 낭만적인 범죄학적 사고방식에 빠지지 말게. 그리고 눈 속의 상징적인 발자국에 너무 가까이 다가가서 마구 파헤치지 말게. 공연히 당황하게 될 뿐일 테니까. 자네는 이 사악한 세계에서 지나치게 사람을 믿고 너무 진지하네. 경고해 두지만, 지혜 있는 범인은 자네가 줄자나 측경기 따위로 자기 발자국을 재도록 하지는 않는다네."

번스는 깊이 한숨을 내쉬며 매컴에게 놀리는 듯한 동정의 눈길을 보냈다.

"그리고 한숨 돌린 다음, 자네가 맡은 첫사건에는 발자국마저도 남겨놓지 않을지 모른다는 점을 생각해 보게…… 아아, 그럴 경우 자네는 대체 어떻게 하겠는가?"

매컴이 짓궂은 목소리로 말했다.

"자네가 함께 가서 어려운 문제를 풀어주어야겠지. 어떤가. 만일 어떤 중대한 사건이 일어났을 경우 함께 가 주겠나?"

"암, 물론일세."

그로부터 이틀 뒤 우리의 대도시 신문 제1면에 사람들의 눈길을 끄는 큰 글씨로 마거리트 오넬 살인사건이 보도되었다.

(1) 어딘지 격식 있는 호텔 같은 인상을 주는 큰 클럽으로, 회원들은 주로 정치계, 법조계, 경제계 사람들로 광범위하게 이루어져 있다.

(2) 번스가 언급한 것은 내가 나중에 확인해 보니 샤터럼 대 샤터럼 계쟁사건으로, 1879년 미시간 주 재판소 기록 417호——유언장 사건이었다.

＊1 《헨리 6세》 제2부 제4막 제2장 딕의 대사.

＊2 동 로마 황제. 제국을 중흥하고 《로마 법전》을 편찬함. 483~565.

＊3 고대 아테네의 유명한 입법가. 기원전 637? ~558.

＊4 1820년 이탈리아 나폴리 감옥의 죄수들이 간수들의 잔학행위에 대항하기 위해 만든 비밀결사로 감옥을 나온 뒤로는 성격을 달리하여 정치적 범죄적 활동을 계속했는데, 1911년 우두머리 엔리코 알바 및 그 일당이 체포될 때까지 나폴리 시민을 공포시대로 몰고 갔다.

＊5 프랑스의 대중작가. 빅토르 위고의 《레미제라블》, 도스토예프스키의 《죄와 벌》《백치》 등에 힌트를 주었다는 일대의 명작 《파리의 비밀》을 썼다. 1804~1857.

살인

9월 11일 화요일 오전 8시 30분

매컴이 그 중대한 사건 소식을 우리에게 알려준 것은 9월 11일 오전 8시 30분 조금 전이었다.

나는 그 무렵 한때 동38블록의 번스 집에서 그와 함께 살고 있었다. 아름다운 저택의 위쪽 두 개 층을 개조하여 만든 큰 아파트였다.

나는 이미 7년 동안 번스의 개인적인 법률상 대리인으로서 고문일을 맡아왔다. 아버지의 법률사무소 반 다인 데이비스 앤드 반 다인을 그만두고 번스의 필요와 이익을 위해 힘을 기울이고 있었다.

번스의 일은 결코 양이 많지는 않았으며 그 개인적인 재정상의 일은 수많은 회화며 objets d'art(미술품)을 구입하는 일과 더불어 힘들다고 말할 수는 없었지만, 내 시간을 온통 거기에 바쳐야만 했다. 이러한 금전상 및 법률상의 고문직은 내 취미에 잘 맞았다.

나와 번스의 우정은 하버드 대학 시절부터 이어져왔으며, 만일 그렇지 않았다면 그저 단순한 타성에 젖은 일상적인 업무에 이끌리고 있었을지도 모르는 우리 두 사람의 계약에, 사회적인 그리고 인간적인 요소가 섞여들었다.

나는 그 특별히 기록할 만한 날 아침 조금 일찍 일어나 서재에서 일하고 있었는데, 번스의 하인 겸 집사인 캐리가 거실에 매컴이 와 있다고 알려주었다.

나는 이처럼 이른 아침의 방문에 깜짝 놀랐다. 왜냐하면 매컴은 번스가 12시 전에는 좀처럼 일어나지 않으며 아침잠을 방해당하면 몹시 싫어한다는 것을 잘 알고 있었기 때문이다. 그 때문에 한순간 나는 어떤 예사롭지 않은 불길한 일이 닥치고 있다는 기묘한 인상을 받았다. 가 보니 매컴은 모자와 장갑을 가운데 테이블 위에 아무렇게나 던져놓고 방 안을 성급하게 왔다갔다하고 있었다. 내가 들어가자 걸음을 멈추고 큰일 났다는 눈길로 나를 보았다.

매컴은 보통 키로 산뜻한 용모와 희끗희끗한 머리에 단단한 몸집을 가진 신사였다. 풍채가 훌륭하고 태도가 정중했다. 그러나 그 우아한 겉모습 속에는 두려움을 모르는 의지와 지레로 움직여도 끄떡하지 않는 굳센 힘이 있었으며 끈질기고도 지칠 줄 모르는 재능을 지닌 사람이라는 인상이 풍겨 나왔다.

"여어, 반."

매컴은 초조한 듯 건성으로 인사하며 나를 맞이했다.

"또 굉장한 살인사건이 일어났네. 흉악하기 이를 데 없고 들은 적도 없을 만큼……."

매컴은 망설이듯 나를 살펴보았다.

"며칠 전 클럽에서 나와 번스가 주고받은 이야기를 기억하고 있겠지? 그의 말에는 제법 예언적인 데가 있었네. 그때 나는 만일 중대한 사건이 일어나면 함께 가 주지 않겠느냐고 말했었지. 그런데 바로 그런 사건이 일어난 걸세. '곧바로 들어맞은' 셈이지.

마거리트 오델——사람들은 카나리아라고 부르고 있는데——이 자기 아파트에서 교살시체로 발견되었다네. 아까 전화로 들은 바로는 아무래도 또 나이트클럽 사건인 듯싶네. 나는 이제부터 그녀의 아파트로 가려는데, 시발리스*¹ 선생을 부르는 일을 어떻게 생각하나?"

"부디 그렇게 하게."

나는 캐 들어가보면 순수한 이기적인 동기에서 비롯된 게 아닐까 하고 마음이 켕길 만큼 크게 찬성했다.

카나리아! 죽여서 온 세상의 흥분을 불러일으킬 만한 희생자를 아무리 찾아본들 그 목적을 이루는 데 이만큼 꼭 들어맞는 대상은 달리 없을 것이다.

나는 재빨리 문 쪽으로 가서 캐리를 불러 곧 번스를 깨우도록 일렀다.

캐리는 망설이듯 말했다.

"하지만……."

매컴이 끼어들었다.

"걱정 말게. 이런 시각에 깨웠다고 화내면 내가 책임지겠네."

캐리는 예사롭지 않은 일이라고 느낀 듯 재빨리 나갔다.

1, 2분 뒤 번스가 정성들여 수놓은 비단 가운에 샌들을 신은 모습으로 거실에 나타났다.

"이거 참, 놀랍군!"

번스는 흘끗 시계를 보고 조금 놀라며 우리들에게 인사했다.

"자네들은 아직 자지 않았나?"

그는 천천히 벽난로 쪽으로 걸어가 선반에 놓인 작은 피렌체 풍 담배 케이스에서 끝에 금종이가 둘려진 레지*² 담배를 한 대 꺼냈다.

매컴은 눈을 가늘게 떴다. 그는 태평스럽게 앉아 있을 기분이 아니었으므로 불쑥 말했다.

"카나리아가 살해되었네."

번스는 성냥을 그으려다 말고 나에게 천천히 묻고 싶은 듯한 눈길을 보냈다.

"누구네 카나리아지?"

매컴이 무뚝뚝한 말투로 말했다.

"마거리트 오델이 오늘 아침 교살시체로 발견되었단 말일세. 아무리 호사스럽게 유유히 사는 자네지만 그녀에 관한 이야기쯤은 듣고 있을 테지. 그리고 이 범죄의 중대성도 잘 알고 있을 걸세. 나는 이제부터 직접 눈 위의 발자국을 찾아 나설 참이네. 며칠 전 자네가 말했듯이 함께 가고 싶으면 어서 준비하게."

번스는 담뱃불을 껐다.

"마거리트 오델이라면, 브로드웨이의 금발 아스파시아*³ 말인가? 아니면 Coiffure d'or(금발의) 프리네*⁴ 말인가. 그거 참, 안됐군."

번스의 덤덤한 태도에도 불구하고 나는 그가 크게 흥미를 느끼고 있음을 알아차렸다.

"법과 질서의 비열한 적들이 자네를 되게 혹사하려고 단단히 마음먹었는가 보군. 정말 인정머리 없는 녀석들일세. 그런 자리에 어울리는 옷으로 갈아입고 올 테니 잠깐 기다려 주게나."

번스는 침실로 사라졌다. 한편 매컴은 하는 수 없이 커다란 여송연을 꺼내 피우기 시작했고, 나는 서재로 돌아가 벌여 놓았던 일거리를 정리했다.

10분도 안되어 번스는 외출복 차림으로 다시 모습을 나타냈다.

"Bien, mon vieux(자, 여러분)."

번스는 쾌활하게 말하며 캐리가 내미는 모자와 장갑과 말래커*⁵ 스틱을 받아들었다.

"Allons-y(어서 가세)."

우리는 주택가를 향해 매디슨 애비뉴를 달려 자동차를 센트럴 파크 쪽으로 구부러져 들어가게 했다가 서72블록 쪽의 입구로 공원을 나왔다. 마거리트 오델의 아파트는 서71블록 184번지로 브로드웨이 가까운 쪽에 있었는데, 우리가 아파트 앞 길가에 자동차를 갖다대자 지켜서 있던 경관이 북적거리는 사람들을 헤쳐 길을 터주었다. 경관들이 밀어닥치자 많은 사람들이 몰려들었던 것이다.

지방검사보 페더질이 복도에서 수석검사가 도착하기를 기다리고 있었다.

지방검사보는 불평스럽게 말했다.

"큰일입니다. 변변치도 않은 사건이 여기저기서 일어나니 말입니다. 더욱이 이럴 때……."

그는 어찌할 바를 모르겠다는 듯이 어깨를 으쓱했다.

매컴은 지방검사보의 손을 쥐며 말했다.

"곧 밝혀질지도 모르네. 어떻게 되어 있나? 자네 연락을 받은 뒤 곧 히스 부장으로부터 전화가 걸려 왔었는데 이 사건이 벅찰 것 같다고 하더군."

"벅찰 것 같다고요?"

페더질은 괘씸한 듯한 표정을 지었다.

"도무지 어디서부터 손대야 할지 모르겠습니다. 히스는 터빈처럼 뱅뱅 돌고만 있습니다. 부장은 당장 보일 사건에서 손을 떼고 이 새로운 흉악범죄에서 솜씨를 떨치게 되었습니다. 모런 총경이 10분 전쯤에 오셔서 정식인가를 내렸지요."

매컴이 말했다.

"좋아. 히스는 유능하네. 잘될 걸세. 어느 쪽 방인가?"

페더질은 복도 구석의 입구로 안내했다.

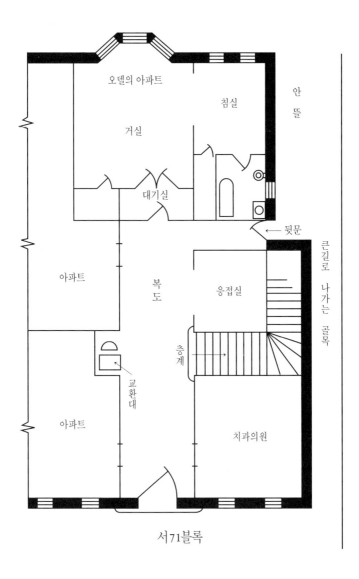

오델의 아파트

침실

안
뜰

거실

대기실

뒷문

아파트

복
도

응접실

큰길로　나가는　골목

층
계

교환대

아파트

치과의원

서71블록

"여기입니다. 나는 그만 돌아가겠습니다. 잠을 좀 자야겠습니다. 수고하십시오."

그는 돌아갔다.

여기서 집 내부의 방 배치를 간단히 설명해 둘 필요가 있을 것이다. 좀 특수한 이 건물 구조가 살인범에 의해 내놓아진 언뜻 보아 해결이 불가능해 보이는 문제에 중요한 역할을 하고 있기 때문이다.

집은 본디 단독주택으로 세워진 4층 석조 건물을 고급 개인용 아파트 식으로 만들기 위해 안팎이 모두 개조되었다. 각 층마다 세 개 내지 네 개의 독립된 아파트로 구획 지어져 있는데 위층들은 이 사건에 관계가 없다. 1층이 범죄 무대로, 세 개의 아파트와 치과의원이 하나 있었다.

건물 정면 입구는 도로에 잇닿아 있고 현관부터 안쪽으로 넓은 복도가 뚫려 있다. 그 복도 끝의 현관문과 마주 보는 오델의 아파트 문에는 〈3〉이라는 번호가 적혀 있었다. 복도를 절반쯤 안쪽으로 가면 오른편에 위층으로 올라가는 층계가 있고, 그 층계 오른쪽의 작은 응집실에는 문 대신 넓은 아치 모양의 입구가 뚫려 있었다. 층계 맞은편인 움푹 들어간 곳에는 전화교환대가 설치되어 있었다. 엘리베이터는 없었다.

이 1층 구획의 중요한 특징은 오델의 아파트 정면 바람벽을 따라 복도 구석 직각의 꺾여진 좁은 복도를 나아가면 건물 옆쪽 안뜰로 난 출입구로 나갈 수 있다는 점이었다. 이 안뜰은 120센티미터 너비의 골목길을 따라가면 큰길과 이어졌다.

덧붙여진 평면도로 1층의 구획을 잘 알 수 있을 것이므로 독자 여러분은 참고하여 주기 바란다. 이렇듯 간단하고 명료한 건축설계가 범죄의 수수께끼에 그토록 중요한 역할을 다한 적은 그다지 없는 듯 싶기 때문이다. 그러나 설계가 아주 간단하고 평범한 것 자체가──

사실 당황할 만큼 복잡한 점은 하나도 없었다——결국 며칠 동안이나 사건을 영원히 해결할 수 없는 게 아닐까 하고 마음 죄게 할 만큼 수사관들을 당혹시켰던 것이다.

그날 아침 매컴이 오델의 방에 들어서자 어니스트 히스 부장이 선뜻 앞으로 나서며 손을 내밀었다. 그의 도전적인 넓적한 얼굴에 마음 놓이는 듯한 빛이 떠올랐다. 어떤 범죄 사건을 수사하건 틀림없이 생기는 형사과와 지방검사국 사이의 적의나 경쟁의식 같은 것을 이때의 히스 부장에게서는 조금도 찾아볼 수 없었다.

형사부장은 솔직히 말했다.

"와주셔서 정말 고맙습니다."

그는 반가운 미소를 떠올리며 번스에게 손을 내밀었다[1]. 그리고 친근함이 깃든 말투로 장난스럽게 말했다.

"여어, 아마추어 탐정님이 또 우리와 함께 일해 볼 생각인가 보군요."

번스는 덤덤한 목소리로 말했다.

"아, 그 말이 맞소. 당신이 이끌어내는 유도 코일은 이 아름다운 9월 아침에 성능이 좋소, 부장?"

"도무지 맥을 못 추고 있습니다."

형사부장은 갑자기 진지한 얼굴로 매컴을 보았다.

"정말 악랄합니다. 이처럼 잔인한 짓을 하다니. 빌어먹을, 카나리아 따위를 상대하지 말고 차라리 다른 여자에게 할 것이지……브로드웨이에는 제2경보를 울리며 달려오지 않아도 무대에서 없어지는 여자가 얼마든지 있잖습니까, 검사님. 그런데 녀석들은 하필이면 시바의 여왕을 죽인 겁니다."

히스가 지껄이는 동안 형사과 과장 윌리엄 M 모런 총경이 방으로 들어와 정중하게 악수를 나누었다. 모런 총경은 번스와 나를 우연한 기회에 한 번 만났을 뿐이었는데도, 용케 우리를 기억하고 정중하게 이름을 부르며 말을 건넸다.

그리고 총경은 고상하고 부드러운 목소리로 매컴에게 말했다.

"와 주셔서 크게 도움이 될 것 같소. 히스 부장이 희망적인 예비정보를 드릴 거요. 나는 아직 그다지 아는 바가 없소. 지금 막 왔으니까요."

히스가 앞장서서 거실 쪽으로 가며 말했다.

"알려드릴 정보가 잔뜩 있습니다."

마거리트 오델의 아파트는 꽤 넓은 두 개의 방이 나란히 이어지고 그 사이로 난 넓은 아치 형 문에 육중한 다마스커스 직 휘장이 드리워져 있었다.

복도 쪽 문은 너비 240센티미터에 길이 120센티미터쯤 되는 작은 직사각형 대기실로 통하고 그 구석에 난 베네치아 유리문을 지나 거실로 들어가게 되어 있었다. 그밖에는 문이 없어서 침실로 들어가려면 거실에서 아치 형 문을 지나는 수밖에 없었다.

거실 왼쪽의 벽난로 앞에 화려한 비단이 씌워진 커다란 긴 의자와 그 뒤쪽으로 아름다운 무늬를 새긴 기다란 서재용 테이블이 놓여 있었다. 반대쪽 벽에는 마리 앙트와네트 풍의 삼면경이 걸리고 그 아래에 문 모양을 본뜬 아치 형 다리가 달린 흑단 테이블이 있었다. 안쪽 구석의 큰 내닫이 창문 가까이에는 훌륭해 보이는 루이 16세 풍 장식의 소형 스타인웨이 그랜드 피아노가 놓여 있었다.

벽난로 오른쪽 구석에는 다리가 긴 책상과 모조가죽으로 만들어진 네모난 휴지통이 있었으며, 왼쪽에는 내가 지금까지 본 것 가운데 가장 아름다운 브울 풍 장롱*6이 놓여 있었다. 벽에는 부셰, 프라고나르, 와토의 멋있는 복제화가 몇 장 걸려 있었다. 침실에는 서랍 달린 옷장과 화장대와 금박을 입힌 의자가 몇 개 있었다. 아파트 전체

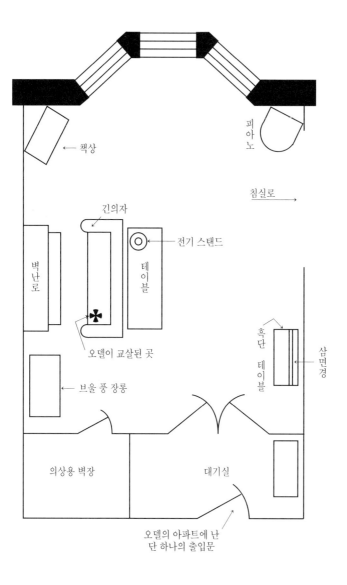

피아노

← 책상

침실로 →

긴의자

전기 스탠드

테이블

벽난로

오델이 교살된 곳

흑단 테이블

삼면경

← 브울 풍 장롱

의상용 벽장

대기실

오델의 아파트에 난
단 하나의 출입문

가 연약하고 덧없는 카나리아와 아주 잘 어울리는 것 같았다.

거실로 한 발자국 들여놓고 빙 둘러보는 순간 우리의 눈에 거의 파괴에 가까운 광경이 뛰어 들어왔다. 방은 누군가의 손에 의해 급히 휘저어진 듯 놀랄 만큼 난잡하게 어질러져 있었다.

모런 총경이 비평했다.

"그다지 재치 있는 수법이었다고 할 수는 없군요."

히스가 씁쓸하게 말했다.

"다이너마이트로 방을 폭발시키지 않은 것만도 고마워해야 할 정도로군요."

그러나 우리의 눈길을 끈 것은 그 난잡함이 아니었다. 우리의 눈은 순식간에 죽은 여자의 시체로 끌려가 그대로 못 박히고 말았다. 시체는 부자연스러운 자세로 벽난로와 가까운 긴 의자 한쪽 구석에 기대듯 누워 있었다.

머리는 긴의자 등받이에서 억지로 비틀려진 듯한 형태로 천장을 보고 있었다. 흩어져내린 머리카락은 머리 아랫부분부터 드러난 어깨에 걸쳐 얼어붙은 황금 액체의 폭포처럼 늘어져 있었다. 얼굴은 무참하게 죽음을 당한 탓으로 일그러져 차마 바라볼 수가 없었다. 피부는 윤기가 없으며 눈은 크게 뜨여지고 입술은 쩍 벌어진 채 옥죄어져 있었다. 목에는 양쪽 갑상연골에 거무스름하고 보기 흉한 상처자국이 나 있었다.

그녀는 크림 빛 시폰 위에 얇은 검정 레이스 야회복 차림이었으며, 화려한 담비털 장식이 달린 금실로 짠 야회용 케이프가 긴의자 팔걸이 위에 내던져져 있었다.

그녀가 교살범과 보람 없는 격투를 벌인 흔적이 여기저기 남아 있었다. 머리카락이 엉망으로 흩어진데다 야회복 한쪽 어깨 끈이 끊어졌으며, 가슴을 가린 아름다운 레이스가 크게 찢겨지고 가슴을 장식한 작은 난초 조화는 뜯기어 무릎 위에 짓이겨져 있었다.

　오른쪽 무릎으로 덮쳐오는 적의 숨막히는 억센 손길에서 벗어나려고 몸부림친 듯 공단 슬리퍼 한쪽이 벗겨져 긴 의자 안쪽에 나동그라져 있었다. 구부러진 손가락은 죽음에 항복하는 순간을 맞아 손에서 힘이 빠질 때까지 힘껏 살인범의 손목을 붙잡고 있었음에 틀림없었다.

　이 비참한 시체 앞에서 우리를 덮쳐누른 공포의 긴장감을 히스 부장의 침착하고 사무적인 목소리가 풀어 주었다.

　"매컴 검사님, 보시다시피 그녀가 이 긴 의자 구석에 앉아 있을 때 누군가가 갑자기 뒤에서 달려들어 목을 죈 것이 틀림없습니다."

　매컴은 고개를 끄덕였다.

　"이처럼 쉽게 그녀를 목졸라 죽인 것으로 보아 꽤 힘센 녀석이었을 거요."

　"그렇습니다."

　히스 형사부장은 긁힌 자국이 여러 개 나 있는 그녀의 손가락을 가리켜 보았다.

　"녀석들이 반지를 빼갔군요, 아주 거칠게 말입니다."

　그리고 히스는 그녀의 한쪽 어깨에 늘어진 작은 진주가 박힌 아름다운 백금목걸이 끄트러기를 가리켰다.

　"옷에 걸려 있는 것은 닥치는 대로 잡아 뜯었군요, 무엇하나 못 보고 넘겨서는 안 되며 또 시간을 잡아먹어서도 안 된다…… 그거 참, 신사다운 수법입니다. 고상하고 재치가 있습니다."

　"검시관은 어디 있소?" 매컴이 물었다.

　"이제 곧 올 겁니다. 드어매스 박사는 아침식사를 들기 전에는 아무데도 와 달라고 할 수 없답니다."

　"드어매스 박사가 무얼 찾아낼지도 모르오, 우리가 아직 모르고 있는 것을."

"나는 많은 것을 알아냈습니다. 이 방을 보십시오. 캔자스의 돌풍이 불어닥쳤다 하더라도 이보다 더 지독하지는 않았을 겁니다."

우리는 죽은 여자의 처참한 시체로부터 떨어져 방 한가운데로 자리를 옮겼다.

히스가 주의 주었다.

"아무것도 손대지 않도록 조심해 주십시오, 매컴 검사님. 지문계를 불러두었습니다. 이제 곧 올 겁니다."

번스는 일부러 놀라는 표정을 지으며 형사부장을 보았다.

"지문이라고요? 설마 정말이오? 그거 참, 재미있군요. 이 발달된 문명세계에서 당신에게 보이기 위해 지문을 남기고 간 싹싹한 남자가 있으니."

히스가 덤벼드는 듯한 말투로 말했다.

"악인들이 하나같이 머리가 좋다고 할 수는 없습니다, 번스 씨."

"그야 물론이오. 머리가 좋으면 결코 붙잡히지 않을 테니까. 하지만 히스 부장, 만일 지문을 찾아냈다 하더라도 그건 그런 지문을 가진 사람이 어느 날 여기서 얼쩡거리고 있었다는 뜻밖에 안 되오. 유죄증거가 되지는 못하오."

히스는 무뚝뚝하게 양보했다.

"그렇겠지요. 하지만 만일 진짜로 틀림없는 지문을 이 북새통에서 찾아낸다면 용의자를 그대로 한가롭게 내버려 두지는 않겠지요."

번스는 소름끼치는 듯한 표정을 지었다.

"당신은 정말 나를 떨게 하는군요, 부장. 앞으로 나는 늘 여분의 장갑을 지니고 다녀야 할 것 같소. 나는 가는 곳마다 가구며 그릇이며 여러 가지 잡동사니들을 만져보는 버릇이 있으니까."

이때 매컴이 끼어들어 검시관이 올 때까지 한 바퀴 돌며 살펴보는 것이 어떻겠느냐고 제안했다.

히스가 말했다.

"흔해빠진 수법 이상의 희한한 짓은 하지 않았습니다. 그녀를 죽여
놓고 여기저기 마구 뒤졌을 뿐입니다."

두 개의 방은 그야말로 철저하게 휘저어져 있었다. 옷이며 온갖 물
건들이 바닥에 잔뜩 흩어져 있있다. 의상용 벽장——두 방에 하나씩
있었다——은 둘 다 문이 열려 있었는데, 침실의 벽장이 더 어질러
진 것으로 보아 몹시 서두르며 뒤진 듯했으나 거실의 벽장은 잘 쓰지
않는 물건들을 넣어두었는지 그다지 흩어져 있지 않았다.

화장대 서랍과 옷상자는 속에 든 물건이 얼마쯤 바닥에 꺼내어져
있었다. 침대 시트는 벗겨지고 매트리스는 뒤집혀져 있었다. 의자 두
개와 작은 테이블이 쓰러져 있고 꽃병이 몇 개 깨어져 있었는데 찾아
보다가 실망한 나머지 화가 나서 내동댕이친 것 같았다. 마리 앙트와
네트 거울도 깨져 있었다.

책상서랍이 열려지고 정리선반 위의 것이 깡그리 쏟아져 나와 바닥
에 산더미처럼 쌓아올려졌다. 활짝 열어젖혀진 브울 풍 장롱 속에 든
물건도 책상서랍과 마찬가지로 모두 뒤죽박죽이었다. 서재용 테이블
한쪽 가에 놓여 있던 청동과 사기로 만들어진 전기 스탠드는 옆으로
쓰러지고 공단 갓은 은제 과자상자 모서리에 닿아 찢어져 있었다.

어디를 보나 온통 흩어진 가운데에서 두 가지 물건이 특히 내 주의
를 끌었다. 하나는 어느 문방구에서나 구할 수 있는 검은 금속제 서
류상자이고, 또 하나는 돌려서 여는 자물쇠가 달린 강철제 보석 상자
였다. 이 두 개의 물건 가운데 보석상자는 곧 시작된 수사단계에서
기묘하고 불길한 역할을 할 운명에 놓여 있었다.

서류상자는 텅 빈 채로 서재용 테이블 위에 쓰러진 전기 스탠드 옆
에 놓여 있었다. 뚜껑이 열리고 열쇠가 그대로 구멍에 꽂혀 있었다.

방 전체가 손댈 수 없을 만큼 흩어진 북새통 속에서 두드러지게 눈에 띄는 이 상자는 파괴범의 냉정하고도 질서 있는 행동을 가리키는 것 같았다.

이와 달리 보석상자는 난폭하게 비틀어져 열려 있었다. 굉장한 지레의 힘으로 억지로 연 듯 이상한 모양으로 찌그러진 채 침실 화장대 위에 내동댕이쳐져 있었다. 그 옆에는 거실에서 가져온 듯한 놋쇠자루가 달린 부젓가락이 뒹굴고 있었다. 끌 대신 써서 자물쇠를 비틀어 연 게 틀림없었다.

번스는 우리가 방 안을 둘러보는 동안 건성으로 여러 가지 물건을 훑어보고 있었다. 그러나 화장대 쪽으로 가자 문득 멈춰서더니 외눈 안경을 꺼내 찬찬히 조정한 다음 찌그러진 보석 상자를 들여다보았다.

"이거 참, 놀랍군."

번스는 연필로 그 뚜껑 가장자리를 가볍게 두드려보았다.

"부장, 이것을 어떻게 생각하오?"

히스는 화장대를 들여다보는 번스의 모습을 가늘게 뜬 눈으로 바라보았다. 그리고 되물었다.

"번스 씨, 당신은 무엇을 생각합니까?"

번스는 선뜻 대답했다.

"당신이 상상하는 이상의 것이오. 그런데 아까부터 나는 이 강철 보석상자가 도무지 부젓가락 같은 것으로 열렸을 리는 없다는 생각을 하고 있었소. 그렇지 않소?"

히스는 고개를 끄덕였다.

"당신도 그 점을 알아차렸군요. 정말 그 말이 맞습니다. 저 부젓가락으로는 상자를 조금 찌그러뜨릴 수는 있을지 모르지만 결코 자물쇠를 뜯을 수는 없었을 것입니다."

형사부장은 모런 총경 쪽을 보았다.

"이 수수께끼를 풀기 위해 블렌너 '교수'[2]를 불렀습니다……교수가 할 수 있다면 말입니다만. 이 보석 상자를 열려면 아주 뛰어난 전문적 기술이 필요할 것 같습니다. 주일학교 교장선생 정도가 할 수 있는 일이 아닙니다."

번스는 다시 한참 동안 보석 상자를 살펴보더니 이윽고 도무지 납득되지 않는 듯 눈살을 찌푸리고 그 자리를 떠나며 말했다.

"틀림없이 어젯밤 여기서 굉장히 기묘한 일이 일어났던 듯싶소."

"그다지 기묘한 일이라고 할 것까지는 없을 겁니다. 그야 물론 대담한 짓이기는 하지만 그리 수수께끼 같은 점은 없다고 여겨집니다."

번스는 외눈안경을 닦아 주머니에 넣으며 무뚝뚝하게 말했다.

"부장, 당신이 그런 견해를 가지고 일에 착수한다면 암초에 걸릴까 봐 몹시 걱정스러워지오. 하느님의 가호로 무사히 해안에 닿기를 바라겠소."

(1) 히스 형사부장은 두 달 전쯤 벤슨 살인사건 수사 때 번스와 알게 되었다.

(2) 블렌너가 19년 동안에 걸쳐 뉴욕 경찰국과 관계를 맺고 있으면서 상관 및 부하들로부터 '교수'라는 경칭으로 불린 것은 흥미로운 사실이다.

*1 남 이탈리아의 고대 그리스 거리. 부유하고 사치스러운 것으로서 유명했다. 기원전 5백 년 무렵에 멸망.

*2 Régie. 번스가 터키에 특별 주문하여 만들게 한 담배임. 뒷장에서 알게 된다.

*3 5세기 무렵 아테네의 창녀로, 페리클레스 장군이 아내와 이혼하고 이 여자를 정부로 삼았다. 사미아, 펠로폰네소스 전쟁을 이 여자가 뒤에서 조종했다는 전설이 있다.

*4 역시 기원전 340년 전후 아테네의 창녀로 웅변가 히페리데스, 화가 아

펠레스, 조각가 프락시텔레스 등을 애인으로 삼았었다.

＊5 인도 산 등나무.

＊6 앙드레 샤를 브울(1642~1732)이 창시한 쪽매붙임 세공 장롱. 화려하게 상감 세공된 것이 특징이다.

손자국

　　　　　　　　　　9월 11일 화요일 오전 9시 30분

　우리가 거실로 다시 돌아온 뒤 몇 분 지나서 수석 검시관 드어매스 박사가 쾌활하고 기운이 넘쳐흐르는 모습으로 들어왔다.

　그 뒤를 따라 세 남자가 들어섰다. 그 가운데 한 사람은 커다란 사진기와 접은 삼발이를 들고 있었다. 이 세 사람은 지문계 듀보이스 주임경감과 벨라미 형사, 그리고 경찰 사진기사 피터 퍼켄브슈였다.

　드어매스 박사가 큰 목소리로 말했다.

　"여어! 그야말로 일족의 무리들이 모두 모였군요, 또 무슨 사건입니까? 모런 총경, 당신 친구들에게 부탁하고 싶은 것은, 문제를 일으키려거든 좀더 온전한 시각을 택해달라는 겁니다. 이렇게 새벽부터 일어나면 간장이 놀라니까요."

　박사는 사무적인 태도로 기운차게 누구라 할 것도 없이 모두와 악수했다.

　"시체는 어디 있습니까?"

　드어매스는 활기찬 태도로 방 안을 둘러보았다. 그의 눈길이 긴의자 위에 눕혀진 여자에게로 옮겨갔다.

"오오, 여자로군요!"

그는 곧 그쪽으로 다가가 죽은 여자를 대강 살피고 목이며 손가락을 자세히 본 다음 두 팔과 머리 부분을 움직여 rigor mortis(사후경직) 상태를 확인하고 나서 마지막으로 굳어진 두 발을 펴서 더 자세히 검시하기 위해 기다란 쿠션 위에 시체를 눕혔다.

우리는 모두 침실 쪽으로 옮겨갔다. 히스는 지문계에게 오라고 손짓했다. 그는 두 사람에게 말했다.

"하나도 남김없이 샅샅이 해 주십시오. 그 가운데서도 이 보석상자와 부젓가락과 손잡이에 특별히 주의해 주고 저쪽 방의 서류상자도 철저히 해 주십시오."

듀보이스 주임경감이 대답했다.

"알았소. 저쪽 방에서 드어매스 박사가 일하고 있는 동안 여기부터 시작하겠소."

지문계 주임경감과 벨라미는 일을 시작했다.

우리의 흥미는 말할 나위도 없이 듀보이스 주임경감의 일하는 솜씨로 쏠렸다. 5분 동안 주임경감이 보석상자의 찌그러진 강철판 앞뒤와 반질반질한 부젓가락 손잡이를 조사하는 것을 지켜보고 있었다. 주임경감은 조심스럽게 그 물건들의 끝을 들어올린 다음 눈에 보석상들이 쓰는 확대경을 대고 손전등으로 샅샅이 비춰보았다.

이윽고 그는 그것을 내려놓으며 화난 표정으로 말했다.

"지문이 하나도 없소. 깨끗이 닦았소."

히스가 으르렁거리듯 말했다.

"그럴 줄 알았지요. 틀림없이 상습범의 짓입니다."

형사부장은 또 한 사람의 지문계 쪽을 돌아보았다.

"뭔가 찾아냈나, 벨라미?"

형사는 무뚝뚝하게 대답했다.

"쓸모 있을 만한 것은 하나도 없는데요. 오래된 것이 두세 개 있습니다만 먼지가 잔뜩 묻어서요."

"어쩔 도리가 없겠지. 저쪽 방에서 뭔가 찾아냈으면 좋겠네만."

이때 드어매스 박사가 침실로 들어오더니 침대 시트를 걷어가지고 다시 긴의자로 돌아가 죽은 여자의 몸 위에 덮었다. 그는 진찰가방을 소리 내어 닫고 모자를 멋지게 고쳐 쓰더니 급히 돌아가려는 듯 앞으로 나서며 거침없이 단숨에 말했다.

"뒤에서 목을 죄어 죽인 간단한 방법입니다. 목 정면에 손가락으로 눌린 반점과 뒷머리 아랫부분에 엄지손가락에 의한 반점이 있습니다. 별안간 공격을 받은 것이 틀림없습니다. 피해자는 얼마쯤 저항한 흔적이 있습니다만 간단히 말해서 계획에 의한 살인입니다."

번스가 물었다.

"옷이 찢겨진 것은 어떻게 추정하십니까, 박사?"

"아아, 그것 말입니까? 글쎄요, 그녀 자신이 한 것인지도 모르지요. 본능적으로 허공을 허우적거리다가."

"그렇지 않은 것 같습니다만."

"어째서지요? 옷이 찢겨지고 꽃도 뜯겨져 있잖습니까? 목을 죄는 녀석은 두 손을 그녀의 목에 대고 있었습니다. 달리 누가 할 수 있었겠습니까?"

번스는 어깨를 으쓱하며 담뱃불을 붙였다.

히스가 번스의 빗나간 말참견에 애타는 듯 드어매스 박사에게 물었다.

"손가락의 긁힌 상처는 반지를 거칠게 잡아뺄 때 난 것이겠지요?"

"그렇소, 새로 긁힌 상처니까. 왼쪽 손목에도 두 군데 쯤 찢긴 상처가 있고 엄지손가락 끝에도 가벼운 타박상이 하나 있소. 이것은 그녀의 손목에서 억지로 팔찌를 빼냈음을 가리키는 것이오."

히스가 만족스러운 듯 말했다.

"이야기가 들어맞습니다. 녀석은 그녀의 목에서 목걸이도 잡아챈 것 같습니다."

드어매스 박사가 곧 동의했다.

"그렇소, 목걸이 끄트러기가 오른쪽 어깨 조금 뒷부분의 살에 박혀 있었으니까."

"그럼, 시간은?"

"아홉 시간 내지 열 시간 전. 그러니까 11시 30분쯤 되겠군요, 어쨌든 12시 이후는 아니오."

드어매스 박사는 발끝으로 서서 줄곧 몸을 아래위로 움직거리고 있었다.

히스는 생각에 잠겼다.

"이제 됐습니다, 드어매스 박사님. 시체는 곧 안치소로 옮겨 놓도록 하겠습니다. 되도록 빨리 검시보고서를 보내주시기 바랍니다."

"오전 중에 보내겠소."

드어매스 박사는 빨리 돌아가고 싶었을 텐데도 침실까지 가서 히스며 매컴, 모런 총경과 악수를 나눈 다음 총총히 사라졌다.

히스는 그의 뒤를 따라 출입구까지 갔는데, 드어매스 박사가 밖에 있는 경관에게 공중복지국에 전화를 걸어 여자 시체를 싣고 갈 구급차를 부르라고 지시하는 소리가 들려왔다.

번스가 매컴에게 말했다.

"나는 자네들의 저 원시적인 검시관에게 참으로 감탄하지 않을 수 없네. 그야말로 초연해. 자네들은 모두 한 아름다운 여자의 죽음으로 말미암아 더없이 상심하며 안절부절못하는데, 저 명랑한 medicus(의사)는 다만 일찍 일어나 간장이 상하지 않을까 걱정하고 있으니 말일세. "

매컴이 불평스럽게 말했다.

"그가 당황해 할 건 아무것도 없지. 신문이 심하게 때리나 누가 트집을 잡나……. 그건 그렇고, 자네가 찢어진 옷에 대해 물어본 까닭은 무엇인가? "

번스는 귀찮은 듯한 표정으로 담배 끝을 물끄러미 들여다보았다.

"생각 좀 해 보게. 그녀는 틀림없이 느닷없이 습격당했네. 그전에 격투가 벌어졌다면 앉아 있는 자세로 뒤에서 목 졸릴 리가 없으니까. 따라서 그녀가 습격받았을 때에는 분명 옷이며 꽃장식에 이상이 없었겠지. 그러나——자네의 신바람 나는 페러셀서스*¹가 결론 내렸듯이——옷이 찢긴 상태로 보아 그녀가 허공을 허우적거리다가 찢은 건 아닌 듯싶네. 만일 야회복이 가슴을 죄어서 괴로웠다면 그녀는 손가락을 목깃 안쪽으로 집어넣어 보디스*² 자체를 잡아 찢었을 걸세.

 하지만 자네도 알다시피 보디스는 말짱하네. 찢긴 것은 다만 겉의 주름진 레이스 장식뿐이란 말일세. 더욱이 옆에서 강하게 잡아 당겨서 찢어진 것인데, 그때의 상황으로 보아 그녀는 아래를 향하고 있었든 위를 향하고 있었든 찢을 수 없었네. "

모런 총경은 열심히 귀기울여 들었으나 히스 형사부장은 안절부절 못하며 참고 있었다. 그로서는 찢어진 야회복 따위 단순하기 이를 데 없는 이 사건의 본줄거리와 아무 상관없다고 생각하고 있었던 것이다.

번스가 말을 이었다.

"그리고 꽃장식도 그녀가 목 졸릴 때 스스로 잡아 뜯은 거라면 바닥에 떨어졌을 걸세. 그야말로 죽을 힘을 다해 저항했을 테니까. 시체는 무릎이 세워진 채 옆으로 비틀려져 있고 한쪽 슬리퍼가 나

동그라져 있었네. 그런 난투극이 벌어지는 동안 꽃장식이 그대로 있을 리 없지. 여자란 가만히 앉아 있을 때에도 장갑이며 핸드백, 손수건, 프로그램, 냅킨 등을 곧잘 무릎에서 떨어뜨리는 법이니까."

매컴이 이의를 내세웠다.

"하지만 자네의 주장이 옳다면 레이스를 찢고 꽃장식을 잡아 뜯은 것은 그녀가 죽은 뒤였다는 셈인데, 그처럼 야만적이고 아무 의미 없는 행동을 해야 할 까닭이 무엇이었는지 나로서는 모르겠네."

"나도 모르겠어."

번스는 한숨지었다.

"정말이지 너무나도 기묘하네."

히스가 날카롭게 번스를 쏘아보았다.

"당신은 벌써 두 번이나 같은 말을 하는군요. 하지만 이 뒤범벅된 상태 말고는 기묘하다고 할 만한 것이 하나도 없습니다. 아주 간단명료한 사건입니다."

부장은 불확실한 자기 의견을 애써 설득시키려는 듯 강한 말투로 자기 주장을 내세웠다.

"옷이야 아무 때나 찢어질 수 있는 것이며, 꽃장식은 스커트 레이스에 걸려 바닥에 떨어지지 않았을지도 모르지요."

번스가 물었다.

"그럼, 부장. 보석상자는 어떻게 설명하겠소?"

"그야 녀석이 부젓가락으로 해보다가 안 되니까 자기의 쇠지레를 썼을지도 모르지요."

"그런 좋은 쇠지레를 가지고 있었다면 왜 거실에서 그 쓸모없는 부젓가락을 가져가는 수고를 했겠소?"

히스 형사부장은 당황한 듯 머리를 가로저었다.

"나쁜 놈들이 하는 짓이란 어째서 그랬는지 아무도 결코 알 수 없지요."

번스는 혀를 차며 부장을 나무랐다.

"쯧쯧, 재치 있는 탐정사건에는 '결코'라는 말이 있어서는 안 되오."

히스는 뚫어지게 번스를 지켜보았다.

"당신에게 기묘하게 여겨진 것이 무언가 있었습니까?"

히스 부장의 민감한 의혹심이 다시금 고개를 들기 시작한 듯했다.

"그렇소. 저쪽 방 테이블 위에 전기 스탠드가 있소."

우리는 거실과 침실 사이의 아치 형 문 옆에 서 있었다. 히스는 재빨리 고개를 돌려 쓰러져 있는 전기 스탠드를 보았다.

"나로서는 저것의 어디가 기묘한지 도무지 모르겠습니다."

"쓰러져 있잖소, 안 그렇소?"

히스는 어리둥절한 표정을 떠올렸다.

"쓰러져 있는 것이 대체 어떻단 말입니까? 이 아파트 안의 물건은 그야말로 거의 대부분 쓰러지거나 찌그러져 있지 않습니까?"

"맞소. 하지만 다른 물건들에는 그렇게 된 까닭을 설명할 수 있소. 이를테면 책상서랍의 정리선반이며 옷장이며 꽃병 등은 누구인가가 모두 뒤졌음을 가리키오. 이것은 물건을 훔치기 위해 들어왔었다는 견해와 꼭 들어맞소.

하지만 전기 스탠드는 아무래도 걸맞지 않소. 그것은 살인을 저지른 장소의 반대쪽 테이블 가에 있소. 적어도 170센티미터는 떨어져 있지요. 그러므로 격투할 때 쓰러졌으리라고 생각할 수는 없소, 그렇잖소? 쓰러뜨려봐야 아무 소용 없는 점에서는 저 아치 모양의 다리가 달린 테이블 옆에 걸린 아름다운 거울도 마찬가지요. 나로서는 그 점이 이상하다는 것입니다."

"저 의자와 작은 테이블은 어떻게 생각합니까?"

히스는 쓰러져 있는 금박입힌 작은 의자 두 개와 피아노 옆에 쓰러진 사치스러운 차 테이블을 가리켰다.

번스가 말했다.

"아, 저것도 사건이 일어났을 때의 상황과 맞물려 있다고 보아야겠지요. 그것들은 가벼운 가구니까 이 아파트를 약탈한 덜렁이 신사가 쓰러뜨리거나 내던졌을 수도 있었을 거요."

그러자 히스가 주장했다.

"전기 스탠드도 역시 그러다가 쓰러뜨렸을지 모르잖습니까?"

번스는 고개를 가로저었다.

"부장, 그것은 이치에 맞지 않소. 그 전기 스탠드에는 튼튼한 청동 받침대가 달려 있고 머리 쪽이 무겁지 않소? 더욱이 테이블 안쪽에 놓여 있어서 지나가다가 부딪치지도 않았을 거요. 그 전기 스탠드는 일부러 쓰러뜨린 것이오."

히스 부장은 잠시 잠자코 있었다. 지금까지의 경험으로 미루어 번스의 관찰을 과소평가해서는 안 된다는 것을 알고 있었기 때문이었다. 그리고 솔직히 말해서 나는 스탠드가 방 안에 흩어진 다른 물건들로부터 멀리 떨어진 구석의 테이블 가에 쓰러져 있는 것을 보고 번스의 주장이 꽤 근거 있다고 여겨졌다. 나는 곧 이 사실을 범죄의 목적에 적용시켜 보려고 애썼으나 잘되지 않았다.

이윽고 히스가 물었다.

"걸맞지 않은 것이 그 밖에 또 있습니까?"

번스는 담배로 거실의 의상용 벽장을 가리켰다. 그 벽장은 브울풍 장롱 가까이 긴의자 끝의 맞은편 구석에 있었다. 그는 담담하게 말했다.

"잠시 마음을 가라앉히고 저 벽장을 보시오. 문이 조금 열려져 있지만 그 안의 물건에는 손대지 않았다는 것을 알 수 있소. 이 아파트 안에서 휘저어지지 않은 것은 저 벽장뿐이오."

히스는 걸어가 그 안을 들여다보았다. 그는 고개를 끄덕이며 말했다.

"과연 그렇군요. 이것이 기묘하다는 것은 나도 인정하겠습니다."

번스는 귀찮은 듯한 태도로 부장의 뒤를 따라가 그 어깨 너머로 벽장 안을 들여다보았다. 그는 갑자기 크게 소리쳤다.

"아니, 열쇠가 안쪽에 꽂혀 있군요! 정말 이상한 일이오. 열쇠가 안쪽에 꽂혀 있었다면 벽장문을 잠글 수 없소……. 잠글 수 있겠소, 부장?"

히스 형사부장이 태평스럽게 말했다.

"열쇠에는 별다른 뜻이 없을지도 모릅니다. 문을 잠그지 않았었는지도 모르지요. 하지만 그 점은 곧 알아볼 수 있습니다. 하녀를 밖에서 기다리게 해두었으니까요. 주임경감이 일을 끝내는 대로 신문할 참입니다."

부장은 듀보이스 쪽을 돌아보았다. 주임경감은 침실의 지문 찾기를 끝마치고 이제 피아노를 살펴보고 있었다.

"뭔가 나오지 않았습니까?"

주임경감은 고개를 가로저으며 짤막하게 대답했다.

"장갑이오."

벨라미 형사가 책상 앞에 무릎 꿇고 앉은 채 무뚝뚝하게 덧붙였다.

"여기도 역시 마찬가지입니다."

번스는 빈정거리듯 미소 지어 보이고 창가로 다가가 밖을 내다보며 나른하게 담배를 피우기 시작했다. 사건에 대한 흥미를 모조리 잃어버린 듯했다.

이때 복도 쪽 문이 열리더니 희끗희끗한 머리에 역시 희끗희끗한 수염이 더부룩한 키가 작고 마른 남자가 들어와 비쳐드는 햇살에 눈을 깜빡이며 섰다.

히스가 인사했다.

"어서 오십시오, 교수님. 와 주셔서 고맙습니다. 당신의 전공에 꼭 맞는 멋진 일이 있습니다."

콘러드 블렌너 총경보[*3]는 뉴욕 경찰국에 배속되어 끊임없이 어렵고 기술적인 문제의 상담을 받지만 그 이름이며 공적이 좀처럼 밝혀지는 일이 없어 두드러지게 눈에 띄지는 않으나 아주 유능한 전문가들 가운데 한 사람이었다.

블렌너의 전문분야는 자물쇠와 도둑 연장이었다. 로잔느 대학의 근면하고 진지한 범죄학자들조차도 강도들이 연장을 씀으로써 남긴 증거가 될 만한 흔적을 알아내는 데 그처럼 정확하게 해낼 수 있을지 나는 의심스럽게 여긴다. 블렌너의 외모며 태도에는 정말 고상하고 아담한 작은 대학의 교수다운 점이 있었다. 그 주름 풀린 검은 양복은 구식이었으며 fin de siècle(19세기 말엽)의 성직자같이 가느다란 넥타이를 매고 있었다. 금테안경은 렌즈가 몹시 두꺼워 눈동자가 심한 벨라도나(가짓과에 속하는 다년초, 잎에는 독이 많음) 중독에 걸린 듯한 인상을 주었다.

블렌너는 무언가 초연하게 기다리는 듯한 표정으로 앞쪽을 뚫어지게 지켜보며 서 있었다. 방 안에 다른 사람들이 있다는 것을 전혀 모르는 것 같았다. 히스 형사부장은 물론 이 작은 남자의 색다른 태도에 익숙해 있었으므로 대답을 기다리지 않고 곧 침실을 향해 걸어갔다.

"어서 이리로 오십시오."

부장은 비위를 맞추듯하며 블렌너를 화장대 쪽으로 안내하고 보석상자를 집어 들었다.

"이 상자를 보시고 의견을 말씀해 주십시오."

블렌너 총경보는 주위에 눈길을 보내지 않고 히스의 뒤를 따라가 보석 상자를 받아들고 말없이 창가로 가서 살펴보기 시작했다. 번스는 갑자기 흥미가 끌리는 듯 앞으로 나아가 우뚝 서서 블렌너를 지켜보았다.

꼬박 5분 동안 키 작은 전문가는 근시인 눈앞 몇 인치까지 상자를 갖다대고 살펴보았다. 이윽고 그는 히스 쪽으로 눈길을 돌려 몇 번 깜박거렸다. 그는 위엄찬 목소리로 재빨리 말했다.

"이 상자를 여는 데 두 가지 방법이 사용되었소. 한 연장으로 뚜껑을 구부리려고 하다가 에나멜 칠 위에 몇 군데 균열을 만들었소. 또 한 연장은 강철로 된 끌 같은 것으로 자물쇠를 부수기 위해 쓰여졌소. 첫 번째 연장은 둔기로 쓰여졌지요. 서투르게 사용하여 그릇된 각도로 비틀어져서 뚜껑을 조금 구부렸을 뿐이오. 하지만 두 번째 연장인 끌은 최소한의 지렛대 힘으로 작용되어 자물쇠 고리를 벗기는데 필요한 반동압력이 나오도록 취약점을 정확히 알고 찔러 넣었소."

히스가 물었다.

"전문가의 짓입니까?"

"그런 것 같소."

블렌너는 또 눈을 깜박였다.

"다시 말해서 자물쇠를 비틀어 여는 일에 있어서는 전문가인 셈이오. 더욱 정확히 말하면, 사용된 연장은 이 몹쓸 목적을 위해 특별히 만들어진 것이라고 할 수 있소."

히스가 부젓가락을 내밀었다.

"이것으로 그 일을 해치울 수 있었을까요?"

"그 부젓가락으로 뚜껑을 구부렸을지는 모르지만 자물쇠를 비틀어 연 것은 그게 아니오. 이 부젓가락은 주철이오. 조금만 강한 압력을 가하면 부러지지요. 그런데 이 상자는 저온 처리한 18게이지의 강철판으로 만들어진데다 원통형 정착 변전장치 자물쇠가 달려 있으며 부정형 회전 열쇠를 사용하게 되어 있소*4. 뚜껑이 열릴 만큼 테두리를 구부리는 데 필요한 지레의 힘을 내려면 강철 끌을 써야 할 거요. ”

“그렇군요. ”

히스 부장은 블렌너 총경보의 결론에 만족스러워하는 듯했다.

“상자를 교수님에게 보내드릴 테니 그 밖의 것을 알아내면 알려주십시오. ”

“지장없다면 내가 가져가겠소. ”

키 작은 총경보는 상자를 옆구리에 끼고 아무 말없이 다리를 끌며 나갔다.

히스는 매컴에게 싱긋 웃어보였다.

“기묘한 사람이지요. 문이며 창문이며 그 밖의 곳에서 쇠지렛대 자국을 찾아내지 못하면 유쾌해 하지 않으니까요. 아마 상자를 보내줄 때까지 못 기다릴 겁니다. 지하철 안에서도 어머니가 아기를 안고 있듯 보물처럼 줄곧 그 상자를 무릎 위에 올려놓고 있을 테니까요. ”

번스는 여전히 화장대 옆에 서서 어쩔 줄 몰라하며 물끄러미 허공을 쳐다보고 있었다. 그는 매컴에게 말했다.

“매컴, 그 보석상자의 상태는 그야말로 놀라운 구석이 있어. 부조리하고 비윤리적이며 광기어린 어떤 점이. 그것 때문에 사태는 걷잡을 수 없이 복잡해졌네. 그 강철 상자는 전문적인 도둑이라 하더라도 그다지 쉽게 끌로 비틀어 열 수 있는 게 아니거든. 그런데 그것이 실제로 열려 있는 걸세. ”

매컴이 미처 대답하기 전에 듀보이스 주임경감의 만족스러운 듯한 신음 소리가 우리의 주의를 끌었다. 주임경감이 말했다.

"부장, 바라는 것이 드디어 나왔소."

우리는 기대를 품고 거실로 갔다. 듀보이스는 마거리트 오델의 시체 바로 뒤쪽에 놓인 서재용 테이블 가에 쭈그리고 앉아 있었다. 그는 작은 수동식 풀무 비슷한 분무기를 꺼내 반실반질한 테이블의 30센티미터 사방에 엷은 노란빛 가루를 뿌렸다.

그런 다음 그 가루를 조용히 불어치우자 거기에 연보랏빛 사람 손자국이 뚜렷이 나타났다. 엄지손가락 끝과 손가락이 갈라지는 부분, 손바닥의 도톰한 부분이 작은 둥근 섬처럼 떠올랐다. 또 손가락 끝의 부풀음도 뚜렷이 알아볼 수 있었다.

사진기사가 특별 조정할 수 있는 삼발이에 사진기를 설치하고 신중히 렌즈 초점을 맞추더니 플래시를 터뜨려 손자국 사진을 두 장 찍었다.

"이것은 쓸모가 있을 거요."

듀보이스 주임경감은 자신의 발견에 굉장히 기분 좋아했다.

"오른손이오. 뚜렷한 지문이지요. 이 지문의 소유자는 여자 바로 뒤에 서 있었소. 여기서는 가장 새로운 지문이오."

"이 상자는 어떻습니까?"

히스가 테이블 위에 쓰러진 전기 스탠드 옆에 놓인 검은 서류 상자를 가리켰다.

"아무 자국도 없소. 깨끗이 지워져 있소."

듀보이스 주임경감은 자기 소지품들을 챙기기 시작했다.

번스가 물었다.

"저어, 듀보이스 주임경감님, 저 벽장문 안쪽 손잡이도 자세히 조사했습니까?"

듀보이스는 불끈하며 번스를 쏘아보았다.

"벽장문의 안쪽 손잡이는 대개 쓰지 않는 법이오, 바깥쪽에서 여니까요."

번스는 몹시 놀란 듯 눈썹을 치켜 올렸다.

"요즘은 그렇습니까? 그거 참, 재미있군요. 하지만 벽장 안에 있을 때에는 바깥쪽 손잡이에 손이 미치지 않겠지요."

듀보이스 주임경감은 비웃듯이 말했다.

"내가 아는 패거리들은 의상용 벽장 안에 숨어 있거나 하지 않습니다."

번스가 날카롭게 쏘아붙였다.

"정말 놀랍군요, 내가 아는 패거리들은 모두 그런 습관을 가지고 있습니다만……이를테면 기분전환의 일종이라고나 할까요."

언제나 사교적인 매컴이 끼어들었다.

"저 벽장에 대해 뭔가 짚이는 바가 있나, 번스?"

번스는 한심스러운 대답을 했다.

"아, 있으면 좋겠다고 생각하네. 보아하니 저 벽장은 깨끗이 정돈된 상태 그대로거든. 그 점이 아무래도 납득이 가지 않네. 그래서 내 흥미를 몹시 끌었지. 그야말로 아주 예술적인 약탈을 했음에 틀림없네."

히스도 번스를 괴롭히고 있는 그 막연한 불안을 떨쳐버리지 못하는 듯했다. 그는 듀보이스 주임경감에게 말했다.

"그 손잡이를 살펴보는 게 좋겠습니다. 이분이 말하듯 그 벽장의 상태가 아무래도 이상하니까요."

듀보이스 주임경감은 말없이 얼굴을 찌푸리며 벽장문 옆으로 가서 안쪽 손잡이에 노란 가루를 뿌리고 나서 필요 없는 가루를 불어버린 뒤 확대경을 대고 들여다보았다. 이윽고 몸을 일으키더니 어쩔 수 없이 인정해야겠다는 듯 번스를 바라보았다.

"분명 새 지문이 있군요."

경감은 퉁명스럽게 사실을 인정했다.

"내 눈에 이상이 없다면 테이블 위의 지문과 같은 손에 의해 찍힌 것입니다. 양쪽 모두 엄지손가락 지문이 짐승의 발굽 모양이고 집게손가락은 모두 빙빙 도는 소용돌이 모양입니다. 여보게, 피터."

듀보이스는 사진기사에게 명령했다.

"이 손잡이를 두세 장 찍어두게."

그 일이 끝나자 듀보이스 주임경감과 벨라미 형사와 사진기사는 우리들을 남겨 놓고 돌아갔다.

몇 분 뒤에는 모런 총경이 농담을 몇 마디 던지고 가버렸다. 문에서 총경은 시체를 옮기기 위해 온 하얀 옷차림의 두 실습의학생과 스쳤다.

＊1 스위스 의사, 연금술사. 1493？～1541.

＊2 옷의 앞뒤폭.

＊3 총경보는 Deputy－Inspector를 번역한 것인데 Inspector인 모런을 총경으로 번역했으므로 총경보로 했다.

＊4 이 자물쇠의 설명을 원문에서는 inset cylinder pintumbler lock taking a paracentric key라고 했다.

잠겨진 문

아파트에는 매컴과 히스와 번스와 나 네 사람만 남게 되었다. 낮게 드리워진 구름이 해를 가려 희미한 회색빛이 방의 비극적인 분위기를 더욱 어둡게 했다.

매컴은 여송연에 불을 붙여 물고 피아노에 기대선 채 침울하지만 단호하게 결의를 굳힌 듯한 표정으로 주위를 둘러보았다. 번스는 거실 옆벽에 걸린 한 장의 그림——부셰의 La Bergère Endormie(잠자는 양치기 아가씨)였던 듯싶다——으로 다가가 경멸의 빛이 담긴 짓궂은 표정으로 바라보고 있었다.

번스가 말했다.

"포동포동한 나체, 재롱부리는 큐핏, 바람둥이 공주들을 에워싸고 있는 솜털 같은 구름."

그는 루이 15세 시대의 프랑스 퇴폐기에 그려진 모든 그림을 몹시 혐오하고 있었다.

"신록의 들판과 리본을 맨 양을 그린 이런 사랑의 목가적 풍경화가 나타나기 전 창녀들은 대체 어떤 그림을 침실에다 걸었었는지 모르 겠군."

매컴이 초조한 듯이 말했다.

"나는 지금 이 침실에서 어젯밤 무슨 일이 일어났었는가 하는 일이 더 흥미롭네."

히스가 기운을 북돋우듯 말했다.

"그 일은 그다지 문제가 없을 겁니다. 듀보이스 주임경감이 그 지 문을 지문대장과 비교해 보면 어느 녀석이 한 짓인지 알 수 있을 테니까요."

번스는 가엾게 여기는 듯한 미소를 떠올리며 히스 형사부장을 보았 다.

"당신은 굉장한 낙천가로군요, 부장. 나는 그와 달리 이 애처로운 사건이 해결되기 훨씬 이전에 당신이 그 신경질적인 주임경감이 살 충제 같은 것으로 지문을 찾아내지 않았더라면 좋았을 것이라고 생 각합니다."

번스는 연극적인 몸짓을 하여 자기 말을 강조했다.

"한 가지 알려주겠소만, 저쪽 서재용 테이블이며 커트 글라스문에 지문을 남긴 사람은 아름다운 마거리트 오델이 황급히 저 세상으로 여행을 떠난 일과는 아무 관계도 없소."

매컴이 날카롭게 물었다.

"자네는 대체 무엇을 의심하는 건가?"

번스가 조용히 말했다.

"아무것도 의심하고 있지 않네, 매컴. 나는 유성과 유성 사이의 공 간처럼 표적도 아무것도 없는 허공의 정신적 어둠 속을 헤매고 있 네. 암흑의 아가미가 나를 마구 뜯어먹고 있어. 나는 끝없이 널따 란 방의 한복판에 있네. 나의 정신적 어둠은 이집트, 스트기오스,

킴멜의 어둠일세. 나는 완전한 암흑의 엘레보스에 있단 말일세[1]."

매컴은 못 참겠다는 듯 턱에 힘을 주고 있었다. 나는 번스가 그렇듯 떠벌림으로써 발뺌하는 수법에 이미 익숙해져 있었다.

매컴이 히스에게 물었다.

"당신은 이 집 사람들을 신문해 보았소?"

"오델의 하녀와 수위, 전화교환원을 잠깐 만나보았지만 깊이 파고들어 신문하지는 않았습니다. 당신을 기다렸지요. 아무튼 지금 말씀드릴 수 있는 것은 그들의 진술이 나를 완전히 당황하게 만들었다는 점입니다. 그들이 조금이라도 진술을 바꾸지 않는 한 우리는 두 손 번쩍 들어야 할 겁니다."

매컴이 제안했다.

"그럼, 이제부터 그들을 만나봅시다. 맨 먼저 하녀부터 신문할까요."

그는 말을 마치자 건반에 등을 대고 피아노 의자에 앉았다.

히스는 의자에서 일어나 문 쪽으로 가지 않고 창문가로 걸어갔다.

"그들을 만나기 전에 당신에게 한 가지 주의해 두어야 할 일이 있습니다, 검사님. 이 아파트의 출입구에 대한 문제입니다."

부장은 금실로 짠 커튼을 한쪽으로 밀었다.

"이 쇠창살을 보십시오. 이 집의 창문에는 모두 이처럼 쇠창살이 끼워져 있습니다. 여기서부터 저 땅까지는 250센티미터 내지 3미터밖에 안됩니다. 따라서 이 집을 지은 사람이 누구인지는 모르지만 도둑이 창문으로 들어오지 못하도록 몹시 신경 쓴 겁니다."

히스는 커튼에서 손을 떼고 성큼성큼 대기실로 걸어갔다.

"그리고 이 아파트의 입구는 하나밖에 없습니다. 복도 쪽으로 나 있는 문뿐이지요. 이 방에는 복도 쪽으로 난 창문도, 환기장치도, 식료품을 운반하는 엘리베이터도 없습니다. 다시 말해서 누구를 막

론하고 이 아파트에 드나들 수 있는 오직 하나의 길――'오직 하나의 길'――은 이 문뿐입니다. 검사님, 그들과 이야기할 때 이 점을 잊어서는 안 됩니다. 그럼, 하녀를 부르겠습니다."

히스의 명령에 따라 형사가 약 30살쯤 된 흑백 혼혈 여자를 데리고 들어왔다. 산뜻한 옷차림에 꽤 일을 잘할 것 같은 인상이었다. 조용한 목소리에 말투가 뚜렷하여 이런 계급의 여자치고는 좀 나은 교육을 받아 어느 정도 교양을 갖추고 있는 듯했다. 하녀의 이름은 에이미 깁슨으로, 매컴의 예비신문에 의해 알아낸 사실은 대강 다음과 같았다.

에이미 깁슨은 그날 아침 7시 조금 지나 아파트에 닿았다. 여느 때처럼 열쇠로 문을 열고 안으로 들어왔다. 여주인은 흔히 늦게까지 잠을 자기 때문이었다.

1주일에 한두 번은 오델 양이 일어나기 전에 바느질이나 수선을 하기 위해 아침 일찍 왔다. 바로 그날 아침도 가운을 고치기 위해 일찌감치 왔다. 문을 열자마자 방 안이 몹시 어질러져 있음을 알았다. 대기실의 베네치아 유리문이 활짝 열려 있었기 때문이었다. 그때 긴의자 위에 누운 여주인의 시체가 보였다.

그녀는 곧 근무 중인 야근 전화교환원 제섭을 불렀다. 제섭은 거실 안을 한 번 둘러보고는 경찰에 알렸다. 에이미는 일반용 응접실에 앉아 경찰관이 오기를 기다렸다.

하녀의 증언은 직접적이고 간단하며 요령이 있었다. 신경질적이지도 않고 흥분하지도 않았으며 감정을 잘 억눌렀다.

매컴은 잠깐 사이를 두었다가 신문을 계속했다.

"그럼, 어제 저녁으로 거슬러 올라가……당신은 몇 시에 오델 양의 아파트에서 나갔소?"

에이미는 메마르고 단조로운 말투로 대답했다. 그것이 그녀 말투의 특징인 듯했다.

"7시 조금 지난 뒤였습니다, 검사님."

"늘 그 시간에 돌아갔소?"

"아니오. 대개 6시쯤이면 돌아갑니다. 그러나 어제 저녁에는 오델 님이 만찬회에 나가야 했으므로 옷 입는 것을 도와드렸지요."

"만찬회에 나갈 때는 늘 옷 입는 일을 도와주었소?"

"아닙니다, 검사님. 하지만 어제 저녁에는 어떤 신사분과 식사한 다음 연극 구경을 가게 되어 있었으므로 특별히 아름답게 꾸미고 싶어했지요."

매컴이 몸을 앞으로 내밀었다.

"그 신사가 누구인지 알고 있소?"

"모릅니다, 검사님. 오델 님은 아무 말씀도 하지 않았으니까요."

"누구인지 짐작되는 바가 없소?"

"전혀 짐작되지 않습니다."

"오델 양은 당신에게 오늘 아침에 일찍 와야 한다고 언제 말했소?"

"어제 저녁 돌아가려고 할 때였습니다."

"그렇다면 오델 양은 그 신사에 대해 아무런 위험도 느끼지 않았으며 두려워하지도 않았던 셈이로군요."

"그런 눈치는 보이지 않았습니다."

하녀는 생각에 잠기듯 잠시 말을 끊었다.

"네, 전혀 그렇지 않았습니다. 오히려 아주 즐거워하는 것 같았지요."

매컴은 히스 쪽을 보았다.

"무언가 달리 묻고 싶은 것이 있소, 부장?"

히스는 입에 물고 있던 불붙이지 않은 여송연을 떼어낸 다음 두 손을 무릎 위에 놓고 몸을 앞으로 내밀었다. 그는 무뚝뚝하게 물었다.

"오델 양은 어젯밤 어떤 보석을 몸에 지니고 있었소?"

하녀는 좀 냉정하고 새침한 태도를 보였다.

"오델 님은……"

그녀는 특히 '님'에게 힘을 줌으로써 부장의 무례한 말투를 비난하려는 것 같았다.

"모든 반지를 끼었습니다. 다섯 개인지, 여섯 개인지 모두 끼었지요. 그리고 팔찌를 세 개…… 하나는 네모진 다이아몬드, 다른 하나는 루비, 또 하나는 다이아몬드와 에나멜이 박혀 있었습니다.

그리고 목에는 배꽃 모양의 다이아몬드 샘버스트*2를 사슬에 꿰어 걸었습니다. 또 다이아몬드와 진주를 박은 백금 로니에트*3를 가져갔지요."

"그밖에도 다른 보석들이 있었소?"

"작은 것을 몇 개 더 가지고 있었지만, 확실히 말씀드릴 수는 없습니다."

"그래, 그녀는 그런 보석들을 침실의 보석 상자에 넣어두었을 테지요?"

하녀는 비웃음 이상의 것이 담긴 말투로 대답했다.

"네, 몸에 지니고 있지 않을 때는 보석 상자에 넣어두었지요."

"그렇소? 몸에 지닐 때도 쇠를 잠가두는 줄 알았소만."

히스는 하녀의 태도가 불만스러운 듯했다. 하녀가 대답할 때 언제나 '부장님'을 생략하는 것을 알아차렸기 때문이다. 히스는 의자에서 일어나 서재용 테이블 위에 놓인 검은 서류 상자를 내려다보며 손가락으로 가리켰다.

"전에 이것을 본 적이 있소?"

하녀는 쌀쌀맞게 고개를 끄덕였다.

"여러 번."

"늘 어디에 두었었지요?"

"저 안입니다."

하녀는 턱을 치켜들어 브울 풍 장롱을 가리켰다.

"상자 속에 무엇이 있었지요?"

"내가 그걸 어떻게 알겠습니까?"

"모른단 말이지요, 정말이오?"

히스는 턱을 내밀어 보였으나 그렇듯 위협적인 태도도 무감각한 하녀에게는 아무 효력을 발휘하지 못했다.

하녀는 조용한 목소리로 대답했다.

"전혀 모릅니다. 늘 쇠가 잠겨 있었으며, 오델 님이 여는 것을 본 적도 없습니다."

형사부장은 거실의 벽장문 앞으로 걸어갔다. 그는 화난 말투로 물었다.

"저 열쇠를 본 적이 있소?"

다시금 하녀는 고개를 끄덕여보였다. 나는 그녀의 눈에 희미하게 놀라워하는 표정이 떠오르는 것을 알아차렸다.

"저 열쇠는 언제나 문 안쪽에 꽂아두오?"

"아니오, 늘 바깥 쪽에 꽂습니다."

히스는 묘한 눈길로 번스 쪽을 흘끗 보았다. 그리고 그는 잠시 눈살을 찌푸리며 손잡이를 들여다보더니 마침내 손을 흔들어 하녀를 데려온 형사에게 신호했다.

"이 여자를 응접실로 데려다주게, 스니트킨. 그리고 오델의 보석 상자에 대한 자세한 조서를 꾸며 두게나. 그녀를 돌려보내면 안 되네. 아직 용건이 있으니까."

스니트킨과 하녀가 나가자 번스는 긴의자 위에 몸을 쭉 뻗으며 기댔다. 그는 신문하는 동안 내내 긴의자에 앉아 천장으로 담배연기를 뿜어 올리고 있었다. 그가 말했다.

"꽤 성과를 거둔 셈이로군요. 안 그렇소? 저 거무스름한 여자 덕분에 이야기가 꽤 진척되었소. 이제는 벽장문 열쇠가 여느 때와 다른 쪽에 꽂혀 있었음을 알았고, 우리의 file de joie(바람둥이 아가씨)가 마음에 드는 inamorati(애인) 가운데 한 사람과 연극 구경갔었으며, 아마도 그 남자가 어젯밤 그녀를 여기까지 데려다 주었을지도 모른다는 것도 알았으니까."

히스는 얕보는 듯한 거만스러운 목소리로 말했다.

"그것이 무슨 도움이 되리라 생각합니까? 어쨌든 이제부터 전화교환원의 시시한 이야기를 들어보지요."

매컴이 말했다.

"좋소, 부장. 그렇게 하시오."

"아니, 매컴 검사님, 그전에 먼저 수위를 신문하는 것이 좋을 듯싶습니다. 그 까닭을 가르쳐 드리지요."

히스는 아파트 입구로 가서 문을 열었다.

"여기를 좀 보십시오."

히스 형사부장은 복도로 나가 왼쪽의 좁은 복도 저편을 가리켰다. 그 좁은 복도는 길이가 약 3미터로 오델의 방과 응접실 뒤쪽의 밋밋한 벽 사이에 끼어 있었다. 그 저쪽 끝에 튼튼한 떡갈나무 문이 나 있어 건물 옆쪽의 안뜰로 통하고 있었다.

히스는 설명했다.

"저 문은 이 건물의 하나뿐인 옆문, 또는 뒷문이라고 해도 좋습니다. 저 문이 잠겨 있는 한 정면 입구 말고는 이 건물로 들어올 길이 없지요, 다른 방을 지나 이 건물 안으로 들어올 수도 없습니다. 2층의 창문에는 모두 쇠창살이 끼워져 있으니까요, 나는 이 아파트에 오자마자 그 점을 철저하게 조사했습니다."

형사부장은 앞장서서 거실로 갔다. 그는 말을 이었다.

"오늘 아침의 상황을 일단 조사한 다음 나는 범인이 그 좁은 복도 끝의 뒷문으로 들어와 야근하는 전화교환원 몰래 이 방으로 들어오지 않았을까 생각했지요. 그래서 그 뒷문이 열려 있는지 살펴보았습니다.

하지만 안쪽으로 빗장이 걸려 있었습니다. 아시겠습니까? 자물쇠가 아니라 빗장이 걸려 있었던 겁니다. 더욱이 바깥에서 쇠지렛대를 쓰거나 다른 어떤 재간으로도 열 수 있는 자동빗장이 아니라 단단한 놋쇠로 만들어진 구식 회전빗장이었지요*4. 그럼, 이쯤 알아두시고 수위가 뭐라고 말하는지 우선 들어보십시오."

매컴은 고개를 끄덕여보였다. 히스는 복도에 있는 부하 하나를 불러 명령을 내렸다. 이윽고 광대뼈가 튀어나오고 무뚝뚝하며 어리석어 보이는 독일인 중년 사나이가 우리 앞에 서서 턱에 힘을 주고 살피듯 훑어보고 있었다.

히스가 신문을 맡았다.

"당신은 저녁 몇 시에 퇴근하지요?"

그는 무뚝뚝하고 단조로운 말투도 대답했다.

"6시입니다. 이따금 빠를 때도 있고 늦을 때도 있습니다."

그는 자기의 규칙적인 일상생활이 이렇듯 뜻밖의 간섭을 받게 되어 화가 나는 듯했다.

"그럼, 아침에는 몇 시에 출근하시오?"

"8시입니다, 언제나."

"어제 저녁에는 몇 시에 퇴근했소?"

"6시쯤……, 아니 6시 15분 조금 지나서였습니다."

히스는 잠시 말을 끊고 한 시간 전부터 입에 물었다뗐다하던 여송연에 겨우 불을 붙였다.

"그럼, 저 뒷문에 대해서 묻겠소."

여전히 덮칠 듯한 기세로 히스가 신문을 계속했다.

"날마다 저녁 무렵 돌아가기 전에 잠근다고 했지요, 안 그렇소?"

"Ja(네)……그렇습니다."

수위는 고개를 끄덕여보였다.

"하지만 그냥 잠그는 것이 아니라 빗장을 지릅니다."

"알았소, 빗장을 지른단 말이지요?"

히스가 말할 때마다 여송연이 입술 아래위로 춤추었으며 담배연기와 말이 함께 입에서 나왔다.

"그러니까 어제 저녁에도 6시쯤에 여느 때처럼 빗장을 질렀겠지요?"

수위는 독일 사람답게 정확하게 바로잡았다.

"아마 6시 15분이었을 겁니다."

히스는 더욱 거친 말투로 물었다.

"어제 저녁, 빗장을 지른 것이 틀림없소?"

"Ja, Ja(네, 네), 틀림없습니다. 날마다 저녁때 하는 일이며 절대로 잊지 않지요."

그 사나이의 아주 성실한 점으로 보아 그 뒷문이 어젯밤 6시쯤 안으로 빗장이 질러진 것은 의심할 여지가 없는 듯했다. 그러나 히스는 몇 분 동안이나 그 점에 대해 거듭 다짐을 두었는데, 결국 문에 빗장이 질러진 일이 더욱 확실하게 보증되었을 뿐이었다. 마침내 수위는 풀려났다.

"여보시오, 부장."

번스는 유쾌한 듯이 미소 지어 보였다.

"그 정직한 라인란트(독일의 서부지방) 사람은 문에 틀림없이 빗장을 질렀을 거요."

히스는 침을 튀기며 말했다.

"그렇습니다. 그리고 오늘 아침 8시 15분쯤에 내가 조사했을 때도 아직 빗장이 질러 있었지요. 덕분에 일이 더 복잡해졌습니다. 어제 저녁 6시부터 오늘 아침 8시까지 문에 빗장이 질러 있었다면 대체 누가 어젯밤에 영구차를 갖다댔는지 알고 싶고, 또한 카나리아의 귀여운 친구가 어디를 통해 이리로 들어왔는지 알고 싶습니다. 그리고 또 한 가지 어디로 어떻게 나갔는지도 알고 싶습니다."

매컴이 말했다.

"정면 현관을 지났다면 안 될 까닭이라도 있소? 당신이 조사한 바에 따르면 그것이 오직 하나의 남은 방법인 듯하오만."

히스가 말했다.

"물론 나도 많이 생각해 보았습니다. 아무튼 검사님, 전화교환원의 말을 들어본 다음에 다시 이야기하도록 하지요."

번스가 생각에 잠기며 말했다.

"전화교환대는 복도의 정면 입구와 이 방 중간에 있소. 그렇다면 어젯밤 여기서 한바탕 소란 피운 신사는 들어올 때도 나갈 때도 교환원의 바로 몇 미터 앞을 지나가야 했다는 말이로구먼."

히스가 잘라 말했다.

"그렇습니다. 하지만 교환원은 그런 사람이 오지도 않았으며 나가지도 않았다고 말하고 있습니다."

히스의 기세가 옮아간 듯 매컴이 거친 말투로 명령했다.

"그 사람을 데려오시오. 내가 신문하겠소."

히스는 심술궂은 기분으로 재빨리 그 명령을 받아들였다.

＊1 스트기오스는 그리스 신화에 나오는 삼도천, 킴멜은 호메로스에 의하면 세계의 서쪽 끝에 있는 안개와 암흑의 나라, 엘레보스는 현세와 지옥 사이의 암흑계.

＊2 중심에 커다란 보석을 놓고 둘레에 작은 보석을 박은 것.

＊3 관극용 쌍안경.

＊4 여기서 쇠가 잠겼다(locked)는 것은 여느 열쇠로 여는 자물쇠를 말하며, 자동빗장(slip-bolt)이란 문을 닫으면 자동적으로 고리가 구멍에 들어가고 열 때에는 손잡이를 돌리면 되며, 회전빗장(turn-bolt)이란 손으로 손잡이를 돌리면 고리가 구멍으로 들어가게 되어 있는 것을 말한다.

도움을 청하는 외침

제섭은 방에 들어오는 순간부터 좋은 인상을 주었다. 진실하고도 단호한 성품인 듯했으며 다부진 몸집을 한 30살이 좀 넘은 남자였다. 반듯하게 네모진 어깨가 군대교육을 받았음을 나타내 주었다. 그는 다리를 몹시 절었다. 특히 오른쪽 다리를 눈에 띌 정도로 절룩거렸다. 거기에 팔꿈치는 굽히거나 펼 수 없도록 부러졌는지 활처럼 휜 채 굳어 있었다. 얌전하고 공손하게 눈을 내리깔고 있었지만 총명해 보였다.

매컴은 재빨리 벽장문 옆에 놓인 등의자를 권했으나 제섭은 사양하고 군인처럼 차렷 자세로 지방검사 앞에 섰다. 매컴은 먼저 두세 가지 개인적인 질문부터 시작했다. 제섭은 제1차 세계대전 무렵 중사였으며[1] 두 번이나 중상을 입어 전쟁이 끝나기 조금 전에 제대하여 고국으로 송환되었다는 것이었다. 지금의 전화교환원 자리에 1년 넘게 근무하고 있다고 했다.

매컴은 신문을 계속했다.

"어젯밤의 참극에 관련된 여러 가지 사항을 당신에게 물어야겠소."

"네, 검사님."

이 제대 군인은 아는 일이라면 무엇이든 정확하게 이야기해 줄 것이고 자기가 정확하게 알지 못하는 일에 대해서는 뚜렷이 모른다고 밝힐 사람임에 틀림없었다. 그는 신중하여 잘 훈련된 증인으로서의 온갖 자격을 갖추고 있었다.

"먼저 첫째로, 어젯밤 몇 시에 출근했소?"

"10시였습니다."

그 무뚝뚝한 대답에는 아무런 꾸밈도 없었다. 그라면 정해진 시각에 언제나 정확하게 출근할 것이라는 느낌이 들었다.

"어젯밤은 내가 짧은 시간 근무를 할 차례였습니다. 주간 근무하는 사람과 함께 긴 시간 근무와 짧은 시간 근무를 교대로 하고 있습니다."

"어젯밤 오델 양이 연극이 끝난 다음 돌아오는 것을 보았소?"

"네, 검사님. 들어오는 사람은 누구나 교환대 옆을 지나가야만 합니다."

"그녀는 몇 시에 돌아왔소?"

"11시 2, 3분쯤이었습니다."

"혼자 돌아왔소?"

"아니오, 신사 한 분과 함께 돌아왔습니다."

"누구인지 알고 있소?"

"이름은 모릅니다. 하지만 어제까지 몇 번 오델 양을 만나러 왔었으므로 본 적이 있습니다."

"인상을 설명할 수 있겠소?"

"네, 검사님. 깨끗이 면도한 얼굴에 아주 짧고 희끗희끗한 콧수염을 기른 45살쯤 된 키 큰 신사분입니다. 그리고 보기에——아시겠지만——부유하고 지위도 있는 분인 것 같았습니다."

매컴은 고개를 끄덕였다.

"그 신사는 오델 양과 함께 방으로 들어갔소, 아니면 곧 돌아갔
소?"

"오델 양과 함께 안으로 들어가 약 30분쯤 있었습니다."

매컴은 눈을 반짝이며 열성적인 말투로 물었다.

"그럼, 그 신사는 11시쯤에 와서 11시 30분쯤까지 오델 양과 함께
방 안에 있었다는 말인데 틀림없소?"

전화교환원은 잘라 말했다.

"네, 틀림없습니다."

매컴은 한숨 돌린 다음 몸을 앞으로 내밀었다.

"그럼, 제섭, 대답하기 전에 신중히 생각해 주기 바라오만……어
젯밤 몇 시든 간에 다른 사람이 오델 양을 찾아오지 않았소?"

제섭은 망설임없이 대답했다.

"아무도 없었습니다."

"어떻게 그토록 확실히 알 수 있지요?"

"누가 왔다면 내가 보았을 테니까요, 이리로 들어오려면 교환대 옆
을 지나야만 합니다."

매컴이 물었다.

"그럼, 당신은 교환대 옆을 떠난 적이 없었소?"

제섭은 마치 책임진 장소를 떠났다고 트집잡혀 항의라도 하듯 힘차
게 부정했다.

"결코 없습니다. 물을 마시고 싶거나 화장실에 가고 싶을 때에는
응접실의 작은 화장실을 사용하는데, 늘 문을 열어놓고 교환대에서
눈길을 떼지 않습니다. 언제 전화가 걸려와 작은 전구에 불이 켜질
지 알 수 없기 때문이지요, 비록 화장실에 있다 하더라도 내 눈에

띄지 않고서는 아무도 복도를 지나갈 수 없습니다."

양심적인 제섭이 끊임없이 교환대를 지켜보면서 급한 호출이 있을 때 지체없이 대답하리라는 것은 충분히 믿을 수 있었다. 그가 일에 충실하며 믿을 만한 사나이라는 것은 확실했다. 오델 양에게 어젯밤 다른 방문객이 있었다면 제섭이 반드시 알았으리라는 점에 대해 우리 모두가 조금노 의심하지 않았다고 나는 생각한다.

그러나 히스는 일을 철저하게 하기 위해 벌떡 일어나 복도로 나갔다. 이윽고 그는 난처해 보이는, 그러나 만족스러운 표정으로 되돌아왔다.

"틀림없습니다."

부장은 매컴에게 고개를 끄덕여보였다.

"화장실문과 교환대는 가려지는 것 하나 없이 일직선으로 되어 있습니다."

제섭은 자기 진술이 증명된 점에 아무 관심도 나타내 보이지 않고 주의 깊은 눈길로 뚫어지게 지방검사를 바라보며 다음 질문을 기다렸다. 감탄하지 않을 수 없는 그 침착한 태도에는 사람의 신뢰를 받을 만한 무엇인가가 있었다.

매컴은 다시 신문을 계속했다.

"어젯밤은 어땠소? 이따금 교환대를 뜨거나 한참 동안 비우지는 않았소?"

"꼭 한 번 비웠습니다, 검사님. 하지만 1, 2분쯤 화장실에 갔을 뿐이었습니다. 그러나 그 동안에도 내내 교환대에서 눈길을 떼지 않았지요."

"그렇다면 맹세코 10시 이후에 오델 양을 찾아온 사람도 없고, 데려다준 신사 말고는 그 시각 이후 방에서 나간 사람도 없다고 말할 수 있겠소?"

"네, 그렇습니다."

제섭은 진실을 말하고 있음에 틀림없었다. 매컴은 다음 질문을 하기 전에 잠시 동안 생각에 잠겼다.

"저 뒷문은 이상이 없었소?"

"그 문은 밤새도록 잠겨 있었습니다. 수위가 돌아갈 때 빗장을 질렀다가 아침에 벗기게 되어 있지요. 나는 결코 손대지 않습니다."

매컴은 몸을 뒤로 젖히고 히스를 돌아 보았다.

"수위와 이 제섭의 증언으로 상황이 꽤 좁혀져 오델 양을 바래다준 인물에 한정되는 셈이 되었구료. 뒷문은 밤새도록 빗장이 질러 있었고 앞문으로 찾아온 사람도 나간 사람도 없었다면 우리가 찾아내야 할 사람은 그녀를 데려다 준 남자라는 추정이 나오오."

히스는 그리 유쾌해 보이지 않는 짧은 웃음소리를 냈다.

"어젯밤 여기서 다른 일이 일어나지 않았다면 그럴 수도 있겠지요."

그는 제섭 쪽을 보았다.

"검사님에게 그 남자에 대한 다음 이야기를 해드리지요."

매컴은 기대에 가득 찬 관심을 나타내며 교환원을 지켜보았다. 번스도 한쪽 팔꿈치를 세워 몸을 일으키고 주의 깊게 귀를 기울였다.

제섭은 사병이 상관에게 보고할 때와 같이 시원시원하면서도 신중한 태도를 보이며 단조로운 목소리로 말했다.

"그 신사는 11시 30분쯤 오델 양의 방에서 나와 교환대 앞으로 오더니 옐로우 택시 캡*1을 불러달라고 했습니다. 내가 전화를 건 다음 그 신사는 자동차가 오기를 기다리고 있었는데, 갑자기 오델 양이 비명을 지르며 도움을 청했습니다. 그 신사는 방문 앞으로 달려갔습니다. 나도 재빨리 뒤따라갔지요.

신사가 문을 두드리자 처음에는 아무 대답도 없었습니다. 그는 다시 문을 두드리고 오델 양을 부르며 무슨 일이냐고 물었지요. 그러자 오델 양이 아무 일도 아니니 걱정 말고 돌아가라고 대답하더군요. 그 신사는 나와 함께 교환대로 돌아오며 오델 양이 잠들었다가 꿈을 꾸었나 보다고 말했지요. 우리가 2, 3분 동안 전쟁 이야기를 하고 있는데 택시가 왔습니다. 그 신사는 나에게 잘 있으라고 말하고 자동차를 타고 갔습니다."

오델 양을 데려다 준 신사가 떠나기 직전에 일어났던 이 일이 사건에 대한 매컴의 이론을 완전히 뒤엎은 것은 사실이었다. 매컴은 몹시 난처한 표정으로 바닥을 내려다보며 줄곧 담배만 피웠다. 이윽고 그가 물었다.

"오델 양의 비명이 들려온 것은 그 남자가 방에서 나온 지 몇 분쯤 뒤였소?"

"5분쯤 뒤였습니다. 내가 택시회사에 전화를 걸고 1, 2분 뒤 오델 양이 비명을 질렀지요."

"그 남자는 교환대 옆에 있었소?"

"네, 한 팔을 교환대에 얹고 있었습니다."

"오델 양은 몇 번쯤 비명을 질렀지요? 그리고 뭐라고 비명을 질렀소?"

"두 번 비명을 질렀는데, '살려줘요! 살려줘요!'라고 외쳤습니다."

"두 번째로 문을 두드릴 때 그 남자는 뭐라고 말했소?"

"내가 기억하기로는 '마거리트, 문을 열어주오, 왜 그러오'라고 말했습니다."

"오델 양이 뭐라고 대답했는지 정확하게 기억하고 있소?"

제섭은 생각해 내려는 듯 눈썹을 찌푸렸다.

"내 기억으로는 '아무 일 아니에요. 떠들어서 미안해요. 이제 됐어

요, 걱정 말고 어서 돌아가세요'라고 했습니다. 물론 아주 정확한
것은 아니지만 거의 비슷합니다."

"그러니까 문을 사이에 두고 뚜렷이 들렸다는 말이로군요?"

"네, 뚜렷이 들렸습니다. 이 아파트의 문은 그다지 두껍지 않으니
까요."

매컴은 의자에서 일어나 생각에 잠긴 표정으로 서성거리기 시작했
다. 그는 교환원 앞에 멈춰서며 또다시 물었다.

"그 남자가 돌아간 다음 이 방에서 다른 이상한 소리는 들리지 않
았소?"

제섭이 잘라 말했다.

"아무 소리도 나지 않았습니다. 다만 10분쯤 뒤 오델 양에게 전화
가 걸려왔었지요. 그리고 남자 목소리가 그녀 방에서 대답했습니
다."

"뭐라고요?"

매컴은 몸을 홱 돌렸다.

히스는 눈을 크게 뜨고 귀 기울이며 앉음새를 고쳤다.

매컴이 말을 이었다.

"그 전화에 대해 자세히 이야기해 주오."

제섭은 아무 감정도 드러내보이지 않으며 대답했다.

"12시 20분전쯤 교환대의 본선에 불이 켜졌으므로 내가 대답하자
남자 목소리가 오델 양을 대달라고 했습니다. 접속선에 플러그를
꽂고 잠시 기다리자 오델 양의 전화 수화기가 들어올려졌습니다…
…교환대의 표지등이 꺼지므로 수화기가 훅에서 올려지면 금방 알
수 있습니다……그 다음에는 남자 목소리로 '여보시오, 여보시오'
라고 말했습니다. 그러나 나는 곧 청취선을 뺐으므로 다음 말은 듣
지 못했습니다."

방 안에 몇 분 동안 침묵이 깔렸다. 이윽고 신문하는 동안 주의 깊게 제섭을 지켜보던 번스가 입을 열었다.

"이야기가 좀 다르지만, 제섭 씨, 당신 자신은 어느 순간……뭐라고 하면 좋을까요……그 아름다운 오델 양의 매력에 그만 넋을 잃거나 한 적은 없었소?"

방에 들어온 뒤 처음으로 교환원은 침착성을 잃은 태도를 보였다. 희미하게 붉은 기운이 뺨에 퍼졌다. 그는 다시 침착한 태도를 되찾고 대답했다.

"아주 아름다운 아가씨라고 생각했었습니다."

매컴은 나무라는 듯한 눈길을 번스에게로 보내며 교환원에게 말했다.

"이제 그만 됐소, 제섭."

전화교환원은 몸을 꼿꼿이 하고 머리 숙여 보인 다음 절룩거리며 나갔다.

번스는 다시 긴의자 위에 몸을 펴며 중얼거렸다.

"이 사건은 점점 재미있어지는군."

매컴이 화난 목소리로 말했다.

"누군가가 이 사건을 재미있어한다는 것을 알게 되어 반갑네. 대체 죽은 여자에 대한 제섭의 감정을 물은 까닭이 무엇인가, 번스?"

"아, 그건 그저 내 머릿속에 변덕스럽게 뭉게뭉게 떠오르는 생각이 있었기 때문이었네. 그리고 boudoir-racontage(잠자리에서 하는 이야기)를 조금 하면 언제나 분위기가 활기를 띠는 법이거든. 안 그런가?"

히스가 침울한 명상에서 깨어나 말참견했다.

"아직 우리에게는 지문이 있습니다, 매컴 검사님. 그것들이 이제 곧 용의자를 가려내줄 겁니다."

매컴이 말했다.

"하지만 듀보이스 주임경감이 그 지문의 소유자를 찾아 내준다 하더라도 우리는 어젯밤 그 녀석이 어떻게 해서 이 방으로 몰래 들어왔는지 증명해야 하잖소? 물론 녀석은 그 지문이 범행 이전에 찍힌 것이라고 주장할 테니 말이오."

그러나 히스는 고집스럽게 주장했다.

"그렇습니다. 하지만 어젯밤 오델이 연극구경에서 돌아왔을 때 이 방에 이미 어떤 남자가 숨어 있었으며, 또 다른 남자가 11시 30분쯤 돌아간 뒤에도 그는 여전히 여기 있었던 게 확실합니다. 그녀의 비명과, 12시 20분 전에 걸려온 전화를 받은 남자 목소리가 그 점을 증명하고 있습니다. 더욱이 드어매스 박사가 살인은 12시 전에 저질러졌다고 말했으므로, 여기 숨어 있던 녀석이 한 짓이라는 사실에서 피할 수는 없지요."

매컴이 동의했다.

"그 점은 토론할 여지가 없는 듯싶소. 그리고 나는 범인이 그녀와 잘 아는 사람이었으리라 생각하오. 아마 그 녀석이 모습을 처음 나타냈을 때 그녀는 비명을 질렀을 테지. 그러나 상대가 누구인지 알고는 마음을 가라앉히고 바깥 복도에 있는 또 한 남자에게 아무 일도 아니니 돌아가라고 말한 거요. 그런 다음 남자가 그녀를 목졸라 죽인 거요."

번스가 끼어들었다.

"그리고 내 의견을 말하라면, 그 남자가 숨어 있었던 곳은 저 의상용 벽장이었을 걸세."

히스 형사부장이 맞장구쳤다.

"틀림없이 그랬을 겁니다. 하지만 나로서는 그 남자가 어떻게 이 방에 숨어들었는지 납득할 수가 없습니다. 어젯밤 10시까지 교환대에 있던 주간근무 교환원은 오델 양을 찾아와 만찬에 데리고 나간 남자가 오직 한 사람의 방문객이었다고 말했잖습니까?"

매컴은 어쩔 줄 몰라 하며 신음 소리를 냈다. 그는 히스에게 명령했다.

"그 주간근무 교환원을 데려오오. 철저히 밝혀내야겠소. 누군가가 어젯밤 이 방으로 몰래 들어왔었소. 무슨 수를 써서라도 어떻게 그런 짓을 할 수 있었는지 밝혀내야 겠소."

번스는 동정이 깃든 유쾌한 표정으로 흘끗 지방검사를 보았다.

"여보게 매컴, 내게 특별히 영감같은 건 없지만, 엉터리 시인이 흔히 말하는 설명하기 힘든 기묘한 감정은 있다네. 그런 감정이 내게 속삭이길, 자네가 만약 그 수수께끼의 방문객이 어젯밤에 어떻게 이곳으로 들어왔는지 알게 될 때까지 이 뒤죽박죽 어질러진 부인방에 진짜로 머물 생각이라면, 지금부터라도 화장도구며 속옷도 한두어 벌, 물론 파자마도 빠뜨리지 말고 챙겨오게 해야할 걸세. 내 생각에는 오늘 밤 우리들에게 이렇게 조촐한 모임을 갖게 해 준 그 장본인은 훨씬 더 신중하고 현명한 방법으로 이곳을 드나들었을 것 같으니 말일세."

매컴은 이해할 수 없어 번스를 쳐다보았지만 무어라 대꾸는 하지 않았다.

⑴ 그의 풀네임은 윌리엄 엘머 제섭으로, 해외파견군 제77사단 제308보병연대에 소속되어 있었다.

＊1 차체에 노란색을 칠한 택시.

이름 모르는 방문객

9월 11일 화요일 오전 11시 15분

히스는 복도로 나가 주간 근무 교환원을 데리고 돌아왔다.

얼굴빛이 나쁘고 몸이 마른 스파이블리라는 남자였다. 포마드를 발라 앞이마에서 뒤로 빗어 넘긴 거의 새까만 머리카락은 얼굴을 더욱 파리해 보이게 했다. 그는 아주 짧은 코밑수염을 기르고 있었다. 좀 지나칠 만큼 산뜻한 몸차림으로, 눈이 번쩍 뜨일 정도로 몸에 꼭 맞는 초콜릿 색 양복에 헝겊으로 싼 단추가 달린 구두를 신었으며 잘 어울리는 핑크빛 셔츠를 입었다. 신경질적인 성격인 듯 문 앞의 등의자에 급히 앉더니, 칼날같이 선 바지 주름을 손가락으로 만지작거리고 혀끝으로 입술을 핥기도 했다.

매컴은 곧바로 신문을 시작했다.

"당신은 어제 오후부터 밤 10까지 교환대에 있었다고 하던데, 틀림없소?"

스파이블리는 꿀꺽 침을 삼키며 고개를 끄덕였다.

"그렇습니다."

"오델 양은 몇 시쯤 식사하러 나갔지요?"

"7시쯤이었습니다. 내가 마침 옆 레스토랑에서 샌드위치를 사다달라고 부탁했을 때였으니까요."

매컴이 스파이블리의 설명을 도중에서 가로막으며 물었다.

"그녀는 혼자 나갔소?"

"이니오, 어띤 페라(남사)가 찾아왔었습니다."

"그 '페라'를 당신은 알고 있소?"

"오델 양을 두세 번 찾아왔었습니다만, 누구인지는 모릅니다."

매컴이 재빨리 물었다.

"어떻게 생긴 사람이었소?"

그녀를 찾아왔던 남자에 대한 스파이블리의 설명은 제섭이 말한 집까지 데려다 주었다는 남자의 인상과 들어맞았다. 다만 스파이블리는 제섭보다 말이 많고 정확하지 못했을 따름이었다. 오델 양은 틀림없이 같은 남자와 7시에 집에서 나갔다가 11시에 돌아온 것 같았다.

매컴은 말에 더욱 힘을 주어 말했다.

"오델 양이 식사하러 나간 다음부터 당신이 10시에 교환대에서 떠날 때까지 그 동안에 다른 사람이 그녀를 찾아오지 않았는지 알고 싶소."

스파이블리는 갑자기 당황해하며 가느다란 초승달 모양의 눈썹을 치켜올렸다. 그는 더듬더듬 말했다.

"나는 잘 모르겠습니다. 오델 양이 없는 동안에 찾아온 사람이 있었는지 어떤지."

매컴이 말했다.

"누군가가 왔었던 것만은 틀림없소, 그리고 방 안에 들어와 11시쯤 오델 양이 돌아올 때까지 그는 이곳에 있었소."

스파이블리의 눈이 크게 뜨여지고 입이 벌어졌다. 그는 얼떨떨한 표정으로 말했다.

"기가 막히는군요, 검사님. 그러다가 그 아가씨를 죽였군요, 이 방에 숨어 있다가⋯⋯."

스파이블리는 범죄가 저질러질 때까지의 알 수 없는 일에 자기가 얼마나 가깝게 휘말려 있는지 문득 깨닫고 말을 끊었다. 그는 겁먹은 말투로 재빨리 말을 이었다.

"하지만 내가 근무하는 동안에는 이리로 들어온 사람이 없습니다. 아무도 없었습니다. 나는 그녀가 나간 다음부터 일을 끝마칠 때까지 결코 교환대를 떠나지 않았으므로 확실하게 말할 수 있습니다."

"뒷문으로 들어오지 않았을까요?"

그러자 스파이블리는 날카롭게 말했다.

"그럼, 빗장이 벗겨져 있었다는 말입니까? 이제까지 밤에 빗장이 벗겨져 있었던 일은 한 번도 없습니다. 수위가 6시에 돌아갈 때 늘 빗장을 지른답니다."

"무슨 일 때문인가로 어젯밤 당신이 빗장을 벗기지 않았소?"

스파이블리는 정색한 얼굴로 고개를 가로저었다.

"네, 검사님. 그런 짓은 하지 않았습니다."

"그렇다면 오델 양이 나간 다음 앞문을 통해 이 방으로 들어온 사람이 없다는 점은 틀림없겠지요?"

"그렇고말고요. 나는 내내 교환대를 떠나지 않았으며, 누군가 옆을 지나가는데 내가 모를 리 없으니까요. 그녀를 찾아왔던 사람은 꼭 하나뿐으로⋯⋯."

매컴이 다그쳤다.

"아니, 누가 찾아왔었소? 몇 시쯤이었소? 그리고 어떻게 했지요? 대답하기 전에 기억을 잘 더듬어보시오."

스파이블리는 정말로 겁먹은 듯 공연한 말을 했다는 표정이었다.

"그다지 대수로운 일은 없었습니다. 그 페라는 곧 다시 나가버렸으니까요."

매컴이 냉정하고 엄격한 말투로 말했다.

"대수로운 일이든 아니든 그건 당신이 판단할 일이 아니오. 그 남자는 몇 시쯤 왔었지요?"

"9시 30분쯤이었습니다."

"누구였소?"

"젊은 페라로 몇 번 오델 양을 찾아온 적이 있습니다. 이름은 모릅니다."

매컴이 캐물었다.

"어떻게 했는지 정확히 말해 보오."

스파이블리는 다시 침을 꿀꺽 삼키고 입술을 핥았다. 그는 괴로운 듯이 말하기 시작했다.

"말씀드리지요. 그 페라는 들어와 곧 복도 안쪽으로 걸어갔으므로 나는 '오델 양은 안 계십니다'라고 말해 주었지요. 그러자 그는 멈춰 서지도 않고 그대로 걸어가며 '그래요? 어쨌든 벨을 눌러 확인하겠소'라고 대답했습니다. 그때 마침 전화가 걸려왔으므로 나는 그대로 가게 내버려두었지요. 그는 벨을 누르고 문을 두드렸지만 물론 대답이 없었습니다. 그러자 그는 되돌아와 '당신 말이 맞나 보오' 하며 나에게 50센트 은화를 던져주고 가버렸습니다."

매컴은 실망한 듯한 목소리로 물었다.

"나가는 것을 틀림없이 보았소?"

"네, 틀림없이 보았습니다. 그는 앞문 바로 옆에 멈춰 서서 담뱃불을 붙였지요. 그런 다음 문을 열고 브로드웨이 쪽으로 성큼성큼 걸어갔습니다."

번스가 나른한 목소리로 말했다.

"장밋빛 꽃잎이 하나씩 끼어들었다가 떨어지는군. 사태가 아주 재미있어지는걸."

매컴으로서는 9시 30분에 왔다가 돌아간 그 방문객의 범죄 가능성에 대한 희망을 선뜻 버릴 수 없는 듯했다.

그는 다시 물었다.

"그 남자는 어떻게 생긴 사람이었소? 기억해 낼 수 있겠소?"

스파이블리는 앉음새를 고쳤다. 열성적으로 대답하는 태도로 보건대 그 방문객에게 특별한 관심을 가지고 있음을 알 수 있었다.

"씩씩하고 쾌활한 남자로 나이는 그다지 많지 않은, 약 30살쯤 되어보였습니다. 예복차림으로 에나멜 무도화를 신었으며 주름잡은 비단 셔츠를 입고……."

갑자기 번스가 긴의자 등받이 너머로 몸을 내밀며 도무지 믿을 수 없다는 듯이 소리쳤다.

"예복 차림에 비단 셔츠를 입었다고요? 정말 놀랍군요."

스파이블리는 그것도 모르느냐는 듯 동정하는 말투로 자랑스럽게 설명했다.

"뭘요, 몹시 멋부리는 사람은 흔히 그럴 수 있지요. 춤출 때 그렇게 입는 것이 요즘 유행 아닙니까?"

번스는 놀란 표정을 지었다.

"설마 그게 정말이오? 한 번 봐야겠는걸. 그건 그렇고, 그 비단 셔츠 차림의 보 블란멜*1은 앞문 옆에 서서 조끼 아랫주머니에 넣어두었던 길고 넓적한 은 케이스에서 담배를 꺼냈단 말이지요?"

스파이블리는 감탄하는 듯한 놀라운 표정을 지으며 번스를 보았다.

"어떻게 알고 있지요?"

"간단한 추리지요."

번스는 다시 편안한 자세를 취했다.

"조끼주머니에 넓적한 금속제 담배 케이스를 넣고 다니려면 예복에 비단 셔츠를 입는 것이 어울릴 듯싶었기 때문이오."

매컴은 번스의 말참견에 화가 난 듯 그 남자의 인상에 대한 다음 설명을 날카로운 목소리로 교환원에게 재촉했다.

스파이블리는 말을 이었다.

"그 남자는 머리를 단정하게 빗고 있었습니다. 조금 긴 듯한 머리는 최신형으로 깎고 있었지요. 그리고 밀랍으로 꼿꼿하게 모양을 잡은 짧은 콧수염을 기르고, 윗옷 깃에 커다란 카네이션을 꽂았으며 양가죽 장갑을 들고 있었습니다……."

번스가 중얼거렸다.

"옳아, 지골로*²로군."

매컴은 나이트클럽의 악몽에 무겁게 짓눌려 눈살을 찌푸리며 깊이 한숨을 내쉬었다. 번스의 비평이 불쾌한 연상을 불러일으켰던 것이다.

"키는 컸소, 작았소?"

스파이블리가 설명했다.

"그다지 크지 않았습니다……나만했지요. 그리고 날씬한 편이었습니다."

그 말투에 찬탄하는 기색이 깃든 것으로 보아, 이 젊은 교환원이 그 방문객의 몸집이며 몸차림에서 자기 나름대로의 이상형을 발견했음을 나는 쉽사리 알아차렸다. 이 방문객에 대한 그의 찬미는 그가 감격한 얼마쯤 outré(극단적인) 몸차림과 더불어 어젯밤 9시 30분쯤 죽은 여자의 방 벨을 눌렀다가 보람 없이 돌아간 인물의 인상을 꽤 정확히 알 수 있게 해 주었다.

스파이블리를 내보내자 매컴은 일어나 머리를 여송연 연기 속에서 휩싸이게 하며 방 안을 왔다 갔다 했다. 한편 히스는 꼿꼿이 앉아 눈살을 찌푸리며 지방검사를 지켜보았다.

번스는 일어나서 기지개를 켜며 쾌활하게 말했다.

"흥미진진한 문제도 이제 in statu quo(현상유지)로 접어든 것 같군. 어떻게, 정말이지 어떻게 그 아름다운 마거리트의 사형집행인이 숨어들었을까?"

히스가 점잔 빼는 투로 말했다.

"매컴 검사님, 아까부터 생각한 일입니다만, 녀석은 오후 일찍 여기 왔을지 모릅니다. 뒷문에 빗장이 질러지기 전에 말입니다. 오델양 자신이 방에 들였다가 또 한 남자가 만찬에 데려가기 위해 왔을 때 몰래 숨겼을지도 모르지요."

매컴이 인정했다.

"그럴 수도 있겠군요. 다시 한 번 그 하녀를 데려오도록 하시오, 뭔가 알고 있을지도 모르니까."

하녀가 오자 매컴은 오후의 행동에 대해 신문하여 그녀가 4시쯤 물건을 사러 나갔다가 5시 30분쯤 돌아왔다는 사실을 알아냈다.

"당신이 돌아왔을 때 오델 양을 만나러 와 있는 손님이 없었소?"

하녀는 선뜻 대답했다.

"없었습니다. 혼자 있었지요."

"누가 왔었다는 말도 없었구요?"

"네, 없었습니다."

매컴은 말을 이었다.

"그럼, 당신이 7시에 돌아갈 때 이 방에 누군가가 숨어 있거나 하지 않았을까요?"

하녀는 몹시 놀라며 겁먹은 표정을 떠올렸다. 그녀는 방안을 둘러보며 물었다.

"어디 숨을 곳이 있습니까?"

"두세 군데 그럴 만한 곳이 있지않소, 이를테면 욕실이나 의상용 벽장, 침대 밑이나 창문 커튼 뒤……."

하녀는 세차게 고개를 가로저으며 잘라 말했다.

"아무도 숨지 못합니다. 욕실에는 내가 대여섯 번 드나들었으며 침실 장롱에서는 오델 님의 야회복을 꺼내왔습니다. 어두워질 무렵 나는 창문의 해가리개를 모두 내렸고, 침대는 거의 바닥에 닿을 만큼 낮아 아무도 기어들어갈 수 없습니다."

나는 침대를 주의 깊게 살펴보고 그 진술이 맞다는 것을 알았다.

매컴은 크게 기대하듯 물었다.

"이 방의 의상용 벽장은 어떻소?"

그러나 하녀는 다시 고개를 가로저었다.

"거기에는 아무도 없었습니다. 내 모자와 외투를 거기 넣어뒀으므로 나는 돌아갈 때 저 문을 열고 옷을 꺼냈지요, 그때 오델 님의 낡은 옷을 한 벌 넣기도 했답니다."

매컴이 다짐하듯 물었다.

"그렇다면 당신이 집으로 돌아갈 때 이 아파트에 아무도 숨어 있지 않았다는 것은 틀림없겠지요?"

"절대로 틀림없습니다."

"혹시 당신이 모자를 꺼내기 위해 이 방의 벽장문을 열었을 때 열쇠가 안쪽에 꽂혔는지 아니면 바깥쪽에 꽂혀 있었는지 기억나시오?"

하녀는 입을 다물고 생각에 잠겨 벽장문을 바라보았다.

"바깥쪽에 있었습니다. 여느 때와 마찬가지로."

그녀는 말을 끊고 다시 생각했다.

"똑똑히 기억하고 있습니다. 왜냐하면 낡은 시폰 의상을 넣다가 열쇠에 걸렸었거든요."

매컴은 눈살을 찌푸렸다. 그는 다시 신문을 계속했다.

"당신은 오델 양이 어제 저녁에 함께 식사하러 나간 사람의 이름을 모른다고 했는데, 아무라도 좋으니 오델 양이 함께 자주 식사하러 나갔던 사람의 이름을 댈 수 있소?"

"오델 님은 어느 분의 이름이건 나에게 전혀 말한 적이 없었습니다. 그런 일에는 몹시 조심스러웠거든요. 비밀주의였다고나 할까요. 게다가 나는 낮에만 있었고 오델 님이 사귀는 신사분들은 대개 밤에 오시지요."

"오델 양이 혹시 누군가를 두려워하고 있는 듯한 이야기를 들은 적은 없소? 두려워할 이유가 있는 사람에 대한 이야기 말이오."

"없습니다, 검사님. 그렇지만 어떻게든 멀리하고 싶어하는 사람은 하나 있었습니다. 그분은 질 나쁜 사람이어서——내가 보기에도 신용할 수 없었지요——나는 오델 님에게 조심하시라는 말까지 드렸습니다. 하지만 오델 님은 그분과 오래 사귀어 왔으며 한때는 꽤 다정하게 대했었답니다."

"당신이 어떻게 그런 것을 알게 되었지요?"

하려는 설명했다.

"어느 날, 1주일 전쯤이었습니다만, 내가 점심식사를 마치고 들어왔다는 그분이 오델 님과 함께 저쪽 방에 있었지요. 사이에 휘장이 내려져 있어 두 분은 내가 들어온 것을 알아차리지 못했습니다.

그분은 돈을 요구하고 있었습니다. 오델 님이 거절하자 협박하더 군요. 나는 그때 오델 님이 말씀하는 투로 미루어, 전에 그분에게 돈을 주고 있었음을 알았습니다. 내가 인기척을 내자 두 분은 다툼을 그치고 조금 뒤에 그분은 돌아갔지요."

매컴이 흥미로운 표정으로 물었다.

"그 남자는 어떻게 생긴 사람이었소?"

"몹시 마른 편으로 키는 그다지 크지 않았으며 30살쯤 되어보였지요, 빡빡한 인상을 주는 얼굴로, 사람에 따라서는 호남아라고 할지도 모릅니다. 소름끼칠 만큼 엷은 파란 눈을 하고 있었습니다. 언제나 포마드를 발라 머리카락을 뒤로 빗어 넘기고 끝을 뾰족하게 한 노란 콧수염을 기르고 있었지요."

번스가 말했다.

"아, 그 지골로로군."

매컴이 물었다.

"그는 그 뒤로 또 여기 온 적이 있었소?"

"나는 모릅니다. 내가 있을 때에는 오지 않았습니다."

매컴이 말했다.

"알겠소, 이제 그만 가보시오."

하녀는 나갔다.

히스가 불만스럽게 말했다.

"저 여자는 그다지 도움이 되지 못하는군요."

번스가 큰 목소리로 말했다.

"천만에, 도움이 되었다고 여겨지오, 두세 가지 의문이 풀렸으니까."

매컴이 치미는 화를 누르지 못하고 물었다.

"그 하녀의 정보 가운데 어느 부분이 도움을 주었다고 생각하는가, 번스?"

번스가 태연한 표정으로 대답했다.

"이제 알게 됐잖은가? bonne(하녀)가 어제 돌아갈 때 이 방에서는 아무도 perdu(따돌림 당하지) 않았었다는 것을 말일세."

매컴이 반대했다.

"그런 것은 도움이 되기는커녕 실제로는 사태를 더욱 혼란시킬 뿐이라고 말하고 싶네."

"지금으로서는 그렇게 여겨지겠지. 하지만 누가 또 아나. 그러다가 이것이 자네에게 가장 유력하고 가장 고마워해야 할 단서가 되는지. 게다가 열쇠 꽂힌 자리가 바뀌었다는 사실에서 알 수 있듯이 그 벽장 안에 누군가가 숨어 있었는데 그 하녀가 돌아가기 전까지는, 다시 말해서 7시 전에는 숨지 않았었다는 것도 알았잖는가?"

히스는 장난기어린 씁쓰레한 목소리로 말했다.

"확실히 그렇습니다. 뒷문에는 빗장이 질러 있었고, 정면 현관에 앉아 있던 교환원은 아파트 안으로 들어와 자기 앞을 지나간 사람은 아무도 없었다고 맹세했으니까요."

번스가 슬픈 듯한 표정으로 말했다.

"얼마쯤 수수께끼 같군."

매컴이 신음하며 말했다.

"수수께끼 같다고, 차라리 불가능하다는 편이 옳을 걸세."

히스는 그때 생각에 잠겨 덤벼들 듯한 기세로 벽장 안을 들여다보고 있었으나 마침내 어쩔 도리가 없다는 표정으로 고개를 가로저었다.

"도무지 납득되지 않는 것은 녀석이 벽장 안에 숨어 있었다면 나올 때 어째서 그곳을 휘저어 놓지 않았느냐는 점입니다. 다른 곳은 온통 휘저어 놓았는데도."

번스가 말했다.

"부장, 당신은 지금 문제의 핵심을 찔렀소, 정말로. 그 벽장 안이 깨끗이 정돈되어 있다는 것은, 이 아름다운 방을 마구 휘저어 놓은 거친 사나이가 거기에는 손대지 않았음을 가리키는 거요. 안쪽에서 쇠가 잠겨 있었으므로 열 수 없었던 거지요."

매컴이 항의했다.

"여보게, 그런 이론으로 나간다면 어젯밤 이 방에는 미지의 인물이 둘 있었다는 말이 되잖나?"

번스는 한숨을 쉬었다.

"맞네. 참으로 난처한 이야기지만 말일세. 더욱이 이론적으로는 단 한 사람도 숨어들어 올 수 없게 되어 있으니, 얼마나 한심한 일인가."

히스는 일시적인 위안을 위해 새로운 줄거리로 생각을 바꾸어 보려는 듯 말했다.

"어쨌든 어젯밤 9시 30분쯤 이곳에 왔던 에나멜 무도화를 신은 멋쟁이는 아마 오델의 기둥서방일 테고, 틀림없이 그녀로부터 돈을 뜯어내고 있었을 겁니다."

"그러면 틀림없는 그 사실이 어떤 오묘한 방법으로 이 먹구름을 걷어줄 수 있다는 말씀이신지? 요즘의 델릴라*3들은 대개 탐욕스런 애인들을 두고 있는 게 사실이지요. 그러니 그 소용돌이 속을 녀석이 헤엄치지 않았다면 그게 오히려 이상할 겁니다. 안 그렇습니까?"

"그 말씀이 맞습니다. 하지만 번스 씨, 당신은 아마 모를 겁니다. 오델 같은 종류의 여자들이 홀딱 빠져드는 남자란 대개 어떤 타입의 악당, 다시 말해서 상습범죄자랍니다. 따라서 이 일은 그런 작자의 짓임이 틀림없으므로, 오델을 협박하여 돈을 뜯어가던 녀석이 어젯밤 여기서 얼쩡거리던 녀석과 동일 인물인지 어떤지 알아내는 일에, 나는 당신이 뭐라고 하든 열올리지 않을 수 없습니다. 그리고 또 한 가지 말씀드려 둘 것은, 인상으로 보아 그 녀석은 틀림없이 호화스러운 올나이트 카페를 근거지로 삼는 고급도둑이라는 점입니다."

번스가 부드럽게 말했다.

"그렇다면 당신은 확신하고 있군요, 당신이 말하는 이 일은 상습범 죄자의 짓이라는 것을. "

히스는 거의 비웃는 투로 말했다.

"그 녀석은 장갑을 끼었으며 쇠지렛대를 쓰기도 했잖습니까? 그것 은 틀림없이 금고털이의 수법입니다. "

*1 조지 블라이언 블란멜, 멋쟁이의 전형으로 여겨지고 있었다. 돈 많고 미 남자였으며 그 무렵의 런던 사교계에서 화려하게 이름을 떨치고 있었다. 늘그막에는 영락하여 프랑스의 칸느에서 영국 영사를 지냈으며, 백치상 태에 빠졌다가 그곳에서 세상을 떠났다. 1778~1840.

*2 남자 직업댄서 또는 놈팡이. 매춘부의 기둥서방.

*3 삼손을 배신하고 블레셋 인에게 넘겨준 여자. 구약성서 판관기 제16장.

얼굴없는 살인범

9월 11일 화요일 오전 11시 45분

매컴은 창가로 가 뒷짐지고 서서 잘 포장된 작은 안뜰을 내려다보았다. 그는 몇 분 뒤 천천히 돌아다보며 말했다.

"내가 보기에 상황을 요약해 보면 다음과 같이 되겠군. 오델 양은 어느 정도 사회적 지위가 있는 어떤 남자와 같이 식사하고 나서 연극관람을 하기로 약속했네. 그 남자가 7시 조금 지나 데리러 왔으므로 두 사람은 함께 나갔다가 11시쯤 돌아왔지. 남자는 그녀와 함께 방으로 들어가 반시간쯤 있다가 11시 30분에 나와서 전화교환원에게 택시를 불러달라고 부탁했네.

택시를 기다리고 있을 때 그녀가 비명을 지르며 도움을 청하여 남자가 달려가서 왜 그러느냐고 묻자 그녀는 아무 일도 아니까 돌아가라고 말했네. 택시가 왔으므로 남자는 돌아갔지. 그리고 10분쯤 뒤 외부에서 누군가가 그녀에게 전화를 걸었는데 그녀의 방에서 남자 목소리가 전화를 받았네. 그리고 오늘 아침, 그녀는 교살시체로 발견되었고 방 안은 온통 휘저어져 있었네."

지방검사는 깊숙이 여송연을 빨아들였다.

"그런데 어제 저녁 그녀와 함께 식사한 남자가 돌아왔을 때 이 방 어딘가에 다른 남자가 또 있었으며 데려다 준 남자가 이 방에서 나간 다음에도 그녀가 살아 있었던 것이 틀림없으니, 우리는 미리부터 방 안에 숨어 있었던 남자가 그녀를 죽인 범인이라고 결론내릴 수밖에 없네.

이 결론을 범죄는 11시에서 12시 사이에 저질러졌다는 드어매스 박사의 보고가 뒷받침해 주고 있는 셈일세. 그런데 데려다 준 남자는 11시 30분까지 돌아가지 않았고 그 뒤로도 그녀와 말을 주고받았으니, 우리는 실제로 살인이 저질러진 시간을 11시 30분에서 12시 사이로 추정해야 하네. 이것이 지금까지 우리가 모은 증거에서 추정할 수 있는 사실일세."

히스가 말했다.

"그 사실이 대체적으로 맞는 것 같습니다."

번스가 말했다.

"어쨌든 꽤 재미있군. 이 추정 사실에 얽힌 상황 가운데 특히 유의해야 할 점은 다음과 같네. 7시——하녀가 돌아간 시간이지——에는 이 방에 아무도 숨어 있지 않았네. 따라서 살인범은 그 뒤에 이 방으로 몰래 숨어들어온 셈인데, 우선 뒷문을 생각해 봐야겠지. 6시——하녀가 돌아가기 한 시간 전——에 수위는 안으로부터 문에 빗장을 질렀고, 두 교환원은 모두 그 가까이 가지 않았다고 강하게 부인하고 있으며 더욱이 부장이 오늘 아침 빗장이 질러 있음을 확인했으니 문에는 밤새도록 빗장이 질러 있었던 것으로 인정해야겠지. 따라서 그 문을 통해 들어온 사람은 없었다는 추정을 내릴 수 있네.

이렇게 되면 범인은 앞문으로 들어왔다고 생각할 수밖에 없네.

그럼, 앞문에 대해 생각해 보기로 하세. 어젯밤 10시까지 근무하던 전화교환원은 앞문으로 들어와서 복도를 지나 이 방 앞까지 왔던 사람은, 벨을 눌러보고 대답이 없자 곧 다시 나가버린 남자밖에 없었다고 뚜렷이 주장했네.

그리고 10시부터 오늘 아침까지 근무한 또 한 교환원은 아주 뚜렷하게 앞문으로 들어와 교환대 옆을 지나 이 방까지 온 사람은 하나도 없다고 잘라 말했네. 게다가 이 1층의 창문에는 모두 쇠창살이 끼워져 있고, 위층에서는 교환원과 얼굴을 마주치지 않고 복도로 내려올 수 없게 되어 있네. 그러므로 우리는 지금 막다른 골목에 들어선 셈일세.”

히스는 머리를 쥐어뜯으며 아주 한심한 듯이 웃었다.

“아무래도 앞뒤를 맞출 수가 없습니다, 검사님.”

번스가 물었다.

“옆방은 어떻소? 문이 좁은 복도 쪽으로 나 있는 방……2호실이라고 여겨지오만.”

히스는 번스를 보며 자기 설명을 잘 들으라는 듯이 말했다.

“오늘 아침 맨 먼저 조사해 보았지요. 2호실에는 여자가 혼자 삽니다. 8시쯤 문을 두드려 깨워가지고 방을 수사해 보았는데, 아무것도 없었습니다. 그 방도 이곳처럼 교환대 옆을 지나야만 드나들 수 있게 되어 있지요. 그리고 어제 저녁에 그 방을 찾아온 사람도 나간 사람도 없었다고 합니다. 제섭——머리가 좋은 진실한 사람입니다만——이 그 방 여자는 얌전하고 고상해서 오델과는 알고 지내지 않았다고 말했어요.”

번스가 말했다.

“부장, 당신은 아주 빈틈이 없군요.”

매컴이 말참견했다.

"물론 7시부터 11시 사이에 저 방에서 누군가가 몰래 빠져나와 교환원 뒤를 슬쩍 지나 이 방으로 숨어 들어와서 살인을 저지른 다음 다시 몰래 돌아갔을지도 모르네. 있을 수 없는 일은 아니야. 하지만 히스 부장이 오늘 아침 그 방에서 아무것도 발견하지 못했다고 하므로 우리는 범인이 그 방을 지나 드나들었을 리는 없었다고 보아도 좋을 걸세."

번스가 선뜻 동의했다.

"자네 말이 맞겠지. 하지만 놀랍군, 매컴. 자네 자신의 애처로운 상황 설명에 따르면 범인이 어딘가를 통해 드나들었을 가능성을 모조리 제거해 버려야 하니 말일세. 그러나 범인은 분명히 들어와서 저 불운한 여자를 목졸라 죽이고 달아났거든. 안 그런가? 참으로 재미있는 문제일세. 나로서는 무슨 일이 있어도 이것만은 그대로 내버려 둘 수가 없네."

매컴이 우울하게 말했다.

"참으로 불가사의한 일이지."

번스가 바로잡았다.

"이건 차라리 영적인 일이라고 하는 것이 좋겠네. 사람을 황홀하게 만드는 강령회의 냄새가 나거든. 사실 나는 어떤 영매가 어젯밤에 가까이 서성이며——뭐라고 하면 좋을까——아주 최고급 화신술을 쓰지 않았을까 하는 의심이 들기 시작하네. 여보게, 매컴, 자네는 심령체를 상대로 고발장을 낼 수 있겠나?"

히스가 화나는 듯 으르렁거렸다.

"영매는 지문을 남기지 않습니다."

매컴도 신경질적으로 왔다갔다하던 걸음을 멈추고 화난 얼굴로 번스를 보았다.

"괘씸한 조화로군. 어쨌든 범인은 어디로든 들어왔다가 역시 어디로든 빠져 나갔거든. 뭔가가 잘못되어 있네. 하녀가 나갈 때 여기에 누가 숨은 것을 몰랐거나, 아니면 두 교환원 가운데 누군가가 깜빡 졸다가 못 보고는 감추고 있는지도 모르네."

히스가 거들었다.

"아니면 두 사람 가운데 누군가가 거짓말하고 있을지도 모르지요."

번스는 고개를 가로저었다.

"저 거무스름한 fille de chambre(하녀)는 절대적으로 믿을 수 있네. 그리고 누군가가 앞문을 통해 들키지 않고 들어온 것 같은 의심이 조금이라도 든다면 지금 상황으로서는 교환대의 두 사나이가 맨 먼저 그 점을 인정할 걸세. 그러니 매컴, 자네가 이 사건에서 해야 할 일은 말하자면 하늘 나라와 맞붙는 것뿐일세."

"그런 각도에서 하는 수사는 자네의 형이상학적 이론과 밀교적 가설에 맡기겠네."

번스가 놀리듯 항의했다.

"하지만 생각 좀 해보게. 자네는 어젯밤 아무도 이 방에 들어올 수 없었고 나갈 수도 없었다는 것을 결정적으로 증명했네. 아니, 법률적으로 실증했다고 말해야겠지. 그리고 자네가 몇 번이나 나에게 말했듯이 법정은 알려져 있거나 또는 의심받고 있는 사실에 입각한 증거에 따라 모든 문제를 결정해야만 하네.

이 사건의 경우에는 현존하는 모든 육체적인 존재에 대해 완전한 알리바이가 증명되었네. 그렇다고 해서 그녀가 스스로 자기 목을 졸라 죽었다고 주장할 수도 없지. 안 그런가? 만일 이것이 독살에 의한 것이었다면 그야 충분히 만족스러울 만한 자살사건을 자네도 목격하게 되었을 터이지만 말일세. 그녀를 살해한 방문객이 두 손 대신 비소를 쓰지 않은 것은 참으로 크나큰 실수였네."

히스가 끼어들었다.

"말씀대로 범인은 그녀를 목졸라 죽였습니다. 나는 어젯밤 9시 30분쯤 여기 왔다가 안으로 들어오지 못한 남자에게 걸겠습니다. 나는 그 녀석을 용의자로 봅니다."

"정말이오?"

번스는 담배를 꺼냈다.

"나로서는 그 남자의 인상으로 미루어, 만나본다 하더라도 그다지 가슴 설렐 만한 말은 듣지 못하리라고 여겨지오만."

히스의 눈에 험악한 빛이 떠올랐다. 그는 쌀쌀하게 말했다.

"우리는 그다지 말솜씨가 없는 사람으로부터도 아주 재미있는 이야기를 끌어내는 방법을 잘 알고 있답니다."

번스는 한숨을 쉬었다.

"사교계에서 당신이 아주 필요하겠소, 부장."

매컴은 시계를 보았다.

"나는 사무실에 가서 급히 해야 할 일이 있네. 그건 그렇고, 이렇게 이야기해 봐야 해결되는 것도 아닐세."

매컴은 한 손을 히스의 어깨에 얹었다.

"당신은 여기 남아서 일을 계속하시오. 오후에 저 사람들을 내 사무실로 불러다 다시 한 번 신문해 보겠소. 어쩌면 기억을 새롭게 해줄지도 모르오. 당신에게 어떤 수사 방침이라도 있소?"

히스가 진절머리난다는 듯이 대답했다.

"늘 하는 식이지요. 오델의 신상기록을 살펴보겠습니다. 그리고 부하 서너 명을 시켜 그녀의 주변 인물을 알아보도록 하겠습니다."

매컴이 일러주었다.

"그리고 곧 옐로우 택시 캡 회사에도 문의해 보는 게 좋을 거요. 가능하다면 어젯밤 11시 30분쯤 여기서 나간 남자가 누구였으며 어디로 갔는지 알아보시오."

번스가 물었다.

"자네는 잠깐이라도 생각해 보았는가, 매컴? 그 남자가 살인에 관해 무언가 알고 있다면 복도에서 서성거리며 교환원에게 택시를 불러달라고 했을까 하는 것을."

매컴은 맥빠진 말투로 말했다.

"나도 거기에 그게 기대 거는 것은 아닐세. 다만 그녀가 그 남자에게 어떤 단서가 될 만한 말을 했을지도 모른다고 여겨졌을 뿐이네."

번스는 익살스럽게 머리를 가로저었다.

"오오, 반갑도다. 티 없고 깨끗한 눈동자의 맑은 신앙이여, 새하얀 손의 희망이여, 그대 황금의 나래를 타고 하늘을 나는 천사여[1]."

매컴은 농담하고 있을 기분이 아니었다. 그는 히스에게 애써 쾌활한 목소리로 말했다.

"오후 늦게 전화 걸어 주시오. 아까 신문한 사람들로부터 새로운 증거를 얻을지도 모르니까."

그는 잠시 말을 끊었다.

"그리고 잊지 말고 이곳을 감시시키도록 하오. 좀더 전망이 보일 때까지 이 방은 그대로 두고 싶소."

히스가 잘라 말했다.

"네, 내가 책임지겠습니다."

매컴과 번스와 나는 밖으로 나와 자동차를 탔다. 몇 분 뒤 우리는 센트럴 파크를 거쳐 시내 한가운데를 꾸불꾸불 달려가고 있었다.

우리가 5번 거리를 지나 남쪽으로 방향을 잡았을 때 번스가 물었다.

"지난번 눈 위의 발자국에 대한 우리의 coversazione(대화)를 기억하고 있겠지?"

매컴은 건성으로 고개를 끄덕였다.

번스는 생각에 잠기며 말했다.

"내 기억으로는 그 가정적 사건에서 자네는 열 두 명 이상의—— 어린아이까지 포함시켜——목격자를 내세워 발자국뿐만 아니라 눈 속을 가로질러 가는 어떤 모습을 보았다고 말했네……Grau, teurer Freund, ist alle Theorie(친애하는 친구여, 모든 이론은 잿빛이로다). 그런데 이번 사건에서 자네는 암담하기 짝이 없는 어둠 속에 있네그려. 눈 위의 발자국도 없고 달아난 사람의 모습을 보았다는 증인도 없는 사실에 의해 말일세. 요컨대 자네에게는 직접 증거도 상황 증거도 없는 셈일세. 아아, 슬프도다."

번스는 슬픈 듯이 머리를 가로저었다.

"여보게, 매컴, 나로서는 이 사건의 증언은 오델이 죽을 때 그녀와 함께 있을 수 있는 사람은 아무도 없었다. ergo(따라서) 그녀는 살아 있다는 결정적인 법적 증거를 제공하고 있다고 생각하네. 그녀의 교살시체는 생각건대 법률적 절차의 원칙에서 말한다면 사건에 관계없는 하나의 단순한 상황에 지나지 않아.

자네들 유식한 법률가는 시체 없는 살인은 인정하지 않는다는 것을 나는 알고 있네. 그런데 이번 사건에서는 교묘하게도 하늘의 조화에 의해 자네는 살인 없는 corpus delicti(범죄의 실체)와 마주치고 있으니 어쩌면 좋겠는가?"

매컴이 화난 목소리로 말했다.

"허튼소리는 이제 그만두게."

"그러지. 하지만 발자국이 하나도 없다는 것은 법률가로서 아주 난처한 일일 걸세. 안 그런가, 매컴? 너무 하늘 높은 곳에 남겨져 있단 말이네."

갑자기 매컴이 몸을 홱 돌렸다. 그는 비웃듯 말했다.

"자네로서는 물론 발자국도 필요 없고 다른 어떤 물적 증거도 필요 없겠지. 자네는 여느 사람과 달리 미리 알아내는 힘을 가지고 있더군. 내 기억이 틀림없다면 자네는, 좀 큰소리치는 느낌이 들긴 했지만, 범죄의 성질과 조건을 알면 발자국이 있든 없든 틀림없이 나를 범인에게로 안내해 줄 수 있다고 말했었는데, 생각나는가?

그런데 지금 여기에 어떤 범죄가 있네. 그리고 그 범인은 들어갈 때도 나갈 때도 발자국을 남기지 않았네. 그러니 자네에게 친절한 마음이 있다면 누가 그 오델 양을 죽였는지 나에게 살짝 가르쳐주어 이 걱정이 사라지도록 해 주게나."

번스는 매컴의 기분 나쁜 도전을 받고도 끄떡하지 않았다. 몇 분 동안 태평스럽게 담배만 피우고 있더니, 마침내 몸을 앞으로 내밀고 담뱃재를 창 밖으로 가볍게 떨어뜨렸다. 그리고 그는 넉살좋게 말했다.

"맹세코 말하네만, 매컴, 나는 이 어이없는 살인을 밝혀내는 일에 꽤 마음이 쏠리고 있다네. 하지만 좀더 기다렸다가 저 어쩔 줄 몰라 하는 히스가 수사를 한 결과 어떤 사람을 끌고 오는지 보기로 하겠네."

매컴은 차갑게 코웃음치며 쿠션에 깊숙이 몸을 묻었다.

"자네의 너그러움에 고마워해야겠군."

*1 영국 시인 밀턴의 가면극 《코머스》 제1절 213행에서 따온 것.

온갖 추적

그날 아침 중심가로 가는 도중 우리는 매디슨 스퀘어 북쪽 가까이에서 교통 혼잡으로 말미암아 꽤 시간을 빼앗겼다. 매컴은 초조하게 시계를 들여다보며 말했다.

"정오가 다 됐군. 클럽에 자동차를 세우고 점심 식사를 하는 게 어떻겠나? 자네처럼 온실에서 자란 화려하고 사치한 꽃으로서는 이처럼 이른 시간에 식사하는 것이 천하게 여겨지겠지만."

번스는 그 초대를 받아들일까말까 망설였다. 그는 받아들이기로 한 듯 말했다.

"자네 때문에 아침 식사를 설쳤으니 베네딕틴을 넣은 달걀 프라이로 먹어볼까."

몇 분 뒤 우리는 거의 비어 있는 스타이비샌드 클럽 그릴로 들어가 매디슨 스퀘어의 가로수 나뭇가지 너머로 남쪽이 바라다 보이는 창가에 자리잡았다.

주문을 하고 조금 지나자 유니폼을 입은 종업원이 지방검사 옆으로 다가오더니 공손히 허리 굽힌 다음, 받는 사람의 이름이 적히지 않은 클럽 봉투에 든 편지를 내밀었다. 그 편지를 읽어 내려가는 매컴의 얼굴에 차츰 호기심어린 표정이 번져갔으며 서명을 살펴보더니 가볍게 놀라는 기색을 떠올렸다.

이윽고 그는 편지에서 눈길을 떼더니 기다리고 있던 종업원에게 고개를 끄덕여 보인 다음 우리에게 잠깐 실례하겠다고 말하고 훌쩍 나가버렸다. 그는 20분쯤 뒤에 돌아왔다.

"이상한 일도 다 있군. 그 편지는 어젯밤 오델 양과 함께 식사하고 연극 구경을 한 남자가 보낸 것이라네. 세상은 정말 좁아."

매컴은 생각에 잠기며 잠시 말을 끊었다.

"그 사람이 이 클럽에 묵고 있네. 시외(市外) 회원으로, 뉴욕에 나오면 여기를 본거지로 삼고 있다네."

번스가 흥미 없는 듯 물었다.

"아는 사이인가?"

"몇 번 만났었네. 스포츠우드라는 사람으로 아주 가정적이지. 롱아일랜드의 전원주택에 산다네. 세상 사람들은 존경할 만한 사나이로 높이 평가하고 있지. 나로서도 그가 오델 같은 여자와 어울려 다닐 사람이 아니라고 여겨지네만. 그러나 그 자신이 털어놓은 바에 따르면, 뉴욕에 나오면 곧잘 놀러 다녔다고 하네. '젊은 혈기가 시키는 도락'이었다고 말하더군. 어젯밤에도 그녀와 함께 프랑셀에서 식사했고, 그런 다음 윈터 가든에 갔었다고 하네."

번스가 말했다.

"생각건대 밤을 이용하는 방법으로서는 총명하지도 않고 발전적이었다고도 볼 수 없네. 게다가 정말로 운 나쁜 날을 골랐군그래. 아침신문을 펴보고 지난밤의 petite dame(귀여운 여자)가 교살당했음을 알았을 때를 상상해 보게. 얼마나 당황했겠나."

"맞네, 굉장히 당황하고 있더군. 이른 저녁신문이 한 시간쯤 전에 나왔고, 그 뒤 10분 간격으로 내 사무실에 전화를 걸었다고 하네. 그런데 마침 내가 여기 온 셈이지. 그녀와의 관계가 세상에 알려져 체면이 손상될까봐 걱정스러워하고 있네."

"그렇게 되지 않을까?"

"그럴 필요는 없다고 생각하네. 어젯밤 누가 그녀를 데리고 나갔는지는 아무도 모르니까. 그가 범죄에 관계되지 않은 것이 틀림없다면, 사건에 휘말려들게 할 필요는 없네. 그는 자초지종을 모두 이야기했네. 그래서 내가 좋다고 할 때까지 뉴욕에 머물러 있어야 한다는 뜻을 나타내두었지."

"아까 자네가 돌아올 때 실망의 구름에 싸인 모습을 보고 그로부터 단서를 잡을 수 있는 가능성이 없다는 것을 알아차렸네."

매컴이 인정했다.

"맞네. 오델은 자기 신상에 대해 아무 말도 하지 않은 모양일세. 아무것도 참고될 만한 말을 해 주지 못하더군. 어젯밤에 대한 진술은 제섭의 말과 들어맞네. 7시쯤 그녀를 데리러 갔다가 11시에 다시 집까지 바래다주고 반시간쯤 그녀와 함께 있다가 헤어졌다는 걸세.

오델 양이 비명을 질렀을 때는 깜짝 놀랐지만 그녀가 아무 일 아니라고 말했으므로 얕은 잠에 빠졌다가 꿈을 꾼 모양이라고 마음 놓고 더 이상 아무 생각도 하지 않았다고 하네. 그런 다음 곧장 택시를 타고 클럽으로 달려 12시 10분 전에 여기 닿았다네. 레드핀 판사가 택시에서 내리는 그를 보고 억지로 위층으로 끌고 올라가 판사의 방에서 기다리고 있던 사람들과 함께 포커를 했다는군. 오늘 새벽 3시까지."

"롱아일랜드의 돈 후안 씨는 자네에게 눈 위의 발자국을 남겨주지 않았군그래."

"어쨌든 그가 나타나줌으로써 헛된 시간을 소비했을지도 모르는 수사의 선 하나가 정리된 셈일세."

번스가 물었다.

"더 많은 수사의 선이 정리되면 자네는 곤란한 딜레마에 빠지지 않을까?"

"아직 나를 바쁘게 할 만한 일이 충분히 남아 있네."

매컴은 접시를 옆으로 밀고 계산서를 청구했다. 그는 일어나서 생각에 잠긴 눈으로 번스를 내려다보았다.

"함께 가고 싶은 흥미가 있나?"

"아니, 뭐라고? 말할 나위가 있겠나? 사실 나는 이 사건이 아주 마음에 쏙 들었다네. 하지만 매컴, 잠깐 앉게나, 얌전하게, 내가 커피를 다 마실 때까지."

나는 번스가 대수롭지 않게 반쯤 놀리듯 말하기는 했으나 어쨌든 선뜻 승낙하는 데 대해 놀라지 않을 수 없었다. 왜냐하면 번스는 그날 오후 몬트로스 화랑에서 열리는 중국의 옛 판화전을 보러 갈 예정이었기 때문이다. 이 전람회에는 송나라 시대의 대표적인 회화로 일컬어지는 양해(梁楷)와 모익(毛益)*1의 것이 저마다 한 점씩 전시되고 있었다. 그리고 번스는 이것을 자기 수집품으로 삼기를 갈망하고 있었던 것이다.

우리는 매컴과 함께 형사법정 건물 앞에 자동차를 세우고 프랭클린거리 쪽 입구로 들어가 전용 엘리베이터를 타고 지방검사의 우중충하고 널따란 개인 사무실로 들어갔다. 그 방에서는 시형무소의 잿빛 돌담이 내려다보였다.

번스는 사무용 책상 오른쪽의 조각된 떡갈나무 테이블 옆에 놓인 육중한 가죽의자 가운데 하나에 앉아 조금 비꼬는 듯한 유쾌한 표정을 지으며 담배에 불을 붙였다.

"나는 정의의 수레바퀴가 삐걱거리는 소리를 내며 돌아가기를 가슴
설레며 기다리고 있네."

그는 태평스럽게 의자에 몸을 기대고 두 다리를 쭉 뻗었다.

매컴이 반박했다.

"자네는 수레바퀴의 첫회전을 보지 못할 운명에 놓여 있네. 맨 첫
회전은 이 사무실 밖에서 돌아가니까."

그는 말을 마치자 판사실로 통하는 회전문을 밀고 사라졌다.

매컴은 5분쯤 뒤에 돌아와 책상 옆에 놓인 등받이가 높은 회전의자
에 앉았다. 그 의자의 등받이는 사무실 남쪽 벽에 있는 네 개의 높고
길쭉한 창문 쪽으로 놓여 있었다.

매컴은 설명했다.

"지금 레드펀 판사를 만나고 왔는데——마침 점심시간이어서——
판사는 포커 게임에 관한 스포츠우드의 진술이 틀림없음을 보증했
네. 판사는 12시 10분 전에 클럽 앞에서 스포츠우드를 만났으며
새벽 3시까지 함께 있었다고 하네. 손님들에게 11시 30분까지 돌
아오겠다고 약속해 놓고 20분이나 늦었으므로 시간에 대해 잘 기
억하고 있다고 말하더군."

번스가 물었다.

"아무래도 상관없는 사실을 무엇 때문에 그토록 일일이 확인하는
가?"

매컴이 좀 신경질적으로 대답했다.

"형식상의 문제지. 이런 종류의 사건에서는 본줄거리와 전혀 관계
없는 듯한 요인이라 하더라도 반드시 한 번은 확인해 봐야 하네."

"그럴 테지."

번스는 머리를 의자등받이에 기대고 꿈꾸는 듯한 눈길로 천장을 올

려다보았다.

"법률가들은 그처럼 존경해 마지않는 영원한 형식 덕분에 이따금 어떤 성과를 올리고 있다고 세상 사람들은 생각할 터이지만, 사실은 결코 아무 성과도 올리지 못하고 있다네. 《거울나라의 앨리스》*²에 나오는 빨간 여왕을 기억하고 있겠지?"

"나는 지금 너무 바빠서 형식 대 인스피레이션 문제 따위를 토론하고 있을 수가 없네."

매컴은 아주 쌀쌀한 표정으로 책상 모서리의 벨을 눌렀다.

젊고 기운찬 비서 스워커가 지방검사실과 큰 대기실 사이의 좁은 문 앞에 모습을 나타냈다.

"부르셨습니까, 검사님."

비서의 눈은 아주 커다란 뿔테안경 속에서 기대를 품고 반짝였다.

"벤[1]에게 사람을 곧 하나 보내달라고 하게."

스워커가 복도 쪽 문으로 나간 지 1, 2분 뒤 통통하고 온화해 보이며 빈틈없이 말끔하게 차려입은 pince-nez(코안경)를 낀 남자가 들어와 비위맞추는 듯한 미소를 지으며 매컴 앞에 섰다.

매컴은 쾌활하지만 무뚝뚝한 투로 말했다.

"어서 오게, 트레이시. 오델 사건에 관계된 증인 네 명의 명단이 여기 있으니 곧 이리로 연행해 오게. 전화교환원 두 사람과 하녀와 수위인데, 서71블록 184번지에 가면 만날 수 있네. 히스 부장이 그곳에 붙잡아 두고 있을 걸세."

"알았습니다."

트레이시는 메모한 다음 아주 정중한 태도로 인사하고 나갔다.

그로부터 한 시간 동안 매컴은 오전 중에 밀린 다른 일에 몰두했다. 나는 그의 헤아릴 길 없는 정력과 능률에 놀라지 않을 수 없었다. 여느 사람이라면 꼬박 하루를 잡아먹을 수많은 중요한 문제를 깨끗이 처리하는 것이었다.

스위커는 마치 번갯불처럼 날쌔게 드나들었고, 많은 서기들이 번갈아가며 벨 소리 하나로 나타나 명령을 받고는 눈 깜짝할 사이에 사라지는 것이었다.

번스는 유명한 방화사건 재판 기록집을 읽으며 시간을 보냈는데, 이따금 눈길을 들어 감탄한 표정으로 그 광경을 바라보며 그처럼 활기에 가득 찬 활동을 부드럽게 나무라듯 머리를 가로저었다.

트레이시가 네 증인과 함께 돌아왔다고 스위커가 보고했을 때는 2시 30분이었다. 그리하여 매컴은 두 시간에 걸쳐 변호사인 나로서도 그와 견줄 만한 사람을 좀처럼 본 적이 없을 만큼 철저하게, 그리고 통찰력을 가지고 이 네 증인을 신문했으며 또한 반대신문도 했다.

두 교환원에 대한 신문도 그날 오전 중의 임시 신문과는 전혀 양상이 달랐다. 오전 중의 증언에서 단 한 가지라도 관련사항에 빠진 점이 있었다면 이번에야말로 매컴의 엄격하고도 잇따른 질문에 의해 드러났을 것이다.

그러나 이윽고 그들에게 돌아가도 좋다는 말이 떨어졌을 때 새로운 정보는 아무것도 드러나 있지 않았다. 그들의 증언은 이제 확고한 것이 되고 말았다. 아무도——죽은 여자와 그녀를 바래다 준 남자, 그리고 9시 30분에 찾아왔다가 그냥 돌아간 남자를 빼놓고는——7시 이후에 앞문으로 들어와 복도를 거쳐 오델의 방까지 간 사람은 없다.

수위는 6시 조금 지나 뒷문에 빗장을 질렀다고 굳건하게 되풀이했으며, 위협하거나 달래보아도 그 점에 대한 그 사나이의 한결같은 주장을 뒤엎을 수가 없었다. 하녀 에이미 깁슨은 앞서의 증언에 아무것도 덧붙이지 못했다. 매컴이 아무리 엄격하게 추궁해도 그녀가 이미 진술한 사실을 되풀이할 뿐이었다. 오직 하나의 새로운 가능성——

단 하나의 새로운 암시도 얻지 못했다. 두 시간에 걸친 실랑이의 결과는 온갖 빠져 나갈 구멍을 막아버리고 도저히 믿을 수 없는 상황으로 몰려들었을 뿐이었다.

4시 30분이 되어 매컴이 지칠 대로 지친 모습으로 한숨을 내쉬며 의자에 몸을 기댔을 때, 이 놀라운 문제의 어디에서부터 손대야 좋을지 그 희망 있는 수단을 찾아낼 기회는 그 전보다 더욱 멀어진 듯한 느낌이 들었다. 번스는 방화사건 재판 기록집을 덮고 담배를 비벼 끄며 빙긋 웃어보였다.

"매컴, 말해 두겠네만, 이 사건에 필요한 건 아랫배에 힘주고 명상하는 일이지 형식적인 절차를 밟는 것은 아닐세. 수정알을 들여다보며 flair(육감)를 불러일으키는 이집트의 점쟁이를 어째서 부르지 않나?"

매컴이 힘없이 말했다.

"이런 일이 오래 계속되면 자네의 그 충고에 따르고 싶어질 걸세."

이때 스워커가 문으로 얼굴을 내밀고 블렌너 총경보로부터 전화가 걸려왔다고 알렸다. 매컴은 수화기를 들고 말을 하며 종이에 뭔가 적어 넣었다. 통화가 끝나자 매컴은 번스를 보았다.

"자네는 침실에서 찾아낸 강철제 보석상자의 상태가 문제라고 말했었지? 그런데 도둑연장 전문가가 지금 전화를 걸어 왔는데, 오늘 아침의 의견을 다시 확인해 주었네. 그 상자는 전문적인 도둑만이 가지고 있으며 그 사용법을 아는 특제 쇠지렛대로 비틀어 열었다고 하네.

1인치 8분의 3의 빗각 날과 1인치의 평평한 자루가 달린 옛날부터 있는 연장으로——날에 특수한 금이 나 있고——지난 첫여름 파크 애비뉴 중심가에 있었던 교묘한 강도사건 때 쓰인 것과 같은 종류라는 걸세. 이 굉장히 감격적인 정보를 듣고 자네의 불안이 얼마쯤 가져지지 않을까 ? ”

“그렇지 않네. ”

번스는 당황해 하는 표정을 떠올렸다.

“오히려 그것 때문에 사태가 더 이상하게 되어버렸네. 그 보석상자와 강철 끝만 없었다면, 나는 한 줄기 빛⋯⋯어쩐지 기분 나쁘고 이 세상 것이 아닐지 모르지만 그래도 눈에 보이는 반짝임을 온통 캄캄한 어둠 속에서 인정할 수 있을 텐데. ”

매컴이 미처 뭐라고 대답하기 전에 스워커가 다시 얼굴을 들이밀고 히스 부장이 왔다는 말을 전했다.

히스는 그날 아침 우리와 헤어졌을 때보다 훨씬 기운찬 모습이었다. 그는 매컴이 권하는 여송연을 받아들고 지방검사의 사무용 책상 앞에 놓인 회의용 테이블에 앉아 너덜너덜한 수첩을 꺼냈다.

“운이 조금 트이는 듯싶습니다. 버크와 에멜리——이 사건을 맡은 부하들입니다——가 처음 손댄 곳에서 오델에 관해 꽤 알아냈습니다. 두 사람의 조사에 따르면, 그녀는 그다지 많은 남자를 상대하지는 않았으며, 두세 사람을 골라 이른바 finesse(그럴 듯한 수단)로 다루고 있었던 듯합니다. 그 가운데 한 사람, 다시 말해서 가장 그녀와 함께 잘 다니던 사람은 찰즈 클리버입니다. ”

매컴은 앉음새를 고쳤다.

“클리버라면 알고 있소⋯⋯만일 동일인물이라면. ”

“틀림없이 그 사람일 겁니다. 전에 브루클린의 세무감독관을 지냈으며 그때부터 죽 저지 시티의 작은 도박장과 관계를 맺고 있습니다. 스타이비샌드 클럽에도 드나들며 거기서 옛날부터 사귀어 온 태머니 홀*³ 패거리들과 다시 가까이 지내고 있다고 합니다. ”

매컴은 고개를 끄덕였다.

“그럼, 바로 그 사람이로군. 그는 직업적인 색마로서, 아마 팝이라는 이름으로 알려져 있을 거요."

번스가 물끄러미 허공을 바라보며 중얼거렸다.

"맞네. 그 늙은 너구리 팝 클리버라면 빈틈없고 명랑한 돌로레스와
도 관련이 있었겠지. 그녀가 beaux yeux(아름다운 눈) 때문에 그
남자에게 반하지는 않았을 테니까."

히스가 말했다.

"검사님, 클리버는 늘 스타이비샌드 클럽에 드나드니 당신이 오델
에 관해 두세 가지 물어보는 게 좋을 것 같습니다. 뭔가 알고 있을
테니까요."

"알겠소, 부장."

매컴은 탁상용 메모지에 적어 넣었다.

"오늘 저녁에라도 그를 만나도록 해보겠소. 당신의 명단에는 또 누
가 있소?"

"매닉스라는 사람이 있습니다. 루이스 매닉스로, 오델 양과는 그녀
가 '폴리즈'에 있었을 무렵 알았는데, 1년쯤 전부터 그녀가 거들떠
보지 않게 되어 그 뒤로는 아무도 그 두 사람이 함께 있는 것을 보
지 못했다고 합니다. 매닉스는 지금 다른 여자와 사귀고 있습니다.
그는 모피수입상 매닉스 앤드 레버인 상회의 주인인데다 나이트클
럽의 단골손님이며 돈 씀씀이가 거친 사람입니다. 하지만 그는 그
다지 도움될 것 같지 않습니다. 오델 양과의 관계가 끊어진 지 너
무 오래되었으니까요."

매컴이 동의했다.

"그렇군. 그는 제외해도 좋을 거요."

번스가 주의 주었다.

"여보게, 더 이상 계속 제외하다가는 마침내 그녀의 시체밖에 안
남겠네."

히스가 말을 이었다.

"다음으로 어젯밤 그녀를 데리고 나갔던 남자가 있습니다. 아무도 그 남자의 이름을 모르는 것 같습니다…… 조심성 있는 신중한 녀석임에 틀림없습니다. 나는 처음에는 클리버가 아닐까 생각했습니다만 인상이 잘 들어맞지 않습니다. 그런데 검사님, 이상한 일이 있습니다. 그 남자는 어젯밤 오델 양과 헤어진 다음 택시를 불러 타고 스타이비샌드 클럽까지 가서 내렸다고 합니다."

매컴은 고개를 끄덕였다.

"그것은 알고 있소, 부장. 그리고 그가 누구인지도 알고 있소. 클리버는 아니오."

번스는 소리 내어 웃었다.

"스타이비샌드 클럽이 아무래도 이 사건의 최전선인 듯싶군. 니커보커 애슬레틱의 슬픈 운명의 전철을 밟지 않기를 바라겠네[2]."

히스는 본줄거리에 열중하여 물었다.

"그 사람이 누구입니까, 매컴 씨?"

매컴은 다른 사람에게 털어놓아도 되는지 어떤지 결정짓지 못하고 잠시 입을 다물었다. 마침내 그는 말했다.

"이름은 가르쳐 주겠소만 절대로 비밀을 지켜야 하오. 케니스 스포츠우드라는 사람이오."

이어서 매컴은 점심 식사를 하려는데 스포츠우드가 불러서 만났으며 그로부터는 아무것도 도움될 만한 정보를 끌어내지 못했다는 이야기를 했다. 그리고 클럽에서 돌아와 레드펀 판사를 만나 자신의 행동에 대한 그의 진술이 틀림없음을 확인했다는 점도 말했다. 그리고 덧붙여 말했다.

"따라서 그가 오델 양이 살해되기 전에 그녀와 헤어진 것이 뚜렷하므로 공연히 성가시게 할 필요는 없소. 사실 나는 그의 가정의 평화를 위해 사건에 휘말리게 하지 않겠다고 약속했소."

"검사님, 당신만 좋다면 나는 아무래도 상관없습니다."

히스는 수첩을 덮어서 집어넣었다.

"또 한 가지 대수롭지 않은 일을 알아냈습니다. 에멜리가 오델이 전에 살고 있었던 110블록을 찾아가서 그 집 안주인을 만나 하녀가 말하던 그 멋쟁이 남자기 오델을 곧잘 찾아왔었다는 것을 알아냈습니다."

"부장, 그 말을 들으니 생각나오만……."

매컴은 블렌너 총경보의 전화를 받으며 적어놓은 메모를 집어들었다.

"여기 보석상자를 비틀어 연 데 대해 교수가 제공한 자료가 있소."

히스는 아주 열심히 그 메모를 읽었다.

"생각했던 대로군요."

형사부장은 만족스럽게 고개를 끄덕였다.

"틀림없는 상습범의 짓입니다. 전부터 똑같은 일을 해 온 녀석의 짓입니다."

번스가 몸을 일으키며 말했다.

"하지만 정말 그렇다면 어째서 그처럼 경험 많은 도둑이 처음에는 아무 쓸모 없는 부젓가락을 썼을까요? 또 어째서 거실의 벽장을 뒤지지 않았을까요?"

히스 형사부장이 날카로운 눈길로 잘라 말했다.

"번스 씨, 이제 곧 그 녀석을 잡아들이면 그 점이 모두 밝혀질 겁니다. 내가 특별히 이야기 나누고 싶은 사람은 바로 주름장식이 달린 비단 셔츠를 입고 양가죽 장갑을 낀 사나이랍니다."

번스는 한숨을 쉬었다.

"Chacun a son goût(오이를 거꾸로 먹어도 제멋이지). 나는 그 남자와 이야기해 보고 싶은 생각이 조금도 없소. 부젓가락으로 강철 상자를 비틀어 열려 하는 전문적인 도둑이 있으리라고는 생각되지 않으니까."

히스가 무뚝뚝하게 말했다.

"부젓가락을 들먹거릴 필요는 없습니다. 그 녀석은 강철 끌로 상자를 비틀어 열었으니까요. 바로 그런 끌이 지난 여름 파크 애비뉴에서 일어난 강도사건에서도 사용되었었는데, 이 점을 어떻게 생각합니까?"

"아아, 그것이 골칫거리요, 부장. 그처럼 성가신 사실만 없었다면 나는 지금쯤 마음 가볍게 Sans souci(근심도 없이) 클레어먼트에서 한 잔의 차로 내 넋을 위로해 주고 있을 텐데."

벨라미 형사가 왔다는 말을 듣고 히스는 벌떡 일어났다. 그는 가슴을 두근거리며 말했다.

"지문에 대한 보고를 가지고 왔을 겁니다."

벨라미는 아무 감정 없는 태도로 들어와 지방검사의 책상 앞으로 걸어갔다.

"듀보이스 주임경감의 심부름으로 왔습니다. 주임경감은 검사님이 오델 사건의 지문에 대한 보고가 필요하리라 여기시고……."

벨라미는 주머니에 손을 넣어 평평하고 자그마한 종이끼우개를 꺼냈는데 매컴의 눈짓으로 히스에게 건네주었다.

"누구의 지문인지 알아냈습니다. 듀보이스 주임경감이 말했듯이 모두 같은 사람의 것으로, 토니 스킬의 지문입니다."

히스 형사부장이 흥분하여 떨리는 목소리로 말했다.

"'멋쟁이' 스킬의 것이라고? 매컴 검사님, 스킬은 전과자며 그 방면에서 악명 높은 사나이입니다."

부장은 종이끼우개를 펼쳐 길쭉한 카드와 여덟 줄 내지 열 줄쯤 타이프된 푸른 종이 한 장을 꺼냈다. 그는 카드를 살펴보더니 만족스러운 신음 소리를 내며 매컴에게 건네주었다.

카드 윗부분에 범인 사진이 붙어 있었다. 짙은 빛 머리에 턱이 네모진 이목구비가 잘 갖춰진 젊은이의 앞얼굴과 옆얼굴 사진이었다. 눈과 눈 사이가 넓고, 깨끗이 다듬어진 짧은 콧수염 끝은 밀랍을 발라 바늘같이 뾰족했다.

이 두 장의 사진 아래쪽에 본인에 대한 간단한 설명서가 붙어 있었다. 성명, 통칭, 주소, 베르티용 식 측정*4 등이 적혀 그 비합법적 직업의 특질이 설명되어 있었다. 맨 아랫단에는 작은 사각형 열 개가 두 줄로 줄지어 있고 거기에 각각 검은 잉크로 지문이 찍혀 있었다. 윗단은 오른손 지문, 아랫단은 왼손 지문이었다.

번스가 그 신원증명서를 들여다보며 비꼬듯 말했다.

"이것이 그 예복에 비단 셔츠 차림으로 소개된 arbiter elegant-iarum(멋을 아는 사람)인가? 기가 막히는군. 이 사나이에게 디너 자켓에 각반을 두르는 유행을 만들라고 했으면 좋겠네. 뉴욕의 극장은 겨울에 굉장히 통풍이 잘되니까."

히스 부장은 카드를 도로 종이끼우개에 넣고 덧붙여진 타이프된 종이를 들여다보았다.

"이 남자가 틀림없습니다, 검사님. 들어보십시오. 토니 '멋쟁이' 스킬. 1902년부터 1904년까지 2년 동안 엘밀러 형무소. 1906년 가벼운 절도죄로 1년 동안 볼티모어 군형무소. 1908년부터 1911년까지 3년 동안 폭행 및 절도죄로 선 퀜틴 형무소. 1912년 가택침입죄로 시카고에서 체포되어 불기소. 1913년 오버니에서 강도죄로 체포되어 공판 결과 면소. 1914년에서 1916년까지 가택침입 및 강도죄로 2년 8개월 동안 신 신 형무소에서 복역."

히스는 종이끼우개와 카드를 주머니에 집어넣었다.

"꽤 푸짐한 이력인데요."

벨라미가 태연자약하게 물었다.

"그 정보가 도움되겠습니까?"

"물론이지."

히스는 춤이라도 출 것처럼 좋아했다.

벨라미 형사는 뭔가 기대하듯 지방검사를 곁눈질해 보았다. 매컴은 문득 여송연 상자를 꺼내 내밀었다.

"고맙습니다, 검사님."

벨라미는 미 패볼리터스를 두 대 빼내어 소중하게 조끼주머니에 넣은 다음 나갔다.

히스가 말했다.

"매컴 검사님, 전화 좀 쓰겠습니다."

형사부장은 살인과를 불러냈다. 그는 스니트킨에게 명령했다.

"토니 스킬——'멋쟁이' 스킬——그 녀석을 찾아내게. pronto(급히). 찾아내면 연행하게. 기록을 들추어 주소를 알아내고 버크와 에멜리를 함께 데려가게. 도망쳤다면 비상경계선을 치고 잡아내게. 우리 쪽의 누군가가 그 녀석에 대해 잘 알고 있을 걸세.

기록에는 올리지 말고 그대로 가둬 두게. 알겠나? ……그리고 똑똑히 듣게. 녀석의 방을 뒤져서 도둑 연장을 찾아내야 하네. 아무 데나 내버려 두지는 않았을 터이지만, 특히 찾아내고 싶은 것은 1인치 8분의 3의 날에 금이 가 있는 끌일세. 나는 30분 뒤 본부로 돌아가겠네."

히스는 수화기를 내려놓고 기쁜 얼굴로 손을 마주 비볐다.

"자, 이제부터 배가 움직이기 시작합니다."

번스는 창가로 가 서서 두 손을 주머니에 찔러 넣은 채 '한숨의 다리'*5를 물끄러미 내려다보고 있었다. 이윽고 그는 깊이 생각에 잠긴 눈길로 히스를 돌아다보았다.

"아무래도 납득되지 않소. 당신이 좋아하는 '멋쟁이' 씨는 그 터무니없는 상자를 비틀어 열었을지는 모르지만 그 밖의 다른 일들은 그의 머리형과 꼭 들어맞지 않소."

히스는 비꼬듯이 말했다.

"나는 골상학자가 아니므로 지문에 따라야겠습니다."

번스가 명랑하게 말했다.

"그것은 범죄수사 기술로 보아 큰 잘못이오. Sergentemio(나의 부장). 이 사건에서의 유죄 및 무죄 문제는 당신이 생각하는 것만큼 간단하지 않소. 꽤 복잡하오. 당신이 심장 옆에 소중히 간직한 사진에서 볼 수 있는 그 풍류의 귀감, 예절의 모범*6은 다만 사건의 복잡성을 더해 줄 뿐일 거요."

⑴ 벤저민 핸런 대령. 지방검사국 소속 형사반 계장이다.

⑵ 번스는 저 유명한 모리스 사건에 대해 말하고 있는 것이다. 그 사건으로 말미암아 매디슨 애비뉴와 45블록 모퉁이에 있던 유서깊은 니커보커 애슬레틱 클럽은 문을 닫게 되었다. 그러나 스타이비샌트 클럽의 문을 닫게 만든 것은 상업주의였다. 매디슨 스퀘어 북쪽에 있던 이 클럽은 몇 년 뒤 헐려 마천루에서 그 자리를 양보했다.

*1 양해와 모익은 남종(南宗) 화가이다. 번스는 때때로 아주 색다른 일을 하여 독자를 어리둥절하게 만드는데, 이 중국 미술에 관한 지식은 아마도 뉴욕의 일본인 골동품상 언저리에서 얻어들은 듯하다.

*2 《Through the Looking-glass》. 루이스 캐럴의 이상한 나라의 앨리스가 장기(將棋) 나라로 가는 거울 이야기.

*3 뉴욕의 민주당 본부로, 뉴욕 시 행정 부패의 근원으로서 흔히 인용된다.

*4 알퐁스 베르티용. 1853~1914. 프랑스의 경찰관으로서, 인체의 특정부분이 성인이 된 다음에는 실질적으로 변하지 않는 특성을 지니고 있음을

발견하여 이것을 측정함으로써 인간 감별법을 고안했다. 머리 길이, 폭, 가운뎃손가락 길이, 왼발 길이, 팔꿈치에서 가운뎃손가락 끝까지의 길이 등이 바로 그것으로 아주 세밀하게 분류되어 있다.

*5 형사법정 건물과 시형무소를 잇는 피고용 복도.

*6 셰익스피어의 《햄릿》 제3막 제1장에 나오는 오필리어의 대사.

강제회견

9월 11일 화요일 오후 8시

매컴은 늘 하던 습관대로 스타이비샌드 클럽에서 저녁 식사를 들었는데, 그의 초대로 번스와 나도 자리를 같이했다. 매컴은 우리가 식탁에 함께 있으면 아는 사람들이 지나가다가 쓸데없이 이야기를 걸어오는 일을 막을 수 있으리라고 생각한 것이다.

오후 늦게부터 비가 내리기 시작하더니 저녁 식사가 끝날 무렵에는 한밤중까지 계속해서 내릴 것처럼 본격적으로 쏟아지고 있었다. 식사가 끝나자 우리 세 사람은 휴게실의 조용한 구석에 자리잡고 앉아 한가롭게 담배를 피웠다.

그런데 거기에 앉은 지 채 15분도 안되어 불그레한 얼굴에 숱적은 머리가 희끗희끗한 좀 뚱뚱한 사내가 흐트러짐없는 걸음걸이로 발소리를 죽이며 우리 옆으로 다가와 매컴에게 붙임성 있는 인사를 했다. 우리는 이제까지 그 사나이를 만난 적은 없었으나, 그가 찰즈 클리버라는 것을 곧 알았다.

그는 어울리지 않는 부드러운 목소리로 말했다.

"책상 위에 나를 만나고 싶다는 당신의 쪽지가 있는 것을 보았습니다."

그러나 정중해 보이는 그의 태도에는 어딘지 모르게 타산적이고 냉담한 기색이 깃들어 있었다.

매컴은 일어나서 악수를 나눈 다음 번스와 나를 그에게 소개했다. 그와 번스는 전부터 안면이 좀 있는 사이인 듯했다. 클리버는 매컴이 권하는 의자에 앉더니 코로나 코로나(여송연)를 꺼내, 묵직한 시곗줄에 달린 금으로 된 여송연 자르는 칼로 물부리를 잘라 입술 사이에 끼워서 돌리어 침을 축인 다음 두 손으로 컵 모양을 만들어 불을 붙였다.

매컴이 말을 꺼냈다.

"성가시게 해 드려서 미안합니다, 클리버 씨. 실은 이미 읽었으리라고 여겨집니다만, 마거리트 오델 양이 어젯밤 서71블록의 자기 아파트에서 살해되어……"

매컴은 말을 끊었다. 아주 미묘한 문제이기 때문에 어떤 식으로 말을 이어야 좋을지 망설이는 듯했다. 그는 클리버 쪽에서 먼저 그녀와 알고 지낸 적이 있었다는 사실을 말해 주기를 바라는 것 같았다. 그러나 클리버는 근육 하나 까딱하지 않았다.

이윽고 매컴은 하는 수 없이 말을 이었다.

"그 젊은 여자의 생활을 조사하다가 당신이 누구보다도 그녀와 꽤 가깝게 지냈다는 것을 알았습니다."

매컴은 다시 말을 끊었다. 클리버는 알아차리지 못할 만큼 눈썹을 치켜올렸으나 아무 말도 하지 않았다.

매컴은 클리버의 경계하는 태도에 조금 화나는 표정으로 다음 말을 이었다.

"내가 받은 보고에 따르면, 당신은 근 2년 동안 그녀와 자주 어울려 다녔다고 하는데, 그 점으로 미루어 당신이 그녀에게 보통 이상의 관심을 가지고 있었다고 생각해도 좋겠지요."

클리버는 온화한 목소리로 종잡을 수 없는 질문을 했다.

"그래서요?"

"미리 말씀드려 두겠는데, 클리버 씨, 이런 경우 허세부리거나 숨겨서는 안 됩니다. 내가 오늘 밤 이렇듯 당신과 이야기하는 것은 ex officio(직권에 따른) 일입니다. 나는 사태를 밝히는 일에 당신이 협력해 주리라고 믿습니다.

한 가지 덧붙여 말씀드릴 것은 지금 어떤 사람에게 중대한 혐의가 걸려 있으며 우리는 곧 체포할 단계에 있다는 사실입니다. 하지만 어쨌든 우리로서는 당신의 협력이 필요하기 때문에 이처럼 이야기를 나누려는 겁니다."

클리버는 무표정한 얼굴로 입술만 움직여서 물었다.

"그럼, 내가 어떻게 하면 협력해 드리는 것이 되겠습니까?"

매컴은 치미는 화를 억누르고 설명했다.

"당신처럼 그 젊은 여인을 잘 안다면 틀림없이 어떤 정보를 가지고 있으리라고 여겨집니다. 어떤 사실이나 또는 비밀 이야기, 다시 말해서 그녀가 갑자기 무참하게 살해된 이유를 밝히는 데 빛을 던져 줄 만한 정보 말입니다."

클리버는 잠자코 눈길을 들어 물끄러미 앞쪽 벽을 잠시 바라보았는데, 얼굴의 다른 선은 얼어붙은 채 움직이지 않았다.

"유감스럽게도 나는 그 말씀에 따를 수가 없을 것 같군요."

매컴이 노여움을 드러내며 말했다.

"당신의 태도는 양심이 완전히 결백한 사람에게 어울리는 것이라고 할 수 없군요."

클리버는 뭔가 묻고 싶은 듯한 눈길을 지방검사에게로 보냈다.

"내가 그녀를 알고 있는 일과 살해된 것이 무슨 관계가 있습니까? 그녀는 자기를 죽일 사람이 누구인지 가르쳐 준 적이 없습니다. 누군가가 자기를 목졸라 죽이려 하는 것을 알고 있다고 말한 적도 없습니다. 알았다면 피할 수 있었을 터이지만 말입니다."

내 옆의자에 다른 사람들로부터 조금 떨어져서 앉아 있던 번스가 고개를 숙이며 내 귀에다 sotto voce(나직한 목소리)로 속삭였다.

"매컴이 또 하나의 법률가에게 대들고 있군. 가엾어라, 쩔쩔매고 있으니 말일세."

하지만 이 문답 형식의 첫싸움은 솜씨는 나빴으나 마침내 냉혹무참한 1대 1의 승부로 발전하여 결국 클리버의 완전 패배로 끝났다. 매컴은 정중하고 은근하면서도 굽힐 줄 모르며 기지가 넘쳐흐르는 투사였다. 그런 까닭에 그는 클리버로부터 꽤 중요한 정보를 끌어낼 수가 있었다.

클리버의 잔뜩 비꼬인 핑계에 부딪친 매컴은 몸을 앞으로 내밀며 재빨리 이야기의 방향을 바꾸어 날카롭게 파고들었다.

"당신은 자신을 변호하기 위해 증언대에 서 있는 것이 아닙니다, 클리버 씨. 아무리 당신 스스로는 그런 입장을 취할 자격이 있다고 생각하고 싶어하더라도 말입니다."

클리버는 말없이 매컴을 쏘아보았다. 매컴 역시 똑바로 클리버를 바라보며 그의 아주 침착한 얼굴에서 최대한의 것을 읽어내려 마음먹고 있었다. 그러나 클리버도 자기의 vis-a-vis(마주 대하고 있는 상대)에게 결코 아무것도 읽어내지 못하도록 하려고 마음먹은 것이 틀림없었다. 똑바로 매컴의 눈길을 받고 있는 그의 얼굴은 사막처럼 황량했다.

마침내 매컴은 몸을 꼿꼿이 하고 다시 의자에 기대며 차갑게 말했다.

"당신이 오늘 밤 이 클럽에서 문제를 토의하지 않는다 하더라도 별 상관없습니다. 내일 아침 보안관이 소환장을 들고 가서 당신을 내 사무실로 연행하기를 바란다면 기꺼이 그렇게 조치하지요."

클리버는 적의를 드러내보이며 말했다.

"마음대로 하십시오."

"그리고 신문에 어떻게 쓸 것인지는 기자 여러분에게 맡기겠습니다. 내 편에서 기자들에게 지금 이 자리에서의 이야기를 모두 설명하지요."

클리버는 갑자기 타협적인 투로 말했다.

"하지만 나는 정말로 아무것도 말씀드릴 것이 없습니다."

세상에 쫙 알려진다는 것은 그로서도 생각조차 하기 싫은 일임에 틀림없었다.

매컴이 쌀쌀하게 말했다.

"그 말은 이미 들었습니다. 그럼, 그만 가보십시오."

매컴은 이제 겨우 불쾌한 이야기가 끝났다는 표정으로 번스와 나를 보았다.

그러나 클리버는 일어나지 않고 1, 2분 동안 이런저런 생각에 잠긴 얼굴로 담배를 피웠다. 이윽고 그는 얼굴의 근육 하나 움직이지 않고 짤막하고 딱딱한 웃음소리를 냈다. 그리고 애써 부드러운 표정을 지으며 말했다.

"생각해 보니 말씀대로 내가 증언대에 서 있는 것도 아니로군요. 그래, 대체 무엇을 알고 싶습니까?"

매컴은 초조한 목소리로 말했다.

"상황은 이미 말씀드렸습니다. 내가 무엇을 알고 싶어하는지 잘 알 텐데요. 그 오델 양이 어떤 생활을 했는지, 누구와 가까이 지냈는지, 어떤 적을 가지고 있었는지……그녀가 죽은 이유를 설명할 수 있는 거라면 무엇이든지 좋습니다."

매컴은 잠시 말을 끊었다. 조금 뒤 그는 신랄하게 덧붙였다.

"그리고 당신이 이 사건과 직접적이든 또는 간접적이든지 관계가 있다는 의심을 털어버릴 수 있는 일이라면 모두 말해 주십시오."

클리버는 이 마지막 말을 듣자 화가 치미는 듯 몸을 긴장시키며 항의하려고 했으나 곧 작전을 바꾸었다. 그는 비웃는 듯한 미소를 지으며 가죽지갑에서 접혀진 작은 종이쪽지를 빼내어 매컴에게 건네주었다. 그는 자신만만하게 말했다.

"나 자신에 대한 용의를 벗는 일은 아주 간단합니다. 그것은 뉴저지 분턴에서 받은 속력위반 소환장입니다. 날짜와 시간을 자세히 보십시오. 9월 10일——어젯밤입니다——11시 30분이라고 적혀 있지요. 호페트콘을 향해 자동차를 달리다가 마침 분턴을 지나 마운틴 레이크스로 접어들었을 때 교통순경에게 걸렸습니다. 내일 아침 그곳 재판소에 출두해야 합니다. 정말 성가시게 굴더군요, 시골 경관은."

클리버는 살피는 듯한 눈길로 매컴을 보았다.

"당신이 좀 처리해 줄 수 있겠습니까? 저지까지 또 자동차를 몰고 가야 하므로 큰일입니다. 내일은 할 일이 산더미처럼 많은데 말입니다."

매컴은 소환장을 죽 훑어본 다음 주머니에 집어넣었다. 그는 기분 좋게 미소지으며 약속했다.

"내가 처리해 드리지요. 그럼, 아는 대로 말씀해 주십시오."

클리버는 생각에 잠기며 여송연 연기를 뿜어냈다. 이윽고 그는 다리를 꼬고 의자등받이에 몸을 기대더니 솔직히 말하기 시작했다.

"도움드릴 만큼 많이 알고 있는지 어떤지…… 나는 카나리아를 좋아했습니다. 그녀는 카나리아라고 불려지고 있었지요. 사실 한때는 그녀에게 홀딱 빠져 있었습니다. 어리석은 짓도 수없이 많이 했지요. 지난해 쿠바에 가 있을 때에는 엄청나게 많은 편지를 써 보내기도 했습니다. 애틀랜틱 시티까지 가서 그녀와 함께 찍은 사진도 있습니다. ”

클리버는 자신을 나무라듯 얼굴을 찌푸렸다.

“그 뒤 그녀는 냉정해지며 쌀쌀하게 대하기 시작했습니다. 만나자는 약속도 지키지 않았지요. 나는 그녀와 한바탕 다투었습니다만, 그것에 대한 그녀의 대답은 돈을 보내라는 것이었습니다. ”

클리버는 말을 끊고 여송연 끝에 매달린 재를 내려다보았다. 그 가느다란 눈에 독기를 품은 증오의 빛이 번뜩였으며 턱의 근육이 굳어졌다.

“거짓말해 봐야 소용없겠지요. 그녀는 내 편지며 여러 가지 것을 손에 쥐고 있었으므로 나는 그것을 되찾는 데 꽤 많은 돈을 뜯겼답니다. ”

“언제쯤의 일이었습니까? ”

한순간 클리버는 망설였다.

“지난 6월이었습니다. ”

그는 잠시 말을 끊었다. 조금 뒤 그는 아주 딱딱한 목소리로 재빨리 말을 이었다.

“매컴 씨, 나는 죽은 사람의 험담을 하고 싶지는 않습니다. 하지만 그녀는 더없이 교활하고 냉혹한 협박꾼이었습니다. 그런 여자를 만난 것은 내 불운이었지요. 말이 나온 김에 덧붙이겠습니다만, 그녀에게 꼼짝없이 돈을 뜯긴 바보는 나뿐만이 아닙니다. 그녀는 다른 남자들도 손아귀에 넣고 있었지요. 우연히 알았습니다만, 그녀는 루이스 매닉스 노인을 호되게 닦아세워 듬뿍 뜯어낸 적도 있습니다. 노인이 나에게 그 말을 해 주었지요. ”

매컴은 자기가 열중해 있다는 것을 감추려고 애쓰며 물었다.

"그 밖의 사람들 이름도 가르쳐 줄 수 있습니까? 매닉스에 대해서는 이미 들어서 알고 있습니다."

클리버가 안됐다는 듯이 말했다.

"아니, 나는 아는 것이 없습니다. 카나리아가 이 남자 저 남자와 함께 있는 것을 여기저기서 보긴 했습니다만. 최근에도 어떤 남자와 함께 있는 것을 보았으나, 모두 내가 모르는 사람들뿐이었습니다."

"매닉스와는 지금 해결이 다 되었으며 완전히 잊혀져 있을 텐데요."

"그렇습니다. 오래된 이야기지요. 그로부터는 사태가 밝혀질 만한 단서를 얻을 수 있을 듯싶지 않군요. 하지만 다른 사나이들……매닉스 다음으로 요즘 새로 사귀는 사나이들은 아마 찾아내면 한번 조사해볼 가치가 있을지도 모릅니다. 나는 좀 태평스러운 성격이어서 그저 되어가는 대로 살지만, 세상에는 그녀가 나에게 했던 것 같은 일을 당하면 머리끝까지 화낼 남자가 많이 있을 겁니다."

그러나 나로서는 클리버 자신의 말과 같이 그가 그다지 태평스러운 성격으로는 여겨지지 않았다. 오히려 냉혹하고 자제심이 강하며 무신경한 사람으로, 그의 침착한 태도는 늘 정략과 편의주의에 지배되는 것 같았다.

매컴은 클리버를 자세히 살펴보고 있었다.

"그럼, 당신은 그녀가 살해된 것은 꿈에서 깨어난 어떤 찬미자가 복수하기 위해 저지른 짓이라고 생각합니까?"

클리버는 어떻게 대답하면 좋을지 신중히 생각하는 듯했다.

"그것이 당연한 생각이겠지요. 그녀는 파멸의 길을 걷고 있었습니다."

짧은 침묵이 흘렀다. 이윽고 매컴이 다시 물었다.

"당신은 혹시 그녀가 관심을 가졌던 젊은 남자——호남자로 엷은 푸른 눈에 짧은 금빛 콧수염을 기른——스킬이라는 사나이를 아십니까?"

클리버는 업신여기듯 코웃음쳤다.

"그건 카니리아의 전문이 아닌데요, 내가 아는 한 그녀는 젊은 녀석에게 손대지 않습니다."

이때 종업원이 클리버에게로 다가와 허리를 굽혔다.

"방해해서 죄송합니다만, 동생 분을 찾는 전화가 걸려왔습니다. 굉장히 중요한 용건이라고 합니다. 동생 분은 지금 클럽에 계시지 않으므로 교환원이 혹시 당신이라면 어디 있는지 알지 모른다고 해서 이렇게 여쭙는 겁니다."

클리버는 버럭 화를 냈다.

"내가 그걸 어떻게 아오? 앞으로는 동생에게 걸려온 전화로 나를 부르거나 찾지 마시오."

매컴이 아무렇지도 않게 물었다.

"동생 분이 뉴욕에 있습니까? 몇 년 전에 뵌 적이 있습니다. 샌프란시스코에 계셨었지요."

"그렇습니다. 철저한 캘리포니아 인종이지요, 2주일 예정으로 뉴욕에 와 있습니다만, 저쪽으로 돌아가면 더욱 샌프란시스코를 좋아하게 될 겁니다."

나로서는 클리버가 그 말을 마지못해 하는 것처럼 여겨졌으며 어찌된 까닭인지 몹시 당황하고 있는 듯한 느낌이 들었다.

그러나 매컴은 클리버의 언짢아하는 것 같은 기색을 알아차리기에는 너무나도 눈앞의 문제에 정신이 팔려 있는 듯했다. 왜냐하면 곧 다시 이야기를 살인문제로 돌렸기 때문이었다.

"나는 최근 오델 양에게 관심을 가진 사람을 하나 알고 있습니다만, 어쩌면 당신도 본 적이 있을지 모르겠군요. 짧게 다듬은 희끗한 콧수염을 기른 45살쯤 된 키 큰 남자입니다."

매컴이 스포츠우드를 말하고 있음을 나는 알았다. 클리버가 잘라 말했다.

"그 남자입니다. 바로 지난 주일에도 무킨(요리집)에서 함께 있는 것을 보았습니다."

매컴은 실망했다.

"그 사람은 조사한 끝에 리스트에서 지웠습니다. 하지만 그녀가 신용하고 있던 다른 사람이 있었을 겁니다. 무언가 도움될 만한 일은 생각나지 않습니까?"

"그녀가 신용하고 있던 어떤 사람이라면 린드퀴스트 의사를 들 수 있겠군요. 그의 이름은 앰블로이즈일 겁니다. 그 의사는 렉싱턴 거리 가까운 40번지 근처에 살고 있습니다. 하지만 그 사람이 도움이 될지 어떨지는 잘 모르겠습니다. 한때는 그녀와 꽤 가깝게 지냈었지요."

"그렇다면, 그 린드퀴스트 의사가 직업과 별도로 그녀에게 관심이 있었다는 뜻입니까?"

"그렇다고는 할 수 없습니다."

클리버는 마음속으로 사태를 검토하고 있는 듯 잠시 담배를 피웠다.

"사실은 이렇습니다. 린드퀴스트는 상류사회를 전문으로 상대하는 의사로서, 자기 말로는 정신과 의사라고 합니다. 그리고 부인 신경병 환자를 상대로 하는 사설요양소 같은 곳의 소장이기도 합니다. 돈도 물론 있을 테고 사회적 지위는 그에게 중요한 자산이기 때문에 카나리아가 수입원으로 고르기에 안성맞춤인 인물이지요. 그런 의사로서는 납득이 가지 않을 만큼 자주 그녀를 찾아왔으니까요, 어느 날 밤 나는 그녀의 방에서 그 의사와 마주치게 되어 카나리아가 우리를 소개했는데, 그의 태도는 예의바른 것이었다고 할 수 없었습니다."

매컴이 그다지 마음 내키지 않는 투로 말했다.

"적어도 조사해 볼 가치는 있겠군요, 그밖에는 달리 도움될 만한 사람을 모르십니까?"

클리버는 고개를 끄덕였다.

"네, 모릅니다."

"그녀가 누군가를 두려워했거나 성가신 일이 일어날 듯하다는 말을 한 적은 없었습니까?"

"한 번도 그런 말을 한 적이 없습니다. 사실 신문을 보고 몹시 당황했습니다. 나는 아침신문으로 헤럴드밖에 보지 않습니다. 물론 밤에 더 데일리 레이싱 홈(경마신문)을 읽기도 합니다만. 그리고 오늘 아침신문에는 그 살인사건 기사가 실리지 않아서 저녁 식사를 마칠 때까지 아무것도 모르고 있었습니다. 당구장에서 종업원들이 주고받는 이야기를 듣고 나서 저녁신문을 사보았는데, 그렇지 않았다면 내일 아침까지 사건에 대해 아무것도 몰랐을 겁니다."

매컴은 8시 30분까지 클리버와 사건에 대해 이야기했지만 그 이상은 아무런 정보를 끌어낼 수가 없었다.

마침내 클리버는 의자에서 일어나며 말했다.

"많은 도움을 드리지 못해서 미안합니다."

그는 그 불그레한 얼굴에 명랑한 표정을 떠올리며 허물없는 태도로 매컴과 악수했다.

클리버가 가버리자 번스가 놀리듯 말했다.

"자네도 제법 멋들어지게 저 늙은 너구리를 몰아세우더군 그래. 그런데 저 사나이에게는 아주 묘한 데가 있었네. 도박꾼의 유리알같이 차가운 눈초리가 갑자기 바뀌며 마음을 털어놓고 말하기 시작했는데, 그 변화의 속도가 너무 빨랐어. 수상쩍으리만큼 재빨랐지.

내 심술궂음 때문인지는 모르지만, 나는 그로부터 빛나는 진리의 기둥은 찾아내기 어려울 것 같은 인상을 받았네. 아마 내가 그런 거친 눈초리를 싫어하기 때문인지는 모르지만……어쨌든 그 눈은 제법 흉금을 터놓고 솔직하게 말하는 것 같은 그의 태도와 어울리지 않았네. ”

매컴이 동정하듯 말했다.

“그의 괴로운 입장을 조금쯤 인정해 주어도 좋을 걸세. 반한 여자에게 약점 잡혀 협박당한 것을 인정하기란 그다지 유쾌한 일이 아닐 테니까. ”

“하지만 6월에 편지를 돌려받았다면 어째서 그처럼 언제까지나 그녀의 비위를 맞추고 있었을까? 히스의 보고에 따르면 그는 마지막까지 그녀에게 굉장히 적극적이었다고 했잖나? ”

매컴이 미소지었다.

“아마 여자를 너무 좋아하기 때문이었겠지. ”

“아브라가 좋아하는 사람도 있으니까…….

‘이름을 부르면 아브라, 이미 거기 있도다.
다른 이름을 불러도 아브라는 온다*1. ’

아마 그랬던 모양이네. 현대의 카일리 드럼리*2 자격이 있겠군. ”

“어쨌든 린드퀴스트 의사의 이름을 가르쳐 주었으니 어떤 정보를 얻을 수 있을지도 모르겠네. ”

번스가 동의했다.

"맞아. 그의 다정다감한 고백 속에서 내가 특별히 믿을 수 있는 것은 그 점뿐이었네. 그 이야기만은 그도 얼마쯤 고상한 마음씨를 드러내 보이며 말하더군. 충고하네만 그 여성 전문의 에스클라피우스*³를 곧 만나보세."

매컴이 반대했다.

"나는 몹시 피곤하네. 내일로 미루기로 하세."

번스는 벽난로 위에 걸린 큰 시계를 보았다.

"좀 늦은 감이 있는 건 나도 인정하네만, 피타크스*⁴가 말했듯이 어째서 때(시간)의 앞머리를 붙잡지 않는가?

'운은 놓치면 두 번 다시 붙잡을 수 없고
한 번 지나간 기회는 머리의 뒤가 벗어져 있다*⁵.'

그러나 카터 옹*⁶은 카울리보다 먼저 말하고 있네. Disticha de Moribus(죽음의 두 줄) 속에서 Fronte Capillata(앞머리를)이라고."

매컴이 일어서며 불평스럽게 말했다.

"가세. 자네의 그 박학다식의 홍수를 막을 수만 있다면 무엇이든지 하겠네."

*1 아브라는 솔로몬의 왕의 총애를 받은 여자. 인용한 시는 영국 시인 블래이어(1664~1721)의 《솔로몬 왕》의 한 귀절.
*2 Cayley Drummle. 어떤 소설의 주인공이 아닐까 한다.
*3 로마 신화에 나오는 의약과 의료의 신.
*4 그리스의 철학자로 정치가이며 시인. 일곱 현자 가운데 한 사람. 기원전 650~569.

＊5 〈운을 놓치면〉이라는 시는 영국 시인 에이브러햄 카울리(1618~1667)의 《필럼스 앤드 티스비》에서 인용한 것임. 팝이 '지금 누군가가 카울리를 읽는다'라고 노래한 것은 유명하다.

＊6 로마의 정치가이며 군인이자 문인. 손자인 젊은 카터와 나란히 일컬어지고 있다. 기원전 234~149.

정보를 찾아서

9월 11일 화요일 오후 9시

10분 뒤 우리는 동44블록의 당당하고 예스러운 갈색 석조 건물의 벨을 눌렀다.

눈이 번쩍 뜨일 만큼 화려한 옷을 입은 집사가 문을 열자 매컴은 명함을 내밀었다.

"이것을 의사선생에서 드리고 급한 용건이라고 전해주시오."

"주인님은 이제 곧 식사가 끝나십니다."

위엄 있어 보이는 집사는 푹신한 의자에 비단 커튼과 부드러운 조명으로 잘 꾸며진 응접실로 우리를 안내했다.

번스가 주위를 둘러보며 비평했다.

"전형적인 부인과 의사의 궁전이로군."

"틀림없이 파샤*¹ 자신도 위풍당당하고 우아한 인물일 테지."

그 예언은 맞았다. 린드퀴스트 의사는 지방검사의 명함을 뭐라고 씌어 있는지 잘 알아볼 수 없는 설형문자라도 읽듯이 들여다보며 이 윽고 방으로 들어왔다. 그는 거의 50살에 가까운 나이로 키가 컸으며 머리카락과 눈썹이 짙고 이상하리만큼 피부 빛이 파리했다. 얼굴은 길고 이목구비는 균형이 잡히지 않았으나 두말할 것도 없이 호남자라고 불릴만했다. 약식의 예복을 입고 있었는데, 그의 태도에는 자기가 중요한 인물임을 지나치게 의식하는 사람들에게서 흔히 볼 수 있는 부자연스럽고 딱딱한 데가 있었다. 그는 조각이 되어 있는 타원형 마호가니 책상 앞에 앉더니 무슨 일인지 묻는 듯한 정중한 눈길로 매컴을 쳐다보았다.

그는 꾸민 듯한 듣기 좋은 목소리로 또박또박 발음하며 물었다.

"이렇게 찾아와 주시어 영광으로 생각합니다만, 무슨 용건입니까? 마침 내가 집에 있어서 다행입니다."

의사는 매컴이 입을 열기 전에 다시 덧붙였다.

"나는 약속된 환자 외에는 만나지 않기로 하고 있거든요."

미리 예절바른 절차를 밟지 않고 우리를 맞아들인 데 대해 얼마쯤 굴욕감을 느끼는 것 같았다.

매컴은 본디 에둘러 말하거나 태도를 꾸미는 것을 싫어하는 성격이어서 곧 요점으로 들어갔다.

"나는 진찰을 받으러 온 것이 아닙니다. 실은 당신의 환자 한 사람에 대해 알고 싶어서 찾아온 겁니다. 그녀는 마거리트 오델 양입니다만."

린드퀴스트 의사는 돌이켜보는 듯한 멍한 눈길로 눈앞에 놓인 금빛 서진(書鎭)을 바라보았다.

"아아, 네, 오델 양 말입니까? 바로 조금 전 그녀의 참혹한 최후에 대한 기사를 읽고 있었습니다. 참으로 가엾고 슬픈 사건입니다. 그런데 어떤 점으로 내가 당신에게 도움을 드릴 수 있을까요? 물론 잘 알다시피 의사와 환자의 관계는 신성한 비밀 가운데 하나로서……"

매컴이 무뚝뚝하게 말했다.

"그것은 잘 알고 있습니다. 그러나 한편 살인범을 법의 손에 넘길 수 있도록 당국과 협력하는 것도 시민들의 신성한 의무입니다. 그러므로 그런 뜻에서 혹시 그녀에 대해서 아시는 바가 있으면 말씀해 주시기 바랍니다."

의사는 한 손을 가볍게 들어올리며 정중하게 항의했다.

"물론 협력할 수 있는 일이라면 무엇이든지 하겠습니다. 당신의 희망을 말씀해 주신다면."

매컴이 말했다.

"린드퀴스트 씨, 잠든 범에게 코침을 줄 필요는 없는 법이지요. 오델 양이 오랫동안 당신의 환자였다는 것을 알고 있습니다. 나로서는 그녀가 직접 자신의 죽음과 관계있었을지도 모르는 어떤 개인적인 사항을 당신에게 말했을 가능성이 얼마든지 있다고 여깁니다."

"하지만, 저어……."

린드퀴스트 의사는 부자연스럽게 흘끗 명함을 들여다보았다.

"매컴 씨, 나와 오델 양의 관계는 순전한 직업적 성질의 것이었습니다."

"그렇게 말씀하십니다만, 당신의 말은 언어상으로는 진실일지는 모릅니다만 두 분의 관계에는……뭐라고 할까요…… 비공식적인 일도 있었음을 나는 알고 있습니다. 다시 말해서 그녀에 대한 당신의 직무상 태도에는 단순한 과학적 흥미를 넘어선 것이 있었다고 말씀드리는 게 옳을지도 모르겠군요."

내 귀에 번스의 나직한 웃음소리가 들렸다. 나 자신도 매컴의 에둘러 하는 비난의 소리를 듣고 미소짓지 않을 수 없었다. 그러나 린드퀴스트 의사는 조금도 동요하지 않고 생각에 잠긴 척하고 있었다.

"일을 어디까지나 깨끗이 하기 위해 터놓고 말씀드리기로 하지요.

나는 상당히 오랫동안 그녀의 병을 돌봐주다 보니 어느 사이에 뭐라고 할까요, 부성애 비슷한 기분으로 바라보게 되었습니다. 그러나 내가 그처럼 정다운 감정을 품고 있었다는 것을 그녀가 알아차렸었는지는 의문스럽습니다."

번스의 입 가장자리가 가볍게 일그러졌다. 그는 멍한 눈길로 아주 재미있는 듯이 의사를 지켜보고 있었다.

매컴이 물고 늘어졌다.

"그렇다면 그녀는 어떤 불안의 씨가 되어 있는 비밀이나 그밖의 개인적인 문제를 당신에게 털어놓은 적이 한 번도 없었다는 겁니까?"

린드퀴스트 의사는 손가락을 피라밋 모양으로 합치고 그 질문을 열심히 생각하는 것 같았다. 그는 조심스럽고 정중하게 말했다.

"네, 그런 성질의 이야기를 들은 적은 전혀 없습니다. 물론 그녀가 어떤 방식으로 생활해 나가는지는 대개 알고 있었으나 세밀한 점에 대해서는 당신도 이해해 주리라 믿습니다만 주치의인 내 영역 밖의 일이었지요. 그녀의 신경질환——내 진단에 따르면 밤샘, 흥분, 불규칙적인 영양과다의 식사 등——은 내 견해로는 방종한 생활이라 할만한 것 때문에 생겼다고 해야겠지요. 이 열병시대에서의 현대 여성은……."

매컴이 초조한 표정으로 의사의 말을 막았다.

"최근 그녀를 언제 만났었는지 말씀해 주십시오."

의사는 놀라운 듯한 몸짓을 했다.

"최근 언제 만났었느냐고요? 글쎄요."

그는 아주 애쓴 끝에 겨우 그 시기가 생각난 듯한 태도로 대답했다.

"아마 2주일쯤 전이었던 것 같습니다. 좀더 오래되었을지도 모르겠습니다만. 사실은 잘 기억나지 않습니다. 서류를 들춰볼까요?"

매컴은 허물없는 소탈한 눈길로 의사를 바라보았다.

"그럴 필요는 없습니다. 그럼, 그 마지막 방문은 아버지 같은 기분에서 한 것입니까, 아니면 단순한 직업상의 것이었습니까?"

"물론 직업상의 것이었지요."

린드퀴스트 의사의 눈은 무표정한 채 희미한 관심을 떠올렸을 따름이었으나 그 얼굴은 마음속에서 흐트러지는 온갖 생각을 나타내 보이는 듯이 느껴졌다.

"만난 곳은 이 댁이었습니까, 아니면 그녀의 아파트였습니까?"

"내쪽에서 그녀 아파트를 방문했을 겁니다."

"당신은 자주 그녀를 방문했더군요, 나는 그런 정보를 손에 넣었습니다. 더욱이 조금 이례적인 시각에…… 이것은 약속 외에는 환자를 보지 않는 당신의 습관과 완전히 일치하는 것입니까?"

매컴의 말투는 쾌활했으나 질문 내용으로 판단하건대, 그는 상대방의 속들여다보이는 위선적인 태도에 몹시 화가 나 있으며 린드퀴스트가 관계정보를 그저 숨기기만 하려는 것을 눈치 챘음을 나는 알 수 있었다.

그러나 린드퀴스트가 미처 대답하기 전에 집사가 출입구에 나타나 말없이 책상 옆의 작은 탁자에 놓인 내선 전화기를 가리켰다. 의사는 겉치레로 사과말을 중얼거리며 수화기를 집어 들었다.

번스는 그 기회를 이용하여 종이쪽지에 뭐라고 갈겨 써 매컴에게 살짝 건네주었다. 통화가 끝나자 린드퀴스트 의사는 거만하게 몸을 젖히며 비웃는 듯한 표정으로 매컴을 보았다. 그는 조심성없는 투로 말했다.

"지방검사의 직무란 존경할 만한 의사를 그처럼 몹시 실례되는 질문으로 괴롭히는 데 있습니까? 나는 의사가 환자를 방문하는 것이 위법인지, 더욱이 그 자체가 색다른 것인지 몰랐습니다."

매컴이 말했다.

"나는 '지금' 당신의 법률위반에 대해 말하는 것이 아닙니다. 하지만 솔직히 말해서 내가 미처 생각지 못한 가능성을 당신 자신이 암시해 주었으니 어디 한 번 호의를 베풀어——단순한 형식상의 문제입니다만——어젯밤 11시부터 12시 사이에 당신이 어디 있었는지 가르쳐주시기 바랍니다."

이 질문은 놀라운 효과를 나타냈다. 린드퀴스트 의사는 갑자기 팽팽하게 펼쳐진 그물처럼 굳은 표정으로 자리에서 천천히 일어나더니 차갑고 독기를 머금은 강렬한 눈으로 지방검사를 노려보았다. 비로드의 가면이 벗겨졌다. 그리고 나는 그 억눌려진 분노 밑바닥에 또 하나의 다른 감정이 숨겨져 있음을 보았다. 그 표정은 공포를 감추고 있었다. 그리고 그 노여움은 괴로울 정도의 불안을 반쯤 드러내고 있었다.

그는 가까스로 말했다.

"어젯밤 내가 어디 있었든 당신들이 알 바가 아니잖소."

그의 숨결은 흐트러지고 거칠어졌다.

매컴은 태연한 표정으로 자기 앞에서 부들부들 떨고 있는 사나이를 뚫어지게 바라보았다. 이 몹시 침착한 눈길이 상대방의 자제심을 완전히 허물어뜨리고 말했다.

"대체 당신들은 어째서 무례하게도 내 집에 밀려들어와 이러는 거요?"

고함치는 의사의 새파랗게 질린 얼굴에 반점이 돋아나며 보기 흉하게 일그러졌다. 손이 발작적으로 흔들리며 와들와들 떨고 있었다.

"나가 주시오, 당신도, 두 부하도, 썩 나가시오! 집어던지기 전에."

매컴도 머리끝까지 화가 나서 막 대꾸하려고 하는데 번스가 그 팔을 붙잡았다.

"선생께서 돌아가라고 타이르고 있잖은가."

그리고 번스는 놀랄 만큼 재빠르게 매컴을 붙잡아 방에서 데리고 나갔다.

우리가 다시 택시를 타고 클럽으로 돌아가는 도중 번스는 유쾌하게 한바탕 웃었다.

"그 사람은 훌륭한 표본일세. 파라노이아(편집병)의. 아니, 그보다도 메이니액 디프레시브 인서니티(미쳐서 날뛰는 우울성 정신착란)라는 편이 옳을 것 같군……folie circulaire(순환성 정신착란)형이지. 광적 흥분의 시기와 완전한 건강상태의 시기가 번갈아 오는 거라네. 어쨌든 저 의사의 정신상태는 정신병의 범주에 속해 있네……성 본능의 숙성 또는 쇠퇴와 관련이 있지. 하긴 바로 그럴 나이일세. 뉴러틱 디제너레이트(신경성 변질병), 이것이 저 말솜씨 좋은 히포크라테스*²의 정체이네. 1분만 더 오래 있었다면 자네는 큰일당할 뻔했네. 내가 재빠르게 손을 써서 다행이었지. 그런 사람은 방울뱀만큼 위험하거든."

번스는 익살스럽게 축 늘어지는 시늉을 하며 고개를 가로저었다.

"그리고 여보게, 자네는 상대방의 두개골 특징을 좀더 주의해서 연구해야겠네. Vultus est index animi(용모는 영혼의 지표)니까. 자네는 그 신사의 넓은 장방형 앞 이마며 가지런하지 못한 눈썹. 야릇한 빛을 띤 눈, 귓밥이 뾰족하며 아래위의 끝이 얇고 터무니없이 큰 귀를 눈여겨보지 않았나?

약아빠진 사람일세, 그 앰블로이즈라는 사나이는……하지만 정신적으로는 저능이야. 저렇게 누렇고 둥그런 배처럼 생긴 얼굴을 가진 사람은 경계해야 하네, 매컴. 저런 아폴론 적 그리스 인의 매력은 머리 나쁜 여자들이 좋아할 걸세."

매컴은 화나는 듯이 중얼거렸다.

"저 사나이가 얼마쯤 알고 있는지 의심스럽군."

"아니, 뭔가 알고 있네……틀림없어. 우리가 그 점을 알게 되면 수사는 큰 진전이 있을 걸세. 그 사나이가 감추고 있는 정보는 그 자신이 관계된 불쾌한 것일세. 그 사나이의 행복감이 좀 흔들리고 있지. 지나치게 정중한 태도와, 헤어질 때의 그 아우성이야말로 우리에 대한 그의 진짜 감정 표현이었네."

매컴이 동의했다.

"그건 그렇네. 어젯밤에 관한 질문은 마치 폭죽 같은 작용을 했지. 자네는 무슨 생각에서 나에게 그런 질문을 하도록 시켰는가?"

"여러 가지 이유가 있네. 살인 기사를 지금 막 읽었다는 불필요한 허위진술, 직업상 비밀의 신성함을 내세우는 위선적인 설교, 그녀에 대해 아버지 같은 애정을 지녔었다고 말하는 조심성 있는 펙스콥*3 식의 고백, 그녀와 최근 언제 만났었는지 생각해내는 데 지나치게 애쓰는 태도, 이런 것들이 특히 나에게 의심을 품게 했지. 그리고 그의 용모에 나타난 정신병적인 조짐 때문이었다네."

매컴이 고개를 끄덕였다.

"그랬었군. 그리고 그 질문이 효력을 나타냈네. 다시 한 번 그 인기 있는 M. D(의사)를 만나보고 싶은걸."

번스가 찬성했다.

"만나는 게 좋을 걸세. 아까는 느닷없이 찾아갔지만, 그에게 충분히 시간적인 여유를 주어 문제를 잘 생각하도록 한 다음 그럴 듯한 이야기를 꾸며내게 하면 그야말로 혀가 잘 돌아갈 걸세. 어쨌든 이제 밤이 깊었으니 자네도 내일 아침까지 미나리아재비를 꿈꾸며 자도록 해야겠지*4."

그러나 오델 사건에 관한 한 밤은 아직 깊지 않았다. 우리가 클럽 휴게실로 돌아간 지 얼마 안 되어 어떤 남자가 우리 옆으로 다가와 매컴에게 예절바르게 인사했다. 매컴은 놀랍게도 일어나서 그 사나이를 맞으며 의자를 권했다.

매컴이 말했다.

"당신에게 좀더 물어볼 말이 있습니다, 스포츠우드 씨. 잠시 시간을 내주시겠습니까?"

그 이름을 듣고 나는 그 사나이를 찬찬히 바라보았다. 솔직히 말해서 나는 어젯밤 오델을 저녁 식사와 연극 구경에 데려갔었던 이름 모르는 신사에게 꽤 호기심을 품고 있었기 때문이었다.

스포츠우드는 전형적인 뉴잉글랜드 상류사회 사람으로 의연하고 침착하고 점잖으며 유행되는 수수한 양복을 입고 있었다. 머리카락과 수염에는 조금 흰 빛이 섞여 핑크빛 피부를 더욱 돋보이게 해주었다. 180센티미터 조금 못되는 키에 균형잡힌 몸집이었으나 좀 딱딱해보였다.

매컴은 번스와 나에게 스포츠우드를 소개한 다음 우리가 이번 사건에서 매컴과 함께 일하고 있다는 사실과, 절대적으로 신용하는 게 가장 좋은 길인 것으로 여긴다고 간단히 설명했다.

스포츠우드는 의아한 눈길로 매컴을 보았으나 곧 재빠르고 고상한 말투로 동의했다.

"모든 것을 당신에게 맡기겠습니다, 매컴 씨. 당신이 그렇게 하는 것이 좋다고 생각한다면 물론 그대로 하겠습니다."

스포츠우드는 변명하는 듯한 미소를 떠올리며 번스를 보았다.

"입장이 아주 난처해서 나는 몹시 신경이 곤두서 있답니다."

번스가 쾌활하게 자기 소개를 했다.

"나에게는 도덕률 폐기론자(앤티노미언) 같은 데가 있지요. 어느 모로 보나 도덕가는 아니며, 이번 사건에 대한 내 태도는 절대로 학구적인 것입니다."

스포츠우드는 힘없이 웃음지어 보였다.

"내 가족들이 당신과 같은 생각을 한다면 좋겠습니다만, 내 점수에 대해 그처럼 관대할 것 같지 않습니다."

매컴이 끼어들었다.

"스포츠우드 씨, 미리 말씀드려 두는 게 마땅할 것 같습니다만, 당신을 증인으로 소환해야 할지도 모를 가능성이 좀 있습니다."

재빠르게 들어올린 스포츠우드의 얼굴에는 어두운 그림자가 떠올랐으나 한 마디도 하지 않았다.

매컴이 말을 이었다.

"사실은 머지않아 체포 단계에 이르렀는데, 오델 양이 아파트에 돌아온 시간을 확인한다든가 당신이 돌아간 다음 그녀 방에 누군가가 있었다고 추정되는 사실을 뒷받침하기 위해 당신의 증언이 필요할지도 모릅니다. 당신은 그녀가 비명 지르며 도움을 청하는 외침을 들었는데, 이것은 유죄판결을 내리는 데 있어 중요한 증거가 되니까요."

스포츠우드는 오델 양과의 관계가 세상에 알려진다고 생각하니 맥이 빠지는 듯 몇 분 동안 멍한 눈길을 하고 앉아 있었다.

그는 겨우 입을 열었다.

"그 뜻은 잘 알겠습니다. 하지만 나의 경솔하고 부적절한 관계를 가진 것이 세상에 알려진다는 것은 정말 견디기 어렵군요."

매컴이 기운을 북돋우듯 말했다.

"그런 걱정은 하지 않아도 되는지 모릅니다. 절대로 필요하지 않은 한 당신을 소환해서 신문하는 일은 없을테니까요. 그건 그렇고, 지금 특히 당신에게 묻고 싶은 일이 있는데, 혹시 린드퀴스트라는 의사를 아십니까? 오델 양의 주치의였던 듯합니다만. "

스포츠우드는 아주 어리둥절한 표정을 지었다.

"그런 이름은 들어본 적이 없습니다. 오델 양은 의사에 대해 한 번도 말한 적이 없었습니다. "

"그럼, 스킬이라는 이름은 말한 적이 있습니까? 또는 토니라고도 불립니다만. "

스포츠우드는 힘주어 대답했다.

"없습니다. "

매컴은 실망한 표정으로 입을 다물었다.

스포츠우드 역시 생각에 잠긴 듯 말없이 앉아 있었다. 몇 분 뒤 그가 말했다.

"저어, 매컴 씨. 참으로 말씀드리기 부끄러운 일입니다만, 사실 나는 그녀에게 마음이 몹시 쏠려 있었습니다. 그녀의 방은 아직 그대로 있겠지요? "

그는 말끝을 흐렸다. 거의 애원하는 듯한 빛이 그의 눈에 떠올랐다.

"될 수만 있다면 다시 한 번 보고 싶습니다. "

매컴은 동정하는 듯한 눈길로 스포츠우드를 보며 고개를 가로저었다.

"그건 좋지 않습니다. 틀림없이 교환원이 알게 됩니다. 게다가 주위에 신문기자들이 있을지도 모릅니다. 그렇게 되면 나는 당신을 사건 밖에 놓아둘 수가 없습니다. "

스포츠우드는 실망하는 듯했으나 더 이상 이의를 내세우지는 않았다.

몇 분 동안 아무도 입을 열지 않았다. 이윽고 번스가 의자에서 몸을 조금 일으키며 말했다.

"저어, 스포츠우드 씨, 당신은 혹시 어젯밤 연극 구경을 끝마치고 돌아와 오델 양과 함께 그 방에 머무르던 반시간 동안에 어떤 이상한 일이 있었던 것 같은 기억은 없습니까? "

"이상한 일이라니요?"

스포츠우드의 모습은 그가 얼마나 놀라고 있는지 잘 나타내 주었다.

"아니, 그런 일은 없었습니다. 우리는 잠깐 이야기를 나누었으며, 그녀가 몹시 피곤한 듯했으므로 나는 잘 자라고 말하고 오늘 다시 점심 식사를 같이할 약속을 한 다음 헤어졌을 뿐입니다."

"하지만 당신이 그 방에 머무를 때 어떤 다른 사람이 그곳에 숨어 있었던 게 틀림없는 듯하므로……."

"네, 그건 틀림없을 것 같습니다."

스포츠우드는 부르르 몸을 떨었다.

"그리고 그녀가 비명을 지른 것은 그 사나이가 내가 나오고 몇 분 뒤에 숨어 있었던 곳에서 나왔기 때문인 듯싶습니다."

"그럼, 당신은 그녀의 비명을 들었을 때 그런 의심을 품었었습니까?"

"물론 처음에는 그런 의심이 들었습니다. 하지만 그녀가 아무 일도 아니니 돌아가라고 했으므로 꿈결에 비명을 질렀나 보다고 생각했지요. 내가 나올 때 그녀는 몹시 지친 몸으로 문 옆의 등의자에 앉아 있었는데, 그쪽에서 비명이 들려온 듯했기 때문이지요. 그래서 나는 그녀가 깜빡 졸다가 소리친 것이려니 생각했던 겁니다. 그때 내가 그런 단정만 내리지 않았더라면!"

"참으로 안됐습니다."

번스는 잠시 말을 끊었다.

"당신은 혹시 거실의 벽장문을 보지 않았습니까? 열려 있었습니까, 닫혀 있었습니까?"

스포츠우드는 그때의 상황을 떠올리려는 듯 눈썹을 모았으나 잘 생각나지 않는 듯했다.

"닫혀 있었던 것 같습니다. 열려 있었다면 아마 알아차렸을 테지요."

"열쇠가 바깥에 꽂혀 있었는지 어떤지 혹시 기억나지 않습니까?"

"네, 나는 열쇠가 있었는지 어떤지조차도 모르겠습니다."

그 뒤 30분이 넘도록 사건에 대해 논의되었다.

이윽고 스포츠우드는 실례했다고 말하며 우리 곁을 떠났다.

매컴이 생각에 잠기며 말했다.

"참으로 이상하군. 저처럼 교양 있는 사람이 머리가 텅 빈 화냥기 있는 여자에게 그토록 열올렸다니."

번스가 말했다.

"나로서는 아주 당연한 일처럼 여겨지는 걸. 자네는 정말 어쩔 수 없는 도덕가로군, 매컴."

＊1 터키의 문무고관의 존칭.

＊2 잘 알려져 있듯이 그리스의 명의로 〈의학의 아버지〉라고 불린다. 기원전 460∼357.

＊3 영국 소설가 디킨즈의 《마틴 티들위트》에 나오는 위선자.

＊4 영국 시인 로버트 브라우닝의 〈외국에서 고향을 그리다〉라는 시에,

   한낮이 다시 오면
   온갖 일들이 즐거우리
   미나리아재비, 촌스러운 호박꽃보다
   더욱더 아름다우리

라는 구절이 있다. 여기서는 내일의 행운을 바라는 뜻.

상황 증거

9월 12일 수요일 오전 9시

다음날은 수요일이었는데, 오델 사건에 중대하고도 결정적인 발전을 가져다주었을 뿐만 아니라 이 날을 계기로 번스는 수사에 적극적인 협력을 하기 시작했다. 사건의 심리적 요소가 번스의 흥미를 불가항력적으로 끌었으며, 수사의 현 단계에서 이미 그는 그저 평범한 경찰의 방식으로는 도저히 최후의 회답을 얻을 수 없음을 느끼고 있었기 때문이다.

번스의 요구에 따라 매컴은 9시 조금 전에 왔고 우리는 함께 곧장 지방검사 사무실을 향해 자동차를 달렸다.

히스 형사부장은 애가 타는 표정으로 우리를 기다리고 있었다. 그의 열의에 가득 찬 의기양양한 표정이 분명 어떤 좋은 뉴스를 손에 넣었음을 나타내주고 있었다.

우리가 자리에 앉자 부장이 곧 보고했다.

"수사가 상당히 진전되고 있습니다."

그는 기쁜 나머지 앉지도 않고 그대로 매컴의 책상 앞에 서서 검고

굵은 싸구려 여송연을 손가락 사이에서 빙빙 돌렸다.

"'멋쟁이'를 붙잡았습니다. 어제 저녁 6시에. 감쪽같이 잡았지요. C.O(사복)인 릴레이라는 사나이가 6번 거리의 30블록 가까이를 돌고 있을 때 녀석이 전차에서 뛰어내려 매캐너니의 전당포 쪽으로 가는 것을 보았답니다.

릴레이는 부리나케 길모퉁이에 있던 교통순경에게 신호하고는 매캐너니의 전당포까지 '멋쟁이'를 따라갔지요. 이어서 교통순경이 데려온 외근 순경과 함께 가게로 들어가 때마침 반지를 전당잡히려고 하던 멋쟁이 선생을 셋이서 붙잡은 겁니다."

형사부장은 가느다란 줄무늬가 새겨진 백금 바탕에 네모난 다이아몬드를 하나 박은 반지를 지방검사의 책상 위에 내놓았다.

"녀석을 연행해 왔을 때 나는 마침 사무실에 있었으므로 스니트킨에게 반지를 들고 할렘[1]으로 가서 하녀에게 물어보라고 했는데, 오델 양의 것이 틀림없다고 했답니다."

번스가 아무렇지도 않은 듯이 물었다.

"하지만 그것은 그녀가 그날 밤 몸에 지녔던 bijouterie(보석류) 가운데 하나가 아니었을까요, 부장?"

히스 형사부장은 몸을 홱 돌려 번스의 마음속을 알아보려는 듯 씁쓰레한 표정으로 그를 보았다.

"그렇지 않으면 어떻다는 겁니까? 이것은 그 보석상자에서 나온 겁니다. 그렇지 않다면 나는 벤허[2]지요."

"물론 그 상자 속에 들어 있었던 것일 테지요."

번스는 나직이 중얼거리더니 멍청히 조는 듯한 상태에 빠져들었다. 히스는 매컴을 보며 말했다.

"아주 운이 좋았습니다. 이제는 스킬을 살인강도로 연결시킬 수 있습니다."

매컴이 열성적인 태도로 몸을 내밀었다.

"스킬은 반지에 대해 뭐라고 하던가요? 당신이 신문했을 테지요?"

히스 형사부장이 좀 당황한 말투로 대답했다.

"네, 신문했지요. 하지만 밤새도록 쥐어짠 결과는 다음과 같습니다. 그는 1주일 전쯤 오델 양으로부터 반지를 받았으며, 그저께 오후까지 그녀를 만나지 못했습니다. 녀석은 그날 오후 4시에서 5시 사이 그녀 아파트에 갔는데——그때 하녀는 외출했었다던 말을 기억하고 있을 테지요——들어갈 때도 나갈 때도 뒷문을 이용했다더군요. 그 시각에는 뒷문에 빗장이 걸려 있지 않지요.

그날 밤 9시 30분쯤 다시 갔다는 것을 인정했지만 그녀가 없어서 곧장 자기 집으로 돌아갔으며 그 뒤로는 줄곧 집에 있었답니다. 알리바이로서는 자정이 조금 넘을 때까지 하숙집 안주인과 맥주를 마시며 쿤 칸 놀이를 했다는 것입니다.

나는 오늘 아침에 곧 달려가 그 안주인을 만나보았는데 그 말이 틀림없었습니다. 하지만 그런 것을 어떻게 믿습니까? 녀석이 사는 곳은 아주 수상쩍은 소굴이거든요. 게다가 그 안주인이라는 여자는 굉장한 모주꾼일 뿐 아니라 두 번이나 강 상류의 큰집*3에 간 적이 있답니다."

"스킬은 지문에 대해 뭐라고 하오?"

"물론 오후에 갔을 때 남긴 것이라고 하더군요."

"그럼, 벽장문 손잡이에 찍힌 것은?"

히스는 코웃음쳤다.

"거기에 대해서도 빠져나갈 구멍을 만들어 놓고 있었습니다. 누가 들어오는 기척이 있어서 벽장 안에 숨었다더군요. 남에게 얼굴을 보이기 싫었으며, 오델이 꾸며대는 연극을 방해하고 싶지 않았다는 것이었습니다. ”

번스가 나른한 목소리로 끼어들었다.

“belle poires(낯 두꺼운 미인)의 방해를 하지 않으려 했다니, 제법 마음씨가 착하군. 정말 탄복할 만큼 충실한 사나이요. ”

히스가 화난 듯이 물었다.

“번스 씨, 설마 그 시궁쥐의 말을 믿는 것은 아니겠지요 ? ”

“믿는다고까지 할 수는 없소. 하지만 우리의 앤토니오*⁴는 적어도 앞뒤가 맞는 말을 하고 있군요. ”

히스 형사부장이 불평했다.

“내가 보기에도 너무 앞뒤가 잘 맞습니다. ”

“그로부터 얻어낸 것은 그게 모두요, 부장 ? ”

히스가 스킬을 고문한 결과에 대해 매컴은 만족하고 있지 않은 게 틀림없었다.

“대체적으로 그렇습니다, 검사님. 녀석은 거머리처럼 그 말에 찰싹 달라붙어 있습니다. ”

“그의 방에서 끈은 나오지 않았소 ? ”

히스는 발견하지 못했다고 대답한 다음 덧붙였다.

“그런 것을 자기 주변에 놓아둘 리가 없지요. ”

매컴은 지금까지 히스 형사부장이 설명한 사실을 몇 분 동안 생각했다.

“우리가 아무리 스킬의 유죄를 확신한다 하더라도 사건이 우리에게 유리하다고 할 수는 없소. 그의 알리바이는 좀 약한 듯싶기는 하지만 전화교환원의 증언과 관련하여 생각할 때 법정에서는 빈틈없는 것으로써 통과될 것 같으니까. ”

“반지가 있잖습니까 ? ”

히스는 몹시 실망하는 듯했다.

"녀석의 협박이며 지문이며 지난날 저지른 같은 종류의 강도 기록은 어떻습니까?"

"그런 것은 참고 자료에 지나지 않소. 살인사건의 결정적인 근거로써 필요한 것은 qrima facie(대체적인 증거) 이상의 것이라야 하오. 뛰어난 변호사라면 비록 내가 대배심으로부터 기소장을 손에 넣었다 하더라도 20분도 채 못되어 그를 석방하게 만들 거요.

오델 양이 1주일 전에 그에게 반지를 주었다는 것은 있을 수 있는 일이오. 바로 그 무렵 그가 그녀에게 돈을 요구했었다는 하녀의 말을 당신도 기억하고 있을 테지요? 게다가 지문이 실제로는 월요일 오후에 찍혀진 것이 아니라는 반증이 아무것도 없잖소? 그리고 우리에게는 그를 끌과 연결시킬 방법이 없소. 그 녀석의 말은 모두 사실과 완전히 들어맞소. 그리고 우리는 그것을 뒤엎을 만한 사실을 아무것도 갖고 있지 않단 말이오."

히스는 낙담한 표정으로 어깨를 움츠렸다. 그 돛에서는 바람이 완전히 빠져나가 버렸다. 그는 풀죽은 목소리로 물었다.

"그 녀석을 어떻게 처리하면 좋을까요?"

매컴은 생각했다. 그도 역시 몹시 실망하고 있는 듯싶었다.

"그 대답을 하기 전에 내가 한 번 그를 만나봐야겠소."

매컴은 벨을 눌러 서기에게 필요한 소환장을 만들도록 명령했다. 그리고 정부(正副) 두 통의 서류에 서명하자 스워커를 시켜 벤 핸런에게로 들려 보냈다.

번스가 말했다.

"그 비단 셔츠에 대해 그 사나이에게 물어보게. 그리고 약식 예복에 하얀 조끼를 입는 것을 de rigueur(정식)라고 생각하는지도 물어봐 주게."

매컴이 말했다.

"여기는 남자 장신구 가게가 아니네."

"하지만 여보게, 자네는 그 페트로니우스*5로부터 그밖에는 아무것도 알아내지 못할 걸세."

10분쯤 뒤 시 형무소의 보안관보가 수갑 찬 죄수 한 사람을 데리고 들어왔다.

이때의 스킬의 풍채는 '멋쟁이'라는 별명과 이만저만 어긋나는 게 아니었다. 전날 밤의 시련을 말해 주듯 까칠하니 얼굴빛이 나빴다. 더부룩한 머리에 수염도 깎지 않았으며 콧수염 양끝이 축 늘어진데다 넥타이는 비뚤어져 있었다. 그러나 그 구중중한 차림새에도 불구하고 태도는 짐짓 잘난 체하며 건방졌다.

그는 히스를 곁눈질로 쏘아본 다음 어디서 바람이 부느냐는 듯한 의연한 태도로 지방검사와 마주섰다.

매컴의 질문에 대해서도 그는 이미 히스에게 했던 것과 같은 진술을 되풀이했다. 몹시 애써서 학과를 완전히 왼 것처럼 한 구절 한 구절 정확하게 조금도 바꾸지 않고 되풀이했다.

매컴은 위협하고 달래며 호통을 치기도 했다. 여느 때의 온유한 모습은 그림자조차 보이지 않았다. 마치 냉혹하고 무정한 동력기계 같았다. 그러나 스킬은 신경이 강철로 되어 있기라도 한 듯 매컴의 날카로운 반대신문에 끄떡없이 대항했다.

솔직히 말해서 나는 이 사나이에 대해, 그리고 이 사나이가 취하고 있는 모든 입장에 대해 반감을 가지면서도 그의 끈질긴 저항에 감탄하지 않을 수 없었다.

반시간쯤 뒤 매컴은 이 사나이로부터 어떤 불리한 증언을 끌어내려는 노력에 완전히 실패하여 단념해 버리고 말았다. 그리하여 스킬을 물러가게 하려는데 번스가 귀찮은 듯 몸을 일으켜 지방검사의 책상 쪽으로 어슬렁어슬렁 걸어갔다. 그는 책상 가에 걸터앉아 강 건너 불구경하는 듯한 태도로 스킬을 바라보며 너그러운 말투로 말했다.

"호오, 당신이 쿤 칸에 미친 사람이오? 시시한 놀이지요. 콘캔이나 럼보다는 재미있지만 말이오. 런던의 클럽에서 유행한 적이 있는데 동인도가 그 본고장이지? 아마, 당신들은 아직도 패를 두 벌 쓰고 있을 테지요. 그리고 옆자리에 앉은 사람끼리 한편이 되겠지요."

스킬은 저도 모르게 이마에 주름을 잡았다. 위압적인 지방검사에 대해서는 아무렇지 않았고 경찰의 곤봉식 신문에도 익숙해 있었으나, 지금 눈앞의 사람은 그에게 있어 전혀 색다른 신문자였다. 그는 당황했으며 걱정스럽기도 했다. 스킬은 이 새로운 적에 대해 이거, 참 재미있다는 듯한 도전적인 비웃음으로 대항하기로 마음먹었다.

번스는 여전히 너그러운 말투로 말을 이었다.

"그런데 오델의 거실 벽장에 숨어서도 열쇠구멍으로 긴 의자가 보였소?"

순간 스킬의 얼굴에서 비웃음의 그림자가 사라졌다.

번스는 스킬의 눈을 뚫어지게 들여다보며 재빨리 덧붙였다.

"그리고 당신은 어째서 소리지르거나 문을 두드려서 위급한 사태를 알리지 않았지요?"

나는 주의 깊게 스킬을 지켜보고 있었다. 그의 얼굴 표정은 얼어붙은 채 조금도 달라지지 않았으나 눈동자가 크게 벌어졌다. 매컴 역시 이 변화를 알아차렸을 것이다.

"대답하지 않아도 좋소."

번스는 스킬이 입을 열어 뭐라고 말하려는 것을 가로막았다.

"하지만 듣고 싶군요. 그 광경에는 당신도 어지간히 소름끼쳤을 테니까요."

스킬은 뻔뻔스럽고 거만한 말투로 반박했다.

"무슨 말을 하는 것인지 나는 모르겠습니다."

그러나 그 침착한 태도에도 불구하고 그의 모습에서 불안한 기색이 느껴졌다. 무관심하려고 애쓰는 태도도 어딘지 어색해 보였으며 그것이 그의 말에서 완전한 확신을 거두어갔다.

번스는 상대의 항의를 무시하고 밀했다.

"유쾌한 입장이 아니었을 테지요. 어둠 속에 웅크리고 있는데 손잡이가 돌려지며 누군가가 문을 열고 들어오려 했을 때 어떤 느낌이 들었을까요?"

번스는 날카로운 눈길로 스킬을 보았다. 스킬의 얼굴 근육이 굳어졌으며 입을 열지 못했다.

번스가 말을 계속했다.

"미리 쇠를 잠갔던 것은 당신의 행운이었소, 안 그렇소? 상대가 문을 열었다면……허참, 어떻게 되었을지."

번스는 말을 끊고 비단같이 부드러운 미소를 떠올렸는데 그것은 노려보는 것보다 더욱 인상적이었다.

"그랬다면 당신은 강철 끌로 상대를 해치울 작정이었소? 하지만 상대는 날쌔고 강해서 당신이 감당하지 못했을지도 모르오. 당신이 상대를 때려눕히기 전에 당신의 목이 엄지손가락으로 죄어졌을지도 모르지요, 그렇지 않소? 어둠 속에서 그런 생각을 하고 있었소? 그거 참, 확실히 유쾌한 입장은 아니었을 거요. 나까지 공연히 떨리는군."

스킬이 건방진 말투로 내뱉듯이 말했다.

"무슨 실없는 말씀을 하는 겁니까. 당신은 어딘지 모자라는 사람 같군요."

그러나 스킬의 허세는 어디로인지 사라지고 공포에 가까운 빛이 그 얼굴에 떠돌았다. 하지만 그런 흐트러짐은 한순간일뿐 또다시 금방 지어낸 듯한 웃음이 얼굴에 떠올랐으며, 그는 비웃는 듯 고개를 가로 저어보였다.

번스는 아까 앉아 있었던 의자 쪽으로 어슬렁어슬렁 돌아가 사건에 대한 흥미를 완전히 잃은 듯 나른하게 몸을 폈다.

매컴은 이 광경을 주의 깊게 지켜보았으나 히스 형사부장은 귀찮은 빛을 드러내며 줄곧 담배만 피워댔다.

이윽고 스킬이 침묵을 깨뜨렸다.

"보아하니 나에게 억울한 누명을 뒤집어씌울 모양인데, 온갖 준비는 다 되었겠지요? 해 보려면 해 보시오, 그래가지고 나를 처넣어 보시지."

스킬은 새된 소리로 웃었다.

"내 변호사는 에이비 루빈[1]이니, 내가 만나고 싶어한다고 전화 좀 해 주지 않겠소?"

매컴은 거절하겠다는 몸짓을 해 보인 다음 보안관보에게 손을 흔들어 스킬을 시 형무소로 데려가게 했다.

스킬이 가버리자 매컴은 번스에게 물었다.

"자네는 대체 무엇을 알아내려고 했던 건가?"

"그저 내 영혼 깊숙이에 있는, 이렇다할 이유도 없는 관념이 빛을 찾아 움직였을 뿐일세."

번스는 태평스럽게 담배를 피웠다.

"스킬을 설득시키면 혹시 우리에게 흉금을 털어놓을지도 모른다고 여겨졌었네. 그래서 내가 비위를 좀 맞춰본 걸세."

히스가 놀리듯 말했다.

"꽤 멋있던데요, 나는 당신이 그 녀석에게 한발뛰기놀이는 하지 않느냐, 할머니는 부엉부엉 우는 부엉이가 아니냐는 말을 물어보지 않나 하고 기다렸었지요."

번스가 항변했다.

"부장, 그처럼 가혹한 말을 하는 게 아니오. 나는 도저히 참을 수가 없소. 사실 나와 스킬의 대화에서 지금은 하나의 가능성이 암시되었잖소?"

히스가 말했다.

"그건 그렇습니다. 오델이 살해될 때 녀석은 벽장 안에 숨어 있었던 모양이지만, 그렇다고 우리가 어떻게 합니까? 상습범의 짓임에는 틀림없고, 녀석이 장물의 일부를 가지고 있는 것을 붙잡았는데도 불구하고 벽장 안에 있었다고 한다면 살인 쪽은 깨끗이 벗어나게 되잖겠습니까?"

형사부장은 비위 상하는 듯이 지방검사 쪽을 보았다.

"그럼, 앞으로 어떻게 하지요?"

매컴이 한탄했다.

"아무래도 형세가 좋지 않소. 스킬이 에이비 루빈에게 변호를 의뢰하면 우리가 지금 가지고 있는 증거로는 사건에 승산이 없게 되오. 나로서는 스킬이 틀림없이 이 사건에서 한몫했음을 확신하지만, 어느 판사든 내 개인적인 감정을 증거로써 받아들여주지는 않을 테니까."

히스가 분하다는 표정으로 의견을 제시했다.

"'멋쟁이'를 석방하고 미행시켜 보면 어떨까요? 판가름 날만 한 어떤 꼬리를 잡을 수 있을지도 모릅니다."

매컴은 생각에 잠겼다.

"그건 좋은 생각일지도 모르겠소. 묶어둬봐야 더 이상 그로부터 아무 증거도 나오지 않을 테니까."

"그것이 우리의 유일한 기회일 듯합니다."

"좋소. 그에게는 이제 볼일 없다고 말하는 거요. 그러면 마음 놓을는지도 모르지. 당신에게 모두 맡기겠소, 부장. 날쌘 형사를 둘쯤 밤낮으로 붙여두오, 무슨 일이 일어날지도 모르니까."

히스는 일어섰다. 불운한 사나이다.

"알았습니다. 그렇게 해보지요."

매컴이 덧붙여 말했다.

"그리고 찰즈 클리버에 대한 자료가 더 있었으면 좋겠소. 그와 오델 양의 관계를 되도록 샅샅이 조사해 보시오. 그리고 앰블로이즈 린드퀴스트 의사 쪽도 더 알고 싶소. 어떤 경력과 습관을 지니고 있는지……당신은 그런 문제를 빈틈없이 잘하니까. 그 의사는 오델의 어떤 불가사의하거나 또는 상상뿐인 병을 치료하고 있었던 것 같소. 그 의사는 소매 속에 무언가 감추고 있었음에 틀림없소. 하지만 당신은 가까이 가지 않는 편이 좋을 거요."

히스는 그다지 내키지 않는 표정으로 수첩에 이름을 적어 넣었다.

번스가 하품을 하며 끼어들었다.

"그리고 그 으쓱거리는 죄수를 석방하기 전에 오델 양 방의 여벌 열쇠를 가지고 있는지 어떤지 조사해 보는 게 좋을 거요."

히스는 움찔하며 히죽 웃었다.

"그거 아주 좋은 생각인 것 같군요. 내가 어째서 미처 그 생각을 하지 못했을까."

부장은 우리 모두와 악수를 나눈 다음 나갔다.

⑴ 그 즈음 뉴욕에서 가장 솜씨 좋고 재빠르며 파렴치한 형사 변호사로, 얼마 뒤 변호사 자격을 빼앗긴 뒤로 소식을 듣지 못했다.

*1 뉴욕의 흑인거리.

*2 영국 소설가 루이스 월레스(1827~1905)의 소설 《벤허──그리스도 이야기》의 주인공으로서 무고한 죄로 옥에 갇힌다. 19세기 끝 무렵의 베스

트셀러였으며 글리피스가 영화로 만들었다.

＊3 신 신 형무소.

＊4 《클레오파트라》의 앤토니오일 것이다.

＊5 로마의 풍자작가. 기원전 66년에 세상을 떠났다. 스킬의 표준을 넘어선 멋을 풍자적으로 하는 말이리라.

지난날의 멋쟁이

9월 12일 수요일 오전 10시 30분

스워커는 틀림없이 말할 기회가 오기를 기다리고 있었던 듯했다. 히스 형사부장이 나가자마자 곧 방으로 들어왔던 것이다. 그는 찌푸린 얼굴로 보고했다.

"기자들이 기다리고 있습니다."

윗사람이 고개를 끄덕이는 것을 보고 비서가 문을 열자 열 명이 넘는 신문기자들이 우르르 몰려들어왔다.

매컴이 쾌활한 목소리로 간청했다.

"오늘 아침에는 부디 질문하지 말아주시오. 승부는 아직 안 났소. 하지만 내가 아는 것은 모두 이야기하지요. 히스 형사부장도 같은 의견이오만, 오델 양을 살해한 것은 상습범죄자요. 지난 여름 파크 애비뉴의 안하임 집안에 침입했던 강도와 같은 수법을 쓴 동일 인물이오."

매컴은 끝에 대해 블랜너 총경보가 알아낸 것을 간단히 설명했다.

"아직 체포 단계에 이르지는 않았으나 머지않아 잡게 될 거요. 사실 경찰은 이미 충분한 진상을 파악하고 있지만 만일의 경우 무죄 방면이라는 사태가 일어나지 않도록 신중히 일을 진행시키고 있지요. 없어진 보석의 일부도 이미 거두어들였소……."

매컴은 기자들과 5분쯤 이야기했는데, 하녀와 전화교환원의 증언에 대해서는 한 마디도 언급하지 않았고 어느 누구의 이름도 대지 않았다.

다시금 우리만 남게 되자 번스는 감탄스러운 듯이 웃음지었다.

"아주 훌륭했네, 매컴. 법률적 훈련이라는 것도 효험이 있군그래. 확실히 효험이 있네. '없어진 보석의 일부도 거두어들였소'라. 아주 좋은 말솜씨였네. 거짓말 아닐세. 아암, 그렇고말고. 하지만 기대에는 어긋난 것이었겠지. 나도 Suggestio falsi(허위의 암시)와 Suppressioveri(진실의 은폐)의 고마운 기술에 대해 시간을 내어 공부 좀 해야겠네. 자네에게는 천인화 꽃다발을 바쳐야 옳겠네*1."

매컴이 초조해 하며 말했다.

"그런 이야기는 그만두고, 어떤가, 히스 부장도 가버렸으니, 자네가 스킬에게 부두 교*2의 주문을 욀 때 무엇을 생각하고 있었는지 말해 주지 않겠는가? 캄캄한 벽장 안이니, 위급함을 알리느니, 엄지손가락으로 죄느니, 열쇠구멍으로 내다보았느니 하는 마술 같은 이야기는 대체 뭔가?"

번스가 대답했다.

"글쎄, 나는 그 하찮은 잡담이 그토록 신비적이었다고는 생각하지 않네. 그 recherché(거드름피우는) 토니가 그 숙명의 날 밤 벽장 안에 a la sourdine(몰래) 숨어 있었다는 것은 의심하지 않네. 그래서 나는 내 나름대로의 방법으로 그가 숨어 있었던 정확한 시각을 알아내려고 애써 본 것뿐일세."

"그래, 알아냈나?"

"결정적이라고 할 수는 없네."

번스는 한심하다는 듯이 고개를 가로저었다.

"매컴, 자네도 알고 있듯이 나는 이론가들을 자랑스럽게 여기고 있네. 막연하고 애매하며 근거가 희박하고 게다가 조리가 서 있지는 않지만 말일세.

그러나 비록 진실이라는 것이 입증된다 하더라도 얼마나 도움이 되는지는 나도 모르겠네. 지금 이미 이해하기 곤란한 것을 더욱 이해하기 힘들게 만들 뿐일 테니까…… 히스의 미남 내슈*³ 따위는 신문하지 말걸 그랬다는 생각마저 드네. 그 때문에 내 생각이 몹시 혼란해졌거든."

"내가 보기에 자네는 스킬이 살인현장을 목격했을 가능성이 있다고 여기는 듯한데, 설마 그것이 자네의 귀중한 이론은 아니겠지?"

"아니, 이론의 일부일세."

"번스, 나를 너무 놀라게 하지 말게."

매컴은 진심으로 웃었다.

"그렇다면 자네는 스킬이 죄가 없는 척하며 알고 있는 사실을 감추고 알리바이를 꾸며대었으며 체포되었는데도 실토하지 않는 거라고 생각하는가? 그건 허점이 너무 많고 이치에 맞지도 않네."

"그건 나도 알고 있네."

번스는 한숨을 쉬었다.

"그야말로 헛점투성이거든. 그런데도 그 생각이 나에게 달라붙어 떨어지지 않는다네. 악령처럼 나를 덮쳐 내 급소를 물고 늘어지고 있단 말일세."

"자네의 터무니없는 이론은 스포츠우드와 오델이 연극 구경을 마치고 아파트로 돌아왔을 때 그 방에 서로 모르는 두 남자가 숨어 있었다. 즉 스킬과 자네의 가정상의 살인범이 있었다는 전제가 아니면 성립되지 않는데, 그 점은 자네도 알고 있겠지?"

"물론 알고 있네. 그 때문에 내 이성이 거의 무너지려 하고 있는 걸세."

"더욱이 그 두 남자는 따로따로 그 방으로 들어가 따로따로 숨어 있어야만 하는데, 어떻게 해서 들어갈 수 있었는지 알고 싶군그래. 그리고 또 어떻게 해서 나갔는지도.

스포츠우드가 돌아간 다음 어느 남자가 오델 양에게 비명을 지르게 했으며, 그러는 동안 또 한 남자는 무엇을 하고 있었단 말인가?

그리고 스킬이 그대로 그 광경을 보고 있기만 하고 지나친 공포 때문에 소리도 지르지 못했다면, 그가 보석 상자를 부수고 반지를 훔쳐간 것을 자네는 어떻게 설명하겠는가?"

번스가 애원하듯 말했다.

"잠깐 기다리게. 나를 너무 그렇게 몰아붙이지 말게나. 내가 온전한 정신이 아님은 나도 알고 있네. 태어났을 때부터 내내 환각에 사로잡혀 있으니까. 아아, 슬프도다. 그러나 여태까지 이토록 어리석은 환각에 사로잡힌 적은 없었다네."

"여보게, 번스, 그 점에 대해 우리는 사이좋게 의견이 같다고 할 수 있겠네."

매컴은 미소 지었다.

이때 스워커가 매컴에게 편지를 한 통을 건네주었다.

"심부름하는 사람이 가져왔습니다. '지금'이라고 씌어 있습니다."

그것은 공들인 동판 인쇄의 편지지에 씌어진 린드퀴스트 의사가 보낸 편지였다. 자기는 월요일 밤 11시부터 1시까지 자신이 경영하는 요양소의 환자를 보살피고 있었다고 씌어 있었다. 그는 그 시각에 어디 있었느냐고 질문을 받았을 때 보인 자기의 행동을 사과했으며, 그 행동을 타당하게 설명한 것으로 여길 수 없는 글을 기다랗게 늘어놓았다.

그날 린드퀴스트 의사는 여느 때와 달리 몹시 피곤해 있었으며——신경병 환자를 다루는 일은 정신적인 피로를 가져다주므로——우리의 방문을 느닷없이 받은 데다, 매컴의 질문이 어떤 면으로는 적의가 담긴 것이어서 자신도 모르게 몹시 흥분했었다고 말했다. 그러나 이성을 잃었던 것은 죄송한 일이며, 자기로서 할 수 있다면 어떤 일이든지 기꺼이 협력하겠다고 씌어 있었다. 자기가 절도를 잃은 것은 관계자 모두에게 불행한 일이었으나, 월요일 밤에 대해 설명하는 것은 자기로서 아주 간단한 일이었다고 덧붙여 씌어 있었다.

번스가 말했다.

"입장을 냉정하게 다시 생각해 본 다음에 자네가 뒤엎기 어려운 그럴듯한 알리바이를 들고 나온 걸세. 교활한 녀석이로군. 정신균형이 잡히지 않은 사이비 정신과 의사란 모두 그렇다네.

생각해 보게나. 환자와 같이 있었다고 했는데, 물론 그랬겠지. 어떤 환자였을까? 물론 너무 중태여서 신문할 수도 없는 환자가 아니겠나…… 바로 그것이 착안점일세. cul-de-sac (막다른 골목)이 알리바이로 가장된 걸세. 제법 그럴 듯한 착상이로군. 안 그런가, 매컴?"

"나는 그다지 흥미 없네."

매컴은 편지를 집어넣었다.

"그 건방진 배냇병신 같은 의사가 남에게 들키지 않고 오델의 방으로 들어갈 수 있었다고는 여겨지지 않네. 나로서는 그가 번거로운 방법을 써가며 몰래 들어가는 그림을 도저히 상상할 수가 없네."

매컴은 옆에 있는 서류를 집어 들었다.

"그럼, 자네만 괜찮다면 나는 1만 5천 달러의 봉급을 버는 일에 힘을 기울여야겠네. "

그러나 번스는 그 자리를 뜨기는커녕 책상 쪽으로 성큼성큼 걸어가 전화번호부를 집어 들었다. 그는 잠시 전화번호부를 들춰본 다음 말했다.

"한 가지 제안이 있네, 매컴. 자네의 그 무섭게 파고드는 공부는 잠깐 쉬고 루이스 매닉스 씨와 고상한 이야기라도 나누어보는 게 어떻겠나?

그는 바람기 있는 마거리트의 정부 가운데, 우리가 아직 만나보지 못한 오직 한 사람일세. 나로서는 그를 꼭 만나 그 신비스러운 이야기를 듣고 싶네.

그를 만남으로써 말하자면 한 가족의 단란한 테두리가 완성되네. 그는 아직 메이든 레인*4에서 이름을 팔고 있는 듯하므로 여기까지 끌고 오는 데 그다지 시간이 걸리지 않을 걸세. "

매컴은 매닉스의 이름을 듣자 의자 위에서 몸을 반쯤 돌렸다. 그리고 반대하려 했으나 그간의 경험으로 보아 번스의 제안이 결코 쓸모없는 변덕에서 나온 것이 아님을 알고 있었으므로 그는 잠시 문제를 저울질해 보았다. 사실상 다른 수사의 선이 모두 막혀버린 지금 매닉스를 신문하자는 제안은 매컴의 마음을 움직였다.

"좋네. "

매컴은 찬성하고 스워커를 부르기 위해 벨을 눌렀다.

"얼마나 쓸모가 있을지는 모르지만, 히스 부장의 말에 따르면 오델 양은 벌써 1년 전에 그를 congé(해고)시켰다고 하더군. "

"하지만 아직 뿔 위에 여물을 붙이고 있을지도 모르고, 핫슈퍼*5처럼 울화통을 터뜨리며 술에 취해 있을지도 모르지. 뭐가 어떻게 될지 누가 알겠나? "

번스는 자기 의자로 돌아갔다.

"그런 이름을 가지고 있느니만큼*[6] ipso facto(그 사실에 따라) 취조에 응할 걸세."

매컴은 스워커에게 트레이시를 불러오라고 했다. 트레이시가 상냥한 얼굴로 조용히 들어오자 지방검사는 자기 자동차를 타고 가서 매닉스를 연행해 오도록 명령했다.

"소환장을 가지고 가게. 필요할 때 쓸 수 있도록."

30분도 채 안되어 트레이시가 돌아와 보고했다.

"매닉스 씨는 그다지 군소리하지 않고 따라왔습니다. 아주 싹싹하던데요, 지금 대기실에 와 있습니다."

트레이시는 나가고 매닉스가 들여보내졌다.

몸집 큰 남자가 애써 경쾌한 걸음걸이로 들어왔으나, 그 모습은 나이 들어 몸과 마음이 쇠약해졌음에도 여전히 젊은 티를 내려고 하는, 살찌기 시작한 중년 남자의 남모르는 고민을 단적으로 드러내 보여주었다.

매닉스는 가느다란 스틱을 들고 격자무늬 양복에 능직 조끼를 입었으며, 진주빛 도는 쥐색 각반을 치고 리본 달린 함부르크 모자를 쓴 차림새로 마치 여자처럼 멋부리고 있었다. 그러나 그의 용모를 보면 이런 여러 가지 경쾌한 겉모습이 말끔히 잊혀져 버린다.

그의 반짝이는 작은 눈은 교활해 보였으며, 술에 절어버린 육감적인 입술과 튀어나온 턱 위에 얹힌 코가 어울리지 않게 작은 듯했다. 태도는 끈적끈적하여 반감을 느끼게 했으며 사람의 눈길을 끌었다.

그는 매컴이 권하는 의자 끝에 앉아 통통한 손을 두 무릎에 얹었다. 그 태도는 빈틈없는 경계심을 나타냈다.

매컴이 변명하는 기색이 담긴 목소리로 말했다.

"매닉스 씨, 성가시게 해 드려서 죄송합니다. 당면한 문제가 중대하고도 긴급하기 때문입니다. 마거리트 오델 양이 그저께 밤에 살해되었는데, 여러 사람을 신문하던 중 당신이 한때 그녀와 꽤 잘 알고 지냈다는 것을 알았습니다. 그래서 당신이 혹시 우리 수사에 참고될 만한 사실을 알고 있지 않을까 여겨진 겁니다."

아첨하는 듯한 미소가 매닉스의 두툼한 입술에 떠올랐다.

"물론 카나리아를 알고 있었습니다. 오래 전의 일입니다만."

매닉스는 한숨을 한 번 내쉬었다.

"고상하고 가정교육을 잘 받은 여자라고 할까요. 얼굴이 예쁘고 옷차림도 훌륭했지요. 예능계에 계속 머물러 있지 않은 건 참으로 아까운 일이었습니다. 하지만……."

매닉스는 한 손으로 무언가 쫓아버리는 듯한 몸짓을 했다.

"그녀와 벌써 1년이 넘도록 만나지 않았기 때문에……내 말뜻을 물론 아실 줄 믿습니다만."

매닉스는 분명히 경계하고 있었다. 그 구슬 같은 작은 눈이 지방검사에게 못 박힌 채 떠날 줄을 몰랐다.

매컴이 그다지 재미없는 듯이 물었다.

"다투기라도 했나 보군요?"

"글쎄요, 다투었다고까지 말할 수는 없습니다. 그렇지는 않습니다."

매닉스는 말을 끊고 적당한 문구를 찾는 듯했다.

"의견이 맞지 않았다고 할까요……다시 화해하기도 귀찮아 헤어지기로 했지요. 그다지 이렇다할 일은 없었는데 헤어진 셈이었습니다. 헤어질 때에도 그녀가 친구를 필요로 할 경우에는 언제든지 의논상대가 되어주겠다고 말했을 정도였습니다."

매컴이 중얼거렸다.

"굉장히 너그러우시군요. 그 뒤 당신들 사이가 다시 가까워진 적은 없었습니까?"

"천만에요, 그런 일은 절대로 없었습니다. 그날부터 오늘까지 그녀와 이야기 나눈 적도 없습니다."

매컴이 아주 거북스러운 태도로 말했다.

"매닉스 씨, 실은 어디서 들은 이야기가 있는데, 좀 개인적인 일을 캐묻는 것 같습니다만 그녀가 당신을 협박한 적은 없었습니까?"

매닉스는 곧 대답하지 못했다. 눈이 더욱 작아지며 재빨리 궁리해 보는 것 같았다. 잠시 뒤 그는 힘주어 말했다.

"그런 일은 결코 없었습니다. 전혀 없습니다. 그런 일은……."

매닉스는 그런 생각에 항의하듯 두 손을 들었다. 그리고 아무렇지도 않은 듯이 물었다.

"어째서 그런 생각을 했습니까?"

매컴이 설명했다.

"듣건대 그녀는 자기를 찬미하는 사람들 중 한둘로부터 돈을 우려냈다고 합니다."

매닉스는 그처럼 놀라운 일은 믿을 수 없다는 듯 눈살을 찌푸렸다.

"그거 참, 놀랍군요, 설마 그럴 수가!"

매닉스는 교활한 눈길로 지방검사를 살폈다.

"돈을 뜯긴 것은 아마 찰리 클리버였을 테지요? 그렇지 않습니까?"

매컴이 재빠르게 물고 늘어졌다.

"어째서 클리버라고 생각합니까?"

매닉스는 다시 그 통통한 손을 들어 흔들었다. 이번에는 간절히 바란다는 뜻이 담긴 듯했다.

"특별한 이유는 없습니다. 아시리라 생각합니다만 그저 어쩐지 그 사람이 아닐까 생각했을 뿐입니다. 특별한 이유는 없습니다."

"클리버가 당신에게, 그녀로부터 협박당했다고 말한 적이 있습니까？”

“클리버가 내게 말하다니요…… 그럼, 묻겠습니다만, 매컴 씨. 어째서 클리버가 나에게 그런 이야기를 해야 하지요, 어째서 해야 했겠습니까？”

“그렇다면 당신은 오델 양으로부터 협박당했다고 클리버에게 말한 적이 없습니까？”

“물론입니다.”

매닉스는 비웃듯 웃었는데, 너무나도 연극적이어서 진짜 같지가 않았다.

“내 편에서 협박당했다고 클리버에게 말하다니요, 그거 정말 우스운 이야기로군요.”

“그럼, 어째서 아까 클리버의 이름을 댔습니까？”

“조금 전에 말씀드렸듯이 특별한 이유는 없습니다. 그 사람이 카나리아를 알고 있었다는 것은 전혀 비밀이 아니거든요.”

매컴은 그 이야기는 그만두기로 했다.

“오델 양과 앰블로이즈 린드퀴스트 의사의 관계에 대해 뭔가 아는 것이 있습니까？”

매닉스는 분명 당황하는 듯했다.

“그런 의사 이야기는 한 번도 들은 적이 없습니다. 내가 데리고 다닐 무렵에는 그녀가 아직 그를 알고 지내지 않았던 게지요.”

“클리버 외에 그녀가 잘 알고 지냈던 사람은？”

매닉스는 엄숙하고 무게 있는 표정으로 고개를 가로저었다.

“그건 모릅니다. 사실입니다. 다른 사람들처럼 나도 그녀가 이 남자 저 남자와 함께 있는 것을 보았습니다. 하지만 그것이 누구인지는 전혀 모릅니다.”

“토니 스킬이라는 남자에 대해서 들은 적이 있습니까？”

매컴은 느닷없이 몸을 앞으로 내밀며 매컴의 눈을 마주 보았다.

매닉스는 다시금 주저했다. 그 눈이 매컴의 마음속을 살피듯 번쩍 빛났다.

"네. 그처럼 물으시니 말씀드립니다만 그 남자 이야기를 들은 적이 있는 것 같습니다. 하지만 확실하지는 않습니다. 어째서 내가 그 스킬이라는 남자에 대해 알고 있으리라고 생각합니까?"

"오델 양을 원망하거나 겁주었던 사람이 생각나지 않습니까?"

매닉스는 그런 사람은 아무도 모른다고 강한 말투로 장황하게 설명했다. 그 다음 두세 가지 질문을 더 했으나 부정하는 대답뿐이었으므로 매컴은 매닉스를 풀어주었다.

"성적이 아주 좋았네, 매컴. 어떻게 생각하는가?"

번스는 이 회견이 만족스러운 듯했다.

"어째서 그가 그토록 수줍어하는지 모르겠어. 이상하네. 그 매닉스라는 사나이는 좋은 사람이 아닐세. 게다가 말을 많이 하지 않으려고 몹시 조심하고 있거든. 이해할 수가 없네."

매컴이 우울하게 말했다.

"우리에게 아무것도 알리지 않으려고 몹시 조심하는 것 같았네."

"그렇다고만 할 수는 없네."

번스는 다시 의자에 등을 기대고 편안히 담배를 피웠다.

"여기저기서 한 줄기 빛이 새어나오고 있었네. 우리의 모피 수입상인 여성숭배가는 협박당한 것을 부인했지. 그건 틀림없는 거짓말이지만.

그리고 사랑하는 마거리트와 헤어질 때 마치 산비둘기처럼 다정한 말을 주고받았다고 했으나, 그건 헛소리일세. 그리고 클리버의 이름을 꺼냈는데, 그것은 결코 자연스럽지가 못했네. 매닉스와 자연스러움은 남극과 북극만큼이나 멀거든.

클리버를 들먹거리는 데는 그만한 까닭이 있겠지. 그 까닭이 무엇인지 알면 자네는 장미꽃이든 뭐든 마구 실컷 뿌리고 싶어질 텐데. 어째서 클리버 이야기를 꺼냈을까?

그 Secret-de-Polichinelle(공공연한 비밀)이라는 설명으로는 좀 모자라는 듯싶군. 그 두 바람둥이의 궤도는 어디에서인지 교차되었을 걸세. 그 점만은 적어도 매닉스가 우리를 일깨워 주었네.

그리고 또 그가 목양신(牧羊神)의 귀를 가진 인기 있는 의사를 모르는 것도 확실하네. 하지만 토니 스킬은 알고 있으면서도 모른다고 잡아떼는 것 같았네. 맞아, Voilà l'affaire(거기에 문제가 있다). 정보는 잔뜩 있었지만, 대체 그것을 어떻게 요리하느냐가 문제일세."

"나는 단념하겠네." 매컴이 절망적으로 말했다.

번스가 동정하듯 말했다.

"무리도 아닐세. 한심하네, 정말 한심한 세상이야. 그러나 자네는 반짝이는 눈을 가지고 올라 포도리다*⁷와 대결해야 하네. 벌써 점심 식사 때니까 마르게리 식 넙치의 피레 요리라도 먹으면 자네도 힘이 다시 솟아날 걸세."

매컴은 흘끗 벽시계를 쳐다보고 로이어즈 클럽으로 말없이 따라갔다.

---

*1 밀턴의 《리시더스》에 '지금은 아, 계수나무여, 지금은 그대 다갈색의 밀테 나무여, 소리개여, 늘 푸른'이라는 시가 있다. 천인화는 비너스의 신목(神木)이라 하여 영광의 상징으로 여겨지고 있다.

*2 남아메리카 및 서인도제도 흑인들의 요사한 종교.

*3 '미남 내슈'의 본디 이름은 리처드 내슈로 영국의 전형적인 겉멋들린 남자. 도박과 여색으로 일생을 보냈다. 골드 스미스의 《내슈전》이 있다.

1674~1762.

*4 미녀의 거리. 브로드웨이의 다른 이름.

*5 헨리 퍼시 경은 소문난 뺏성쟁이여서 그런 별명이 붙여졌다. 1364~
1403.

*6 매닉스는 사나이답다는 뜻.

*7 스페인 요리. 잡탕.

번스, 이론을 펴다

9월 12일 수요일 저녁

번스와 나는 점심 식사 뒤 지방검사국으로 돌아가지 않았다. 오후에는 매컴이 몹시 바빴고 히스 부장이 클리버와 린드퀴스트 의사의 조사를 끝마칠 때까지는 오델 사건에 관련하여 그 이상 아무것도 나올 가능성이 없었기 때문이었다.

번스가 조르다노*[1]의 〈Madame Sans-Gêne(마담 쌍젠)〉 표를 사놓았으므로 우리는 2시에 메트로폴리탄으로 갔다. 연기는 훌륭했으나 번스가 그것을 즐기기에는 distrait(다른데 마음이 쏠리다)였다.

오페라가 끝나자 번스가 운전사에게 스타이비샌트 클럽으로 가자고 명령한 것은 참으로 주목할 만한 일이었다. 나는 번스가 차 마실 약속이 있고 저녁 식사는 롱뷰까지 자동차를 몰고 가서 할 예정이었음을 알고 있었다. 그가 매컴을 만나기 위해 그러한 사교상의 약속을 깨뜨린다는 사실은, 이번 살인사건이 얼마나 그의 관심을 끌고 있는지 나타내 보이는 것이었다.

매컴이 괴롭고 지친 모습으로 들어온 것은 6시가 지나서였다. 식사하는 동안은 사건에 대한 이야기가 나오지 않았으며, 다만 히스 형사부장이 클리버와 린드퀴스트와 매닉스에 관한 보고를 가져왔다고 이야기 끝에 매컴이 알렸을 뿐이었다. 점심 식사가 끝나고 바로 뒤에 매컴은 형사부장에게 전화를 걸어 조사해야 할 대상으로, 매닉스의 이름을 다른 두 사람의 이름에 덧붙이라고 말했던 모양이다.

오델 살해 문제가 토의되기 시작한 것은 우리가 휴게실에서 즐겨 앉는 한쪽 구석에 자리잡은 다음부터였다.

이 토의는 간단하고 일방적인 것이었으나, 완전히 새로운 수사의 선, 궁극적으로는 범인을 알아내는 선의 실마리가 되는 것이었다.

매컴은 지친 표정으로 의자에 몸을 묻었다. 그에게서는 헛수고에 그친 지난 이틀 동안의 고민에 가득 찬 긴장감이 엿보였다. 차츰 눈꺼풀이 무거워지고, 입가에는 기분 나쁠 정도의 굽힐 줄 모르는 기개가 감돌기 시작했다. 그는 천천히 조심성 있게 여송연에 불을 붙이고 두세 모금 연기를 깊이 빨아들이며 신음하듯 말했다.

"신문들이라면 진절머리가 나네. 지방검사국이 독자적인 방법으로 사건을 처리하는 것을 어째서 잠자코 보고 있지 못하는지 모르겠거든. 저녁신문을 보았나? 어느 신문이나 모두 범인을 내놓으라고 아우성일세. 내가 소매 속에 범인을 감추고 있기라도 한 줄 아는가 보지."

번스가 빙긋 웃었다.

"매컴, 자네는 잊고 있군그래. 우리가 자비롭고 향상심이 풍부한 데모크리토스가 다스리는 세상에 살고 있다는 것을. 무지몽매한 패거리들에게도 똑같이 그 손윗사람을 헐뜯을 특권이 주어져 있다네."

매컴은 코웃음쳤다.

"나는 비판에 대해서는 불평이 없네. 내가 화내는 것은 그 위대한 젊은 기자들의 독살스러운 상상력 때문일세. 그 패거리들은 이 추잡스러운 범죄사건을, 자유분방한 정열과 신비스러운 힘과 중세기의 연애시 같은 화려한 장식으로 꾸며대어 사람의 눈길을 끄는 보르지아*²의 멜로드라마로 만들려 하고 있네. 이것이 나라 안 어디에서나 늘 일어나는 여느 강도 살인사건이라는 것쯤은 초등학생들도 아는 일인데 말일세."

번스는 담뱃불을 붙이다 말고 눈썹을 추켜올리며 믿을 수 없다는 듯한 눈길로 매컴을 바라보았다.

"호오, 자네가 기자들에게 내놓은 성명은 정말이었나?"

매컴은 놀라며 번스를 쳐다보았다.

"물론일세. 그런데 그 '정말'이란 무슨 뜻인가?"

번스는 따분한 듯이 미소 지었다.

"나는 자네가 한 기자들에 대한 연설은 작전의 일부며 진범인에게 마음 놓게 하여 수사를 쉽게 하려는 것인 줄로만 생각했었네."

매컴은 잠시 번스를 지켜보고 있었다. 그리고는 초조하게 물었다.

"번스, 자네는 대체 무엇을 생각하는 건가?"

번스는 선선히 대답했다.

"아무것도 생각하고 있지 않네. 정말일세, 매컴. 히스 형사부장이 스킬을 진범인으로 믿는다는 것은 알지만, 자네마저 그 범죄를 상습범의 짓으로 여기고 있으리라고는 꿈에도 생각지 못했네. 나는 어리석게도 자네가 오늘 아침 스킬을 석방한 것은, 어떻게든 진범인을 알아내기 위한 방편이 될지도 모른다는 희망에서 취한 조치인 줄로 여겼지. 형사부장의 생각에 맞장구쳐서 그 고지식한 사람을 놀려주는 것쯤으로 생각했다네."

매컴이 노골적으로 비꼬듯 말했다.

"그만하게, 알았으니까. 자네는 한 쌍의 악인들이 따로따로 벽장 안이나 다른 어떤 곳에 숨어 있었다는 그 우스꽝스러운 이론에 아직도 매달려 있는 모양이로군. 제법 머리깨나 굴려 본 사고방식일세. 히스 형사부장보다 훨씬 총명해. "

"우스꽝스럽다는 것쯤은 나도 알고 있네. 하지만 자네의 단독 강도설보다 더 우스꽝스럽지는 않네. "

매컴이 흥분하여 물고 늘어졌다.

"어째서지? 단독 강도설의 어느 점이 우스꽝스럽다는 건지 가르쳐 주게. "

"이유는 아주 간단하네. 그것은 상습 강도범의 범죄가 아니라 특별히 머리 좋은 인물이 몇 주일 동안이나 준비한 끝에 해치운 계획적인 기만행위이기 때문일세. "

매컴은 다시 의자에 등을 기대며 명랑하게 웃었다.

"번스, 자네는 한 줄기 빛을 비춰 주었네. 그렇지 않았더라면 이 사건은 침울하고 축축해서 매우 견디기가 어려웠을 걸세. "

번스는 반장난스럽게 허리 굽혀 절했다. 그는 상쾌한 목소리로 대답했다.

"그거 아주 기쁜 일이로군. 그토록 검은 구름에 뒤덮인 정신적 분위기에 비록 한 줄기나마 빛을 던져 주었다니 말일세. "

짧은 침묵이 흘렀다.

매컴이 비웃음이 담긴 목소리로 물었다.

"오델 양을 죽인 살인범이 뛰어난 지능을 갖춘 인물이라는 매력적이고도 독창적인 결론은, 자네의 새로운 독자적인 심리학적 방법에 의한 추리인가? "

번스는 의기양양하게 설명했다.

"내가 결론에 이르게 된 건 앨빈 벤슨 살인사건[3]의 범인을 결정지을 때 썼던 것과 같은 논리 과정에 의해서였네. "

매컴이 미소 지었다.

"Touché(어이가 없군)…… 자네가 그 사건에서 해 준 일을 과소평가할 만큼 나는 배은망덕하지 않지만, 이번만큼은 자네 이론을 따라가다가는 절망적인 미로 속으로 들어가 헤매게 되지 않을까 걱정스럽네. 이번 사건은 경찰에서 말하는 이른바 '열리고 닫힌'*4 사건일세."

번스가 쌀쌀맞게 바로잡았다.

"특히 닫혀 있지. 그리고 자네나 경찰이 혐의를 건 희생자가 항복해 오기를 팔짱끼고 기다리는 한심한 상황에 접어들고 있네."

매컴이 언짢은 기분으로 말했다.

"상황이 좋지 않다는 것은 나도 인정하네. 하지만 그렇다고 해서 이 사건에 자네의 심원한 심리적 방법을 응용할 여지가 있을 듯싶지는 않네. 상황이 너무 뚜렷하니까 말이야. 그래서 야단났다는 걸세. 우리가 지금 필요한 것은 증거지 이론이 아니네. 신문기자들이 로맨틱하게 상상하여 대서특필하지 않았다면 사건에 대한 세상의 흥미는 이미 사라졌을 걸세."

번스는 여느 때와 달리 조용하고 진지하게 말했다.

"매컴, 자네가 정말로 그렇게 생각한다면 지금 당장 이 사건을 단념하는 게 좋겠네. 실패할 것이 뻔하니까. 자네는 단순한 범죄로 여기지만 내가 보기에는 아주 교묘한 범죄일세. 교묘하기 짝이 없는 범죄가 지금까지 있었다면 바로 이 사건을 두고 말하는 걸세. 교묘한 동시에 머리가 좋아. 여느 범죄자로서는 그렇게 할 수 없네. 정말이야. 굉장히 뛰어난 지능과 놀라운 창의력을 가진 사람이 한 짓일세."

번스의 확신에 가득 찬 사무적인 말투는 기묘한 설득력을 지니고 있었다. 매컴은 웃어넘기고 싶은 충동을 억누르며 너그럽고 비꼬는 태도를 취했다.

"어떤 영묘한 심리적 과정을 밟아 그토록 엉뚱한 결론에 이르렀는지 듣고 싶군그래."

"기꺼이 말하겠네."

번스는 담배를 두세 모금 빨아들였다가 내뿜어 소용돌이치며 올라가는 연기를 나른하게 지켜보았다. 그는 언제나처럼 무감동하고 울적한 말투로 말을 이었다[1].

"여보게, 매컴. 진정한 예술작품에는 모두 비평가들이 élan(약동)이라고 부르는 하나의 특질이 있다네. 즉 감격과 자발성이지. 모사와 모방에는 그처럼 뛰어난 특징이 없는 법일세. 너무도 완전하고 신중하게 만들어졌으며 정확하기 때문이지. 아무리 지식에만 골몰하는 법률가의 후예라 한들 보티첼리에게도 시시한 그림이 있고 루벤스에게도 균형잡히지 않은 작품이 있다는 것쯤 알겠지? 안 그런가?

하지만 원작에서는 그런 결점이 문제되지 않네. 그러나 모방자는 그런 결점을 받아들이지 않지. 감히 그럴 용기가 없는 걸세. 온갖 세세한 부분을 정확하게 그리는 일에 급급하기 때문이네. 모방자는 자의식과 세심한 주의를 가지고 일하지. 진정한 예술가는 창조적인 작품을 만드는 진통기에 있어 그런 점에 대해서는 전혀 신경 쓰지 않네. 바로 그것이 중요한 점일세.

원작의 그림이 지니고 있는 감격과 자발성, 즉 élan(약동)은 모방할 방법이 없지. 모사가 아무리 원작과 비슷해도 그 사이에는 크나큰 심리적 차이점이 있네. 모사에는 진지한 맛이 결여된데다 너무 완벽하여 의식적으로 노력한 흔적이 남아 있는 걸세."

"꽤 공부가 되었네, 러스킨*5."

번스는 그 찬사에 대해 얌전히 머리 숙여 보인 다음 기분 좋게 말을 이었다.

"그럼, 오델 살해에 대해 생각해 보세. 자네도 히스 형사부장도 이 사건이 흔해빠진 난폭하고 추잡스러우며 상상력이 없는 범죄라는 점에서 의견이 같네. 그러나 자네들처럼 발자국을 쫓아 달리는 두 마리의 블러드하운드*6와 달리 나는 겉으로 드러나 보이는 단순한 모양을 무시하고 온갖 요인을 분석해 보았네. 말하자면 사건을 심리학적으로 본 것이네. 그래서 이것은 진정한 범죄, 즉 독창적인 범죄가 아니라 재간 있는 모방자가 해치운 속되고 자의식이 넘치는 교묘한 가짜에 지나지 않는다는 것을 발견한 걸세.

모든 세부적인 면에서 정연하고 전형적이라는 것은 보증하네. 하지만 그것이 바로 실패한 점이라네. 그 솜씨가 너무 좋아서 작품이 지나치게 완벽한 걸세. ensemble(전체로서의 모양)에 말하자면 박력이 없네. élan(감격)이 없는 거지. 미학적으로 말하면 tour de force(역작)의 온갖 특징을 갖추고 있고, 속된 말로 표현하면 빛 좋은 개살구라는 말일세."

번스는 말을 끊고 매컴에게 다정한 미소를 지어보였다.

"좀 신탁 비슷한 결론인데, 지루하지 않나?"

"다음을 계속하게."

매컴은 일부러 정중하게 요구했다. 그 태도는 익살스러웠으나 말투에는 어딘지 정말로 흥미를 느끼고 있는 듯한 기색이 있었다.

번스는 조용히 다음 말을 이었다.

"예술에서 참된 것은 인생에서도 참된 것이네. 사람의 행위는 모두 무의식중에 진심인지 허위인지……성실인지 타산인지의 인상을 주는 법이지. 이를테면 두 사람이 식탁에 앉아 같은 동작으로 식사하고 있다고 하세. 나이프와 포크를 같은 방식으로 다루며 같은 모양으로 움직이고 있지만, 예민한 관찰자는 이 두 사람의 행위 어디어디가 다른지 뚜렷이 지적할 수는 없다 하더라도, 어느 사람의 교양이 진짜이고 본능적이며, 어느 사람의 행위가 모방이고 자의식 적인지 금방 알아차린다네."

번스는 담배 연기를 천장으로 뿜어 올리며 더욱 깊숙이 의자에 몸을 묻었다.

"그러면 여보게, 누구나 모두 알고 있는 강도 살인이라는 비열한 범죄의 특징은 무엇인가……잔혹함, 무질서, 성급함, 휘저어진 서랍, 어질러진 책상, 부서진 보석상자, 희생자의 손가락에서 잡아뺀 반지, 뜯기어 나간 목걸이 고리, 찢어진 의상, 뒤집혀진 의자, 쓰러진 스탠드, 깨진 꽃병, 흩어진 침구, 어질러진 바닥……이런 것들이 누구나 인정하는 오랜 옛날부터의 조짐이네. 그렇지 않은가?

하지만, 생각 좀 해보게, 매컴. 소설이나 연극이라면 모르지만 이런 조짐이 모두 '빠짐없이' 나타나는 범죄가 과연 얼마나 있겠나? 완전히 갖춰지고 전체로서의 효과에 모순되는 요소가 하나도 없는 범죄. 즉 실제 범죄에 있어 그 무대장치가 기술적으로 완벽한 것이 과연 얼마나 있겠는가? 단 하나도 없네. 왜냐하면 이 세상 현실의 것——자연적이고 진짜인 것——온갖 부분이 일반적으로 인정을 받는 형식에 꼭 들어맞는 것은 하나도 없기 때문일세. 우연과 오류의 법칙이 불가피하게 개입해 오기 때문이지."

번스는 알았느냐고 묻는 듯한 몸짓을 했다.

"그럼, 이번 범죄를 생각해 보세. 차근차근 주의하여 관찰해 보세나. 무엇을 발견할 수 있는가? 온갖 세목에 걸쳐 mise en scène (연출)의 연구가 거듭되고 극이 상연되었음을 알 수 있네. 마치 졸라의 소설처럼, 거의 수학적으로 완벽하네.

그러므로 이 사건이 미리부터 신중히 고려되고 계획 세워진 것이라는 추정을 내리지 않을 수 없는 걸세. 예술적인 전문용어를 쓰자면 빼빼 뒤틀린(티클드 업) 범죄지. 따라서 그 착상은 자연발생적인 것이 아닐세.

그런데 여보게, 나로서는 이렇다할 결함을 하나도 지적할 수 없네. 그 가장 큰 결함은 결함이 없는 점에 있기 때문일세. 아무런 결함이 없다는 게 자연스럽고 또한 진짜일 수 있을까, 매컴?"

매컴은 잠시 말이 없었다. 그는 이제 비웃는 기색이 사라진 말투로 물었다.

"자네는 단순한 도둑이 그녀를 죽였을지도 모른다는 가능성을 조금도 인정하지 않는가?"

번스가 설명했다.

"단순한 도둑이 했다면 심리학도 필요 없고 철학적 진리도 필요 없고 예술의 법칙도 필요 없네. 그것이 진짜 강도의 범죄라면 같은 이치로서, 훌륭한 대가와 손재주 있는 기술인의 모방 사이에 다른 점이 아무것도 없는 셈이 되네."

"내가 생각하기에, 자네는 도둑질을 이 범죄의 동기로서 완전히 제외하고 있군그래."

번스가 잘라 말했다.

"도둑질은 그저 꾸며낸 그다지 중요하지 않은 점에 지나지 않네. 그 범죄가 아주 빈틈없는 인물에 의해 해치워졌다는 사실은 틀림없이 그 배후에 훨씬 더 유력한 동기가 숨겨져 있음을 말하네. 그토록 교묘하고도 기막힌 기만적인 작품을 만들 수 있는 사람은 어쨌든 교육을 받은 상상력이 풍부한 인물일 걸세. 도저히 손쓸 수 없는 어떤 파탄이 일어날까 두려워했거나……두 개의 큰 위험 사이에 꼼짝없이 끼어서 좀더 위험도가 낮은 살인을 택한 것이겠지. 아마 그녀가 살아있는 게 살인을 저지르는 것보다 위험하지 않았다면 그녀를 죽이지는 않았을 걸세."

매컴은 잠시 입을 열지 않았다. 어떤 생각에 몰두하고 있는 듯싶었다. 이윽고 그는 살피는 듯한 눈길로 번스를 보며 말했다.

"끌로 비틀어 연 보석상자는 어떻게 생각하는가? 전문적인 도둑이 쓰는 끌을, 솜씨에 자신 있는 사람이 썼다는 점은 자네의 미학적 가설과 맞지 않는 사실이 아닌가? 자네의 이론과 정면으로 대립하고 있단 말일세."

"그런 것쯤은 너무나도 잘 알고 있네."

번스는 천천히 고개를 끄덕였다.

"나는 그날 아침 현장의 증거를 본 다음부터 지금까지 그 강철 끌 때문에 이만저만 고민하고 있지 않다네. 왜냐하면 다른 모든 것이 겉치레뿐인 연기인데, 그 끌만은 오직 하나뿐인 진짜였기 때문이지. 마치 모사를 직업으로 삼는 그림쟁이가 가짜 그림을 다 그렸는데, 진짜 예술가가 와서 대가의 손으로 자그만 물품 하나를 덧붙여 그려 넣은 것 같은 형태인 걸세."

"그렇다면 필연적으로 다시 스킬에게 혐의가 돌아가게 되지 않겠나?"

"스킬……맞네. 그것으로 설명이 가능하지. 하지만 자네가 생각하는 것과는 방향이 다르네. 스킬이 그 상자를 비틀어 열었다는 점에는 의문이 없네. 하지만——잘 기억해 두게——그가 한 짓은 그뿐이네. 그가 할 수 있었던 일은 그 상자를 비틀어 여는 것뿐이었던 걸세. 그래서 그날 밤 아름다운 마거리트가 몸에 장식하지 않았던 오직 하나의 반지밖에 손에 넣을 수 없었지. 다른 보석들, 그녀가 몸에 장식하고 있었던 것은 누군가가 가져가 버린 걸세."

"자네는 그 점에 대해 아주 확신을 가지고 있는 듯한데, 그 까닭이 무엇인가?"

"부젓가락일세, 매컴, 부젓가락이라네……모르겠는가? 부젓가락으로 보석상자를 강도 상습범처럼 열어보려 한 것은 상자가 이미 열린 다음이 아니네……'그전에' 그랬던 거지. 부젓가락으로 강철을 부숴보려는 미친 짓은 무대장치의 일부에 지나지 않네.

진범인으로서는 상자가 열리든 열리지 않든 아무래도 상관없었지. 다만 '열려고 애썼다는 것을' 보이고 싶었을 뿐이었다네. 그래서 부젓가락을 그 찌그러진 상자 옆에 내팽개친 걸세."

"자네 말뜻은 알겠네."

생각건대 매컴은 번스가 내놓은 다른 모든 점보다 이 점에 강한 인상을 받은 듯했다. 화장대 위에 부젓가락이 있었던 사실에 대해서는 히스 형사부장도 블렌너 총경보도 충분한 설명을 하지 못했기 때문이었다.

"그래서 자네는 스킬에게, 또 하나의 방문객이 그 방에 있을 때 그도 있었던 것 같은 질문을 했었군그래."

"그렇네. 보석상자의 상태를 보고 나는 강도를 가장한 범죄가 상연될 때, 마침 그가 그 방에 있었거나 또는 상연이 끝나 무대감독이 퇴장한 다음 무대에 등장했거나 그 어느 한쪽이라고 여겼었지. 질문에 대한 반응으로 판단하건대 나는 그가 마침 현장에 있었다는 쪽으로 생각되네."

"벽장 안에 숨어서 말인가?"

"맞네. 그 일로써 벽장 안이 휘저어져 있지 않았던 데 대한 설명이 가능하지 않겠는가? 틀림없이 그 벽장은 흩어져 있지 않았거든. 그 까닭은 간단하네. 어릿광대처럼 그 잔뜩 겉멋 들린 스킬이 쇠를 잠그고 그 안에 숨어 있었기 때문일세.

그렇지 않았다면 어째서 그 벽장만이 사이비 강도의 약탈 활동을 모면할 수 있었겠는가? 거기만 빼놓을 이유가 없지. 우연히 빼놓기에는 너무나도 철저하게 어질러져 있었거든. 게다가 손잡이에 지문이 남아 있었잖은가."

번스는 의자팔걸이를 가볍게 두드렸다.

"기억하게나, 매컴. 자네는 이 가정을 바탕으로 이번 범죄에 대한 구상을 세우고 거기에 따라 진행시켜야 하네. 그렇게 하지 않으면 자네가 힘차게 쌓아올리는 고층 누각은 모두 자네 머리 위로 무너지고 말걸세."

---

(1) 다음에 이어지는 절(節)의 교정쇄를 나는 번스에게 보냈고 번스는 그것을 가필정정했다. 따라서 현재의 문장은 사실상 번스 자신의 말로서 그 이론이 표현된 것이라고 할 수 있다.

＊1 운베르트 조르다노. 이탈리아의 가극 작곡가. 〈앙드레 셰니에〉가 그의 걸작으로 알려져 있다. 〈마담 쌍젠〉은 프랑스 극작가 빅토르엥 사르도 (1831~1908)의 극으로 조르다노가 오페라로 만들었다. 1867~1948.

＊2 보르지아 집안은 중세 이후 몇 백 년 동안 이어져 내려온 이탈리아의 명문으로 교황, 고명한 추기경, 정치가, 군인이 배출되어 그 권세를 견줄 만한 가문이 없었다. 또한 이 집안의 음모술수는 때때로 악마적이어서 수많은 비극과 희극을 낳았다. 번스는 이 집안을 곧잘 인용하고 있다.

＊3 번스가 처음으로 직접 다룬 사건.

＊4 한눈에 알 수 있을 만큼 뚜렷한 사건이라는 뜻.

＊5 영국의 문인이며 미술비평가 존 러스킨(1819~1900)을 말함.

＊6 영국종 경찰견.

네 가지 가능성

9월 12일 수요일 저녁

번스의 이야기가 끝난 다음 긴 침묵이 흘렀다. 매컴은 번스의 열의에 감동된 듯 말없이 깊은 생각에 잠긴 채 앉아 있었다. 그의 생각이 뿌리부터 흔들리기 시작한 것이다.

지문이 발견된 순간부터 떨쳐버릴 수 없었던 스킬이 범인이라는 설에 그것을 대신할 만한 제안은 없었지만, 솔직히 말해서 완전히 만족하고 있었던 것은 아니었다. 지금 번스는 이 설을 단호하게 부인하며 전혀 다른 이론을 내세웠다. 번스의 설은 막연했으나 사건의 물적 요점을 모두 고려에 넣어 짜여져 있었다.

매컴은 처음에는 반대했으나 차츰 이 새로운 견해에 자신의 의사를 거스르면서까지 공감하는 자신을 발견했다.

"화가 나는군, 번스, 나는 자네의 연극 같은 이론을 전혀 믿고 있지 않는데도 묘하게 자네의 분석 밑바닥에 그럴 듯한 데가 있는 것 같은 기분이 드네."

매컴은 갑자기 고개를 돌려 잠시 살피는 듯한 눈길로 번스를 지켜보았다.

"자네가 지금 대강 설명한 연극의 주역이 누구인지 짚이는 사람이라도 있나?"

번스가 확신하듯이 말했다.

"유감스럽게도 누가 그녀를 죽였는지는 전혀 짐작되지 않네. 하지만 자네가 꼭 살인범을 찾아내려면 무쇠 같은 신경을 가진 교활하고 뛰어난 인물, 그녀 때문에 돌이킬 수 없는 파멸의 위험 속으로 거의 빠져들어 가고 있었던 천성이 잔학하고 끈질기며 더없이 이기적인 숙명론자, 더욱이 내가 믿는 바로는 미치광이 같은 인물을 찾아내야 할 걸세."

"미치광이!"

"으음, 괴짜가 아니라 미치광이일세. 완전히 정상적이고 논리적이며 타산적인 미치광이……여기 있는 자네나 나나 번스처럼 말일세. 다만 우리들의 취미는 남을 해치지 않는 거지. 그 사나이의 미친 짓은 자네가 터무니없이 존경하는 법률의 울타리 밖에 있네. 그래서 자네가 뒤쫓는 게 아닌가? 만일 그의 정신이상이 우표수집이니 골프 같은 것이었다면 자네도 그의 일은 생각할 필요가 없었을 걸세.

그런데 그는 자기를 방해하는 déclassées(윤락)의 여자들을 말살하고 싶다는 완전히 이성적인 penchant(심적 경향)을 지녔기 때문에 자네를 공포로 몰아넣고 있는 걸세. 따라서 자네는 그의 가죽을 산 채로 벗겨주고 싶다고 애태우는 거지."

매컴이 싸늘하게 말했다.

"알았네. 살인 편집광이라는 부류의 미치광이겠군."

"그런데 그는 살인 편집광은 아니네, 매컴. 자네는 심리의 미묘한 구별을 모두 못 보고 넘겨버리고 있군. 그는 어떤 사람에게 괴롭힘을 당했으며, 그 괴롭힘의 근원을 끊어버리기 위해 교묘하게 합리적으로 일을 시작했네. 그리고 참으로 멋들어지게 해치운 걸세.

그 행위에는 확실히 무시무시한 데가 있네. 하지만 만일 자네가 그의 어깨에 손을 얹는 날이 있다면, 자네는 그가 얼마나 정상적인 사람인지를 발견하고 깜짝 놀랄 걸세. 게다가 아주 유능한 사람이라네. 더할 나위 없이 유능하지."

다시금 매컴은 말없이 생각에 잠겼다. 그리고 마침내 말했다.

"빈틈없는 자네 추리의 난처한 점은 사건 상황과 일치되지 않는다는 걸세. 사실이란 우리 같은 구식 법률가들에게는 아직도 크든 작든 결정적인 것으로 여겨지고 있다네."

"그럼, 자네는 어째서 쓸데없이 자신의 힘으로는 감당하기 힘들다고 나에게 고백했나?"

번스는 익살스러운 표정을 떠올렸다.

"내 추리와 모순되는 사실이 있다면 말해 보게."

"그러지. 오델을 죽일 이유가 조금이라도 있을 듯한, 자네가 설명한 타입에 들어맞는 사람은 넷밖에 없네. 히스의 부하가 그녀의 경력을 꽤 철저하게 조사했는데, 지난 2년 동안——즉 그녀가 '폴리즈'에서 나온 뒤로——그녀의 아파트에 드나들 수 있었던 personae gratae(마음에 드는 사람)는 매닉스, 린드퀴스트 의사, 찰즈 클리버, 그리고 스포츠우드까지 포함해서 네 사람뿐이었네. 카나리아는 좀 편협했던 것 같네. 그밖에는 살인할 만큼 그녀에게 접근했던 사람은 없어."

번스가 냉정하게 말했다.

"그렇다면 완전히 4부 합주를 할 수 있을 만큼 인원수가 갖추어진 셈이 아닌가? 무엇이 모자란단 말인가? 일개연대라도 있어야 한다는 건가?"

매컴은 치밀어 오르는 화를 억누르며 말했다.

"아닐세, 내가 찾는 것은 하나의 이론적인 가능성뿐이네. 그런데 매닉스는 그녀와 인연을 끊은 지 벌써 1년이 넘었고, 클리버와 스포츠우드에게는 물샐 틈 없는 알리바이가 있네. 남은 것은 린드퀴스트 의사뿐인데, 그는 왈칵 화를 잘 내는 성격이기는 하지만 도저히 교살범이나 강도범으로는 상상할 수 없는 인물일세. 게다가 그 의사에게는 알리바이가 있으며 그것이 정말일지도 모르잖는가?"

번스는 고개를 가로저었다.

"법률적 정신 소유자의 어린아이 같은 신념은 정말이지 가엾게 여기지 않을 수 없는 그 무엇이 있군그래."

매컴이 거들었다.

"이따금 합리성에 매달려 떨어지지 않으려 한다는 말이겠지?"

번스가 나무랐다.

"여보게, 그 견해에 포함된 가정에는 겸손한 데가 없네. 합리성과 비합리성의 구별을 할 수 있다면 자네는 법률가가 아니라, 하느님이 될 수 있을 걸세. 자네는 이번 일에 있어 그릇된 길을 걸으려하고 있네. 이 사건의 참된 요인은 자네가 이미 알고 있는 상황이 아니라 미지의 양(量)일세. 말하자면 인간적 X이지……자네의 4인조의 개성 또는 천성이란 말일세."

번스는 담뱃불을 붙여둔 다음 뒤로 몸을 기대고 눈을 감았다.

"자네가 그 네 cavalieri serventi(충실한 기사)에 대해 무엇을 알고 있는지 말해 보게. 히스가 보고서를 제출했다고 했지? 그들의 어머니는 누구인가? 아침 식사로 무엇을 먹는가? 옻을 타기 쉬운 체질인지 아닌지 알고 있나? 우선 스포츠우드의 dossier(신원조사)부터 해보세나. 그에 대해 자네는 무엇을 알고 있지?"

"대충 말하면 오랜 청교도 집안인 듯하네. 지사며 시장이고 성공한 상인도 몇 사람 나왔다고 하더군. 모두 순수한 양키의 조상들뿐으로 혼혈은 없네. 사실 스포츠우드는 뉴잉글랜드의 가장 전통적이고 또한 가장 엄격한 상류계급을 대표하고 있네. 그런데 청교도의 포도주에도 요즘은 꽤 물을 섞는다고 생각해도 될 듯싶군. 그가 오델 같은 여자와 관계를 맺다니, 오랜 세대에 걸친 청교도의 육욕 억제와는 도저히 조화되지 않아."

번스가 주장했다.

"하지만 그런 억제에 의해 생기는 억눌림에 뒤따르기 쉬운 심리적인 반응과는 잘 조화되고 있네. 그건 그렇고, 그는 대체 무엇을 하고 있는가? 돈벌이의 근원이 무엇이냐는 말일세."

"아버지가 자동차 부속품을 만들어 그것으로 한재산 모아 가지고 그 사업을 그에게 물려준 셈이지. 자신도 그 사업에 손대고 있지만 열심히 하는 것 같지는 않네. 두세 가지의 부속품을 설계한 경험은 있는 듯하네만."

"종이꽃을 꽂는 그 조잡한 유리병이 그 가운데 하나가 아니기를 바라네. 그런 장식품을 발명한 인물이라면 어떤 극악한 범죄라도 해치울 수 있을 걸세."

매컴이 변호하듯 말했다.

"그렇다면 스포츠우드는 아니겠군. 자네가 말하는 교살범 후보자가 될 자격이 없는 게 확실하네. 그와 헤어진 뒤에도 그녀가 살아 있었던 것은 우리가 이미 아는 사실이며, 그녀가 살해된 시각에 그가 레드펀 판사와 함께 있었다는 것도 우리는 알지. 그러므로 번스, 자네도 이런 사실을 그 신사에게 불리하게 만들 수는 없을 테지?"

번스가 양보했다.

"그 점에 있어서는 적어도 우리의 의견이 같군. 자네가 그 신사에 대해 알고 있는 것은 그게 모두인가?"

"모두라고 해야겠지. 그밖에는 그가 유복한 집 딸과 결혼했다는 정도일세. 아마 남부 상원의원의 딸이었다고 여겨지네."

"도무지 도움이 안 되는 군. 그럼, 매닉스의 경력을 들어 보세."

매컴은 타이프친 종이 한 장을 참고로 하며 말했다.

"부모가 모두 이민온 사람들일세. 3등선객으로 왔지. 본래 이름은 매니키위치인지 뭔지라네. 이스트 사이드에서 태어났으며, 헤스터 거리에 있는 아버지의 소매상에서 모피 판매를 견습한 다음 샌프란시스코 클러크 회사에 취직하여 공장 감독이 되었었다는군. 돈을 모아 부동산에 손대어 크게 벌어가지고 그도 모피상으로 진출했지. 그 뒤 오늘의 부를 착착 쌓아올린 모양이야.

공립학교를 나온 다음 야간 상업전문학교를 다녔구먼. 1900년에 결혼했다가 1년 뒤 이혼. 그뒤부터 유쾌하게 놀며 지내고 있네. 그러나 여기저기의 나이트클럽을 즐겨 찾아다니지만 정신을 잃도록 취하는 법은 없었던 것 같네. 짐작컨대 그는 낭비하며 한잔 내는 것을 좋아하는 부류인 듯싶군. 뮤지컬 코미디에 얼마쯤 투자하고 있고, 늘 무대의 미인을 데리고 다니는데 금발을 좋아한다고 하네."

"그다지 색다를 것은 없군."

번스가 한숨을 쉬었다.

"뉴욕에는 매닉스 같은 남자가 흔하지……그 bon-ton(고상한) 의사에 대해 자네는 얼마나 알고 있나?"

"나는 린드퀴스트 의사 같은 사람 역시 흔하지 않을까 해서 걱정스럽군. 그 의사는 중서부의 말단관리 아들로 자랐지. 프랑스 사람과 마쟈르 사람의 피를 이어받았네. 오하이오 주립의과대학에서 M.D (의학사) 학위를 땄고 시카고에서 개업, 거기서 뭔가 켕기는 어떤 일을 했으나 결국 유죄가 되지는 않았지. 그 다음 오버니에 와서

X선 기계의 유행 물결을 탔으며 젖을 빨아내는 기계를 발명하여 주식회사를 만들었네. 그것으로 재산을 좀 만들어가지고 2년 동안 빈으로 유학……."

"옳아, 그것이 프로이트 파의 기초가 되었겠군."

"뉴욕에 돌아와 사립요양소를 개설하고 터무니없는 요금을 받음으로써 nouveau riche(벼락부자)의 인기를 얻게 되었지. 그 뒤 오늘날까지 인기를 굳히고 있다네. 몇 년 전 결혼 약속을 깨뜨려 고소당했으나 사건은 법정까지 올라가지 않고 해결되었네. 아직 결혼하지 않고 있네."

번스가 비평했다.

"결혼 따위를 할 리가 없지. 그런 신사는 결코 결혼하지 않는다네. 하지만 꽤 재미있는 경력이로군. 확실히 재미있네. 나도 정신신경병에 걸려 앰블로이즈에게서 치료받고 싶네. 그 정도로 그에 대해 알고 싶다는 말일세.

대체 어디에……아아, 어디에……그 천하의 명의는 있었을까, 우리의 죄 많은 여동생이 죽은 사람 축에 끼던 그 시각에. 아아, 매컴, 누구에게 물어보면 알 수 있을까? 누가 알고 있을까……누가?"

"어쨌든 그는 상대가 누구이든 사람을 죽일 수 있는 사나이 같지는 않네."

"자네는 참으로 편견이 심하군. 그건 그렇고, 슬슬 다음으로 넘어가볼까. 자네의 클리버에 관한 portrait parlé(말에 의한 초상화)는 어떻던가? 그가 친한 패거리들로부터 팝(탄산수)이라고 불려진다는 사실은 이야기의 실마리로서 쓸모 있을 듯싶군. 베토벤이 쇼티(꼬마)라고 불리거나 비스마르크가 스누컴즈(장난기 많고 수다스러움)의 예로 인용되리라고는 상상할 수 없으니까."

"클리버는 그 생애의 대부분을 정치가로 지냈다고 할 수 있네. 그는 태머니 홀의 단골 손님일세. 25살에 구(區) 우두머리가 되고 한때는 브루클린에서 민주당의 클럽 비슷한 것을 경영했었지. 시 참사회의원을 두 번 지냈고 사무실을 차려 일반 법률사무를 취급하기도 했다더군.

세무 감독관에 임명되면서부터는 정치에서 손을 씻고 경마용 마구간을 경영했네. 그 뒤 샐러트거에서 비합법적인 도박장의 권리를 손에 넣었으며, 지금은 저지 시에서 경마 마권 판매장을 열고 있네. 이른바 직업 도박사라고 할 수 있는 인물일세. 술을 좋아한다는군."

"결혼 경력은 없나?"

"기록에는 아무것도 실려 있지 않네. 하지만 번스, 클리버는 문제 밖일세. 그날 밤 11시 30분쯤 분턴에서 교통순경에게 걸렸었잖나."

"한마디 묻겠는데, 그것이 아까 자네가 말한 물샐틈없는 알리바이라는 건가?"

매컴은 화난 표정으로 대답했다.

"내 원시적인 법률론에 의하면 그렇다고 말할 수 있네. 소환장은 11시 30분에 그에게 주어졌네. 그렇게 기입되고 날짜가 적혀 있어. 분턴은 여기서 50마일이나 떨어져 있으며 자동차로 두 시간 넘게 걸린다네. 따라서 클리버는 아마 9시 30분쯤 출발했을 걸세.

그러므로 금방 되돌아왔다 하더라도 검시관이 말한 오델의 사망 시각을 훨씬 지난 다음이 아니고는 뉴욕에 와 닿을 수 없었네. 나는 사무처리를 확실히 하기 위해 소환장을 조사했고 소환장을 뗀 순경과 전화로 이야기도 해 보았으나, 틀림없는 사실이었음을 확인했을 뿐일세……취소시켰지만 말이네."

"그럼, 그 분턴의 도그베리[*1]는 클리버와 아는 사이인가?"

"아는 사이는 아니지만 정확한 인상을 말했고, 물론 자동차 번호도 적어두었다고 했네."

번스는 가엾은 듯한 눈길로 매컴을 보았다.

"여보게, 매컴, 나의 친애하는 매컴. 자네가 실제로 증명한 일은 모두 시골 교통계의 네메시스[*2]가 살인이 일어난 날 밤 11시 30분에 분턴 가까이에서 클리버의 자동차를 운전하고 있던 얼굴이 밋밋하고 떡벌어진 몸집의 중년 남자에게 속도위반의 소환장을 뗐다는 것에 지나지 않네. 그리고 말해 두지만, 그런 것쯤은 그 중년 남자가 그녀의 목숨을 앗으려고 생각했다면 미리부터 준비해 놓을 법한 알리바이가 아닌가?"

매컴은 웃었다.

"여보게, 번스, 그건 너무 지나친 생각일세. 자네는 모든 법률위반자에게는 더없이 악마적이고 간교한 지혜와 가득 찬 음모를 꾸밀 힘이 있다고 여기는가 보군."

번스가 천연스럽게 인정했다.

"그렇네. 그리고……여보게……나는 이런 종류의 음모는 법률위반자가 살인계획을 세울 때 자기 목숨이 위태롭게 되면 바로 꾸밀 만한 것이라고 생각하네. 내가 실제로 놀라는 건 자네들 수사당국이 살인범에게는 장래의 자기 안전에 대한 지혜를 쓸 만한 여유가 없다고 천진스럽게 가정하고 있는 점일세. 정말로 딱한 생각마저 드네."

매컴이 반대했다.

"알겠나? 말해 두지만 소환장을 받은 것은 클리버 자신이었네!"

"그야 자네 말 대로겠지. 나는 다만 가짜의 가능성을 지적했을 따름이네. 내가 진실로 주장하고 싶은 유일한 점은, 그 매력 넘치는 오델 양은 빈틈없는 우수한 두뇌를 가진 사람에게 죽임을 당했다는 것 뿐일세. "

매컴이 화난 표정으로 말했다.

"그러나 그와 반대로 내가 주장하는 것은 그런 짓을 해치워야 할 어떤 이유가 있을 만큼 그녀 생활에 가까이 파고들어갔던 사람은 매닉스, 클리버, 린드퀴스트, 스포츠우드 네 사람뿐이라는 점일세. 그리고 더욱 주장하고 싶은 것은 이 네 사람 가운데 아무도 유망한 가능성을 가지고 있지 않다는 점이네. "

번스가 조용한 목소리로 말했다.

"자네의 견해에 반대해야 하는 것은 유감스럽지만 이 네 사람에게 는 모두 가능성이 있네. 그리고 그 가운데 한 사람이 범인이란 말 일세. "

매컴은 비웃는 듯한 눈길로 번스를 쏘아보았다.

"저런, 그렇다면 사건은 해결되었군그래. 자네가 범인을 지적해 주 기만 하면 되겠네. 나는 곧 그 녀석을 체포하고 다른 일을 봐야겠 네. "

번스가 한탄하듯 말했다.

"자네는 언제나 성급하군. 어째서 한꺼번에 뛰고 달리려는 거지? 온 세계의 훌륭한 철인들이 그러면 안된다고 타이르고 있잖은가. 세자르는 Festina lente(급하면 돌아가라)라고 했지. 아니, 루프 스*³가 말했듯이 Festinatio tarda est(서두르면 늦어진다)가 더 좋 을지 모르겠군. 그리고 코란은 아주 간단한 말로 서두르는 것은 악 마가 하는 짓이라고 했으며, 셰익스피어는 늘 스피드를 경멸했었 지. '늦지 않으려고 너무 서두르면 막상 유사시에는 맥을 못 추고 만다'*⁴라고 했네. '명심하고 천천히 가라. 빨리 가는 사람은 걸려 넘어진다*⁵'고도 말했지.

다음으로 몰리에르가 있군. 《스가나렐》을 기억하고 있나 ? ……
Le trop de promptitude à l'erreur nous expose(너무 서두르면 잘
못을 저지르기 쉽다). 초서도 역시 같은 견해를 가지고 있었지. 슬
기롭게 서두르는 자는 현명하게 참을 수 있다고 말했네. 신의 평범
한 아들들도 이 생각을 수많은 격언으로 축복하고 있지. '좋은 일
과 서두르는 것은 좀처럼 함께 서지 못한다'느니 '성급한 곳에는 재
앙이 그치지 않는다'느니 하고."

매컴은 참을 수 없다는 몸짓을 하며 일어나 으르렁거리듯 말했다.

"그만하게. 나는 자네가 잠자리에서 하는 이야기를 시작하기 전에
가야겠네."

이 매컴의 말이 얄궂은 잠언이 되어 번스는 그날 밤 '잠자리에서
하는 이야기'를 했다. 그는 서재에 틀어박혀 나에게 다음과 같은 이
야기를 해 주었던 것이다.

"히스 형사부장은 스킬이 범인이라는 신념에 몸과 마음이 사로잡혀
있고, 매컴은 가엾은 카나리아가 억센 두 손에 목 졸려 죽임당한
것처럼 법률의 까다롭고 번거로운 규칙에 목이 꽉 죄어져 있네.
Eheu(아아), 반, 나에게 남겨진 것은 가브리오의 르콕 탐정처럼
내일 a cappella(반주 없이) 나아가 정의라는 고귀한 목적을 위해
서 무엇을 할 수 있을지 해 보는 데까지 해 보는 일 뿐일세.

나는 히스도 매컴도 무시하고 황야의 펠리컨처럼, 사막의 부엉새
처럼, 지붕 위의 고독한 참새처럼 되겠네. 사실 자네가 알고 있듯
이 나는 사회를 위해 원수를 갚는 그런 사람은 아니지만 문제를 해
결하지 않은 채 내버려 두는 것은 아주 싫거든."

＊1 셰익스피어의 《헛소동》에 등장하는 덜렁이 순경.
＊2 그리스 신화의 인과응보를 맡은 신.

* 3 신성 로마 제국의 오토 2세. 955~983.
* 4 《리처드 2세》 제2막 제1장 존 오브 가운트의 대사.
* 5 《로미오와 줄리엣》의 제2막 제3장 로렌스 신부의 대사.

중대한 발견

9월 13일 목요일 오전

캐리를 몹시 놀라게 한 것은 번스가 다음날 아침 9시에 깨워달라고 한 말이었다. 그리고 10시에 우리는 조그만 옥상 정원에 자리잡고 앉아 부드러운 가을햇살을 받으며 아침 식사를 들었다. 캐리가 두 잔째 커피를 들고 오자 번스는 나에게 말했다.

"반, 여자란 아무리 비밀을 굳게 지키는 성격이라 하더라도 누군가 한 사람쯤은 반드시 마음의 무거운 짐을 내려놓을 상대를 가지고 있는 법일세. 마음을 털어놓을 수 있는 친구는 여자의 천성에 없어서는 안 될 존재거든. 그것은 어머니일지도 모르고, 연인이나 목사나 의사일지도 모르고, 일반적으로는 사이좋게 지내는 여자친구일지도 모르네.

카나리아의 경우는 어머니도 목사도 없었지. 연인은 그 고상한 스킬이었겠지만, 그 녀석은 언제 적으로 돌변할지 모르는 사나이였네. 그리고 그 의사는 제외해도 좋을 걸세. 린드퀴스트 같은 인물에게 속을 털어놓기에는 그녀는 지나치게 영리했지. 그렇다면 남은 것은 여자 친구인 셈인데, 오늘은 그것을 찾아보려는 걸세."

번스는 담뱃불을 붙여 물고 몸을 일으켰다.

"하지만 그전에 7번 거리의 벤저민 브라운 씨를 찾아봐야겠네."

벤저민 브라운은 무대의 유명인을 상대하는 사진사로 극장가의 중심에 스튜디오를 가지고 있었다. 우리가 그날 아침 늦게 호화스러운 스튜디오의 응접실로 들어갔을 때 방문한 목적에 대한 나의 호기심은 금방이라도 터져버릴 것 같았다.

번스는 곧바로 접수계 책상을 향해 걸어갔다. 책상 앞에 눈에 푸르스름하게 마스카라를 칠한 빨강머리의 젊은 여자가 앉아 있었다. 번스는 아주 정중한 태도로 그녀에게 인사했다. 그리고 주머니에서 대지(臺紙)가 붙지 않은 사진을 한 장 꺼내 그녀 앞에 놓았다.

"Mademoiselle(아가씨), 나는 뮤지컬 코미디를 연출하는 사람입니다만, 나에게 사진을 놓고 간 이 젊은 아가씨와 연락을 취하고 싶습니다. 공교롭게도 명함을 어디다 두었는지 생각나지 않아 난처했는데, 사진에 브라운 씨의 이름이 인쇄되어 있더군요. 수고스럽지만 어디로 연락하면 만날 수 있을지 그 이름과 주소를 여기에 보관된 기록을 조사하여 가르쳐주신다면 정말 고맙겠습니다."

번스는 5달러짜리 지폐 한 장을 압지 밑으로 밀어 넣고는 오로지 상대의 호의에 매달리는 수밖에 길이 없다는 듯 기다렸다.

젊은 여자는 놀리는 듯한 눈길로 번스를 보았다. 나는 그 공들여 입술연지를 칠한 입술 가에 미소의 그림자가 떠오르는 것을 보았다고 생각한다. 그러나 곧 그녀는 말 한마디 없이 사진을 집어 들더니 뒤쪽 문을 열고 사라졌다. 10분쯤 뒤 그녀는 다시 돌아와 번스에게 사진을 돌려주었다. 사진 뒷면에 이름과 주소가 적혀 있었다.

"이 아가씨는 앨리스 라 포스로, 벨러필드 호텔에 살고 있습니다."

그녀의 미소는 이제 틀림없는 것이 되었다.

"응모자의 주소 적은 것을 그렇게 소홀히 다루는 법이 아니에요. 가엾은 아가씨 가운데 계약을 맺지 못하게 되는 사람이 있을지도 모르니까요."

그녀의 미소는 갑자기 부드러운 웃음으로 바뀌었다.

번스는 짐짓 진지한 척하며 대답했다.

"Mademoiselle(아가씨), 앞으로는 그 충고에 따르도록 하겠습니다."

그는 다시 한 번 예절바른 인사를 한 다음 나왔다.

"빌어먹을."

번스는 7번 거리로 나오며 중얼거렸다.

"그야말로 금빛 손잡이가 달린 스틱에 중산모자를 쓰고 보랏빛 셔츠라도 입어 제법 흥행주처럼 변장하고서 갈걸 그랬네. 그 젊은 여자는 내가 엉큼한 생각이라도 품고 있는 줄로 아는 모양이야. 꽤 눈치 빠른 tête rouge(빨강머리)로군, 그녀는."

번스는 길모퉁이의 꽃집으로 들어가 아메리칸 뷰티(붉은 장미)를 한 다스쯤 고른 다음 그것을 벤저민 브라운의 접수계 아가씨에게 갖다 주도록 일렀다.

"자아, 이제부터 벨러필드까지 걸어가 앨리스에게 면회 신청을 해 보세."

번스는 거리를 걸어가며 설명했다.

"그 첫날 아침 카나리아의 아파트를 조사할 때 나는 일반적이고 조잡한 경찰의 수사방법으로는 이 살인사건이 결코 해결되지 않으리라 확신했지. 이것은 겉보기에는 어떻든 꽤 교묘하고 충분히 계획된 범죄이기 때문에 평범한 수사로는 풀기 어려운 걸세. 깊이 파고 들어가는 정보가 필요하지. 그래서 이 노랗게 바랜 앨리스 라 포스의 사진이 책상 위의 흩어진 종이들 밑에 반쯤 가려진 것을 발견했

을 때 나는 생각했지……'옳아, 이것은 죽은 마거리트의 여자친구
일 테지. 이 여자는 우리가 필요로 하는 것을 알고 있을지도 몰라'
라고. 그래서 형사부장의 넓적한 등이 내 쪽으로 돌려졌을 때 나는
사진을 주머니에 집어넣었다네.

　그 방에 다른 사진은 한 장도 없었고, 그 사진에는 '영원한 당신
의 것'이라는 감상적인 문구와 '앨리스'라는 서명이 있더군. 그래서
나는 이 앨리스가 카나리아라는 사포에게 아나크토리아*¹ 역할을
하고 있었구나 하는 결론을 내렸지. 물론 브라운의 그 눈치 빠른
무당에게는 그 문구를 지워가지고 사진을 내보였지만 말일세. 그럭
저럭 밸러필드에 다 온 모양이로군. 뭔가 조금이라도 알아낼 수 있
다면 얼마나 좋겠나. ”

밸러필드는 동30번 대 블록에 있는 아담한 고급 아파트먼트 호텔
이었다. 미국화된 앤 여왕 식 휴게실에서 손님의 질로 판단하건대 유
복한 멋쟁이들이 즐겨 머무르는 것 같았다.

　번스가 라 포스 양에게로 명함을 보내자 2, 3분 안에 만나겠다는
전갈이 왔다. 그러나 그 2, 3분은 한 시간의 4분의 3까지 연장되어,
눈부시도록 훌륭한 옷차림을 한 벨보이가 우리를 그녀의 방으로 안내
하기 위해 왔을 때에는 이미 정오가 가까웠다.

　자연은 라 포스 양에게 수많은 기교를 내려주었고, 자연이 내려주
지 않은 것은 라 포스 양 자신이 보충하고 있었다. 늘씬한 몸매에 금
발이었다. 속눈썹이 짙은 크고 푸른 눈으로 상대를 빤히 바라보는 버
릇이 있었으며 어딘지 닳아빠지고 교활한 데가 있는 것을 감추지 못
했다. 아주 정성스럽게 화장한 얼굴을 보고 있노라니 셰레*² 의 파스
텔 포스터의 모델로 삼으면 좋을 것 같다는 생각을 하지 않을 수 없
었다.

　그녀는 달콤한 목소리로 말했다.

"번스 씨지요? 《타운 토픽스》에서 당신 이름을 가끔 읽고 있답니다."

번스는 어깨를 조금 으쓱했다. 그는 사교적인 태도로 말했다.

"이분은 반 다인 씨입니다. 단순한 변호사일 뿐, 아직은 그 평판 높은 주간지에 이름이 실리는 영광을 얻지 못하고 있습니다."

"앉으시지요."

라 포스 양은 어떤 연극 대사를 외고 있음에 틀림없었다. 아주 인상적인 격식을 차린 태도로 우리를 맞아들였다.

"무슨 일로 나를 찾아왔는지 모르겠습니다만, 일 관계로 왔을 테지요? 분명 어떤 사교계의 바자회나 그 비슷한 모임에 나와 달라는 말씀을 하려고 왔겠지요? 하지만 나는 몹시 바쁘답니다. 번스 씨, 얼마나 일에 몰리고 있는 지 당신은 상상도 못할 거에요……나는 내 일을 아주 사랑하고 있지요."

그녀는 황홀한 표정으로 한숨을 내쉬었다.

번스는 아주 예의바른 태도로 말했다.

"당신의 덕을 입고 싶어하는 사람은 아마도 수없이 많겠지요. 하지만 유감스럽게도 나에게는 아름다운 당신이 나와 주었으면 하고 바라는 바자회를 열 계획은 없습니다. 그보다도 더 중대한 사건에 대해 묻고 싶은 것이 있습니다. 당신이 마거리트 오델 양과 아주 가까운 친구였다는 말을 들었으므로……."

카나리아의 이름이 나오자 라 포스 양은 갑자기 긴장했다. 상냥하고 고상한 모습은 눈 깜짝할 사이에 사라져버렸다. 눈이 번쩍 빛나더니 곧 내리떴다. 싸늘한 엷은 웃음이 큐핏 같은 팽팽한 활 모양의 입가를 일그러뜨리며 화가 난 듯 얼굴을 내밀었다.

"여보세요, 대체 당신은 자신을 무엇으로 생각하고 이러시는 거지요? 나는 아무것도 모르고 아무것도 말씀드릴게 없어요. 그러니 썩 돌아가세요. 당신도, 당신의 변호사 씨도!"

그러나 번스는 그 말에 따르지 않았다. 그는 담배 케이스를 꺼내더니 레지를 한 대 뽑아들었다.

"담배 피워도 괜찮겠습니까? 당신도 한 대 어떻습니까? 콘스탄티노플에서 직접 수입해 온 것입니다. 아주 배합이 잘 되어 있지요."

라 포스 양은 코웃음치며 경멸이 담긴 차가운 눈길을 번스에게로 던졌다. 인형 같던 아가씨가 사나운 여자로 바뀌었다.

"여기서 나가주세요. 그렇지 않으면 호텔 탐정을 부르겠어요."

라 포스 양은 자기 쪽 가까운 벽에 설치된 전화기를 보았다. 번스는 그녀가 수화기를 들기 기다렸다가 말했다.

"라 포스 양, 그런 짓을 하면 신문받도록 하기 위해 지방검사국으로 연행시키겠습니다."

그는 너그럽게 말한 다음 담배에 불을 붙이며 의자에 깊숙이 앉았다.

라 포스 양은 천천히 수화기를 내려놓으며 번스를 보았다.

"대체 왜 이러는 거지요? 내가 매기를 알고 있었던 게 어떻다는 거지요? 그리고 대체 당신은 그 일과 무슨 관계가 있어요?"

"유감스럽게도 아무 관계없습니다."

번스는 유쾌하게 미소지었다.

"그 사건에 대해서는 우리 모두 아무 관계없을 것 같군요. 실은 당국에서는 당신의 친구를 죽였다는 혐의로 가엾은 얼간이를 체포하려 서두르고 있답니다. 그는 그 사건과 아무런 관계없는데도 말입니다. 나는 우연히도 그 사건을 맡은 지방검사의 친구여서 일이 어떻게 처리되어 가는지 알고 있지요.

경찰은 그야말로 기를 쓰며 찾아다니고 있습니다. 다음에는 어느 방향으로 수사의 화살을 던질지 짐작도 할 수 없습니다. 그러므로 조금이라도 털어놓고 이야기해 주면 당신은 그다지 불쾌한 일을 당하지 않고 넘길 수 있지 않을까 생각한 겁니다."

번스는 잠시 말을 끊었다.

"물론 내가 경찰에 당신 이름을 대는 편이 좋다면 그렇게 하여 경찰식의 거친 방법으로 당신이 취조받도록 해드릴 수도 있습니다. 하지만 아직은 다행히도 경찰이 당신과 오델 양의 관계를 모르며, 당신만 분별 있게 행동한다면 나로서는 그 사실을 경찰에 알릴 이유가 전혀 없다고 생각합니다."

라 포스 양은 한 손을 전화에 얹은 채 번스를 살펴보았다. 번스는 서글서글하고 붙임성 있는 말투로 이야기하고 있었다. 이윽고 그녀는 의자에 앉았다.

번스는 화해하자는 듯 서글서글하게 말했다.

"자, 이제 내 담배를 한 대 피우십시오."

라 포스 양은 기계적으로 그 제의를 받아들였으며, 잠시도 번스에게서 눈길을 떼지 않고 어디까지 믿어야 좋을지 살피는 듯했다.

그녀는 얼굴 근육 하나 움직이지 않고 물었다.

"누군가를 체포하려 한다고요?"

"스킬이라는 남자입니다. 어리석은 착상이지 뭡니까."

라 포스 양은 경멸과 혐오가 뒤섞인 투로 말했다.

"그 사람을! 그 쩨쩨한 악당을! 그는 고양이도 목 졸라 죽이지 못할 신경을 가진 사람이에요."

"정말 그렇습니다. 하지만 고양이를 목 졸라 죽일 신경도 못 가진 쩨쩨한 악당이라고 해서 전기의자에 앉힐 이유가 안 되지는 않겠지요, 그렇지 않습니까?"

번스는 몸을 앞으로 내밀고 정다운 미소를 지어보였다.

"라 포스 양, 만일 당신이 5분 동안만 내가 타인이라는 것을 잊고 털어놓아주신다면 나는 경찰에도 지방검사에게도 당신 일을 알리지 않겠다고 명예를 걸고 약속하겠습니다. 나는 당국과 아무 관계없습니다만, 죄 없는 사람이 벌 받는 것을 그대로 보아 넘길 수는 없었습니다. 그리고 당신이 무슨 말을 하든 그 정보의 출처를 잊어버리겠다고 약속드리겠습니다. 나를 믿는 것은 결국 당신으로서는 어깨의 무거운 짐을 더는 결과가 될 겁니다."

라 포스 양은 몇 분 동안 입을 열지 않았다. 그녀는 번스를 저울질해보는 듯했다. 그리고 자기와 카나리아의 우정이 드러나 버린 지금 더 이상 성가신 일은 없도록 해 주겠다는 이 남자에게 이야기한들 잃는 것은 하나도 없으리라고 생각했음이 틀림없었다.

그녀는 아직 얼마쯤 의심스러운 투로 말했다.

"당신은 틀림없는 분 같군요, 하지만 왜 그런 생각이 드는지는 나도 잘 모르겠어요."

그녀는 잠시 말을 끊었다.

"어쨌든 이야기하지요, 나는 그 사건에 끼어들지 말라는 말을 들었어요, 그리고 끼어들면 다시 코러스걸로 되돌아가는 처지에 빠질지도 몰라요, 나처럼 굉장한 취미를 가진 젊은 여자는 코러스걸의 생활을 견뎌내지 못한답니다. 이해해 주시겠지요."

번스는 호인처럼 아주 진지하게 보증했다.

"내 실수로 당신을 그런 처지에 빠뜨리는 일은 결코 없을 겁니다. 누가 개입하지 말라고 했습니까?"

라 포스 양이 좀 교태부리며 말했다.

"내 약혼자예요, 유명한 분이거든요, 그 사건에 내가 증인이니 뭐니 하며 불려다니면 세상에 대한 체면이 나빠진다고 했어요."

"그분의 기분은 나도 이해할 수 있습니다."

번스는 동정하듯 고개를 끄덕여보였다.

"그런데 남자로 태어나서 더없이 행복한 그분은 대체 누구입니까?"

"어머나, 말씀도 참 잘 하시네요."

라 포스 양은 부끄러운 듯이 moue(몸을 떨며) 아양을 떨었다.

"하지만 아직 약혼을 발표할 단계가 아닌걸요."

번스가 달래듯 말했다.

"쓸데없는 걱정은 마십시오. 조금만 조사해 보면 내가 그 이름쯤 얼마든지 알아낼 수 있다는 것을 잘 알겠지요? 어쩔 수 없이 다른 곳에서 조사하면 당신 이름을 덮어두겠다는 약속은 지킬 수가 없게 될 것입니다."

라 포스 양은 그 점을 생각했다.

"그렇군요, 틀림없이 알아낼 수 있을 거에요. 그럼, 내 편에서 말씀드리는 것이 나은 셈이로군요. 나를 지켜주겠다는 말씀을 믿고 하는 말입니다만."

그녀는 눈을 크게 뜨고 애교 담긴 눈길을 번스에게로 보냈다.

"나를 속이지는 않겠지요?"

번스는 정말 너무한다는 듯한 표정으로 대답했다.

"천만에요, 라 포스 양."

"그럼, 말씀드리지요. 내 약혼자는 매닉스 씨에요. 큰 모피 수입상회 주인이지요. 그런데……"

라 포스 양은 굉장한 비밀이야기를 하는 듯한 태도였다.

"루이──매닉스 씨──는 매기와 친하게 지냈었지요. 그래서 내가 그 사건에 끼어드는 것을 바라지 않는 거에요. 그이는 경찰의 성가신 신문을 받고 신문에 이름이 날지도 모른다고 말했어요. 그렇게 되면 사업상 입장이 난처해지거든요."

번스가 나직한 목소리로 말했다.

"잘 압니다. 그건 그렇고, 당신은 혹시 매닉스 씨가 월요일 밤에 어디 있었는지 압니까?"

라 포스 양은 좀 놀라는 것 같았다.

"물론 알고 있어요. 10시 30분부터 새벽 2시까지 나와 함께 여기에 있었지요. 그이가 관계하는 새로운 뮤지컬 쇼에 대해 이야기를 나누었어요. 나에게 주역을 맡긴다고 했거든요."

번스는 탁 터놓은 우정을 나타내보이며 말했다.

"틀림없이 성공할 겁니다. 월요일 저녁에 당신은 내내 혼자 있었습니까?"

"천만에요."

혼자 있다니, 생각만 해도 우습다는 태도였다.

"나는 '스캔들스'에 갔었어요. 하지만 좀 일찍 돌아왔지요. 루이——매닉스 씨——가 오기로 되어 있었기 때문이에요."

"당신의 친절에 몹시 고마워했겠군요."

번스는 이 뜻하지 않은 매닉스의 알리바이에 실망한 것 같았다. 사실 그것은 결정적인 사실인 듯했고 그 이상의 질문은 필요 없을 것 같았다. 잠시 뒤 번스는 화제를 바꾸어 말했다.

"혹시 찰즈 클리버 씨에 대해 뭔가 아는 게 없습니까? 오델 양과 친했던 사람입니다만."

"아아, 네, 팝은 문제없어요."

라 포스 양은 화제가 바뀌어 분명 마음 놓는 것 같았다.

"좋은 사람이에요. 이야기를 아주 좋아했었지요. 매기가 그를 몰아내고 스포츠우드 씨로 바꾼 다음에도……뭐라고 할까요……그저 충실하게 늘 매기를 뒤쫓아 다니며 꽃이니 선물 등을 보냈어요. 세상에는 그런 사람도 다 있더군요. 가엾은 팝. 월요일 밤에는 나에게 전화 걸어 매기를 초대하여 파티를 열 수 있도록 해달라고 간청

했을 정도였지요. 만일 내가 그렇게 했었다면 매기도 죽지 않았을
지 몰라요. 세상이란 정말 묘하군요."

"네, 더없이 묘합니다."

번스는 잠시 조용히 담배를 피웠다. 나는 그 자제력에 감탄하지 않
을 수 없었다.

"월요일 밤 몇 시쯤 클리버 씨가 전화를 걸어 왔습니까, 기억하
고 있겠지요?"

그 목소리에서는 아무도 이 질문의 중대성을 깨닫지 못했으리라.

"글쎄요……."

라 포스 양은 귀엽게 입술을 꼭 다물었다.

"12시 10분 전이었어요. 저 벽난로 위의 작은 차임 시계가 12시를
쳤던 게 기억나요. 그 때문에 처음에는 팝의 목소리가 잘 들리지
않았거든요. 나는 늘 시계를 10분 빠르게 해놓아 약속에 늦지 않도
록 한답니다."

번스는 자기 시계와 차임 시계를 비교해 보았다.

"과연 10분 빠르군요. 그래, 파티는 어떻게 됐습니까?"

"오오, 나는 새로운 쇼에 관한 이야기 때문에 바빠서 거절해야만
했어요. 어쨌든 매닉스 씨가 그날 밤 파티를 여는 것을 싫다고 했
으니, 내 죄는 아니에요. 안 그래요?"

"그렇고말고요. 즐기는 것보다 일이 중요하지요. 특히 당신의 일같
이 중요한 것이라면 더욱 그렇습니다. 그건 그렇고, 당신에게 또
하나 물어볼 사람이 있습니다만, 이것을 마지막으로 더 이상 성가
시게 굴지 않겠습니다. 오델 양과 린드퀴스트 의사의 관계는 어떤
것이었습니까?"

라 포스 양은 몹시 당황했다.

"당신이 그분에 대해 물어볼 줄 알았어요."

그녀의 눈에 불안한 기색이 떠올랐다.

"어떻게 말씀드리면 좋을까요. 그분은 매기를 깊이 사랑하고 있었어요. 매기는 그것을 그대로 내버려 두었지요. 하지만 나중에는 후회했답니다. 그분이 질투하기 시작했기 때문이지요. 마치 미친 사람 같았으니까요. 늘 매기를 괴롭혔어요. 한 번은——정말로——매기를 쏘아죽이고 자기도 죽겠다고 협박한 적이 있었지요. 하지만 매기는 그리 두려워하지 않는 것 같았어요. 어쨌든 나는 매기가 위험한 줄다리기를 하고 있다고 생각했었지요. 오오, 하지만 당신은 설마 정말 그렇게 생각하세요?"

번스가 도중에 말을 가로막았다.

"그밖에 다른 사람은 없었습니까? 그와 비슷한 느낌을 가지고 있던 사람, 오델 양이 두려워할 만한 이유를 가지고 있던 다른 사람은 없었습니까?"

라 포스 양은 고개를 가로저었다.

"없어요. 매기에게는 친하게 지내는 남자 분이 그리 많지 않았어요. 자주 바꾸지도 않았고요. 내 말뜻을 알겠지요? 당신이 물어본 사람 말고는 없었어요. 물론 스포츠우드 씨는 별도지만요. 그분은 두세 달 전에 팝을 빼돌렸지요. 매기는 월요일 밤에도 그분과 식사하러 나갔어요. 내가 함께 '스캔들스'에 가자고 권했습니다만. 그날 밤 내내 스포츠우드 씨와 함께 있었다는 것을 알고 있나요?"

번스가 일어나서 손을 내밀었다.

"정말 고마웠습니다. 아무 걱정하지 마십시오. 우리가 오늘 아침 이렇게 찾아온 것을 아무에게도 말하지 않을 테니까요."

라 포스 양은 진심에서 우러나오는 목소리로 말했다.

"누가 매기를 죽였다고 생각하시지요? 루이는 보석을 노린 강도일 거라고 말했는데……."

번스가 장난스럽게 말했다.

"매닉스 씨의 의견에 조금이나마 반대하여 이 행복한 가정에 불화의 씨를 뿌릴 만큼 나는 어리석지 않습니다. 누가 범인인지는 아무도 모릅니다. 하지만 경찰은 매닉스 씨와 의견이 같습니다."

한순간 라 포스 양은 다시 의심스러운 눈길로 번스를 살펴보았다.

"어째서 당신은 그토록 관심을 가지시지요? 매기를 모를 텐데요, 당신 이야기를 한 적이 한 번도 없거든요."

번스는 웃었다.

"라 포스 양, 나도 역시 내가 어째서 이토록 이 사건에 흥미를 느끼는지 알고 싶을 정도랍니다. 솔직히 말해 대체적인 설명조차 할 수 없습니다…… 당신 말대로 나는 오델 양을 한 번도 만난 적이 없습니다. 그러나 스킬 씨가 죄를 뒤집어쓰고, 진범인이 활개치며 돌아다닌다면 내 마음이 안정되지 않습니다. 반드시 감상적이 되어 버릴 겁니다. 참으로 슬픈 인연이지요."

"나도 어쩐지 마음이 약해지는 것 같아요."

라 포스 양은 고개를 가로저어보이며 여전히 번스를 똑바로 지켜보았다.

"모든 일을 당신에게 말씀드려 행복한 가정을 위태롭게 만들어 버렸어요. 당신을 믿었기 때문인데, 결코 나를 속이거나 하지는 않겠지요?"

번스는 한 손을 가슴 위에 얹고 진지한 표정을 지었다.

"라 포스 양, 나는 여기서 나가면 한 번도 이곳에 발을 들여놓은 적이 없는 것과 똑같이 될 겁니다. 나에 대해서도, 이 반 다인 씨에 대해서도 잊어버리십시오."

번스의 태도에 나타난 어떤 점이 라 포스 양의 오해를 거둬버렸는지 그녀는 응석부리듯 작별인사를 했다.

*1 사포는 기원전 7세기 무렵의 레즈비언 여류시인. 열렬한 우정의 시를 그 여자친구였던 아나크토리아에게 바쳤다.

*2 쥘르 셰레. 그 즈음 미국에서 평판 높았던 프랑스의 포스터 화가. 1836~1932.

알리바이 조사

"내 탐정 일은 잘 되어 가고 있네."

번스는 큰길로 나오자 의기양양하게 말했다.

"아름다운 앨리스 공주는 그야말로 정보의 보물창고였지. 안 그런가? 하지만 그녀가 애인의 이름을 댈 때 자네는 좀더 자제해야 했네. 정말이지 그게 뭔가, 반? 자네는 깜짝 놀라는 듯했으며 한숨 소리가 들렸단 말일세. 그런 감동은 변호사에게 결코 어울리지 않네."

번스는 호텔 가까이의 약국 전화 부스에서 매컴에게 전화를 걸었다.

"점심 식사나 같이하세. 자네 귀에 부어넣을 비밀 이야기가 듬뿍 있네."

두 사람은 뭐라고 실랑이를 하더니 끝내 번스가 이겼다. 얼마 뒤 우리는 중심가로 가는 택시 안에 있었다.

"앨리스는 영리하네. 그 솜털 밑 머릿속에 지혜가 있단 말일세."

번스는 생각에 잠겼다.

"히스 형사부장보다 훨씬 육감이 좋아. 스킬이 무죄라는 것을 대뜸 깨달았으니까. 그 토니의 성격에 대한 빈틈없는 비판은 고상하지는 못하나 잘 맞았지. 아주 꼭 맞아. 자네도 알겠지만 나를 얼마나 믿던가? 귀여울 만큼 나를 믿었지. 안 그런가? 어려운 문제일세, 반. 어디선지 무엇인가가 잘못되어 있네."

번스는 두세 블록을 가는 동안 말없이 담배만 피웠다.

"매닉스…… 묘하군. 그가 다시 또 얼굴을 내밀다니, 무엇 때문일까? 그녀에게 말한 이유가 어쩌면 정말일지도 모르네. 그런 것은 아무도 알 수 없으니까. 게다가 그는 10시 30분에서 새벽 2시까지 chére amie(좋아하는 여자)와 함께 있었다고 하네, 나 참, 이것 역시 누가 알겠나? 그리고 그 업무에 대한 이야기에는 아무래도 묘한 데가 있네.

그리고 클리버는 또 어떤가? 12시 10분전에 전화 걸었다고 했지. 맞아, 전화 걸었어. 이것은 옛날이야기가 아니야. 하지만 달리는 자동차에서 어떻게 전화를 걸 수 있었을까? 그럴 수는 없지. 어쩌면 정말로 쌀쌀맞은 카나리아와 파티를 하고 싶다고 생각을 했을지도 몰라. 그렇다면 어째서 그처럼 시시한 알리바이 따위를 내세웠을까? 겁이 나서? 그럴는지도 모르지.

하지만 어째서 그렇듯 번거로운 짓을 했을까? 어째서 자기를 버린 여자에게 직접 전화 걸지 않았을까? 어쩌면 직접 전화를 걸었을지도 모르지. 12시 20분전에 확실히 누군가가 그녀에게 전화 걸었으니까. 그것을 조사해 봐야겠네. 반. 맞아 그가 전화 걸었을지도 몰라. 그런데 남자가 대답하자――대체 그 남자는 누구일까?

――앨리스에게 부탁했을지도 모르지. 아주 자연스러운 일이네. 어쨌든 그는 분턴에는 없었어. 가엾은 매컴이로군. 이런 일을 알면

얼마나 당황할까?

그러나 내 진짜 고민거리는 저 의사라네. 질투광. 앰블로이즈의 성격에 꼭 맞거든. 그는 울컥하면 무슨 짓을 할는지 모르는 사람일세. 아버지 같은 애정을 지녔었다고? 새빨간 거짓말이라는 것쯤 나도 알았네. 물론이지. 그리고 협박하며 권총을 휘둘렀다고 하지 않던가. 아주 나빠. 나는 그런 것은 좋아하지 않네. 그러한 귀를 가진 사람이라면 방아쇠도 거침없이 당길 수 있을 테지. 편집광……바로 그걸세. 피해망상이라는 것이지.

아마도 그녀와 팝, 아니면 그녀와 스포츠우드가 자기를 비참하게 만들어 놓고서 웃고 있다고 여겼는가 보군. 그는 무슨 짓을 할는지 모르는 사나이일세. 집착이 강하고 아주 위험하네. 저 영리한 앨리스는 그를 제대로 보았네. 카나리아에게 조심하라는 충고를 했으니까. 어느 점으로 보나 몹시 복잡하군. 하지만 어쨌든 나는 기운이 솟아나는 것 같네. 우리는 전진하고 있네. 의심할 여지없이 전진하고 있는 걸세. 어느 방향인지는 나도 상상조차 할 수 없지만. 그것이 곤란한 점일세."

매컴은 은행가 클럽에서 기다리고 있었다. 그는 몹시 성난 표정으로 번스를 맞이했다.

"뭐가 그토록 중대한 이야기란 말인가?"

번스가 부드러운 목소리로 말했다.

"너무 성급하게 굴지 말게. 자네의 희망인 스킬의 행적은 어떠한가?"

"지금으로서는 그리스도교 추진협회에 가입하는 것 외에도 고결한 일은 무엇이든지 다 하고 있네."

"일요일도 멀지 않은데, 실컷 하게 내버려 두게나. 그래서 자네는 시큰둥해 있는 건가, 매컴?"

"내 심경을 보고 받기 위해 다른 약속을 깨게 했나?"

"그럴 필요는 없지. 자네 심경이 암담하다는 것쯤은 알고 있으니까. 기운내게. 자네에게 생각해 볼 가치가 있는 것을 가져왔으니까."

"그만두게. 생각할 일이라면 지금도 넘치도록 있네."

"자, 브리오쉬*¹라도 들게나."

번스는 우리에게 물어보지도 않고 식사를 주문했다.

"여보게, 내 발견을 이야기하겠네. imprimis(첫째로) 팝 클리버는 월요일 밤 분턴에 없었네. 그는 우리의 현대 고모라*² 한가운데에서 밤중에 파티를 열려고 했다더군."

매컴이 비웃듯 말했다.

"멋진 이야기로군. 자네 지혜의 샘에서 목욕이라도 해야겠네. 그의 alter ego(분신)는 내가 아는 한 틀림없이 호패트콘으로 가는 길 위에 있었네. 나는 초자연이라는 것을 그리 좋아하지 않아."

"범신론자가 되고 싶다면 얼마든지 되게. 클리버는 분명 월요일 밤 뉴욕에 있었으니까. 자극에 굶주리며."

"속도위반 소환장은 어떻게 되지?"

"그 설명은 자네가 할 일일세. 하지만 자네가 내 충고를 받아들일 아량이 있다면 그 분턴의 순경을 불러다 팝을 한 번 보여주게. 그가 소환장을 건네준 상대가 클리버라고 한다면 나는 얌전히 물러나겠네."

"좋아, 해 볼 만한 일이겠지. 저녁에 그 순경을 스타이비센트 클럽까지 오게 하여 클리버를 보여주도록 하겠네. 그밖에 어떤 놀라운 발견을 했나?"

"매닉스를 조사해 볼 필요가 있네."

매컴은 나이프와 포크를 놓고 몸을 뒤로 젖혔다.

"손들었네. 마치 히말라야에서 뛰어내리는 듯한 그 황당한 명석함에는! 그만한 증거가 갖추어졌다면 이제 곧 체포해야겠군…… 번스, 자네 정말 어디 아픈 데는 없나? 요즈음 현기증나는 일은 없던가? 머리가 지끈거리거나 무릎의 반사작용에 이상은 없던가?"

"게다가 린드퀴스트 의사는 카나리아에게 홀딱 빠져서 미친 듯 질투하고 있었다고 하네. 바로 얼마 전에도 권총을 들이대고 협박하다가 겨우 가라앉았다더군."

매컴은 앉음새를 고쳤다.

"그 이야기는 조금 낫군. 어디서 그런 정보를 얻었나?"

"아, 그것은 내 비밀일세."

매컴은 화를 냈다.

"어째서 그처럼 거드름을 부리는 거지?"

"어쩔 수 없는 사정이 있기 때문일세, 매컴. 약속했거든. 그러니 이해하게. 게다가 나는 좀 돈키호테 적인 데가 있잖나. 젊을 때 세르반테스를 너무 읽어서 말일세."

번스는 태평스럽게 말했으며, 매컴은 번스를 잘 알고 있었으므로 구태여 캐내려 하지 않았다.

우리가 지방검사국으로 돌아온 지 5분도 안되어 히스 형사부장이 왔다.

"매닉스에 관한 정보가 또 들어왔으므로 알려드립니다. 버크가 그의 사진을 구해가지고 오델의 아파트 전화교환원에게 보였지요. 그러자 두 사람 모두 본 적이 있다고 말했다 합니다. 몇 번 그곳에 온 적이 있는데, 카나리아를 방문한 게 아니라 전에 매닉스 모피상의 모델이었던 2호실에 사는 플리스비라는 여자를 찾아왔었다더군요. 지난 반년 동안 여러 번 왔으며 한두 번은 함께 나간 적도 있었는데, 지난 한 달 쯤은 찾아오지 않았답니다. 무슨 참고가 되겠습니까?"

"잘 모르겠소."

매컴은 번스에게로 살피는 듯한 눈길을 보냈다.

"하지만 어쨌든 알려주어서 고맙소, 부장."

히스가 나가버리자 번스가 명랑하게 말했다.

"어쨌든 내 기분은 최상급일세. 머리도 지끈거리지 않고 현기증도 나지 않아. 무릎의 반사작용에도 이상이 없네."

"그거 참, 다행이로군. 그러나 나는 모피 모델을 방문했다고 해서 그를 살인죄로 체포할 수는 없네."

"자네는 너무 성급하네. 어째서 그에게 살인죄를 씌워야만 하는가?"

번스는 일어나서 하품을 했다.

"자, 가세, 반. 오후는 메트로폴리탄에서 페르네브*³의 무덤이나 차분히 감상하며 보내야겠네. 자네, 견딜 수 있겠나?"

번스는 문 앞에서 걸음을 멈추었다.

"아 참, 매컴, 분턴의 순경은 어떻게 하겠나?"

매컴은 벨을 눌러 스워커를 불렀다.

"곧 수배하지. 마음 내키면 5시쯤 클럽에 들르게. 그때쯤이면 그 순경이 와 있을 걸세. 클리버는 아마 저녁 식사 전에 거기에 가 있을 테지."

번스와 내가 그날 오후 늦게 클럽으로 돌아갔을 때, 매컴은 휴게실에 자리잡고 앉아 천장이 둥근 넓은 홀의 정면 입구를 노려보고 있었다. 그 옆에 그을린 얼굴에 키가 크고 단단한 몸집을 한 40대 남자가 눈을 번뜩이며 침착하지 못한 태도로 앉아 있었다.

매컴은 소개하며 말했다.

"교통순경 핍스인데, 조금 아까 분턴에서 와 주었네. 클리버가 슬슬 올 시각일세. 5시 30분에 여기 오기로 약속되어 있다고 하네."

번스는 의자를 끌어당겼다.

"시간을 잘 지키는 사람이면 좋겠군."

매컴이 심술궂게 대답했다.

"나도 그렇네. 자네의 felo-de-se(자살)를 즐거움으로 삼아 기다리고 있으니까."

번스가 중얼거렸다.

"'내 운명은 끝나고 내 희망은 비극적 절망으로 바뀌었도다.'*4"

10분도 안되어 클리버가 큰길에서 넓은 홀로 들어오더니 접수계에 들렀다가 휴게실로 어슬렁어슬렁 들어왔다. 매컴이 자리잡은 관찰지점을 피할 도리는 없었다. 우리 옆을 지나칠 때 클리버는 멈춰 서서 인사를 주고받았다. 매컴은 입에서 나오는 대로 두세 가지 질문을 던져 상대를 서 있게 했다. 그리고 클리버는 가버렸다.

매컴이 핍스를 보며 물었다.

"자네가 소환장을 건네준 게 바로 저 남자인가?"

"어딘지 그 사람 같은 데가 있습니다. 닮았다고나 할까요. 하지만 저 사람은 아닙니다."

핍스는 고개를 가로저었다.

"네, 검사님, 저 사람이 아닙니다. 소환장을 건네준 사람은 저 신사보다 어깨가 더 떡 벌어지고 키도 저만큼 크지 않았습니다."

"틀림없나?"

"네, 틀림없습니다. 확실합니다. 내가 붙잡은 사람은 입씨름을 걸어왔으며, 그 다음에는 5달러 지폐를 주며 일을 처리하려고 했습니다. 나는 헤드라이트를 정면으로 비추고 있었지요."

핍스는 pourboire(팁)를 듬뿍 받고 돌아갔다.

번스는 한숨을 쉬었다.

"Vae misero mihi(아아, 비참하도다). 내 서푼의 값어치도 없는 목숨이 이제 연장되었으니 이 어찌 슬프지 않으리. 하지만 자네도 참아야지 어떻게 하겠는가? 그런데 매컴, 팝 클리버의 동생은 어떤 풍채인가?"

매컴은 고개를 끄덕였다.

"맞네. 그 동생을 만난 적이 있네. 키가 형보다 좀 작고 더 뚱뚱하지. 이거 아무래도 그냥 놔둘 수 없겠군. 당장 클리버를 혼내줘야겠네."

매컴이 일어나려고 하자 번스가 억지로 자리에 앉혔다.

"어째서 그처럼 덤비는가? 참는 것이 중요하네. 클리버는 달아나려 하지 않는데다, 아주 중요한 한두 가지 예비적 수단이 필요하단 말일세. 나는 아직 매닉스와 린드퀴스트에게 호기심이 쏠려 있네."

그러나 매컴은 자기 생각을 고집했다.

"매닉스도 린드퀴스트도 지금 여기 없지만 클리버는 있잖나. 나는 그가 소환장에 대해 어째서 거짓말했는지 꼭 알고 싶네."

"그것이라면 내가 말해 주지. 그는 월요일 자정에 뉴저지의 황야를 헤매고 있었다고 자네가 생각해 주기를 바라는 걸세. 아주 간단한 이야기일세. 안 그런가?"

"그 추리는 총명한 자네에게 어울리는 것이로군. 하지만 클리버가 범인이라는 생각은 말아주게. 그가 무언가 알고 있을 가능성은 있지만 나는 결코 그를 교살범으로 생각할 수는 없네."

"어째서?"

"그는 살인할 타입이 아닐세. 상상도 할 수 없는 일이지. 비록 불리한 증거가 있다 하더라도 말일세."

"아하, 심리적 판단이로군. 자네는 클리버의 성격이 상황과 조화되지 않는다고 여기고, 그것을 이유로 그를 제외하려는군. 그것은 비교적 가설에 가까워질 위험이 없는 건가, 아니면 형이상학적 연역인 셈인가. 어쨌든 나는 자네의 그 이론을 클리버에게 적용시키는 데 결코 동의할 수 없네. 저 물고기 눈을 한 도박사는 틀림없이 나쁜 짓에 대한 잠재능력을 지니고 있을 테니까.

하지만 자네 이론 자체에는 나도 찬성하지. 그러나 잘 생각해 보게, 매컴. 자네 자신이 초보적인 뜻에서 심리학을 응용하고 있군그래. 그러면서도 정도가 더 높은 심리학을 내가 적용하면 비웃거든. '시종일관은 소인의 수호신'*5 이라지만 그렇다 해도 무한한 가치가 있는 주옥임에는 변함이 없지. 이제 그만 차라도 마실까."

우리는 종려나무실로 들어가 입구 가까이에 자리잡았다. 번스는 오룡차를 주문했으며 매컴과 나는 블랙커피로 했다. 꽤 솜씨 좋은 4부 오케스트라가 차이콥스키의 《호두까기 인형》 조곡을 연주하고 있었다.

우리는 그다지 이야기하지 않고 맥없이 편안한 의자에 앉아 있었다. 매컴은 피곤해서 기운이 없었다. 번스는 화요일 아침 이후 계속 몰두해 있는 문제로 머릿속이 가득 찬 듯했다. 나는 그토록 열중한 번스의 모습을 본 일이 없었다.

우리가 반시간쯤 그렇게 앉아 있는데 스포츠우드가 훌쩍 나타났다. 그는 멈춰 서서 말을 걸었으므로 매컴이 함께 어울리지 않겠느냐고 권했다. 스포츠우드 역시 힘없어 보였으며 눈에 불안한 그림자가 어려 있었다.

스포츠우드는 진저에일을 주문한 다음 몹시 거북스러운 듯이 말했다.

"매컴 씨, 묻기 난처합니다만 증인으로 환문당할 가능성은 지금으로서 어떻습니까?"

"지난번 뵈었을 때보다 가능성이 더 늘지 않은 것만은 확실합니다.

실질적으로 정세를 변화시킬 만한 일이 하나도 일어나지 않았습니다."

"그럼, 당신이 혐의를 두고 있는 사람은?"

"아직 혐의가 걷히지는 않았지만 체포하기에 이르지도 못한 상태입니다. 그러나 머지않아 무언가 알아낼 수 있으리라 생각합니다."

"그렇다면 내가 계속 뉴욕에 머무르기를 바라겠군요."

"그렇게 해 주신다면……물론입니다."

스포츠우드는 잠시 잠자코 있다가 입을 열었다.

"책임에서 벗어나려 한다는 인상은 주고 싶지 않지만——이런 말을 꺼내는 것 자체가 제멋대로라는 인상을 줄 듯 싶습니다만——오델 양이 돌아온 시간과 도움을 청하는 외침에 대해 이미 전화교환원의 증언이 있었으니, 내 확인 없이 사실을 증명하는 데 충분하지 않을까요?"

"그 점은 나도 물론 생각했습니다. 당신을 소환하지 않고 사건을 기소시키는 데까지만 끌고 가면 마음 놓아도 됩니다. 그것으로 일은 끝난 거지요. 그때는 당신을 증인으로 불러낼 필요가 조금도 없습니다. 하지만 지금으로서는 어떤 방향으로 형세가 돌아갈지 아무도 짐작하지 못하고 있습니다. 피고측에서 정확한 시간문제를 파고들어 교환원의 증언에 어떤 의심을 품거나, 적당하지 못하다고 주장하면 당신의 출두를 바라게 될지 모릅니다. 그렇지 않은 한 그럴 필요는 없겠지요."

스포츠우드는 진저에일을 마셨다. 그는 좀 힘이 솟아나는 것 같았다.

"친절한 말씀을 해 주어서 뭐라고 고맙다는 인사를 드려야 할지 모르겠습니다, 매컴 씨."

스포츠우드는 망설이는 눈길로 매컴을 쳐다보았다.

"당신은 내가 그 방을 찾아가는 일에 아직 반대하겠지요? 아주 분별없고 감상적이라고 여길 터이지만, 그녀는 내 생활 속에 깊이 자리잡고 있었기 때문에 나로서는 그것을 떼어버리기가 몹시 힘듭니다. 당신은 이해하지 못할 겁니다……나 자신도 잘 모를 정도니까요."

번스가 지금까지 들어본 적 없는 동정어린 투로 말했다.

"아닙니다, 충분히 이해할 수 있습니다. 당신의 심경을 부끄러워할 필요는 조금도 없습니다. 역사며 옛이야기에 그런 경우의 이야기가 가득 차 있지요. 주인공들은 모두 당신과 같은 느낌을 가지고 있었습니다. 같은 경우로 가장 유명한 것이라면 시트론 향기 그윽한 오디디아 섬에서 아름다운 칼립소에게 매혹당한 오디세우스일 겁니다. 빨강머리 릴리스가 다정다감한 아담의 파멸 계획을 꾀한 이래 요부의 부드러운 팔은 남자의 목에 뱀처럼 감기고 있지요. 우리는 모두 옛날의 그 음란한 남자의 자손입니다*6"

스포츠우드는 미소 지었다.

"당신은 적어도 나에게 역사적 배경을 주었군요."

그는 매컴을 돌아보았다.

"오델 양의 소지품은 어떻게 됩니까? 가구와 그밖의 것은?"

"히스 형사부장에게 시애틀에 사는 그녀의 숙모가 연락했다고 합니다. 지금 뉴욕으로 오고 있을 겁니다. 재산이며 그밖의 것을 넘겨받기 위해서지요."

"그렇다면 그때까지 모두 그대로 놓아두겠군요."

"무슨 뜻밖의 일이 생기지 않는 한 그렇겠지요."

스포츠우드는 솔직하게 말했다.

"한두 가지 시시한 것입니다만 내가 간직해 두고 싶은 게 있습니다."

그가 조금 부끄러워하는 것처럼 나는 느꼈다.

그 뒤 2, 3분 동안 이런저런 이야기를 한 다음 스포츠우드는 의자에서 일어나, 다른 약속이 있다고 변명하며 우리에게 작별인사를 했다.

그가 가버리자 매컴이 말했다.

"저 사람 이름이 이 사건과 관련 없도록 해 주었으면 싶군."

번스가 맞장구쳤다.

"맞네. 저 선생의 입장은 그다지 부러울 게 못되네. 비밀이 탄로난다는 것은 참으로 기막히는 일이니까. 도덕가는 인과응보라고 하겠지만."

"이번 경우는 확실히 운이 정의 편을 들고 있어. 저 사람이 윈터 가든에 가는 데 일요일 밤을 택하지 않았더라면 지금쯤 가족들에게 단란하게 둘러싸여——뒤가 켕기는 것은 제쳐놓고라도——그다지 애태워야 할 성가신 일은 없었을 텐데."

"그야 그렇겠지."

번스는 흘끗 시계를 보았다.

"자네가 윈터 가든이라니 생각나는군. 저녁 식사를 좀 일찍 하는 게 싫은가? 오늘 밤에는 자꾸만 변덕이 고개를 쳐들어서 그러는데, '스캔들스'에 가보지 않겠나?"

우리 두 사람은 똑같은 번스가 정신을 잃은 게 아닌가 하고 그 얼굴을 보았다.

"너무 그리 놀라지 말게, 매컴. 충동이 일어나는 대로 행동한다고 해서 뭐가 그리 나쁘겠는가. 그리고 덧붙여 말하지만, 내일 점심때 쯤은 자네에게 좋은 소식을 가져다주었으면 싶네."

*1 프랑스 풍의 둥근 빵.

＊2 소돔과 더불어 신의 노여움을 받아 멸망한 고대 죄악의 도시. 구약 창세기. 여기서는 물론 뉴욕을 뜻한다.

＊3 '페르네브의 무덤(Pernebs tomb)'. 메트로폴리탄 미술관에 재현되어 있는 이집트 왕의 무덤.

＊4 셰익스피어의 《헨리 6세》 제3부 제2막 제3장의 대사.

＊5 에머슨의 수상록 가운데 '자신(自信)에 대하여'라는 장에 있는 유명한 구절.

＊6 칼립소는 바다의 요정으로, 오디세우스를 유혹하여 섬에 머무르게 하려 했으나 제우스의 명령으로 아내와 아들 곁으로 돌려보냈다고 '오디세이'에 씌어 있다. 릴리스는 유대의 전설에 따르면 아담의 첫 아내였는데, 이브가 만들어지자 아담에게서 물러나 악마가 되었으며 마침내 다시 아담을 유혹하게 되었다.

함정

다음날 번스는 늦게까지 잤다. 나는 전날 밤 그와 함께 '스캔들스'에 갔었는데, 이런 종류의 오락은 번스가 가장 싫어하는 것임을 잘아는 나는 번스의 이 알 수 없는 욕구가 무엇에서 비롯된 것인지 전혀 이해할 수가 없었다.

정오에 번스는 자동차를 불러 운전수에게 벨러필드 호텔로 가자고말했다.

"다시 한 번 그 매혹적인 앨리스를 만나봐야겠네. 그녀의 신전에 꽃다발이라도 들고 가서 바치고 싶지만, 매닉스가 오해하여 부당한 질문을 할까 걱정스러워서 그럴 수도 없군."

라 포스 양은 원망스러운 듯한 풀 죽은 태도로 우리를 맞았다.

"그런 일쯤은 알고 있었어야만 했어요."

그녀는 지레짐작하고 비웃듯이 고개를 끄덕여보였다.

"당신 쪽에서는 아무 말도 하지 않은 경찰이 나에 대해 알아냈다고 말하기 위해 온 거지요?"

그 경멸에 가득 찬 태도는 차라리 멋있다고 할 만했다.

"경관을 데려오지는 않았어요? 당신은 정말 굉장한 분이에요. 하지만 바보는 나였고, 내 실수였어요."

번스는 라 포스 양이 기다랗게 경멸의 말을 늘어놓는 동안 천연스럽게 기다리고 있다가 유쾌하게 머리 숙여 보였다.

"실은 기부가 어떤가 해서 그냥 들렀을 뿐입니다. 그리고 오텔 양의 교우관계 보고가 경찰에 들어갔지만, 당신의 이름은 실려 있지 않다는 것도 알려드리고 싶었습니다. 어제 당신이 그 점에 대해 좀 걱정하는 것 같아서 푹 마음 놓게 해드려야겠다고 생각했지요."

라 포스 양의 경계하는 태도가 누그러졌다.

"어머나, 정말이에요? 내가 쓸데없는 말을 지껄인 것을 루이가 알면 그야말로 무슨 일이 생길지 모르거든요."

"당신 자신이 말하지 않는 한 그에게 알려질 염려는 결코 없습니다. 어떻습니까, 우리에게 앉으라는 친절한 말씀을 해 주지 않겠습니까?"

"어머나, 실례했어요. 마침 커피를 마시려던 참이었는데, 부디 함께 들도록 해 주세요."

라 포스 양은 벨을 눌러서 두 사람 몫을 더 가져오게 했다.

번스와 내가 두 잔이나 커피를 마신 지 반시간도 안되어 호텔의 커피에 대해 나타내보인 번스의 기가 질릴 정도의 열의에는 놀라지 않을 수 없었다.

그는 대수롭지 않은 잡담이라도 하듯 말했다.

"나는 뒤늦게나마 어젯밤 '스캔들스'로 구경 갔었지요. 첫 개시의 그 레뷔*¹는 못 보았습니다. 그런데 당신은 어째서 그처럼 늦게 나타났습니까?"

라 포스 양이 털어놓았다.

"바빴거든요. 나는 《페어 여왕》을 연습하고 있었는데 그 상연이 연기되어 버렸어요. 루이의 마음에 드는 극장이 없어서 말이에요."

"레뷔를 좋아합니까? 그것은 여느 뮤지컬 코미디보다 주역을 해내기가 훨씬 어렵겠지요?"

"네."

라 포스 양은 직업적인 태도를 취했다.

"그리고 만족할 수가 없어요. 개인이라는 것이 드러나지 않거든요. 자기 재능을 보일 여지가 없어요. 숨결이 없는 거지요. 내 말뜻을 아시겠지요?"

"네."

번스는 용기를 쥐어짜 커피를 마셨다.

"하지만 〈스캔들스〉 프로에는 당신이 하면 훌륭히 해낼 수 있을 만한 것이 두셋 있더군요. 그것들은 특히 당신을 위해 만들어졌다고 해도 좋을 정도였습니다. 나는 당신이 하는 장면을 상상해 보았지요. 그래서──이해하시겠지만──그런 상상을 하느라고 거기에 나온 그 젊은 여인의 연기를 즐길 수가 없었답니다."

"겉치레 말씀을 참 잘하시는군요, 번스 씨. 하지만 나는 좋은 목소리를 가지고 있답니다. 공부도 아주 많이 했지요. 게다가 춤은 맬콤 선생님에게서 배웠답니다."

"호오!"

나는 번스가 그 이름을 전에 한 번도 들은 적이 없다는 것을 확신하는데, 그 감탄의 소리는 마치 맬콤 교수를 세계에서 가장 이름난 발레의 대가로 보고 있는 듯한 투였다.

"그렇다면 더욱 더 〈스캔들스〉에서 주역을 맡아해야겠습니다. 내가 기억하고 있는 그 젊은 여인은 노래 솜씨도 그저 평범했고 춤은 어설프더군요. 게다가 개성도 매력도 당신에 비하면 한층 떨어집니다. 솔직히 말해보십시오, 일요일 밤에 당신도 〈중국의 자장가〉를 직접 불러보고 싶었겠지요?"

"어머나, 그렇지 않아요."

그녀는 번스의 암시를 신중히 생각하는 것 같았다.

"조명이 너무 어두웠어요. 그리고 핑크빛 의상은 나에게 그다지 어울리지 않는답니다. 하지만 그 의상은 멋있었어요."

"당신이 입었다면 굉장했으리라고 생각합니다. 어떤 빛깔을 좋아하십니까?"

라 포스 양은 열심히 말했다.

"난초꽃 같은 연보랏빛을 좋아해요. 터키석의 푸른 빛도 결코 어울리지 않는 건 아니지만요. 하지만 어느 화가 한 분이 늘 하얀 옷을 입는 게 좋으리라고 말해 준 적이 있었어요. 그 화가는 내 초상을 그리고 싶어했지만 그 무렵의 내 약혼자가 그를 좋아하지 않았어요."

번스는 라 포스 양을 감상하듯 바라보았다.

"그 화가 친구가 한 말이 맞는 것 같습니다. 그건 그렇고, '스캔들스'의 그 샌 모리츠 장면은 당신에게 가장 어울리는 것이라고 생각합니다. 온통 새하얀 의상을 입고 눈의 노래를 부른 그 작은 브루넷 여자도 꽤 잘하긴 했지만, 사실은 금발이 더 잘 어울릴 겁니다. 살갗이 가무스름한 미인은 남쪽 나라 사람이니까요. 게다가 그 여인은 스위스의 한겨울 유람지의 화려함과 활기가 결여된 듯한 인상을 주더군요. 당신이었다면 그 모든 조건을 갖추고 있었을 텐데 말입니다."

"네, 나도 중국 프로그램보다 그쪽을 더 좋아해요. 흰 여우털은 내가 좋아하는 털가죽이기도 하지만, 비록 그렇다 하더라도 레뷔에서는 하나의 프로그램에 나가면 다른 것에는 나갈 수 없게 되어 있어요, 그리고 끝나면 잊혀지고 말지요."

라 포스 양은 한심하다는 듯이 한숨지었다.

번스는 커피 잔을 내려놓으며 장난스러움과 나무람이 섞인 눈길로 라 포스 양을 바라보았다. 잠시 뒤 그가 물었다.

"어째서 당신은 매닉스 씨가 지난 월요일 밤 댁으로 돌아온 시간을 나에게 거짓말했습니까?"

"무슨 말씀이지요?"

라 포스 양은 깜짝 놀라 발칵 화를 내며 흥분해서 허둥지둥했다.

번스가 설명했다.

"내 말 좀 들어보십시오, '스캔들스'의 샌 모리츠 장면은 11시 가까이에 시작합니다. 그것은 맨 마지막 프로그램이지요, 그러므로 당신은 그것을 보고 나면 도저히 10시 30분에 매닉스 씨를 맞이할 수 없는 셈입니다. 자, 말씀해 보십시오, 월요일 밤 그는 몇 시에 여기 왔었지요?"

라 포스 양은 화가 나서 얼굴이 새빨개졌다.

"당신은 아주 말재주가 뛰어나군요, 경찰관이 되었더라면 좋았을 거에요, 그렇다면 죄가 되나요?"

번스는 온화하게 대답했다.

"죄가 될 것은 조금도 없습니다. 다만 일찍 집에 돌아왔다고 말한데 대한 성의가 결여되었을 뿐이지요."

번스는 열성적인 태도로 몸을 내밀었다.

"나는 옥신각신하려고 찾아온 게 아닙니다. 오히려 걱정거리나 성가신 일이 생기지 않도록 당신을 지켜드리고 싶습니다. 아시다시피 경찰이 냄새 맡으면 곧 당신에게 덤벼들지 모르니까요, 그러나 월요일 밤과 관련되는 어떤 종류의 사정에 대한 정확한 정보를 내 손으로 지방검사에게 제출할 수만 있다면, 경찰이 당신에게 손댈 염려는 조금도 없습니다."

라 포스 양의 눈이 갑자기 험악해지고 눈썹은 결심한 듯 치켜 올라갔다.

"말하겠어요. 나로서는 숨길 까닭이 없으니까요. 루이도 마찬가지예요. 하지만 나는 만일 루이가 10시 30분에 어디어디 있었다고 말해 달라고 부탁하면 그대로 할 뿐이에요. 안 그래요? 그게 우정이 아니겠어요? 루이로서도 그런 일을 부탁할 때는 그만한 까닭이 있기 때문이겠지요. 그렇지 않다면 그런 일을 할 리가 없어요.

그러나 당신은 영리하고, 게다가 내가 공명정대하게 행동하지 않았다고 나무라시니 모두 말씀드리겠는데, 그이는 자정이 지날 때까지 여기 오지 않았어요. 하지만 당신 이외의 다른 사람이 그 일에 대해 물었다면 나는 그 사람을 거들떠보지도 않았을 거에요. 절대로 10시 30분이라는 말밖에 하지 않았을 거예요. 아셨어요?"

번스는 고개를 끄덕였다.

"알았습니다. 그 말을 들으니 당신이 좋아지는군요."

"하지만 오해하지 마세요."

라 포스 양은 눈을 반짝였다.

"루이가 자정이 지나도록 여기 오지 않았다고 해서 매기의 죽음에 대해 그이가 무언가 알고 있다고 생각한다면 그건 정말 큰 오해예요. 그이는 1년 넘게 매기와는 깨끗이 인연을 끊고 지내왔어요. 그야말로 이 세상에 매기가 살아 있다는 것조차 모르고 지낼 정도였지요. 그러므로 얼간이 같은 경찰이 루이가 이 사건에 관련 있다고 생각한다면 내가 알리바이를 입증해 주겠어요——맹세코——비록 그것이 이 세상에서 내가 할 수 있는 최후의 일이 된다 하더라도."

"더욱더 당신이 좋아집니다."

번스는 헤어질 때 라 포스 양이 손을 내밀자 그 손을 입술로 가져갔다. 우리가 중심가를 향해 자동차를 달리는 동안 번스는 생각에 잠겼다. 그는 형사법정 건물 가까이에 이르러서야 비로소 입을 열었다.

"저 순정적인 앨리스에게 나는 정말 감탄했네. 여자같이 모양이나 내는 매닉스에게는 아까울 정도일세. 여자란 참으로 교활하지. 그러면서도 잘 속아 넘어가거든. 여자는 거의 마술적인 통찰력으로 남자의 마음을 알아보지만 한편으로는 자기 남자에 대해서는 터무니없이 맹목적이야. 저 상냥한 앨리스가 매닉스를 덮어놓고 믿는 태도가 바로 그 증거일세.

아마 그는 그녀에게 월요일 밤 사무실에서 노예처럼 일했다고 말했을지 모르네. 물론 그녀는 그런 말을 믿지 않아. 하지만 알고 있는 거지──'알고 있단 말일세'──그녀의 루이에 관한 한 카나리아의 죽음과 관계있을 리 없다는 것을. 정말로 그녀 말이 옳고, 매닉스가 붙잡힐 필요 없이 이 사건이 해결되었으면 좋겠네. 그녀의 새로운 쇼를 위한 자금이 만들어질 때까지 만이라도.

그러나저러나 탐정이 되기 위해 아직도 더 레뷰를 봐야 한다면 나는 사직하겠네. 다행스러운 일은 그녀가 월요일 밤에 영화를 보러 가지 않았다는 것일세."

우리가 지방검사 사무실에 닿았을 때 히스 형사부장과 매컴은 한창 타합을 짓고 있는 참이었다. 매컴 앞에 용지가 놓여 있었으며, 그 가운데 몇 장에 표시와 주석이 붙은 글이 가득 적혀 있었다. 그의 몸 둘레를 여송연 연기가 에워싸고, 히스는 검사와 마주 앉아 팔꿈치를 책상 위에 짚고서 두 손으로 턱을 괴고 있었다. 기세등등했으나 우울한 표정이었다.

매컴은 우리를 흘끗 보고 말했다.

"주목할 만한 점을 모두 질서정연하게 늘어놓고, 그 사이의 연결에 무언가 못 보고 넘긴 것이 없는지 조사하고 있다네. 그 의사가 오델 양에게 열 올리고 있었던 일이며 협박한 일, 그리고 교통순경 핍스가 클리버를 보고 속도위반 소환장을 건네준 사람이 아니라고 밝힌 것도 말했네. 그러나 알면 알수록 더욱 나빠지기만 하는군. 더욱더 얽히고설킬 뿐일세."

매컴은 종이들을 한데 모아 클립을 끼웠다.

"사실 어느 누구에 대해서도 진짜 증거는 하나도 잡지 못했네. 스킬이나 린드퀴스트 의사, 그리고 클리버에 대해 의심스러운 상황이 없는 건 아닐세. 그러나 매닉스를 만나본 결과 그에게 혐의 걸 만한 사실이 하나도 나오지 않았네. 그런데 사태를 있는 그대로 볼 때 정세가 어떻게 되어 있는지가 문제지.

우선 스킬의 지문을 밝혀냈는데, 이것은 월요일 오후 늦게 찍힌 것일지도 모르네. 린드퀴스트 의사는 월요일 밤 어디 있었느냐고 묻자 짐짓 시치미 떼고 그다지 믿을 만하지 못한 알리바이를 들고 나왔네. 오델 양에게 아버지 같은 애정을 품었다고 말했지만 사실은 그녀와 연애관계에 있었지. 빤히 속 들여다보이는 거짓말일세.

클리버는 자기 자동차를 동생에게 빌려준 사실을 숨기고 월요일 밤 자정 분턴에 있었던 것처럼 말했네. 그리고 매닉스는 오델 양과의 관계에 관한 우리 쪽 질문에 대해 이리저리 그럴 듯한 대답만 하며 돈을 뜯긴 일은 없다고 말했지."

"내가 보기에 자네의 정보가 전혀 보잘것없는 것은 아닌 듯싶네."

번스는 형사부장의 옆 의자에 앉았다.

"적당히 연결시킬 수만 있다면 모두 굉장한 가치를 드러낼지도 모르네. 난처한 것은 수수께끼의 부분이 있다는 점일세. 그것을 찾아내게. 그렇게 하면 모든 것이 꼭 맞아들어 가리라고 보증 하겠네……모자이크처럼."

매컴은 비웃듯 말했다.

"'찾아내게'라고 말하기는 쉽지. 문제는 어디를 찾아야 하는가 일세."

히스 형사부장은 꺼진 여송연에 불을 붙이며 초조한 몸짓을 했다.

"나는 아무래도 스킬을 단념할 수가 없습니다. 상대가 에이비 루빈만 아니라면 그 녀석을 혼찌검내어 털어놓도록 했을 겁니다. 그건 그렇고, 번스 씨, 그 녀석은 오델 양 방의 여벌 열쇠를 가지고 있었습니다."

부장은 눈치를 살피듯 흘끗 매컴을 쳐다보았다.

"비난한다고 여기면 난처합니다만, 나로서는 오델의 신사 친구들을 뒤밟는 일은 시간낭비라고 여깁니다. 클리버니 매닉스니 그 의사 등등."

매컴이 동의하며 말했다.

"당신 말이 맞을지도 모르오. 하지만 린드퀴스트가 어째서 그런 태도로 나왔는지 그 까닭을 알고 싶소."

히스 형사부장이 타협하듯 말했다.

"맞습니다. 얼마쯤 도움이 될지도 모르지요. 그 의사가 쏘아죽이겠다고 협박할 만큼 오델 양에게 빠진데다 알리바이에 대한 질문을 받았을 때 흥분했다면 분명 무슨 곡절이 있을 겁니다. 데려다가 좀 혼내주는 게 어떨까요? 그의 경력이 그다지 좋은 것도 아니니 말입니다."

번스가 맞장구쳤다.

"좋은 생각이오."

매컴이 날카로운 눈길로 쳐다보았다. 그리고 회합 예정표를 들춰보며 말했다.

"오후에는 틈이 있을 듯하니 당신이 가서 그를 데려오게나, 부장. 필요하면 소환장을 갖고 가도록……데려오기만 하면 되니까. 점심 식사가 끝나는 대로 곧 갔다오게."

매컴은 화나는 듯 책상을 똑똑 두드렸다.

"그밖에 아무 도리가 없으면 나는 이 사건을 복잡하게 만들고 있는 그런 사람들을 누구이든 잘라버려야겠소, 린드퀴스트부터 시작하건 다른 누구부터 시작하건 말이오. 지금 나타난 여러 가지 수상쩍은 상황을 어떻게든 밝혀내거나 뿌리째 뽑아버려야겠소. 그 다음에 다시 한 번 생각해 보기로 합시다."

히스 형사부장은 풀 죽은 표정으로 악수를 하고 나갔다.

"안됐어. 불운한 사나이일세."

번스는 히스의 뒷모습을 바라보며 한숨지었다.

"절망의 고뇌와 노여움에 완전히 항복한 꼴이 되고 말았네."

매컴이 따끔하게 반박했다.

"자네도 그렇게 될 걸. 정치계가 잠잠하여 신문들이 자네에게 모두 덤벼들기라도 하면 말일세. 그건 그렇고, 자네는 오늘 오후 좋은 소식을 가져오겠다느니 뭐니 하고 말하지 않았는가."

"그와 비슷한 것을 가져왔다고 생각하네."

번스는 몇 분 동안 생각에 잠긴 표정으로 창 밖을 바라보며 앉아 있었다.

"매컴, 그 매닉스라는 사나이는 마치 나를 자석처럼 끌어당기네. 그는 나를 지루하게 하는 동시에 정신 못 차리게 만들고 있어. 내 단잠을 방해하거든. 나라고 하는 팔라스의 흉상에 내려앉은 까마귀라니까[2]. 밴시[3]처럼 나를 괴롭히고 있네."

"좋은 소식의 전주곡이 그런 우는 소리인가?"

번스는 말을 계속했다.

"나는 제대로 잠을 잘 수가 없네. 모피상 루이가 월요일 밤 11시에서 자정까지 어디 있었는지 알기 전에는. 그는 어디인지 있어서는 안 될 곳에 있었거든. 매컴, 자네는 그것을 알아내야만 하네. 부디 자네의 허섭스레기 공격의 제2진을 매닉스로 해 주게. 호되게 해야 하네. 목조른 사람이 바로 그라고 자네가 의심하는 것처럼 보여야 하네. 그리고 모피 포스터 모델에 대해 꼭 물어보게. 그녀의 이름 이 뭐더라, 플리스비였지."

번스는 문득 말을 끊고 눈살을 찌푸렸다.

"암, 그래야 하고말고…… 매컴. 자네는 그 모피 모델에 대해 반드 시 물어봐야 하네. 마지막으로 언제 만났느냐고 물어보게. 물어볼 때에는 무엇이든지 훤히 다 아는 것처럼 보이도록 해야 하네."

매컴이 견디다 못해 물었다.

"그런데 번스, 자네는 사흘 동안이나 매닉스에 대해 자꾸만 지껄이 는데 대체 무엇을 알아냈나?"

"직관이지. 순전한 직관일세. 나의 영적 기질이라는 거지."

"자네와 15년이나 사귀어오지 않았다면 나도 그것을 믿겠네."

매컴은 날카로운 눈길로 번스를 살펴보며 어깨를 으쓱했다.

"린드퀴스트가 끝나면 매닉스를 떠봐야겠군."

*1 revúe. 희극, 오페라, 발레, 재즈 등의 여러 요소를 취하고 음악과 무용 을 뒤섞어 호화찬란하게 연출하는 희극 형식의 하나.

*2 팔라스는 그리스 신화에 나오는 지혜의 여신으로 팔라스 아테네를 말함. 까마귀는 흉한 일의 심부름꾼인데, 팔라스의 흉상과 까마귀의 관계는 자 세히 밝혀져 있지 않다. 팔라스가 사랑하는 새는 부엉이였을 것이다.

*3 아일랜드 및 스코틀랜드의 전설에 따르면, 사람의 죽음을 울며 알리는 괴물이라고 한다.

의사의 해명

우리는 지방검사의 개인방에서 점심 식사를 들었다. 2시에 린드퀴스트 의사가 히스 형사부장과 함께 왔다. 히스는 이 의사에게 호감을 느끼지 못하는 것이 분명했다.

의사는 매컴의 요청에 따라 지방검사의 책상 정면에 자리잡았다. 그는 싸늘하게 물었다.

"또다시 이처럼 모욕적인 일을 하는 까닭이 뭡니까? 시민에게 개인의 일을 못하게 하는 것이 당신의 특권입니까?"

매컴도 역시 싸늘하게 대답했다.

"살인범을 법에 비추어 처단하는 것이 내 임무입니다. 시민이 당국에 협력하는 것을 모욕으로 생각한다면, 그것은 그 시민의 특권입니다. 당신이 내 질문에 대답하는 일에 어떤 공포를 느낀다면 당신에게는 변호사를 부를 권리가 있습니다. 지금 곧 오라고 전화하여 법적 보호를 구하시겠습니까?"

린드퀴스트 의사는 주춤했다.

"법적 보호 따위는 필요 없습니다. 어째서 호출했는지 말씀하십시오."

"물론입니다. 오델 양과 당신의 관계에서 밝혀진 두세 가지 점을 설명해 주고, 동시에 지장이 없다면, 우리가 지난번 만났을 때 그 관계에 대해 어째서 나를 속였는지 그 이유도 밝혀주기 바랍니다."

"당신은 나의 개인적인 일을 부당하게도 파헤치려 하고 있습니다. 그런 방식은 러시아에서는 예사로운 일이겠지만……."

"파헤치는 것이 부당하게 여겨진다면 당신은 그 점에 대해 나를 쉽게 납득시키면 됩니다, 린드퀴스트 씨. 그러면 우리는 당신에 관해 무엇을 알아냈든 곧 모두 잊어버릴 겁니다. 오델 양에 대한 당신의 관심은 단순한 부성애를 넘어서는 것이었다고 하는데 사실입니까, 아니면 그렇지 않습니까?"

의사는 불손한 태도로 나무라듯 물었다.

"이 나라 경찰은 개인의 신성한 감정마저 존경하지 않습니까?"

"어떤 조건 아래에서는 그 말이 맞습니다만, 다른 조건 아래에서는 물론 틀린 말이지요."

매컴이 그 격심한 노여움을 억누르는 태도는 훌륭했다.

"물론 당신은 내 질문에 반드시 대답할 필요는 없습니다. 하지만 솔직히 대답하는 길을 택하면 법정에서 검사에게 공공연히 신문받는 굴욕을 참지 않아도 될 겁니다."

린드퀴스트 의사는 주춤하며 잠시 동안 문제를 생각하고 있었다.

"오델 양에 대한 내 애정이 부성애를 넘어서는 것이었음을 인정했을 경우, 어떻게 됩니까?"

매컴은 그 질문을 긍정으로 받아들였다.

"당신은 오델 양에게 심한 질투를 느끼고 있었지요. 그렇지 않습니까?"

그러자 린드퀴스트 의사는 짓궂은 직업적인 태도로 말했다.

"질투는 치정에 흔히 뒤따르게 마련이지요, 클래프트 어빙, 모르, 프로이트, 펠렌치, 애들러 등의 권위자들도 질투를 성애적 매력과 밀접하게 연결되는 심리적인 필연의 결과라고 해석했던 것 같습니다."

"아주 참고가 되었습니다."

매컴은 크게 감탄한 듯이 고개를 끄덕였다.

"그럼, 당신은 오델 양에게——연모했다고 말하는 게 나쁘다면———성애적인 매력을 느꼈으며 이따금 질투라는 것과 밀접하게 연결된 심리적인 필연의 결과를 드러냈다고 생각해도 좋겠지요?"

"좋을 대로 생각하십시오. 하지만 내 감정이 어째서 당신의 일과 조금이나마 관련 있는지 나로서는 이해할 수가 없군요."

"당신의 감정이 당신에게 아주 수상쩍은 행동을 취하게 하지 않았다면 나는 그런 감정 따위에 관심을 갖지 않았을 겁니다. 그러나 내가 절대로 믿을 만한 권위에 의해 알아낸 바로는, 당신의 감정은 당신의 양식있는 판단에 반작용을 미치게 하여, 오델의 목숨뿐만 아니라 당신 자신의 목숨마저 끊어버리겠다고 협박하는 경지에 이르게 했습니다. 그 뒤 그녀가 살해되었다는 사실에 비추어볼 때 법률이 호기심어린 눈을 번뜩이는 것은 당연한 일이며, 또한 자연스러운 일이라고 생각합니다."

여느 때는 파리하던 의사의 얼굴이 노랗게 된 것 같았다.

그 모양 없는 기다란 손가락이 의자팔걸이를 꼭 쥐었다. 그러나 그 밖의 모습에는 달라진 데가 없었으며 꼼짝 않고 몸을 꼿꼿이 한 채 위엄을 보이며 날카롭게 지방검사를 쏘아보고 있었다.

매컴이 말을 이었다.

"생각건대 당신은 내 말을 부인함으로써 내 의심스러운 생각을 더욱 짙게 하지는 않겠지요?"

번스는 그때까지 의사를 열심히 지켜보고 있었는데 갑자기 앞으로 몸을 내밀고 물었다.

"그런데 린드퀴스트 씨, 어떠한 살해방법으로 오델 양을 협박했습니까?"

린드퀴스트 의사는 얼굴을 홱 돌려 번스 쪽으로 내밀었다. 거친 숨을 깊이 들이마시고 몸 전체를 한껏 긴장시켰다. 두 뺨에 핏기가 퍼지고 입이며 목 언저리 근육이 경련했다. 나는 그 순간 의사가 자제력을 잃는 게 아닐까 걱정스러웠다. 그러나 잠시 뒤 그는 애써 침착함을 되찾았다.

린드퀴스트 의사는 끓어오르는 노여움이 담긴 목소리로 말했다.

"내가 목졸라 죽이겠다며 협박한 줄로 생각하겠군요. 그리고 그 협박을 내 목에 달아매는 밧줄로 바꾸고 싶겠지요. 당치도 않습니다."

의사는 말을 끊었다. 이윽고 그는 조금 부드러워진 목소리로 말을 이었다.

"어리석게도 오델 양을 죽이고 나도 자살하겠다고 협박하여 그녀를 언젠가 한 번 놀라게 했던 것은 사실입니다. 틀림없습니다. 하지만 당신들이 손에 넣은 정보가 정확하고 또 내가 믿을 만한 것이라면, 권총으로 협박했다는 일쯤은 알고 있을 텐데요. 권총은 상대를 겁주려할 때 가장 흔히 쓰는 무기니까요. 나는 샷끼*¹로 그녀를 협박하지는 않았습니다. 비록 그처럼 꺼림칙한 행위를 저지를 계획을 세울 생각이 있었다 하더라도 말입니다."

"알았습니다."

번스는 고개를 끄덕였다.

"꽤 급소를 찌르고 있군요."

의사는 번스의 태도에 기운이 솟아난 듯했다. 그는 다시 매컴 쪽을 향해 앉더니 그 고백을 펼쳐나갔다.

"협박이란 내가 아는 한 폭행의 전주곡이 되는 일은 좀처럼 없습니다. 사람의 심리를 조금이라도 연구하면 협박이 그 사람의 결백을 드러내는 prima facie(첫눈에 뚜렷한) 증거임을 알게 되지요. 협박은 일반석으로 말해서 화가 났을 때 하는 행위며, 노여움 자체의 안전병 역할을 합니다."

의사는 눈길을 들었다.

"나는 결혼하지 않았습니다. 감정도 지난날처럼 안정되어 있지 않습니다. 게다가 끊임없는 신경과민으로 지나치게 긴장된 사람들과 친밀히 접촉하고 있습니다. 더욱이 유난히 감수성이 강해졌을 때 그녀에게 연모의 정을 품게 되었었지요. 그녀로서는 받아주지 않는 연모였습니다. 나 자신의 열정을 보상받을 만한 열정으로 보답받지 못했지요.

그래서 나는 몹시 괴로워했습니다. 그러나 그녀는 내 괴로움을 덜어주기 위해 조금도 노력하지 않았습니다. 오히려 일부러 짓궂게 다른 남자와 함께 나를 괴롭히는 것이 아닌가 하고 의심한 적도 한두 번이 아니었습니다. 아무튼 그녀는 자기의 부정한 행위를 나에게 감추는 수고조차 하지 않았으니까요. 솔직히 말해서 이따금 미쳐버릴 것만 같을 때도 있었습니다. 협박한 것은 놀라게 함으로써 좀더 유순하고 상냥한 태도로 나와 주기를 바라는 마음에서였지요. 당신은 나를 믿어줄 만큼 충분한 인간성을 이해하는 분이리라고 생각합니다."

매컴이 대답했다.

"그 점은 잠시 제쳐두고, 월요일 밤에 어디 있었는지 좀더 자세히 설명해 주십시오."

나는 린드퀴스트 의사의 이마에 다시금 노란빛이 감돌고 몸이 눈에
띄도록 꼿꼿해지는 것을 알아차렸다. 그러나 이야기를 시작했을 때에
는 여느 때의 태도와 다름없었다.

"내가 보낸 편지에 그 점이 충분히 설명되어 있다고 생각합니다만,
무언가 빠진 것이라도 있었습니까?"

"그날 밤 당신이 보살펴준 환자의 이름은 무엇입니까?"

"앤너 블리든 부인입니다. 롱 블렌치 블리든 내셔널 은행의, 지금
은 이 세상에 계시지 않는 에이머스 H 블리든 씨의 미망인입니
다."

"그 부인과 11시부터 1시까지 함께 있었다고 한 것 같습니다만……
……"

"그렇습니다."

"그럼, 블리든 부인이 그 시간에 당신이 진료소에 있었음을 증명할
수 있는 유일한 증인인 셈입니까?"

"그렇다고 할 수 있지요. 10시가 지나면 나는 결코 벨을 누르지 않
고 내가 직접 열쇠로 열고 들어갑니다."

"그럼, 블리든 부인을 신문해도 좋겠지요?"

린드퀴스트 의사는 아주 유감스럽다는 표정을 지었다.

"블리든 부인은 중병환자입니다. 지난 여름 남편이 세상을 떠날 때
크게 충격받은 뒤부터 반쯤 의식을 잃고 있다고 할 만한 용태지요.
이따금 이성을 잃는 게 아닐까 걱정스러울 때도 있답니다. 하찮은
동요와 흥분이 중대한 결과를 불러일으킬지도 모르는 상태에 있습
니다."

린드퀴스트 의사는 금테 둘러진 종이끼우개에서 신문 오려낸 것을
한 장 꺼내 매컴에게 건네주었다.

"이 사망기사를 읽어보시면 그 부인의 낙담 상태며 사립요양소에

들어가게 된 까닭을 알 수 있을 겁니다. 나는 오랫동안 부인의 주치의로 일해오고 있지요."

매컴은 그 기사를 죽 훑어본 다음 돌려주었다. 짧은 침묵이 흘렀다. 번스가 그 침묵을 깨뜨리고 물었다.

"그런데 선생님, 당신 진료소의 야근 간호원 이름은 무엇입니까?"

린드퀴스트 의사는 제빨리 번스를 쳐다보았다.

"우리 진료소의 간호원 말입니까? 간호원과 이 일과 무슨 관계가 있지요? 간호원은 월요일 밤 몹시 바빴습니다. 잘 생각나지 않는데요……좋습니다. 이름을 알고 싶으시다고요? 나로서는 그다지 지장이 없습니다. 핑클이라고 하지요, 에밀리어 핑클 양입니다."

번스는 그 이름을 적더니 몸을 일으켜 그 종이쪽지를 히스 형사부장에게로 가져갔다. 그는 한쪽 눈을 살짝 감아 보이며 말했다.

"부장, 핑클 양을 내일 아침 11시에 이리로 데려오시오."

"알았습니다. 좋은 생각이로군요."

그러나 그 태도는 핑클 양에게 있어 좋은 조짐이라고 할 수 없었다.

린드퀴스트 의사의 얼굴에 불안의 구름이 퍼졌다. 그는 비웃음이 담긴 투로 말했다.

"실례되는 말일지도 모르지만, 당신의 오만한 방법이 제정신으로 하는 것이라 하더라도 나는 그다지 개의치 않겠다고 말씀드려 두겠습니다. 이제 취조는 그만 끝난 것으로 생각해도 되겠지요?"

매컴이 정중하게 대답했다.

"네, 좋습니다. 택시를 불러 드릴까요?"

"호의는 고맙습니다만, 자동차를 아래에 세워뒀습니다."

그리고 린드퀴스트 의사는 의기양양하게 가버렸다.

매컴은 곧 스워커를 불러 트레이시를 데려오라고 일렀다. 형사는 코안경을 닦으며 급히 들어와 공손하게 머리 숙여 보였다. 트레이시는 형사라기보다 배우 같았는데, 미묘하게 다루어야 할 문제가 생길 때마다 그의 솜씨는 검사국의 화제를 불러모았다.

매컴이 형사에게 말했다.

"다시 한 번 루이스 매닉스 씨를 붙잡아다 주게. 되도록 빨리. 기다리고 있겠네."

트레이시는 기운차게 다시 머리 숙여 보이고 안경을 고쳐 쓴 다음 재빨리 나갔다.

매컴은 비난하는 눈길로 번스를 쏘아보며 말했다.

"자네는 야근 간호원 이야기를 꺼내 린드퀴스트의 경계심을 일으키게 했는데, 그 까닭이 무엇인지 알고 싶네. 자네 머리는 아무래도 오늘 오후 균형을 잃은 듯싶군. 내가 미처 간호원 생각을 해내지 못한 줄 알고 있었나?

어째서 자네는 그에게 경계심을 일으키게 했는가? 내일 아침 11시까지 아마 그는 그 간호원에게 답변하는 방식을 잘 가르쳐 놓을 걸세. 그의 알리바이를 검증하려는 우리의 계획을 망가뜨리는 솜씨치고 그 이상 나은 것은 없을 테지."

"나는 그를 조금 놀라게 했을 뿐이네."

번스는 만족스러운 듯이 히죽 웃었다.

"자네의 상대는 자네 생각이 미친 것 같다고 과장하며 강조하기 시작할 때마다 금방 목 언저리가 새빨개지더군. 그래서 물을 좀 끼얹어준 걸세. 하지만 매컴, 내 머리가 조금 모자란다고 너무 슬퍼하지 말게. 자네나 내가 모두 간호원 생각을 했다면 그 교활한 의사도 역시 생각하지 않았겠나.

만일 그 핑클 양이라는 간호원이 매수되어 위증할 수 있는 타입의 여자라면 린드퀴스트는 이틀 전에 벌써 위증 임무를 맡겼을 걸세. 그리고 월요일 밤에 그가 진료소에 있었다는 것을 증명하는 증인으로서 혼수상태에 빠진 블리든 부인과 함께 그 이름을 댔을 테지. 간호원에 대해 전혀 아무 말 하지 않은 건 그녀가 거짓 증언을 하지 않는 타입이라는 사실을 드러내는 게 아니겠나?

염려 말게, 매컴. 나는 그가 경계하도록 일부러 그런 말을 한 거라네. 우리가 핑클 양을 신문하기 전에 린드퀴스트는 손써두어야 할 텐데, 자랑은 아니지만 나는 그가 어떤 짓을 할는지 쯤은 알고 있다고 생각하네."

히스 형사부장이 말참견했다.

"한 가지 확실히 해두고 싶은 것은, 내일 아침 그 핑클이라는 간호원을 데리고 와야 합니까, 아닙니까?"

번스가 말했다.

"그럴 필요는 없겠지요. 우리는 그 플로렌스 나이팅게일 여사를 만나뵐 수 있는 영광을 얻지 못할 것 같소. 우리와 그 간호원의 회견은 그 의사가 가장 싫어하는 일일 테니까."

매컴이 말했다.

"그럴지도 모르지. 하지만 그 의사는 월요일 밤에 살인과는 전혀 관계없는 어떤 다른 짓을 했는데, 그것을 남에게 알리고 싶지 않기 때문일지도 모른다는 점을 잊어서는 안되네."

"그건 그렇네. 정말일세. 그런데 카나리아를 아는 거의 모든 사람들이 월요일 밤을 골라 sub-rosa(비밀) 장난질을 하고 있었던 모양이로군. 이상하게 여겨지지 않나, 매컴? 스킬은 하숙집 주인과 쿤칸 놀이에 열중해 있었고, 클리버는——그의 말을 믿는다면——저지의 호수와 늪 지대를 여행하고 있었으며, 린드퀴스트는 환자를 보살피고 있었고, 그리고 매닉스는 내가 알아낸 바에 따르면 우리가 그의 동정을 알아차릴 경우에 대비하여 알리바이를 만드는 데 몹시 애썼거든.

　정말로 그들은 모두 우리에게 알리고 싶지 않은 어떤 짓을 했네. 그렇다면 그것이 무엇일까? 그리고 어째서 그들은 한결같이 하필이면 그 살인이 일어났던 날 밤에 혐의를 벗기 위해서조차도 입을 열고 싶지 않은 수수께끼에 찬 일을 했을까? 그날 밤 이 도시에는 악령이라도 침입했던 것일까? 이 세계에 저주가 내려 사람으로 하여금 뒤가 켕기는 추잡한 행위를 하도록 몰고 갔던 것일까? 온갖 곳에 누군가가 마술이라도 걸어놓았던 것일까? 그렇지는 않았겠지."

히스가 완고하게 주장했다.

"나는 스킬에게 걸겠습니다. 상습범의 수법임을 첫눈에 알 수 있습니다. 게다가 그 지문이며 강철 끝에 대한 보고는 절대적인 것입니다."

매컴은 퍽 망설이는 듯했다. 스킬을 범인으로 보는 매컴의 확신은 이 범죄가 교활하고 교육받은 사람에 의해 신중히 계획된 행위라는 번스의 이론으로 말미암아 얼마쯤 흔들리고 있음을 나는 알았다. 그러나 지금 매컴은 일정한 주견도 없이 다시 히스의 견해 쪽으로 기울어지는 것 같았다.

"나도 린드퀴스트, 클리버, 매닉스 세 사람이 남에게 무죄를 인정받을 정도의 인물들이 아니라는 것은 인정하네. 하지만 세 사람 모두 똑같이 약점을 지니고 있다는 것은 그들에 대한 용의를 얼마쯤 분산시키는 것이 아니겠나. 결국 스킬이 교살자 역으로서는 유일한 이론적 후보자라고 할 수 있겠네. 그리고 뚜렷한 동기를 가진 유일한 인물인 동시에 불리한 증거가 어느 정도 드러난 인물이기도 하네."

번스는 희미하게 한숨지었다.

"알았네, 알았어. 지문……끌 자국. 매컴, 자네는 참으로 고지식한 사람이군. 스킬의 지문이 방에서 발견되었다, 그러니까 스킬이 오델 양을 목졸라 죽였다, 참으로 단순한 이야기로군. 더 이상 애쓸 필요도 없겠네. chose jugée(이미 결정된 일)……판결이 끝난 사건이군. 스킬을 전기의자에 앉히게. 그러면 끝나는 게 아닌가. 효과적인걸. 이것이 예술인가?"

매컴이 화를 내며 경고했다.

"자네는 비판하기에 급급하여 스킬이 범인이라는 우리의 주장을 너무 무시하고 있네."

"그야 스킬이 범인이라는 자네의 주장은 나도 인정하네. 너무 지당해서 나는 찬성하지 않는다고 주장할 마음도 없네. 하지만 가장 인기 있는 진리란 단순히 지당한 것 같다는 데 지나지 않아. 그래서 사리에는 어둡지. 자네의 주장은 세상의 인기에 강한 호소력을 가지고 있겠지만, 여보게, 그것은 진리가 아니라네."

실제적인 기질의 히스 형사부장은 꿈쩍도 하지 않았다. 못마땅한 얼굴로 태연히 책상 앞에 앉아 있었다. 매컴과 번스가 주고받는 의견을 듣고 있는지조차 의심스러웠다.

히스 형사부장은 마음속에서 더듬고 있던 생각이 엉겁결에 튀어나오기라도 한 듯이 말했다.

"그건 그렇고, 매컴 검사님, 스킬이 어떻게 오델 양 방에 들어갔다 나왔는지 밝힐 수만 있으면 그 녀석에 대한 우리의 입장이 더 나아질 텐데 도무지 그것을 짐작할 수 없습니다. 그 부분에서 딱 막혀버리고 말거든요. 그러니 건축가에게 그 방을 샅샅이 조사시키면 어떨까요? 그 집은 꽤 낡았습니다. 언제 지은 것인지도 알기 어렵습니다. 우리가 미처 찾아내지 못한 출입구가 있을지도 모릅니다."

"이거 놀랍군."

번스는 잔뜩 비꼬며 어이없다는 듯이 부장을 보았다.

"당신은 어떻게 그처럼 낭만적이 되었소? 비밀 출입구——숨겨진 문——벽과 벽 사이의 층계. 그럴 테지. 맙소사, 부장, 영화 구경을 삼가야겠소. 많은 사람을 파멸시키니까. 때로는 그랜드 오페라도 보오. 영화보다는 지루하겠지만 해로운 점이 적으니까."

"잘 알겠습니다, 번스 씨."

히스 자신도 건물을 조사하자는 착상에 그다지 희망을 걸었던 것은 아닌 듯했다.

"하지만 스킬이 어떻게 들어갔는지 알 수 없으니, 그가 들어가지 않았다는 것을 무슨 수를 써서든 확인해야 하지 않겠습니까?"

매컴이 말했다.

"당신 의견에 전적으로 찬성하겠소, 부장. 건축가를 불러 조사시키도록 하오."

매컴은 스워커를 불러 필요한 지시를 내렸다.

번스는 다리를 뻗으며 하품했다.

"자, 이렇게 되면 우리에게 필요한 것은 할렘의 애첩과 종려나무잎 부채를 든 몇 명의 흑인과 pizzicato(손톱 끝으로 타는) 음악뿐이로군."

"농담 마십시오, 번스 씨."

히스는 여송연에 불을 붙였다.

"건축가가 그 방에서 이상한 점을 발견하지 못한다 하더라도 스킬은 언제든 손을 들 겁니다."

번스가 말했다.

"나는 매닉스에게 어린아이 같은 기대를 걸고 있네. 왜 그런지는 나도 모르겠네. 어쨌든 그는 좋은 사람이 아닐세. 뭔가 숨기고 있네, 매컴. 그를 놓아주어서는 안 되네. 월요일 밤에 어디 있었는지 자네에게 털어놓을 때까지. 그리고 모피 모델에 대해서도 엄청나게 많이 아는 체하는 것을 잊어서는 안 되네."

*1 13세기부터 19세기 첫 무렵까지 인도에서 멋대로 날뛰었던 암살단의 살인범으로, 사람을 목졸라 죽이고는 시체를 몰래 묻었다는 이야기가 전해진다.

한밤중의 목격자

9월 14일 금요일 오후 3시 30분

반시간도 안되어 매닉스가 왔다. 히스 형사부장은 자기 의자를 새로 온 손님에게 양보하고 창문 아래 놓인 큰 의자로 옮겨 앉았다. 번스는 매닉스의 얼굴을 비스듬히 볼 수 있도록 매컴의 오른쪽에 놓인 작은 테이블 앞에 자리잡았다.

매닉스는 이 두 번째 회견에 대해 이리저리 생각하는 게 틀림없었다. 그 작은 눈이 재빠르게 사무실 안을 둘러보다가 한순간 히스에게 머뭇거리더니 마침내 지방검사 위에서 멎었다. 첫 회견 때보다 더욱 경계하는 태도였다. 매컴은 인사하는 태도가 지나치리만큼 정중했으나 어딘지 안절부절못하는 기색이 엿보였다.

매컴의 태도에도 상대방의 마음을 가라앉게 하는 배려는 조금도 없었다. 매닉스에게 자리를 권한 것은 불길하고 엄격한 공무를 집행하는 검찰관으로서의 매컴이었다.

매닉스는 모자와 스틱을 테이블 위에 놓고 의자 끝에 앉아 등을 꼿꼿이 폈다.

매컴이 말을 꺼냈다.

"매닉스 씨, 당신이 수요일에 말씀하신 것을 나는 조금도 만족스럽게 생각할 수가 없습니다. 당신이 오델 양의 죽음에 대해 알고 있는 사실을 알아내기 위해 우리가 거친 수단을 쓰지 않도록 해 주시기 바랍니다."

"내가 알고 있는 사실이라고요?"

매닉스는 애써 웃으며 허물없는 태도를 취하려 했다.

"매컴 씨, 매컴 씨."

그는 절망적으로 호소하듯 손을 벌렸다. 그 모습은 여느 때보다 더욱 애절하게 보였다.

"무언가 알고 있다면──믿어 주십시오──말씀드리겠습니다. 물론 말씀드리고말고요."

"그렇게 말씀하시니 나로서도 기쁩니다. 당신이 스스로 그렇게 해 주시겠다면 나도 일하기가 쉬워집니다. 그럼, 먼저 월요일 밤에 어디 있었는지 말씀해 주십시오."

매닉스의 눈은 천천히 좁아져 마침내 두 개의 작고 반짝이는 원반처럼 되었는데, 그것을 빼놓고는 조금도 동요하는 기색이 없었다. 끝없는 침묵이 이어지는 듯했는데 이윽고 매닉스가 물었다.

"월요일에 내가 어디 있었는지 말해야 합니까? 어째서 그래야 하지요? 나를 살인범으로 의심하기 때문이겠지요, 그렇지요?"

"지금은 의심하지 않습니다. 하지만 분명히 대답해 주지 않으면 의심하지 않을 수 없습니다. 어디에 있었는지 어째서 말씀하기 싫어하십니까?"

"당신에게 숨겨야 할 까닭은 없습니다."

매닉스는 어깨를 으쓱했다.

"나에게는 조금도 부끄러워해야 할 일이 없습니다, 절대로. 나는 사무실에서 처리해야 할 일이 산더미처럼 있었습니다. 겨울철을 위한 구입 때문이었지요. 그래서 10시 30분까지 사무실에 있었습니다. 어쩌면 좀더 늦게까지 있었는지도 모르겠습니다. 그리고 10시 30분에······"

이때 번스의 목소리가 매섭게 파고들었다.

"됐습니다. 이 일에 다른 사람을 끌어넣을 필요는 없습니다."

번스의 말투는 어떤 뜻이 담긴 듯 힘찼다. 매닉스는 번스가 무엇을 알기에 그런 말을 내뱉었는지, 그 말 속에 무슨 뜻이 있는지 알아내기 위해서 교활한 표정으로 번스를 살펴보았다. 그러나 번스의 표정에서는 아무런 계시도 받을 수 없었다. 하지만 그 경고는 그가 하려던 말을 막기에 충분했다.

매닉스가 번스에게 물었다.

"당신은 10시 30분에 내가 어디 있었는지 알고 싶지 않습니까?"

"그다지 알고 싶지 않습니다. 우리가 알고 싶어하는 일은 자정 무렵에 당신이 어디 있었는지 하는 것입니다. 그 시각에 누구를 만났느냐 하는 것은 말할 필요가 없습니다. 진실을 말씀하시면 우리는 그것을 알 수 있지요."

번스는 점심 식사 뒤에 매컴에게 당부했던 무엇이든지 훤히 알고 있다는 수수께끼 같은 태도, 바로 그런 태도를 지금 다시 취하고 있었다. 앨리스 라 포스 양과의 약속을 깨뜨리지 않고도 매닉스의 마음속에 의혹의 씨를 뿌렸던 것이다.

매닉스가 뭐라고 대답을 꾸며내기 전에 번스는 일어나서 지방검사의 책상 너머로 몸을 앞으로 내밀었다.

"당신은 서71블록에 사는 플리스비 양을 아시지요? 정확하게 말하면 184번지, 더욱 정확하게 말하면 오델 양이 살던 집, 더욱 세밀하게 말하면 2호실이지요. 플리스비 양은 전에 당신 상회의 모델이었으며, 사교적인 여성으로 지난날의 고용주, 즉 당신의 접근에 대해 호감을 가지고 있습니다. 매닉스 씨, 마지막으로 그녀를 만난 것이 언제였습니까? 대답은 천천히 해도 됩니다. 많이 생각해야 할 테니까요."

매닉스는 한참 생각했다. 입을 열 때까지 꼬박 1분 걸렸는데, 그것도 다른 질문을 히기 위해서였다.

"나에게는 여자를 방문할 권리도 없습니까? 어떻습니까?"

"물론 있습니다. 따라서 이토록 정당하고 비난할 여지가 없는 에피소드에 대한 질문이 어째서 그토록 당신을 불안하게 만들어야 하는지 알 수 없군요."

"나를 불안하게 만든다고요?"

매닉스는 무척 힘들인 끝에 겨우 웃는 얼굴을 지을 수 있었다.

"나로서는 다만 당신이 무슨 생각에서 내 개인적인 일을 묻는지 이상하게 여겨졌을 뿐입니다."

"설명하지요. 오델 양은 월요일 한밤중에 살해되었습니다. 그 집의 정면 현관을 지나 드나든 사람은 아무도 없습니다. 그리고 뒷문에는 빗장이 걸려 있었지요. 누군가가 오델 양의 방으로 들어가려면 오직 하나의 통로인 2호실을 지나는 수밖에 없습니다. 그리고 오델 양을 아는 사람으로서 2호실을 방문한 적이 있는 사람은 당신뿐인 것입니다."

이 말을 듣자 매닉스는 테이블 위로 윗몸을 내밀고 두 손으로 테이블 가장자리를 붙잡아 몸을 떠받쳤다. 눈이 크게 뜨여지고 관능적인 입술이 축 늘어지며 벌어졌다. 그러나 그 태도에 나타난 것은 공포가 아니었다. 그것은 마음속으로부터 우러나온 놀라움이었다. 매닉스는 잠시 동안 믿을 수 없다는 듯 멍청히 번스를 바라보며 앉아 있었다.

"당신은 그런 것을 생각하고 있었습니까? 뒷문에 빗장이 질러져 있었으므로 2호실을 지나지 않고는 아무도 드나들 수 없었다는 말씀이군요. "

매닉스는 짧게 독기 어린 웃음소리를 냈다.

"만일 월요일 밤에는 그 뒷문에 우연히도 빗장이 질러져 있지 않았다면 나는 어떤 입장이 되는 겁니까……네? 어떤 입장이 되느냔 말입니다. "

"당신의 입장은 우리 편, 지방검사 편에 서게 된다고 생각해도 좋겠지요. "

번스는 고양이처럼 매닉스를 지켜보았다.

매닉스가 내뱉듯이 말했다.

"물론 그렇게 되어야겠지요. 그렇다면 나로서 한마디 하고 싶은 말이 있습니다, 여러분. 그럼으로써 내 입장이 뚜렷해질 테니까요……결정적으로. "

매닉스는 엄숙하게 몸을 돌려 매컴을 보았다.

"나는 선량한 사람입니다. 아시겠습니까? 하지만 더 이상 입을 다물고 있을 수는 없습니다. '그 뒷문에는 월요일 밤 빗장이 질러져 있지 않았습니다. 그리고 12시 5분전에 누가 그 뒷문으로 몰래 빠져나갔는지 나는 알고 있습니다. '"

"Ca marche (그렇게 나와야지). "

번스는 나직이 중얼거리며 다시 의자에 앉아 한가로이 담뱃불을 붙였다. 매컴은 너무나도 놀라 금방 입을 열지 못했다. 히스 형사부장은 여송연을 입으로 가져가다 말고 그대로 꼼짝하지 않았다.

이윽고 매컴이 몸을 뒤로 젖히고 팔짱끼며 명령적인 말투로 말했다.

"모두 말씀하시는 것이 좋겠습니다, 매닉스 씨. "

매닉스도 다시 의자에 등을 기댔다.

"네, 이제부터 이야기하겠습니다. 물론 이야기하고말고요, 당신들 생각이 맞았습니다. 그날 밤 나는 플리스비 양과 함께 지냈습니다. 하지만 그 일에는 아무것도 켕기는 점이 없습니다."

"언제 거기로 갔습니까?"

"집무시간이 끝난 뒤……5시 30분 아니면 6시 15분전이었을 겁니다. 지하철을 타고 72블록에서 내려 그 다음은 걸어갔지요."

"그 집으로 들어갈 때 정면 현관을 지나갔습니까?"

"아니오, 골목으로 가서 뒷문을 지나 들어갔습니다. 늘 그렇게 했지요. 내가 누구를 찾아가든 다른 사람이 알 바 아니고, 앞문의 전화교환원들이 모른다고 해서 그들에게 해로울 건 없으니까요."

히스 형사부장이 끼어들었다.

"거기까지는 좋습니다. 수위는 6시까지는 빗장을 지르지 않으니까요."

"그럼, 매닉스 씨, 당신은 그날 밤 줄곧 거기에 있었습니까?"

"네, 12시 조금 전까지 있었습니다. 플리스비 양이 저녁 식사를 마련했고 나는 포도주를 한 병 가져갔었지요. 조촐한 사교적인 파티라고나 할까요, 둘만의. 그리고 말해 두겠습니다만, 12시 5분전까지 나는 방 밖으로 나가지 않았습니다. 플리스비 양을 이곳에 데려다가 물어보아도 좋습니다. 뭣하면 지금 전화를 걸어 월요일 밤에 대해 정확하게 말하라고 해도 상관없습니다. 나는 구태여 내 말을 믿어달라고 부탁드리지는 않겠습니다. 결코 그럴 생각은 없습니다."

매컴은 그 제안을 물리치는 듯한 몸짓을 하며 물었다.

"12시 5분 전에 어떤 일이 있었습니까?"

매닉스는 그 점에 대해 말하는 게 싫은 듯 머뭇거렸다.

"아시다시피 나는 선량한 사람입니다. 친구는 어디까지나 친구지요. 그러나——묻고 싶습니다만——대체 나와 전혀 관계없는 일을 위해 도리에 어긋나는 일을 해야 하는 까닭이 무엇입니까?"

매닉스는 기다렸으나 대답이 없자 다음 말을 이었다.

"그렇지요? 내 말이 맞지요? 하지만 어쨌든 무슨 일이 있었는지 말씀드리겠습니다. 아까도 말했듯이 나는 플리스비 양을 방문하고 있었습니다. 그러나 그날 밤늦게 또 다른 약속이 있었지요. 그래서 12시 조금 전에 잘자라는 말을 하고 나오려 했습니다. 마침 문을 열었을 때 누군가 카나리아의 방에서 몰래 나와 좁은 복도를 지나 문 쪽으로 가는 것이 보였습니다. 나는 그 남자를 지금 당신을 보고 있듯이 똑똑히 보았습니다. 틀림없이 똑똑하게."

"누구였지요?"

"알고 싶다면 말씀드리지요. 팝 클리버였습니다."

매컴의 머리가 조금 뒤로 젖혀졌다.

"그 다음 당신은 어떻게 했습니까?"

"어떻게 하다니요, 매컴 씨. 아무것도 하지 않았습니다. 그 일을 그다지 이상하게 생각하지도 않았었지요. 팝 클리버가 카나리아를 쫓아다닌다는 사실은 이미 알고 있었으므로 그저 카나리아를 찾아왔나 보다고만 생각했었습니다. 그러나 팝 클리버에게 들키고 싶지 않았습니다. 내가 어디서 시간을 보내든 그와는 아무 상관없는 일이 아니겠습니까? 그래서 나는 그가 나갈 때까지 가만히 기다렸지요."

"뒷문으로 나갔습니까?"

"그렇습니다. 그 다음 나도 역시 뒷문으로 나갔습니다. 처음에는 앞문으로 나갈 생각이었지요. 밤에는 뒷문에 늘 빗장을 질러둔다는 것을 알고 있었기 때문입니다. 그러나 팝 클리버가 뒷문으로 나가는 것을 보고 나도 그리로 나갔습니다. 전화교환원에게 공연히 내

모습을 보인다는 것은 무의미한 일이니까요, 정말 무의미한 짓입니다. 그래서 나는 들어왔을 때와 같은 문을 지나 나갔습니다. 그 다음 브로드웨이에서 택시를 잡아타고……. "

"이제 됐습니다. "

번스의 명령적인 말투가 다시 매닉스의 말을 가로막았다.

"네, 알았습니다. 잘 알았습니다. "

매닉스는 자신의 진술이 가로막히자 만족스러운 듯했다.

"하지만 나는 당신들이 억측하는……. "

"억측은 하지 않는다는 말씀이시죠. "

매컴은 번스가 이처럼 참견하고 나서는 것이 의아스러운 듯했으나 뭐라고 비평하지는 않았다. 그는 매닉스에게 물었다.

"오델 양이 죽었다는 보도를 읽었을 때 어째서 당신은 곧 경찰에 출두하여 그 중요한 정보를 말하지 않았습니까? "

매닉스가 뜻밖이라는 듯이 외쳤다.

"그런 짓을 하면 휘말려들게 되니까요, 그렇지 않아도 골치 아픈 일이 산더미처럼 많은걸요. "

매컴이 노골적으로 반감을 드러내며 비평했다.

"눈앞에 닥친 일들이 있다는 말씀이군요, 그런데 당신은 살인사건을 알고 난 다음 클리버가 오델 양에게 협박당하여 돈을 뜯겼다고 우리에게 넌지시 말했었지요. "

"그렇습니다. 그것은 내가 당신을 통해 당신에게 귀중한 정보를 제공함으로써 올바른 일을 하려고 했음을 나타내는 일이 아니겠습니까? "

"그날 밤 복도나 뒷골목에서 다른 어떤 사람을 보지는 못했습니까? "

"아무도 못 보았습니다. ……전혀 아무도. "

"혹시 오델 양의 방에서 어떤 사람의 목소리가 나지 않았습니까? 누군가의 말소리나 움직이는 소리 말입니다."

"아무것도 듣지 못했습니다."

매닉스는 힘차게 고개를 가로저었다.

"그럼, 클리버가 나가는 것을 본 시간은 확실합니까? 12시 5분 전이라고 말했습니다만."

"틀림없습니다. 시계를 보며 그녀에게 '왔던 날과 같은 날에 돌아가는군. 아직 5분 있어야 내일이 되거든'라고 말했으니까요."

매컴은 매닉스의 이야기 하나하나를 다시 한 번 다짐하며 여러 가지 방법을 써서 그가 이미 말한 이상의 것을 인정시키려고 애썼다. 그러나 매닉스는 그 진술에 아무것도 덧붙이지 않았으며 곁가지 하나 바로잡지도 않았다. 그리하여 30분에 걸친 반대신문 끝에 돌아가도 좋다는 허락이 내려졌다.

번스가 말했다.

"어쨌든 수수께끼의 한 부분이 드러났군. 지금으로서는 어디다 갖다 붙이면 완전한 모양이 될는지 알 수 없지만 꽤 쓸모가 있으며 암시적일세. 그리고 어떤가, 매컴. 나의 매닉스에 대한 직관이 훌륭하게 증명되지 않았는가?"

"맞네, 자네의 귀중한 직관일세."

매컴은 의아한 눈길로 번스를 바라보았다.

"자네는 어째서 매닉스의 이야기를 두 번이나 가로막았지?"

"O, tu ne saurais jamais(오오, 자네는 결코 모를 걸세). 매컴, 미안하지만 그건 털어놓을 수 없다네."

번스의 태도는 경박스러웠으나 매컴은 그럴 때야말로 번스의 마음속이 진지하다는 것을 잘 알고 있었으므로 애써 캐묻지 않았다. 나는 라 포스 양이 번스의 성실성을 믿은 것이 그녀에게 얼마나 안전한 일이었는지를 과연 깨달았을까 하고 생각해 보았다.

히스 형사부장은 매닉스의 진술로 말미암아 꽤 충격 받은 것 같았다. 그는 분한 듯이 말했다.

"그 뒷문의 빗장이 벗겨져 있었다니 뜻밖입니다. 대체 매닉스가 나간 다음 어떻게 다시 빗장이 질러졌을까요? 누가 6시 이후에 빗장을 벗겼을까요?"

번스가 말했다.

"알게 될 때가 오면 모든 것이 밝혀질 거요."

"그럴지도 모르고, 그렇지 않을지도 모르지요. 우리 손으로 알아낸다면——말해 두겠습니다만——나는 문제의 해답은 스킬이 쥐고 있다고 봅니다. 그 녀석을 쥐어짜서 털어놓도록 해야 합니다. 클리버가 끌을 다루는 사람도 아니고 매닉스 역시 마찬가지니까요."

"어쨌든 그날 밤 꽤 솜씨 뛰어난 세공장이가 가까이 있었소. 하지만 당신의 친구 '멋쟁이'는 아니오. 보석상자를 여는 재간을 부린 도나테로*¹는 아마도 그였을 터이지만 말이오."

"세공장이가 둘 있었습니까? 그것이 당신의 주장이겠지요, 번스 씨? 전에도 그런 말씀을 했었습니다. 나는 당신이 틀렸다고는 하지 않습니다만, 스킬에게 그 어느 한쪽 역할을 씌울 수 있다면 그 녀석을 쥐어짜서 짝패가 누구였는지 털어놓도록 하겠습니다."

"짝패가 아니오, 부장. 서로 모르는 사람인 것 같소."

매컴은 의자에 앉아 허공을 바라보며 말했다.

"나는 아무래도 이 사건에서 클리버의 역할이 마음에 들지 않네. 월요일 이후의 그의 행동에 어쩐지 수상쩍은 데가 있거든."

번스가 말참견했다.

"게다가 그의 거짓 알리바이가 이제 더욱 수상쩍어졌네. 어제 클럽에서 자네가 그를 신문하겠다는 것을 어째서 내가 말렸는지 아는

가? 나는 자네가 매닉스에게 본심을 털어놓게만 할 수 있다면 클리버에 대해 좀더 강력한 입장에 서서 두세 가지의 사실을 승인시킬 수 있으리라고 생각했지. 그것 보게나. 또 내 직감이 맞아들어 가지 않았나. 자네가 지금 알아낸 것을 가지고 그와 대결하면 조금도 꿀리지 않고 그를 혼내줄 수 있을 걸세, 안 그런가?"

"지금 바로 그렇게 해야겠다고 생각하고 있네."

매컴은 벨을 눌러 스워커를 불렀다. 그는 화난 듯이 명령했다.

"찰즈 클리버를 붙잡아오게. 스타이비샌트 클럽과 그의 집에도 전화 걸어 보게. 클럽에 가까운 서 27블록에 살고 있네. 30분 안으로 이곳에 와 주기 바란다고 말하게. 그렇지 않으면 형사들을 보내 수갑을 채워서 연행하겠다고 하게나."

약 5분 동안 매컴은 창문 앞에 서서 초조하게 담배를 피우고 있었다. 한편 번스는 유쾌한 미소를 떠올린 채 〈월스트리트 저널〉을 읽고 있었다. 히스 형사부장은 물을 한 잔 들이마신 다음 방 안을 왔다갔다 하고 있었다.

이윽고 스워커가 방으로 들어왔다.

"검사님, 유감스럽습니다만 어쩔 수가 없군요. 클리버는 어딘지 시골에 가고 없습니다. 오늘 밤 늦게야 돌아온다고 합니다."

"뭐라고? 어쨌든 좋아……하는 수 없지."

매컴은 히스 쪽을 보았다.

"부장, 오늘 밤 클리버를 지키고 있다가 내일 아침 9시에 이리로 연행해 오시오."

"알았습니다. 반드시 연행하겠습니다."

히스는 걸음을 멈추고 매컴과 마주섰다.

"검사님, 나는 아까부터 생각하고 있었는데 어떤 한 가지 생각이 내 마음에 달라붙어 떨어지지 않습니다. 그 거실의 테이블 위에 놓였던 검은 서류상자를 기억하고 있겠지요? 텅 비어 있었는데, 여자들은 흔히 그런 상자 속에 편지 같은 것을 넣어두는 법이지요. 바로 그 점이 자꾸만 마음에 걸립니다. 그 상자는 비틀어 연 게 아니라 열쇠로 연 것입니다. 그런데 상습적인 악당은 편지나 서류 같은 것에는 손대지 않는 법이 아닙니까? 내 말뜻을 아시겠지요?"

번스가 외치듯 말했다.

"바로 그 점이오, 부장! 나는 당신 앞에 큰절을 하겠소. 발 밑에 엎드려 말이오. 그 서류상자……곱게 열린 텅 빈 서류상자. 물론 스킬이 연 게 아니오. 그런 일은 결코 있을 수 없소. 또 한 녀석의 손재간이 있었던 거요."

매컴이 물었다.

"그 상자에 대해 당신은 어떤 생각을 가지고 있소, 히스 부장?"

"번스 씨가 주장하셨듯이 그날 밤 그 방 안에는 스킬 외에 또 누군가 있었음에 틀림없습니다. 게다가 검사님은 클리버가 지난 6월에 편지를 돌려받기 위해 오델 양에게 상당한 돈을 치렀다는 말을 들었다고 했었지요? 그런데 사실은 그런 돈을 치르지 않았고 월요일 밤 그곳에 가서 편지를 다시 찾았다고 상상해 보면 어떨까요? 그렇게 해놓고서 당신에게는 돈을 주고 편지를 돌려받았다고 말했을지도 모르지요. 그런데 때마침 매닉스가 그를 거기서 본 것인지도 모릅니다."

매컴이 말했다.

"있을 수 없는 일은 아니오. 하지만 그렇다면 어떤 결론이 나오는 거요?"

"그러니까 클리버가 월요일 밤에 편지를 꺼내왔다면 아직 자기 가까이에 놓아두고 있을지도 모릅니다. 그리고 만일 그 편지 가운데 6월 이후의 날짜가 적힌 것이 있으면, 녀석은 6월에 돈을 치르고

돌려받았다고 거짓말한 것이므로 녀석을 혼내줄 수 있는 좋은 재료
가 됩니다."

"그래서?"

"그래서 지금 말씀드렸듯이 나는 생각하고 있었습니다만……오늘
클리버가 시골에 가고 없다고 하니 우리가 그 편지를 손에 넣을 수
만 있으면……."

매컴이 형사부장의 눈을 똑바로 쳐다보며 냉정하게 말했다.

"물론 쓸모가 있겠지요. 하지만 그런 것은 문제 밖이오."

히스는 입 속으로 중얼거렸다.

"그렇기는 하지만 클리버 녀석은 검사님에게 굉장히 몹쓸 짓을 했
잖습니까?"

*1 피렌체의 조각가. 유명한 세례자 요한의 상이 있다. 1386~1466.

날짜의 모순

9월 15일 토요일 오전 9시

다음날 아침 매컴과 번스와 나는 프린스 조지에서 함께 아침 식사를 하고 9시 조금 지나 지방검사국에 닿았다.

히스 형사부장이 클리버를 거느리고 응접실에서 기다리고 있었다.

들어올 때의 클리버의 태도로 보아 형사부장이 그다지 융숭한 대접을 하지 않았음을 알 수 있었다. 클리버는 대들 것 같은 기세로 성큼성큼 지방검사 책상으로 걸어가 냉정하고 노여움에 가득 찬 눈길로 매컴을 보았다. 그는 끓어오르는 노여움을 억누른 가시돋친 온화한 말투로 물었다.

"나를 체포할 셈입니까?"

매컴이 쌀쌀하게 말했다.

"아직은 그렇지 않습니다. 그러나 체포된다 하더라도 불평할 데는 당신 자신뿐이지요, 어쨌든 앉으십시오."

클리버는 망설이는 듯하더니 가장 가까운 의자에 앉았다.

"어째서 내가 7시 30분밖에 안됐는데 당신 부하인 이 형사에게 침대에서 끌려 나와야 합니까?"

클리버는 엄지손가락으로 히스를 가리켰다.

"그리고 내가 이처럼 고압적이고 터무니없는 처사에 항의했다고 해서 어째서 소환장이니, 체포장이니 하며 위협합니까?"

"당신은 다만 내 초대를 자발적으로 승인하지 않았으므로 법적인 절차를 취하겠다는 위협을 당했을 뿐입니다. 그리고 오늘은 주말인데다 당신의 설명을 급히 들어야 할 일이 있었기 때문입니다."

"이런 조건 아래에서 당신에게 어떤 설명을 하다니요, 당치도 않습니다."

클리버는 어디까지나 태연한 척했으나 자신을 억누르는데 곤란을 느끼고 있었다.

"나는 당신이 편리할 때 여기 끌어다가 고문할 수 있는 소매치기가 아닙니다."

매컴이 어쩐지 기분 나쁜 투로 말했다.

"그러시다면 나로서는 더할 나위 없이 만족스럽습니다. 하지만 당신이 자유로운 시민으로서 설명을 거절하겠다면, 나로서는 당신의 지금 신분을 변경시키는 수밖에 달리 방법이 없습니다."

매컴은 히스 쪽을 보았다.

"부장, 복도 건너편 방에 가서 벤에게 찰즈 클리버에 대한 체포장을 작성시키오. 그 다음 이 신사를 구치소에 수감시키시오."

클리버는 긴장하며 침을 꿀꺽 삼켰다.

"무슨 죄로?"

"마거리트 오델 살해죄로."

클리버는 의자에서 벌떡 일어났다. 얼굴에서 핏기가 가시고 목의 근육이 발작적으로 경련을 일으켰다.

"기다리십시오. 너무 거칠게 나오시는군요. 그러면 결국 당신이 집니다. 천년이 걸려도 그 죄를 나에게 씌우지는 못할 겁니다."

"그럴지도 모르지요. 하지만 당신이 여기서는 이야기하기 싫다고 한다면 법정에서 말하도록 만들겠습니다."

"여기서 이야기하겠습니다."

클리버는 다시 앉았다.

"무엇을 묻고 싶은 겁니까?"

매컴은 여송연을 꺼내 천천히 불을 붙였다.

"첫째로, 어째서 당신은 월요일 밤 분턴에 있었다고 거짓말했습니까?"

클리버는 그런 질문을 받으리라 미리 짐작하고 있었음이 틀림없었다.

"카나리아가 죽었다는 기사를 읽었을 때 알리바이가 필요했습니다. 때마침 동생이 분턴에서 받은 소환장을 나에게 주었지요. 나로서는 안성맞춤의 알리바이를 얻은 셈이었으므로 그것을 썼습니다."

"어째서 알리바이가 필요했지요?"

"필요는 없었습니다만, 성가신 일이 없도록 하기 위해서였지요. 세상 사람들은 내가 오델을 쫓아다닌 것을 알고 있었고, 일부 사람들은 그녀가 나에게 협박한 사실도 알고 있었으니까요. 어리석게도 내가 말했기 때문입니다. 예를 들면 매닉스에게도 말했습니다. 우리는 둘 다 그녀에게 당했지요."

"그것이 알리바이를 꾸며낸 유일한 이유입니까?"

매컴은 날카롭게 클리버를 지켜보았다.

"충분한 이유가 안될까요? 협박이 동기를 구성했을 테니까요. 안 그렇습니까?"

"동기에 머무를 정도가 아니라 불쾌한 혐의를 불러일으키지요."

"그렇겠지요. 나로서는 다만 그 사건에 휘말려들고 싶지 않았을 뿐입니다. 내가 그 사건에 말려들지 않도록 했다고 해서 공격받을 이유는 없을 텐데요."

매컴은 어쩐지 기분 나쁜 미소를 떠올리며 몸을 앞으로 내밀었다.

"오델 양이 당신에게 협박했다는 사실이, 당신이 소환장에 대해 거짓말한 유일한 이유는 아니었으며 또한 주요한 이유도 아니었을 겁니다."

클리버는 눈을 가느다랗게 떴으나 그 밖의 부분은 마치 조각한 상처럼 꼼짝도 하지 않았다. 그는 애써 태연한 목소리로 말했다.

"당신은 물론 나보다 더 잘 아시겠지요."

매컴이 바로잡았다.

"더 잘 안다고 할 수는 없습니다, 클리버 씨. 하지만 거의 같은 정도로 알고 있을 겁니다. 당신은 월요일 밤 11시부터 자정까지 어디 있었습니까?"

"아마 당신이 알고 있는 일 가운데 하나일 텐데요."

"맞습니다. 당신은 오델 양 방에 있었습니다."

클리버는 비웃었으나 매컴의 힐난이 불러일으킨 충격은 감출 길이 없었다.

"당신이 그렇게 생각하고 있다면 아무것도 모르는 거나 다름없습니다. 나는 벌써 2주일 동안이나 그녀의 방에 발을 들여놓은 적이 없었으니까요."

"나에게는 당신의 말을 부정하는 믿을 만한 증인이 있습니다."

"증인이라고요?"

그 말은 클리버의 바싹 죄어진 입술에서 저도 모르게 튀어나온 것 같았다.

매컴은 고개를 끄덕였다.

"당신이 월요일 밤 12시 5분 전에 오델의 방에서 나와 뒷문을 지나 어디론가 가버리는 것을 본 사람이 있습니다."

클리버의 턱이 조금 늘어지며 괴로운 숨소리가 뚜렷이 들렸다.

매컴은 냉혹한 목소리로 말을 이었다.

"그리고 11시 30분부터 12시 사이에 오델 양은 교살되었고, 도둑을 맞았습니다. 이 점에 대하여 당신은 뭐라고 말하겠습니까?"

한참 동안 긴장된 침묵이 흘렀다. 이윽고 클리버가 입을 열었다.

"그것은 잘 생각해 봐야겠습니다."

매컴은 끈기 있게 기다렸다. 몇 분 뒤 클리버는 앉음새를 고치고 어깨를 폈다.

"그날 밤에 내가 무엇을 했는지 말씀드리기로 하지요, 믿든 안 믿든 그것은 당신 자유입니다."

클리버는 또다시 냉정하고도 자제력 있는 도박사가 되어 있었다.

"당신에게 증인이 몇 사람 있든 나로서는 상관없습니다. 당신이 나에게서 끌어낼 수 있는 이야기는 그것뿐입니다. 처음부터 말씀드려야 하겠지만, 뒤에서 밀지도 않는데 스스로 뜨거운 물에 발을 들여넣을 필요는 없다고 생각했었지요, 지난 화요일에 말씀드렸더라면 믿어주었을지도 모르겠지만, 지금은 뭔가 생각이 있는 것 같고 또한 신문의 입을 막기 위해 누군가 체포하기를 바라는 듯하므로……"

매컴이 명령했다.

"이야기하시오, 그것이 진실된 사실이라면 신문 따위는 생각할 필요가 없습니다."

클리버는 마음속으로 매컴의 말이 옳다는 것을 알고 있었다. 누구하나——가장 신랄한 정적(政敵)도——매컴의 아무리 하찮은 일이라도 부정한 행위에 의해 Kudos(명성)를 샀다고 비난하는 사람은 없었다.

클리버가 말하기 시작했다.

"실제로는 그다지 말씀드릴 것이 없습니다. 나는 12시 조금 전 오델의 집에 갔습니다만 방에는 들어가지 않았습니다. 벨조차도 누르지 않았지요."

"그것이 당신이 방문할 때 늘 하는 방식입니까?"

"이상하다고 여기겠지요? 하지만 어쨌든 정말입니다. 나는 그녀를 만날 생각이었습니다. 만나고 싶었습니다. 그런데 문 앞까지 갔을 때 어떤 일 때문에 생각이 달라졌던 겁니다."

"잠깐만. 그 집에는 어떻게 들어갔습니까?"

"뒷문으로 들어갔습니다. 골목 구석에 있는 문 말입니다. 열려 있을 때에는 늘 그리로 드나들지요. 오델 양이 그러기를 바랐으니까요. 그래야만 내가 자주 드나드는 것을 전화교환원에게 들키지 않기 때문이었지요."

"그럼, 월요일 밤 그 문에 빗장이 질러져 있지 않았습니까?"

"빗장이 질러져 있었다면 내가 어떻게 들어갈 수 있었겠습니까? 비록 열쇠를 가지고 있었다 하더라도 아무 소용없었을 겁니다. 그 문은 안쪽에서 빗장을 지르게 되어 있으니까요. 그런데 그 문에 밤에 빗장이 질러져 있지 않은 것은 내가 기억하는 한 그날 밤이 처음이었습니다."

"좋습니다. 당신은 뒷문으로 들어갔단 말씀이지요? 그 다음에 어떻게 했습니까?"

"좁은 복도를 지나 오델 양 방문 앞에 서서 잠시 귀 기울였습니다. 그녀 말고 또 다른 사람이 있을지도 모른다고 생각한데다, 그녀가 혼자 있지 않는 한 벨을 누르고 싶지 않았기 때문입니다."

번스가 끼어들었다.

"말씀하시는 도중 실례입니다만, 클리버 씨, 어째서 다른 사람이 있을지도 모른다고 생각하셨습니까?"

클리버는 머뭇거렸다.

그러자 번스가 거들어 주었다.

"그것은 그 조금 전 오델 양에게 전화를 걸었는데 남자 목소리가 대답했기 때문이 아닙니까?"

클리버는 천천히 고개를 끄덕였다.

"그렇지 않다고 말해 봐야 쓸데없는 일이겠지요……. 그렇습니다, 그 때문이었습니다."

"그 사람은 당신에게 뭐라고 말했습니까?"

"짤막했습니다. '여보시오'하고는 내가 오델 양을 바꿔달라고 하자 없다고 하며 끊어버렸습니다."

번스는 매컴에게 말을 걸었다.

"이로써 12시 20분전 오델 양 방으로 전화가 걸려왔었다던 제섭의 말이 맞는 셈이로군."

매컴은 흥미없는 말투로 대답했다.

"그렇구먼."

그는 그 이후에 생긴 일에 대한 클리버의 진술에 정신이 쏠려 있었다. 그는 번스가 중단시킨 데서부터 다시 질문을 시작했다.

"당신은 방문 앞에서 귀 기울이고 있었다고 했지요? 어째서 벨을 누르지 않았습니까?"

"안에서 남자 목소리가 들려왔기 때문입니다."

매컴은 긴장하며 몸을 똑바로 폈다.

"남자 목소리라고요? 틀림없습니까?"

클리버는 아주 사무적인 말투로 대답했다.

"네, 그렇습니다. 남자 목소리였습니다. 그렇지 않다면 벨을 눌렀을 겁니다."

"그 목소리는 귀 익은 것이었습니까?"

"아닙니다, 결코. 뚜렷하지 않은 좀 쉰 목소리였습니다. 내 귀에 익은 어느 누구의 목소리도 아니었습니다. 그러나 전화로 대답했던 목소리가 틀림없었다고 생각합니다."

"뭐라고 말했는지 조금도 듣지 못했습니까?"

클리버는 눈썹을 모으며 매컴의 어깨 너머로 열려 있는 창문을 바라보았다.

그는 천천히 말했다.

"그 말이 어떤 식으로 들렸는지 기억하고 있습니다. 그때는 그다지 마음에 두지 않았었는데, 다음날 신문을 읽고 그 말이 생각났습니다."

매컴은 더 기다릴 수 없는 듯 말참견했다.

"뭐라고 했었지요?"

"내 귀에는 '오오, 하느님. 오오, 하느님'하는 소리로 들렸습니다. 두세 번 되풀이하더군요."

이 진술은 낡고 침침한 사무실에 일종의 공포감을 가져다주는 듯싶었다. 클리버가 아주 담담한 말투로 그 고뇌의 외침을 되풀이했으므로 그 공포감은 더욱 절실했다.

잠시 뒤 매컴이 물었다.

"그 남자의 목소리가 들렸을 때 당신은 어떻게 했습니까?"

"가만히 좁은 복도를 돌아 뒷문을 지나 바깥으로 나왔습니다. 그리고 집으로 돌아갔지요."

짧은 침묵이 흘렀다. 클리버의 증언은 뜻밖의 성질을 띤 것이었으나 매닉스의 진술과 꼭 들어맞았다.

이윽고 번스가 의자에서 몸을 일으키며 물었다.

"그런데 클리버 씨, 당신은 12시 20분 전——오델 양 아파트에 전화건 다음부터 12시 5분 전——그 아파트의 뒷문을 지나 들어갈 때까지 무엇을 했습니까?"

조금 뒤 클리버가 대답했다.

"23블록에서 지하철을 타고 주택가로 갔습니다."

"이상하군요, 이상하지 않습니까?"

번스는 물끄러미 담배 끝을 들어다보았다.

"그 15분 사이에 당신은 어느 누구에게도 전화를 걸 수 없었을 텐데요."

나는 갑자기 앨리스 라 포스 양이, 월요일 밤 12시 10분 전 클리버로부터 전화가 걸려 왔다고 했던 말이 생각났다. 번스는 이 질문을 함으로써 자기가 알고 있는 사실을 덮어두고도 상대방의 마음에 불안감을 불러일으키는 데 성공했다. 너무 깊이 말꼬리를 잡힐지도 모른다고 여긴 듯 클리버는 얼버무리려고 했다.

"72블록에서 지하철을 내리면 오델 양의 집까지 한 블록인데 그곳으로 걸어가는 동안 누구에게든 전화 걸 수 있지 않겠습니까?"

번스는 중얼거렸다.

"그럴지도 모르지요. 하지만 수학적으로 생각해 볼 때, 당신이 12시 20분 전에 오델 양에게 전화를 걸고 나서 지하철로 72블록까지 가서 내린 다음 71블록까지 한 블록을 걸어가 그녀 아파트의 방문 앞에서 귀 기울였다가 다시 나왔다면……그 동안에 걸린 시간은 모두 겨우 15분입니다. 그러므로 도중에 어디 들어가 전화 걸 만한 여유는 거의 없었을 겁니다. 하지만 구태여 그 점을 따지려는 것은 아닙니다. 그보다도 당신이 11시부터 오델 양에게 전화건 12시 20분까지 무엇을 하고 있었는지 꼭 말씀해 주시기 바랍니다."

"솔직히 말씀드린다면 나는 그날 밤 몹시 화가 나 있었습니다. 나는 오델 양이 다른 남자와 외출한 것을 알고 있었지요. 나와의 약속을 지키지 않았던 겁니다. 그래서 한 시간 이상이나 담배를 피우고 안절부절못하며 거리를 서성거렸습니다. ”

“거리를 서성거렸단 말씀입니까? ”

번스는 눈살을 찌푸렸다.

클리버는 괘씸하다는 듯이 말했다.

“그렇습니다. ”

그는 매컴 쪽으로 몸을 돌려 살피는 눈초리로 보았다.

“당신은 기억하고 있겠지요? 린드퀴스트 의사에게 물어보면 뭔가 알 수 있을지도 모른다고 내가 말씀드린 것을. 그 사람을 만나보았습니까? ”

매컴이 대답하기 전에 번스가 말했다.

“맞아, 바로 그거야, 린드퀴스트 의사, 맞아. 물론…… 그렇습니다, 클리버 씨. 당신은 거리를 서성거리고 있었군요, ‘거리를’…… 네, 당신은 진실을 말하셨습니다. 그래서 나는 ‘거리’라는 말을 그대로 되풀이하는 겁니다. 그런데 당신은 느닷없이 린드퀴스트 의사에 대해 물었는데, 어째서 그 이야기를 꺼내는 겁니까? 아무도 그에 대한 말을 하지 않았는데요.

　하지만 그 ‘거리’라는 문구……그것과 연관 있습니다. 거리와 린드퀴스트 의사는 하나입니다……파리와 봄이 하나이듯. 잘 어울립니다. 아주 잘 어울립니다. 이로써 나는 수수께끼의 한 가닥을 또 하나 찾아냈습니다. ”

매컴과 히스 형사부장은 번스가 갑자기 미치지 않았나 생각하며 지켜보았다.

번스는 아주 침착하게 담배 케이스에서 레지를 한 대 골라내어 불을 붙였다. 그는 클리버에게 위로하는 듯한 미소를 지어보이며 말을 이었다.

"이제 말씀해도 좋을 때가 아니겠습니까? 월요일 밤 거리를 헤매 다니다가 몇 시에 어디서 린드퀴스트를 만났습니까? 당신이 말하지 않으면 어쩔 수 없이 내가 당신 대신에 그다지 틀리지 않게 맞춰보겠습니다."

클리버가 입을 열 때까지 꼬박 1분이 걸렸다. 그동안 깜박이지 않던 그의 냉정한 눈은 지방검사의 얼굴에서 한 번도 떠나지 않았다.

"내가 해야 할 이야기는 거의 모두 말씀드렸으며 남은 것은 그뿐입니다."

클리버는 온화하고 우울하게 웃었다.

"나는 11시 30분 조금 전에 오델 양 집으로 갔습니다. 그 시각에는 돌아와 있으리라 생각했기 때문입니다. 그런데 나는 골목 입구에 서 있는 린드퀴스트 의사와 딱 마주쳤습니다. 그가 먼저 말을 걸어 오델 양이 누군가와 함께 방에 있다고 가르쳐주더군요. 그래서 나는 길모퉁이를 돌아 앤서니어 호텔까지 걸어갔습니다. 그리고 10분쯤 지난 뒤 오델 양에게 전화를 걸었는데 아까 말씀드렸듯이 남자가 대답을 했습니다.

나는 10분쯤 더 기다렸다가 오델 양 친구에게 전화를 걸었습니다. 파티를 열 수 없을까 해서 말입니다. 그러나 그것도 안 된다고 하기에 다시 오델 양의 집으로 갔지요. 의사는 이미 가버리고 없었으므로 골목을 지나 뒷문으로 들어갔습니다. 그리고 아까 말씀드린 대로 1분쯤 귀 기울여 듣고 있었는데, 남자 목소리가 나기에 그만 집으로 돌아가고 말았습니다. 이것이 모두입니다."

이때 스워커가 들어와 히스 형사부장에게 뭐라고 귀엣말을 했다. 부장은 힘차게 일어나 비서의 뒤를 따라 방에서 나갔다. 곧 다시 돌아온 그는 질긴 갈색 종이로 된 불룩한 서류철을 안고 있었다. 그것을 매컴에게 건네주며 다른 사람에게는 들리지 않는 나직한 목소리로 뭐라고 말했다.

매컴은 놀라며 불쾌해하는 것 같았다. 손을 저어 부장을 자리로 돌려보내고 클리버 쪽으로 얼굴을 돌렸다.

"2, 3분 동안 응접실에서 기다려야겠습니다. 다른 긴급한 문제가 생겨서요."

클리버는 아무 말없이 방을 나갔다. 매컴이 서류철을 펼쳤다.

"나는 이런 짓은 좋아하지 않소, 부장. 어제 당신이 이야기를 꺼냈을 때 그렇게 말했을 텐데요."

"미안합니다."

그러나 내가 보기에 히스 형사부장은 그 말투에 나타난 것만큼 실제로는 후회하고 있지 않는 듯했다.

"하지만 그 편지며 여러 가지가 모두 클리버가 말한 대로이고 거짓말이 아니라면, 꺼내 왔었다는 것을 아무도 모르게 부하를 시켜 다시 갖다놓겠습니다. 그것을 조사해 보고 클리버가 거짓말한 것이 드러나면 압수해 온 명분을 떳떳이 내세울 수 있지 않겠습니까?"

매컴은 그 점에 대해 이러니저러니 따지지 않았다. 그는 내키지 않는 태도로 편지를 훑어보고 그 날짜를 주의 깊게 조사하기 시작했다. 두 장의 사진을 대강 살펴보고 내려놓더니 펜과 잉크로 스케치한 듯한 한 장의 종이쪽지를 역겨운 듯이 찢어서 휴지통에 던졌다. 내가 보건대 세 통의 편지가 옆에 따로 남겨졌다. 약 5분 동안에 걸쳐 다른 모든 것의 점검이 끝나자 매컴은 그것들을 다시 서류철에 끼웠다. 그리고 히스에게 고개를 끄덕여 보였다.

"클리버를 다시 데려오시오."

매컴은 일어나 몸을 돌려 창 밖을 내다보았다. 클리버가 다시 책상 앞에 앉자 매컴은 돌아다보지도 않고 물었다.

"당신은 지난 6월에 돈을 주고 오델 양으로부터 편지를 돌려받았다고 했지요? 그 날짜를 기억합니까?"

클리버가 선뜻 대답했다.

"정확하게는 기억하지 못합니다. 아마 6월 초였을 겁니다. 첫째 주일이었다고 생각합니다."

매컴은 몸을 홱 돌려 따로 남겨놓은 편지를 가리켰다.

"그렇다면 7월 말경 애딜런덕스에서 오델 양에게 보낸 화해하자는 편지가 어째서 당신 집에 있지요?"

클리버의 자제력은 완벽했다. 그는 잠시 시무룩한 표정으로 입을 다물고 있더니 부드럽고 조용한 목소리로 한마디 했다.

"당신은 물론 그 편지를 합법적으로 손에 넣었겠지요?"

매컴은 움찔했으나, 동시에 클리버가 어디까지나 사람을 속이려들므로 울화통을 터뜨리고 말았다.

"유감스럽지만 이 편지들은 당신 방에서 꺼내 온 것입니다. 내 명령을 어기고 꺼내 온 것임에는 틀림없습니다만, 뜻하지 않게 내 손에 들어온 이상 당신으로서 가장 현명한 길은 해명하는 겁니다. 오델 양 방에는 시체가 발견된 날 아침 텅 빈 서류상자가 있었는데, 모든 점으로 보아 월요일 밤에 열려진 것이었습니다."

클리버는 메마른 웃음소리를 냈다.

"그렇겠지요, 지당한 말씀입니다. 실은 솔직히 말해서 당신이 믿어주리라고는 기대하고 있지 않습니다만, 나는 요구받은 돈을 3주일쯤 전인 8월 중간 무렵까지 오델 양에게 치르지 않고 있었습니다. 그때 모든 편지를 돌려받았습니다. 나는 되도록 날짜를 앞당겨놓고 싶었으므로 당신에게는 6월이라고 말씀드렸습니다. 사건이 오랜 것일수록 당신의 의심을 덜 받으리라고 생각했던 겁니다."

매컴은 결심이 서지 않는 듯 편지를 만지작거리며 서 있었다. 이런 그의 망설임에 결정타를 먹인 것은 번스였다.

"내 생각으로는 클리버 씨의 해명을 그대로 받아들이고 그 billet doux(연애편지)를 돌려드리는 게 어떨까 하네."

매컴은 잠시 망설이더니 그 서류철을 집어 들어 세 통의 편지를 도로 넣은 다음 클리버에게 건네주었다.

"이 편지의 압수는 내 승인 없이 이루어졌다는 것을 양해해 주기 바랍니다. 가지고 돌아가셔서 처분하시는 게 좋겠지요. 더 이상 당신을 붙잡아두지 않겠습니다. 하지만 필요할 때 언제든지 연락이 닿도록 해 주십시오."

"나는 달아나지도 숨지도 않습니다."

히스 형사부장이 그를 엘리베이터까지 안내했다.

전화 걸려오다

9월 15일 토요일 오전 10시

히스는 어찌할 바 모르겠다는 듯이 고개를 가로저으며 돌아왔다.

"오델이 살해된 월요일 밤에는 너나할 것 없이 모두 밤샘을 한 모양입니다."

번스가 말을 받았다.

"정말이오. 숙녀 숭배자들의 한밤중 회의가 있었나 보오. 매닉스는 틀림없이 거기 있었고, 클리버는 린드퀴스트를 보았고, 린드퀴스트는 스포츠우드를 보았고……"

"맞습니다. 그런데 스킬을 본 사람은 아무도 없군요."

매컴은 말했다.

"곤란한 것은 클리버의 말이 어느 정도 진실인지 모르는 점일세. 그건 그렇고 번스, 그가 정말 8월에 편지를 돌려받았다고 믿나?"

"그것을 알면 문제가 없지. 아무튼 뒤얽혀 있네."

히스가 주장했다.

"어쨌든 클리버가 12시 20분전 오델에게 전화 걸었으며 남자가 대답했다는 진술은 제섭의 증언과 맞아 들어갑니다. 그리고 그날 밤 클리버가 린드퀴스트를 만났다는 것도 정말인 듯합니다. 의사의 이야기를 맨 먼저 비춘 건 그였으니까요. 그는 의사가 클리버를 보았다고 말할지도 모르기 때문에 선수친 겁니다."

번스가 끼어들었다.

"하지만 클리버에게 그럴 듯한 알리바이가 있다면 의사가 거짓말한다고 잘라 말할 수도 있었을 거요. 어쨌든 당신이 클리버의 감동해 마지않는 전설을 믿든 안 믿든 그날 밤 오델의 방에 스킬 이외의 손님이 있었다는 내 말은 틀림없소."

"그건 그렇습니다."

히스 형사부장은 어쩔 수 없이 양보했다.

"비록 그렇다 하더라도 그 또 다른 남자가 스킬에게 불리한 증거를 제공해 줄지 모른다는 점에서 가치가 있습니다."

"그럴지도 모르오, 부장."

매컴은 어찌할 바를 몰라 눈살을 찌푸렸다.

"다만 내가 알고 싶은 것은 어째서 뒷문의 빗장이 벗겨져 있었으며, 또 어떻게 다시 질러져 있었느냐는 점일세. 자정쯤에 벗겨져 있어 매닉스와 클리버가 모두 그 문을 이용했다는 것을 알게 된 지금에 와서 말이네."

번스가 너그럽게 말했다.

"자네는 참으로 시시한 것을 다 걱정하는군. 그 문에 대한 것은 카나리아의 금빛 새장에 스킬과 함께 있었던 인물이 누구인지만 알면 저절로 풀려지네."

"끝까지 따지고 들어가면 결국 매닉스, 클리버, 린드퀴스트 세 사람 가운데 누구라는 이야기가 되겠지. 거기에 있음직했던 사람은 그 세 사람뿐이니까. 게다가 클리버의 말을 믿는다면 세 사람 모두

11시 30분부터 12시 사이에 그 방에 들어갈 기회를 가지고 있었거든."

"맞네. 하지만 린드퀴스트가 그 가까이에 있었다는 점에 대해서는 클리버의 진술이 있었을 뿐일세. 더욱이 그 증언이 확인된 것도 아니니 백합처럼 순백한 진실로 받아들일 수는 없네."

히스 형사부장이 갑자기 시계를 보았다.

"그건 그렇고, 당신이 11시에 만나고 싶다던 그 간호원은 어떻게 하시겠습니까?"

"아아, 벌써 한 시간 동안이나 그녀의 일에 마음 쓰고 있었소."

번스는 정말로 당황하는 것 같았다.

"하지만 실은 나는 그 간호원을 만나고 싶은 생각이 조금도 없소. 나는 하늘의 계시를 기다리고 있소, 부장. 10시 30분까지 그 의사를 기다려보기로 합시다."

번스가 미처 그 말을 끝내기도 전에 스워커가 린드퀴스트 의사가 급한 용건이라고 하며 와 있다고 매컴에게 알렸다. 매컴은 느닷없이 웃음을 터뜨렸고, 히스는 의아한 얼굴로 번스를 보았다.

"마술은 아니오, 부장."

번스는 미소 지었다.

"그 의사는 우리가 어제 거짓말의 꼬리를 거의 붙잡고 있다는 것을 깨달았던 거요. 그래서 먼저 자기편에서 해명하기로 마음먹은 거지요. 이야기가 간단하잖소?"

"그렇군요."

히스의 의아한 표정이 사라졌다.

방을 들어서는 린드퀴스트 의사의 모습에서 여느때의 거드름피우는 태도가 사라져버리고 없음을 나는 알 수 있었다. 그 태도는 죄송스러워하는 듯하기도 했고 불안해하는 듯싶기도 했다. 어떤 크나큰 고민에 짓눌려 있음이 틀림없었다.

의사는 매컴이 가리키는 의자에 앉으며 말을 꺼냈다.

"오늘, 이렇게 찾아뵌 것은 월요일 밤에 대해 사실을 말씀드리고 싶기 때문입니다."

매컴이 기운을 북돋아주듯 말했다.

"사실을 알려주시겠다면 언제든지 환영합니다."

린드퀴스트 의사는 잘 알았다는 듯이 허리 굽혀 인사했다.

"처음 뵈었을 때 사실을 말씀드리지 않은 것을 깊이 후회하고 있습니다. 하지만 그때는 문제의 중대성을 충분히 헤아리지 못했었지요. 게다가 한번 거짓말해 버리면 그것을 밀고 나가는 수밖에 없다고 여겨지는 법입니다. 그러나 곰곰이 생각해 보면 정직이 가장 현명한 길이라는 결론에 이르게 된 것이지요."

"실은 검사님, 월요일 밤 내가 말씀드린 시각에 나는 블리든 부인 곁에 있지 않았습니다. 10시 30분쯤까지 집에 있었습니다. 그리고 오델 양의 아파트로 떠나 11시 조금 전에 닿았지요. 그리하여 11시 30분까지 바깥에 서 있다가 집으로 돌아왔습니다."

"그렇게 간단히 말씀하지 말고 좀더 자세히 설명해 주십시오."

"알고 있습니다. 자세히 말씀드릴 생각입니다."

린드퀴스트 의사는 망설이고 있었다. 그 파리한 얼굴에 긴장된 표정이 떠올랐으며 두 손이 꼭 쥐어져 있었다.

"나는 오델 양이 스포츠우드라는 남자와 식사하고 극장에 가는 것을 알고 있었습니다. 그 일을 생각하니 마음이 우울해지기 시작했습니다. 오델 양의 애정이 변한 것은 모두 스포츠우드 때문이었지요. 그가 비집고 들어왔기 때문에 나는 그녀에게 협박하는 처지가 되어버렸던 것입니다.

그날 밤 집에 앉아 사태를 이리저리 생각하는 동안 나는 협박을 실행에 옮겨야겠다는 충동에 사로잡히고 말았습니다. 이처럼 참을 수 없는 상황에 매달려 있지 말고 당장 결말내어서 나쁠 것은 아무것도 없다, 스포츠우드도 함께 파멸시켜서 안 될 것은 없지 않은가 하고 생각했지요."

린드퀴스트 의사는 이야기하는 동안 차츰 더 흥분해 갔다. 눈언저리의 신경이 경련을 일으켰고 어깨가 오한을 누르려 해도 누를 길 없는 듯 와들와들 떨렸다.

"헤아려주시기 바랍니다, 검사님. 나는 죽도록 고민했으며, 스포츠우드가 미워서 내 이성이 흐려졌던 모양입니다. 나는 무슨 일을 하려는지 나 자신도 모를 지경에 이르렀고, 애가 타서 가만히 있을 수 없는 기분에 몰렸습니다. 그래서 주머니에 권총을 숨겨 넣고 급히 집에서 나왔지요. 오델 양과 스포츠우드가 이제 곧 극장에서 돌아올 시각이었으므로 방 안으로 억지로 밀고 들어가 계획했던 일을 해치울 생각이었습니다.

길 건너편에서 나는 두 사람이 집으로 들어가는 것을 보았습니다. 11시쯤이었지요. 하지만 막상 현실과 마주치고 보니 망설이지 않을 수 없었습니다. 그리고 나는 그 복수를 연장시키는 일에 어떤 미친 사람 같은 만족을 느꼈으며, 그 두 사람을 언제든지 내 마음대로 할 수 있다고 생각함으로써 나를 위로했던 것입니다."

의사의 두 손은 멈추려 해도 멎지 않는 떨림에 사로잡힌 듯 흔들리고 눈언저리의 경련이 더욱 더 심해졌다.

"나는 30분쯤 그런 생각을 즐기며 기다렸습니다. 그리고 막 뛰어들어가 결말내려고 하는 바로 그때, 클리버라는 남자가 훌쩍 나타나 나를 보고 말았습니다. 그는 걸음을 멈추더니 말을 걸어왔습니다. 나는 그도 역시 오델 양을 찾아왔나 보다고 생각되어 다른 손님이 와 있다고 말해 주었지요.

그러자 그는 브로드웨이 쪽으로 걸어가 버렸습니다. 클리버가 길 모퉁이를 돌아가기를 기다리는 동안, 스포츠우드가 집에서 나와 때 마침 그곳에 닿은 택시에 올라탔습니다. 나는 그 순간 어떤 무서운 악몽에서 깨어난 기분이 들더군요. 거의 기절해 버릴 것 같은 상태로 겨우 집까지 돌아왔습니다. 일은 이렇게 되었던 것입니다. 아슬아슬했지요."

린드퀴스트 의사는 맥이 쑥 빠지는 듯 의자에 몸을 묻었다. 이야기하는 동안 의사를 불지르고 있던 억압된 신경의 흥분이 지금은 사그라지고 힘이 시들어 멍해진 듯했다. 그는 몇 분 동안 코고는 듯한 거친 숨을 내쉬며, 두 번쯤 한 손을 힘없이 앞이마로 가져갔다. 질문 받을 수 있을 만한 상태가 아니었으므로 매컴은 마침내 트레이시를 불러 그의 집까지 바래다주도록 일렀다.

번스가 대수롭지 않게 여기는 듯 말했다.

"히스테리에서 오는 일시적인 피로일세. 편집증환자는 모두 신경쇠약이 심하지. 1년도 못되어 정신병원으로 갈걸."

히스가 이상심리 문제에 구애받을 수는 없다는 듯 초조하게 말했다.

"그건 그렇겠지만, 지금 내가 흥미 느끼는 것은 그 사나이들의 이야기가 모두 연결되어 있다는 점입니다. 번스 씨."

매컴이 고개를 끄덕였다.

"그렇소. 그들의 진술에는 의심할 여지가 없는 진실의 밑바탕이 있소."

번스가 끼어들었다.

"하지만 잘 생각해 보게. 그들의 이야기를 듣고 이 사람은 범인이 아니라고 제거할 만한 이가 아무도 없다는 사실을 말이네. 그들의 이야기는 부장 말대로 완전히 일치되고 있네. 하지만 모두 솜씨 좋게 조정되어 있는데도 불구하고 여전히 세 사람 가운데 누구든 그 날 밤 오델의 방에 들어갈 수 있었다는 점에는 변함이 없거든.

예를 들어 매닉스를 보세. 매닉스는 클리버가 가서 엿듣기 전에 2호실에서 오델의 방에 들어갈 수 있었을지도 모르네. 그리고 오델의 방에서 나오다가 클리버가 나가는 것을 보았을지도 모르지. 클리버는 11시 30분에 의사에게 말을 걸고 앤서니어까지 걸어갔다가 12시 조금 전에 다시 돌아와 그녀의 방으로 들어갔다가, 매닉스가 플리스비 양의 방문을 열고 얼굴을 내밀려 할 때 마침 그 방에서 나왔을지도 모르네.

그리고 그 성급한 의사는 11시 30분에 스포츠우드가 나온 다음 오델의 방으로 들어가 20분쯤 있다가 클리버가 앤서니어에서 되돌아 나오기 전에 물러갈 수도 있었을 테지. 그러므로 그들의 이야기가 모두 일치한다는 사실은 그들 가운데 누구 하나도 무죄로 인정해 줄 만한 가치가 없다는 것과 같네."

매컴이 덧붙였다.

"게다가 그 '오오, 하느님'이라는 외침은 매닉스나 린드퀴스트가 낸 것인지도 모르네. 클리버가 정말로 들었다면."

번스가 말했다.

"그가 들은 것만은 사실일 테지. 방 안에 있던 누군가가 자정쯤 하느님을 불렀을 걸세. 클리버에게는 그처럼 소름끼치는 bonne-bouché(음식의 썩 좋은 맛)를 만들어 낼만한 연극적인 감각이 없네."

매컴이 이의를 내세웠다.

"하지만 클리버가 정말로 그런 목소리를 들었다면 자동적으로 그는 용의자에서 제외되어야 하지 않겠는가?"

"천만에. 그는 그 목소리를 그 방에서 나온 뒤 들었을지도 모르네.

그래서 자기가 그 방에 들어가 있는 동안 누군가가 숨어 있었다는 것을 비로소 깨달았을지도 모르지."

"자네 말은 벽장 안에 숨어 있었던 사나이를 뜻하는 것인가?"

"아암, 물론이지. 여보게, 매컴, 그것은 스킬이었을지도 모르네. 숨어 있었던 곳에서 나오자 참담한 광경에 부딪쳐 그런 복음서적인 기도 소리가 저절로 나왔을지 누가 아나?"

매컴이 짓궂게 말을 받았다.

"그러나 나는 스킬이 유별나게 종교적이라는 인상은 받지 않았네."

번스는 어깨를 으쓱했다.

"그런가? 실증해 볼 만한 점이로군. 믿음이 없는 사람은 그리스도 교도보다 훨씬 자주 하느님을 부른다네. 진실하고 철저한 신학자만이 무신론자이지."

뚱하니 생각에 잠겨 있던 히스 형사부장이 입에서 여송연을 떼어내며 깊이 한숨을 내쉬더니 걸걸한 목소리로 말했다.

"그렇습니다. 스킬 이외의 다른 누군가가 오델의 방에 들어갔으며, '멋쟁이'가 벽장 안에 숨어 있었다는 것은 나도 인정하겠습니다. 하지만 그렇다면 그 또 한 사람은 스킬을 보지 못했던 셈이니 우리가 그 사람을 알아낸다 하더라도 그것으로서 일이 깨끗이 해결되는 것은 아니겠지요."

번스는 유쾌한 듯이 히스를 위로했다.

"그 점을 걱정할 필요는 없소, 부장. 그 수수께끼의 손님 정체를 알게 되면 당신의 울적한 마음은 확 날아가고 깜짝 놀라버리고 말거요. 당신은 그 사람을 찾아낸 시각을 대서특필할 테고, 너무 기뻐서 공중으로 뛰어오를 테지요. 환희의 노래를 부를 거요."

히스가 대답했다.

"천만에요."

스워커가 타이프 친 메모를 가지고 들어와 지방검사 책상 위에 놓았다.

"건축가로부터 지금 전화로 이런 보고가 들어왔습니다."

매컴은 그 메모를 죽 훑어보았다. 아주 간단한 것이었다.

"이것은 도움이 안 되겠군. 벽은 튼튼하고 필요 없는 틈은 하나도 없으며 비밀 출입구도 없음."

번스는 한숨을 쉬었다.

"안됐소, 부장. 유감스럽게도 당신의 영화적 착상은 단념해야겠소."

히스 형사부장은 우울한 얼굴로 신음했다. 그리고 매컴에게 말했다.

"뒷문 말고는 출입구가 없는데, 월요일 밤 그 문의 빗장이 벗겨져 있었다는 사실을 지금 알았으니 스킬을 기소할 수 없을까요?"

"할 수 없지는 않소, 하지만 부장, 우리로서 가장 난처한 점은 처음에는 빗장이 벗겨져 있었는데 스킬이 나간 다음 어떻게 다시 걸려졌는지 증명하는 일이오. 더욱이 에이비 루빈은 그 점을 물고 늘어질 게 틀림없소. 아니오, 좀더 기다리며 어떻게 발전하는지 보는 편이 낫겠소."

곧바로 어떤 일이 '발전'했다. 스워커가 들어와 스니트킨이 지금 만나고 싶어한다고 형사부장에게 알렸다.

스니트킨은 몹시 흥분한 얼굴로 들어왔다. 보니 잔뜩 겁먹은 초라한 옷차림의 60살쯤 된 키 작은 남자를 데리고 와있었다. 형사는 신문지에 싸인 작은 꾸러미를 들고 있었는데, 그는 그 꾸러미를 의기양양하게 지방검사 책상 위에 놓았다. 스니트킨이 보고했다.

"카나리아의 보석들입니다. 하녀에게 들은 품목을 조사했는데, 모두 있습니다."

히스는 재빠르게 앞으로 뛰어나갔고, 매컴은 이미 신경질적인 손놀림으로 꾸러미를 풀기 시작했다. 신문지가 펼쳐지자 우리 눈앞에 눈부신 작은 장신구 무더기가 보였다. 정교하게 세공된 반지 몇 개, 세 개의 멋진 팔찌, 반짝이는 태양 모양의 브로치, 사치스러운 디자인의 극장용 쌍안경. 그밖의 보석들은 모두 크고 특이한 모양으로 깎여진 것이었다.

매컴은 묻는 듯한 표정으로 보석에서 눈길을 돌려 스니트킨을 바라보았다. 그러자 그는 당연히 받아야 할 질문을 기다리지 않고 대뜸 설명했다.

"이 포츠라는 사람이 발견했습니다. 이 사람은 도로청소부로 23블록의 프레틸런 빌딩 가까이 있는 D. S. C(도로청소과) 통 속에서 이 보물들을 발견했다는 것입니다. 어제 오후에 발견하여 집으로 가져갔었는데, 그런 행위가 두려워져서 오늘 아침 경찰본부로 가지고 온 겁니다."

'하얀 날개'*¹의 포츠 씨는 겉으로 보아서도 알 수 있을 만큼 떨고 있었다.

그는 몹시 겁먹은 태도로 열심히 매컴에게 말했다.

"그 말씀이 맞습니다, 나리, 맞습니다. 나는 발견한 꾸러미는 무엇이든지 펼쳐 본답니다. 집으로 가져갔던 것은 나쁜 마음을 먹었기 때문이 아닙니다. 슬쩍 감추고 모르는 척할 생각은 없었지요, 아무튼 걱정스러워 마음편히 자지도 못했고, 오늘 아침 틈이 나자 부랴부랴 경찰서로 갖고 온 것입니다."

청소부 노인은 어떻게 할 바를 몰라 금방이라도 쓰러지지 않을까 걱정스러울 정도였다.

"괜찮습니다, 포츠 씨."

매컴은 부드러운 목소리로 말한 다음 스니트킨에게 명령했다.

"노인을 돌려 보내게, 단 주소와 이름을 적어놓게."

번스는 보석을 쌌던 신문지를 살펴보고 있었는데, 갑자기 노인에게 말을 걸었다.

"이것은 당신이 발견했을 때 싸여 있던 신문지입니까?"

"네, 나리, 그렇습니다. 나는 아무것도 손대지 않았습니다요."

"알았습니다."

청소부 노인은 마음놓고 스니트킨에게 이끌려 터벅터벅 나갔다.

매컴은 눈썹을 모으며 말했다.

"프레틸런 빌딩은 스타이비샌트 클럽에서 매디슨 스웨어를 가로질러가면 바로 정면에 있지."

"그렇네."

번스는 보석이 놓인 신문지 왼쪽의 줄 바깥을 가리켰다.

"자네도 알다시피 어제 날짜의 이 헤럴드에는 분명 어느 클럽의 독서실에서나 흔히 쓰는 신문철을 위한 고리로 꿰뚫려진 구멍이 세 개 있네."

히스가 신문지를 점검하며 말했다.

"눈이 밝으십니다, 번스 씨."

"이것을 한 번 조사해 봐야겠군."

매컴은 씁쓰레한 표정으로 벨을 눌렀다.

"스타이비샌트 클럽에서는 신문을 1주일분쯤은 보관하고 있을 테지."

스워커가 나타나자 매컴은 스타이비샌트 클럽 사무장을 전화로 호출하도록 일렀다. 조금 뒤 연결이 되었다. 매컴은 5분쯤 이야기를 나눈 다음 수화기를 제자리에 내려놓으며 기대에 어긋났다는 눈길로 히스를 보았다.

"클럽에서는 헤럴드를 2부 받고 있는데, 어제 온 것이 2부 다 있다고 합니다."

번스가 대수롭지 않게 말했다.

"클리버는 언젠가 헤럴드만 읽는다고 했었지. 그것과 밤에는 어떤 경마신문인지 뭔지……."

"맞네, 그런 말을 했었지."

매컴은 번스의 암시에 대해 생각해 보았다.

"하지만 클럽의 헤럴드는 2부 다 있다고 하네."

지방검사는 히스를 보았다.

"당신이 매닉스의 신원을 조사할 때 그가 어느 클럽에 소속해 있는 지 알아내지 않았소?"

"알아냈습니다."

형사부장은 수첩을 꺼내 1, 2분 뒤적였다.

"그는 펠리어즈와 코스모폴리스의 회원입니다."

매컴은 전화를 히스 쪽으로 밀었다.

"당신이 한 번 알아보시오."

히스는 15분쯤 전화로 그 일을 알아보았다.

이윽고 형사부장이 말했다.

"틀렸습니다. 펠리어즈에서는 신문철을 쓰지 않으며, 코스모폴리스 는 헌 신문을 보관하지 않는다고 합니다."

번스가 미소 지으며 물었다.

"스킬의 클럽은 조사하지 않소, 부장?"

히스는 언짢은 표정을 지으며 대답했다.

"빌어먹을. 그 보석이 나왔으니 나의 스킬에 대한 주장이 흔들리는 걸 아실 겁니다. 하지만 이제 와서 그런 말을 해봐야 소용없지요. 그건 그렇고, 오델의 장물이 쓰레기 통에서 나왔다고 하여 그에게 선뜻 건강 증명서를 준다고 생각하면 큰 잘못입니다. 우리가 '멋쟁이'를 아주 엄중하게 감시하고 있다는 사실을 잊으시면 안됩니다. 그 녀석은 교활하기 때문에 한패에게 시켜 보석을 처분하게 했는지도 모르니까요."

"나로서는 약삭빠른 스킬이 전리품을 누구에게 준다면 오히려 전문적인 장물아비에게 건넸으리라 여겨지오. 비록 한패에게 주었다 하더라도 그 한패는 스킬이 걱정한다고 해서 길바닥에 내팽개치지는 않을 거요."

"아마 그런 짓은 하지 않겠지요. 하지만 이 보석이 발견된 데에는 뭔가 까닭이 있을 겁니다. 그 까닭이 밝혀지면 스킬은 아마 꼼짝 못하게 될 테지요."

번스가 말했다.

"그렇소. 그 까닭이 드러나면 스킬은 꼼짝 못하게 되겠지요. 그러나 말해 두겠소만 그의 locus standi(입장)는 크게 달라질 거요."

히스 형사부장은 헤아려보는 듯한 날카로운 눈길로 번스를 바라보았다. 번스의 말투에 담긴 무엇인가가 분명 호기심을 자극하여 부장에게 의문을 일으키게 한 모양이다. 번스는 지금까지 이따금 사람이나 물건에 대해 옳은 판단을 내려왔으므로 그 의견을 완전히 무시할 수 없었던 것이다.

그러나 히스가 미처 대답하기 전에 스워커가 눈을 크게 뜨고 방 안으로 급히 들어왔다.

"토니 스킬로부터 전화가 왔습니다. 검사님에게 드릴 말씀이 있다고 합니다."

여느 때의 신중한 태도와 달리 매컴은 벌떡 일어나며 재빨리 말했다.

"자, 부장, 저 연락 전화기를 들고 당신도 들으시오."

매컴이 스워커에게 턱짓으로 신호하자 비서가 전화를 연결시키기

위해 나갔다. 이윽고 매컴은 자기 전화 수화기를 들고 스킬과 이야기
했다.

그는 1분 남짓 듣고 있었다. 그리고 짧은 실랑이 끝에 상대가 내놓
은 듯한 어떤 제안에 동의했고, 그것으로 대화가 끝났다.

번스가 말했다.

"스킬이 부디 만나볼 수 있는 영광을 달라고 했겠지? 그렇게 나올
줄 알고 있었네."

"맞네. 내일 10시 이곳으로 오기로 했네."

"그리고 누가 카나리아를 죽였는지 알고 있다고 넌지시 말했겠지?
안 그런가?"

"그렇네, 내일 아침에 모두 말하겠다고 약속했지."

번스가 중얼거렸다.

"그는 그래야만 할 입장에 있는 걸세."

히스가 아직 손을 수화기에 얹은 채 도저히 믿을 수 없다는 듯이
뚫어지게 전화를 보며 말했다.

"하지만 매컴 검사님, 당신은 왜 녀석을 오늘 이리로 오게 하지 않
았습니까? 나로서는 납득할 수 없습니다."

"부장, 당신도 들었듯이 스킬은 내일을 고집했는데, 만일 우리가
그 말을 받아들이지 않으면 아무것도 말하지 않겠다고 공갈하니 그
가 제의하는 대로 해 주었을 뿐이오. 억지로 출두하도록 압력을 넣
으면 이 사건에 얼마쯤 광명이 비쳐질 기회를 잃게 될지도 모르잖
소. 게다가 우리로서도 내일이 좋소. 내일은 이 부근이 조용할 테
니까. 그리고 당신 부하가 집을 지키고 있으니 달아날 수는 없고."

히스 형사부장이 감회 깊게 말했다.

"그 말이 맞습니다. 그 '멋쟁이'는 몹시 까다로워서 마음 내키지 않
으면 조개처럼 입을 다물어버릴지도 모르니까요."

"내일은 스워커에게 나오라고 하여 구술서를 쓰게 해야겠소. 당신은 부하 한 사람을 엘리베이터에 배치시키는 게 좋을 거요. 내일은 일요일이니 엘리베이터 종업원이 쉴 테니까. 그리고 바깥 복도에도 한 사람 배치시켜 두시오. 또한 사람은 스워커의 방에 있도록 하고."

번스는 천천히 기지개를 켜며 일어섰다.

"이럴 때 전화를 걸어주다니, 꽤 싹싹한 신사란 말이야. 나는 오늘 오후 뒤랑 뤼에르 화랑에서 모네의 그림을 보려던 참이었다네. 그런데 이 매력적인 사건에서 도저히 빠져나갈 수 없는 게 아닐까 하고 걱정했었지. 묵시(默示)는 내일 있을 예정이라고 확실히 결정되었으니 나는 인상파에 대한 취미나 만족시키기로 해야겠군. A demain(내일 다시), 매컴. 잘 있으오, 부장."

*1 뉴욕의 도로청소부는 하얀 제복을 입는다.

10시의 약속

9월 16일 일요일 오전 10시

다음날 아침 우리가 일어났을 때는 가느다란 안개비가 내리고 있었다. 싸늘한 냉기가, 겨울의 첫 조짐이 공기에 배어 있었다. 8시 30분에 서재에서 아침 식사를 하고 9시에 번스의 자동차가——전날 밤에 일러두었다——데리러 왔다. 우리는 짙은 노란 안개에 싸여 그다지 사람이 오가지 않는 5번 거리를 내려가 서12블록에 있는 매컴의 아파트로 갔다.

매컴은 집 앞에서 우리를 기다리고 있다가 인사도 하는 둥 마는 둥 재빨리 자동차에 올라탔다. 그의 불안한 생각에 잠긴 듯한 모습에서 우리는 스킬이 이제부터 하려는 이야기에 매컴이 큰 기대를 걸고 있음을 알아차렸다.

고가선을 꿰뚫고 서 브로드웨이로 나갈 때까지 아무도 입을 열지 않았다. 이윽고 매컴이 하나의 의문을 내놓았는데, 그것은 지금까지 줄곧 그의 마음을 괴롭히던 생각임에 틀림없었다.

"요컨대 나로서는 그 스킬이 우리에게 어떤 중요한 정보를 제공할는지 의심스럽게 여겨지네. 그 전화는 아주 기묘했거든. 그러면서도 그는 자기가 아는 일에 자신 있는 말투였다네. 연극적이지도 않고 무죄방면을 요구하는 것도 아닌, 다만 누가 오델을 죽였는지 알고 있다, 그러므로 자기의 무죄를 밝히기로 마음먹었다는 아주 뚜렷하고도 침착한 말투였지."

번스가 말했다.

"그가 직접 손대어 오델 양을 목졸라 죽이지 않은 것만은 확실하네. 내 주장은 자네도 알다시피 그 몹쓸 짓이 저질러지고 있을 때 그는 벽장 안에 숨어 있었다는 것일세. 나는 처음부터, 그가 이 일의 자초지종에 au secret(통해 있다)라는 생각을 버리지 못하고 가슴 속에 소중히 간직해 왔다네.

그 벽장문의 열쇠구멍은 오델 양이 교살된 긴의자 끝과 일직선인 곳에 있었네. 그가 숨어 있는 동안 다른 남자가 그 일을 했다면 엿볼 수 있었다고 추정해도 불합리하지는 않아. 안 그런가? 내가 그 점에 대해 그에게 물어보았던 것을 자네도 기억하고 있겠지? 그런데 그로서는 그것을 좀 못마땅해 했었네."

"하지만 그 경우……."

"여보게, 알고 있네. 내 터무니없는 꿈에는 온갖 종류의 박식한 다른 의견도 섞여 있네. 어째서 큰소리를 질러 사람을 부르지 않았는가, 어째서 더 빨리 우리에게 알려주지 않았는가? 이것은 어떻고 저것은 어떤가 하고 말일세.

내가 뭐 전지전능하다고 으스대고 있는 줄 아나. 내가 이처럼 색다른 생각을 가지게 된 여러 가지 이유의 traits d'union(밀접한 관계)에 대해서는 합리적인 설명이 있다고 주장할 생각조차 없네. 내 이론은 말하자면 소묘에 지나지 않아. 하지만 그 멋쟁이 토니는 누가 자기의 bona roba(귀여운 여자)를 죽이고 방 안을 휘저었는지 알고 있다고 나는 확신하네."

"하지만 그날 밤 오델의 방에 들어갈 수 있었으리라고 여겨지는 세 사람, 즉 매닉스와 클리버와 린드퀴스트 가운데 스킬이 확실히 알고 있는 사람은 매닉스뿐일세."

"맞네, 그건 그래. 그리고 세 사람 가운데 스킬을 알고 있는 건 매닉스 한 사람뿐이지…… 재미있는 점일세."

히스 형사부장은 형사 법정건물의 프랭클린 거리 쪽 입구에서 우리를 기다리고 있었다. 부장도 역시 근심스러운 얼굴로 핼쑥해져 있었다. 우리들과 악수하는 태도도 여느 때와 달리 힘차지 않고 건성인 듯했다. 그는 간단한 인사를 끝내자 말했다.

"스니트킨에게 엘리베이터를 운전하도록 했습니다. 버크가 윗 복도에 있고 에멜리가 스워커의 방에 들어가기 위해 기다리고 있습니다."

우리는 사람 그림자 하나 없고 거의 소리도 나지 않는 건물로 들어가 4층으로 올라갔다. 매컴이 사무실문을 열쇠로 열자 모두들 안으로 들어갔다.

히스는 우리가 자리에 앉자 설명했다.

"길포일이 스킬을 미행하는 형사인데, '멋쟁이'가 하숙에서 나오는 대로 살인과에 전화 걸어 알려주게 되어 있습니다."

벌써 10시 20분전이었다. 5분쯤 뒤 스워커가 와 닿았다. 비서는 속기용 노트를 들고 매컴의 개인방 회전문 안쪽에 자리잡았다. 그곳이라면 보이지 않고도 이야기 소리를 모두 들을 수 있었다.

매컴은 여송연에 불을 붙였고, 히스도 담뱃불을 붙였다. 번스는 이미 유유히 레지를 피우고 있었다. 방 안에서 가장 냉정한 것은 번스로, 마치 온갖 노고와 변천이 자기와는 관계없는 것처럼 커다란 가죽의자에 모든 게 다 귀찮은 표정으로 기대 앉아 있었다. 그러나 재떨이에 조심스러운 태도로 담뱃재를 터는 것으로 미루어, 나는 그도 역시 초조한 기분에 사로잡혀 있음을 알아차렸다.

5, 6분이 완전한 침묵 속에서 지나갔다. 갑자기 히스가 답답한 듯이 신음 소리를 냈다. 그리고 그는 지금까지 말없이 생각하고 있었던 일의 계속을 이야기하듯 말했다.

"날쎄 말입니다, 검사님. 나는 이 사건을 어떻게 생각하면 좋을지 전혀 짐작이 가지 않습니다. 이제 와서 고스란히 보석이 나타나지 않나, 게다가 '멋쟁이'가 밀고하겠다고 나서지 않나, 정말 알 수 없습니다."

"어려운 문제요, 부장. 그러나 전혀 알 수 없는 일은 아니오."

번스는 멍하니 천장을 지켜보고 있었다.

"그 보석들을 훔쳤던 친구는 처음부터 그런 게 필요 없었던 거요. 사실 가지고 싶었던 것도 아니었지요. 오히려 큰 골칫거리였을 거요."

번스가 말하려 하는 점이 히스 형사부장에게는 너무 복잡했다. 전날의 발전이 부장의 모든 주장을 뿌리부터 흔들리게 하고 있었다. 그리하여 히스는 다시 입을 다물고 생각에 잠겼다.

10시가 되자 부장은 기다리다 못해 일어나 복도 쪽 문으로 가더니 바깥을 내다보았다. 다시 돌아와서는 자기 시계와 사무실의 벽시계를 번갈아본 다음 성급하게 방 안을 왔다갔다하기 시작했다.

매컴은 책상 위의 서류를 정리하려 하다가 초조한 몸짓을 하며 옆으로 밀어내고 말았다. 그는 애써 쾌활한 목소리로 말했다.

"이제 올 시간이 다 되었군."

히스가 으르렁거리듯 대답했다.

"오겠지요. 그렇지 않으면 무료로 자동차를 태워드리겠습니다."

그는 말하면서 여전히 방 안을 왔다갔다했다.

몇 분 뒤 부장은 갑자기 몸을 돌려 복도로 나갔다. 엘리베이터 샤프트 아래쪽에 있는 스니트킨을 부르는 소리가 들렸다. 그러나 사무실로 되돌아왔을 때의 표정으로 미루어 아직 스킬에 관한 정보가 들어오지 않았음을 알았다.

히스 형사부장은 결심한 듯이 말했다.

"살인과에 전화 걸어 봐야겠습니다. 길포일로부터 보고가 있었을지도 모릅니다. 적어도 '멋쟁이'가 언제 집에서 나왔는지쯤은 알겠지요."

경찰본부로 연락해 보았으나 길포일에게서는 아직 보고가 오직 않았다는 것이었다.

히스는 수화기를 내려놓으며 말했다.

"어쩐지 이상합니다."

이미 10시를 20분이나 지나 있었다. 매컴은 차츰 신경질적인 태도가 되어갔다. 카나리아 사건이, 이것을 해결하려는 노력이 끈질기게 거부하고 저항하는 것에 매컴도 거의 절망을 느끼기 시작하고 있었다. 그리고 그는 그날 아침 스킬을 만나면 수수께끼가 풀릴지도 모르고, 적어도 결정적인 행동으로 나갈 수 있는 정보쯤은 얻을지도 모른다고 거의 필사적으로 희망을 걸고 있었던 것이다. 그러나 지금 이 중대하기 이를 데 없는 약속에 스킬이 늦음으로써, 긴장은 바야흐로 터질 지경에 이르렀다.

매컴은 신경질적으로 의자를 뒤로 물리고 창가에 가서 가랑비 내리는 침침한 바깥을 노려보았다. 책상으로 돌아왔을 때 그 얼굴은 굳어 있었다. 그는 씁쓰레한 표정으로 말했다.

"당신의 멋쟁이에게 10시 30분까지 시간을 주기로 하겠소, 부장. 그래도 나타나지 않으면 관할서에 전화하여 그의 집으로 호송차를 보내시오."

다시 몇 분 동안의 침묵이 흘렀다. 번스는 눈을 반쯤 감고 의자에 축 늘어지듯 기대앉아 있었는데, 담배를 그대로 손에 쥔 채 피우지 않고 있음을 나는 알았다. 앞이마에 한줄기의 주름을 새기고 아주 조용히 앉아 있었다. 어떤 이상한 문제에 마음을 빼앗기고 있는 것이리라.

지켜보고 있노라니 번스는 갑자기 몸을 꼿꼿이 일으켰다. 눈이 크게 뜨여지며 날카롭게 빛났다. 불 꺼진 담배꽁초를 재떨이에 던지는 아주 당돌한 동작은 마음속이 몹시 흥분하고 있음을 가리키는 것이었다. 그는 외치듯 말했다.

"아뿔사. 이럴 수가 있담! 그것이……."

번스의 얼굴이 어두워졌다.

"그것이 이렇게 되었으니…… 이런 바보가 또 어디 있담. 말도 안 되는 바보였어…… 아아."

번스는 벌떡 일어나 우뚝 서서 자기 자신의 생각에 몸을 부르르 떨며 현기증을 일으킨 듯 뚫어지게 바닥을 내려다보았다.

"매컴, 나는 이런 생각은 좋아하지 않아. 조금도 좋아하지 않네."

그는 마치 겁에 질린 사람 같았다.

"생각건대 어떤 끔찍한 일이 일어나고 있네. 어떤 기분 나쁜 일이. 생각만 해도 소름이 끼치는…… 나도 나이를 먹어서 감상적이 되어버린 모양일세."

번스는 애써 쾌활한 말투로 말했으나 눈빛은 그의 말투와 딴판이었다.

"어째서 나는 어제 이것을 눈치채지 못했을까…… 그리고 어째서 그대로 내버려 두었을까……."

우리는 모두 몹시 놀라 번스를 지켜보았다. 나는, 번스가 이토록 당황해하는 것을 본 적이 없었다. 여느 때는 아주 풍자적이고 초연하며 감정에 좌우되지 않고 외부로부터의 영향에 무감각하여, 그것이 그의 언동에 박력 있고 인상적인 특질을 주고 있었던 것이다.

잠시 뒤 번스는 드리워진 공포의 장막을 거둬버리기라도 하려는 듯 몸을 흔들더니, 매컴의 책상으로 다가가 두 손을 짚고 앞으로 굽혔다.

"자네는 모르겠나, 매컴? 스킬은 오지 않네. 기다릴 필요도 없어. 첫째로 우리는 여기 올 필요가 없었네. 그의 집으로 가야겠어. 그는 우리를 기다리고 있네. 가세, 모자를 쓰게."

매컴이 일어났다. 번스는 그의 팔을 꼭 붙잡으며 강경하게 말했다.

"토론은 필요 없네. 어차피 자네는 그의 집에 가야 하네. 지금 가도 마찬가지겠지. 그거 참, 일이 이렇게 될 줄이야."

몹시 놀라고 있기는 했으나 아직 항의하려는 기색을 보이는 매컴을 방 한가운데로 끌고 나오더니 번스는 비어 있는 손으로 히스에게 손짓했다.

"부장, 일이 이렇게 되어서 안됐소. 내 실책이었소. 이런 것쯤 미리 알았어야만 했는데. 부끄럽기 짝이 없소. 어제 오후는 모네에게 정신이 팔려서 그만…… 스킬이 사는 곳을 알고 있을 테지요?"

히스 형사부장은 기계적으로 고개를 끄덕였다. 그는 번스의 이상하고도 다이내믹한 끈질긴 요청의 마술에 걸려 있는 듯했다.

"어물어물할 때가 아니오. 그리고 부장, 버크나 스니트킨 두 사람 가운데 하나를 데려가는 것이 좋겠소. 그리고 이곳에는 있을 필요가 없소. 오늘은 이제 아무도 여기 있을 필요가 없소."

히스는 매컴에게 묻는 듯한 눈길을 던졌다. 그는 몹시 당황하여 말도 하지 못했고 어찌할 바를 모르는 듯싶었다. 매컴은 번스의 제안을 받아들여 고개를 끄덕여 보이고 말없이 레인코트를 걸쳤다.

몇 분 뒤 우리 네 사람은 스니트킨과 함께 번스의 자동차에 올라

주택가를 향해 속력을 내어 달렸다. 스워커는 집으로 돌아갔고 사무실에는 자물쇠가 잠겨 있었다. 버크와 에멜리는 살인과로 돌아가 명령을 기다리기로 했다.

스킬은 35블록의 이스트 리버에 가까운 구중중한 집에 살고 있었다. 옛날에는 꽤 번듯했으며 중류의 오랜 집안이 살고 있었던 듯했으나 지금은 낡고 보살것없는 모습으로 바뀌었다. 빈터에는 산더미처럼 쓰레기가 쌓여 있고 빈방이 있다는 큰 팻말이 아래층 창문에 걸려 있었다.

자동차가 집 앞에 멈춰서자 히스는 큰길로 뛰어내려 날카로운 눈길로 주위를 둘러보았다. 그리고 길 건너 비스듬히 맞은편에 있는 식료품가게 앞에서 서성거리는 허름한 차림의 남자를 보자 이쪽으로 오라고 손짓했다. 그는 그 남자에게 말했다.

"이제 됐네, 길포일. 우리는 이제부터 '멋쟁이'를 사교적으로 방문하려는 참이네. 대체 왜 보고하지 않나?"

길포일은 놀란 듯했다.

"나는 녀석이 집 안에서 나오면 보고하라는 지시를 받았습니다. 그런데 아직 나오지 않았습니다. 맬로리가 어젯밤 10시쯤 집까지 미행했고, 나는 오늘 아침 9시에 그와 교대했습니다. '멋쟁이'는 아직 집에 있습니다."

번스가 초조해 하며 말했다.

"물론 아직 집에 있소, 부장."

히스는 물었다.

"그의 방은 어디인가, 길포일?"

"2층 뒤쪽입니다."

"알았네. 우리는 안으로 들어가겠으니, 자네는 여기를 지키게."

길포일이 경고했다.

"조심하십시오, 녀석은 새총(권총)을 가지고 있습니다."

히스 형사부장은 앞장서서 보도에서 작은 현관으로 통하는 낡아빠진 층계를 올라갔다. 벨을 누르지도 않고 문손잡이를 거칠게 흔들었다. 문은 잠겨 있지 않았으므로 부장은 통풍이 나쁘고 천장이 낮은 복도로 발을 들여놓았다.

깔끔하지 못한 실내복 차림에 흐트러진 머리카락을 어깨까지 늘어뜨린, 어쩐지 더러워 보이는 40대 여자가 그 안쪽 문에서 불쑥 나타났다. 그녀는 뒤뚱거리며 우리 쪽으로 다가오더니 흐리멍덩한 눈길로 위협하듯 노려보았다.

"당신들은 누구요? 버젓한 여자의 집에 이렇게 버릇없이 마구 들어오다니 대체 무슨 짓이지요?"

그녀는 거침없이 마구 욕설을 퍼부었다. 그녀와 가장 가까이 서 있던 히스가 커다란 손으로 그녀의 얼굴을 조용하면서도 단호하게 밀어젖혔다.

"당신은 비키시오, 클레오파트라."

그리고 부장은 층계를 올라가기 시작했다.

2층 복도는 작은 불길이 팔랑거리는 가스등에 희미하게 비쳐보였고, 구석의 벽 한가운데에 오직 하나뿐인 문의 윤곽을 알아볼 수 있었다.

히스가 말했다.

"저것이 스킬 나리의 거처겠지요."

그는 걸어가 오른손을 윗옷주머니에 넣고 문손잡이를 돌렸다. 문은 잠겨 있었다. 부장은 세게 문을 두드린 다음 귀를 문틈에 대고 기울였다. 스니트킨이 역시 손을 주머니에 찔러 넣은 채 그 바로 뒤에 서 있었다. 우리는 조금 뒤에 떨어져 서 있었다.

히스가 두 번째로 문을 두드렸을 때 어두컴컴한 속에서 번스의 목소리가 들려왔다.

"부장, 그런 형식적인 일은 시간만 낭비할 뿐이오."

견딜 수 없는 듯한 침묵의 한순간이 지난 다음 대답이 들려왔다.

"그런 것 같군요."

히스는 몸을 굽혀 열쇠구멍을 들여다보았다. 그리고 어떤 연장을 꺼내어 열쇠구멍에 찔러넣었다.

히스는 같은 말을 되풀이했다.

"그런 것 같군요, 열쇠가 꽂혀 있지 않습니다."

형사부장은 뒤로 물러서서 단거리 경주 선수처럼 발끝으로 반동을 걸더니, 어깨를 손잡이 바로 위의 판자에 냅다 부딪쳤다. 그러나 자물쇠는 벗겨지지 않았다.

히스가 명령했다.

"도와주게, 스니트킨."

두 형사는 힘을 모아 문에 부딪쳤다. 세 번째 공격으로 나무판자가 부서지며 자물쇠의 빗장이 떨어져 나갔다. 문은 안쪽으로 흔들거리며 기울어졌다.

방 안은 거의 완전히 캄캄했다. 우리는 모두 문 앞에서 주춤거렸는데, 스니트킨이 조심스럽게 방을 가로질러 창문 하나로 다가가 차양을 걷어 올렸다. 노르스름한 잿빛 광선이 비쳐들어 방안의 여러 가지 물건이 불현듯 뚜렷한 모습으로 나타났다. 커다란 구식 침대가 오른쪽 벽에서 튀어나와 있었다.

"저런!"

스니트킨이 손가락질하며 외쳤다. 그 목소리에 담긴 무엇인가가 우리를 소름끼치게 했다.

우리는 발을 내디뎠다. 침대 발치, 문과 마주보이는 곳에 스킬의 축 늘어진 몸이 내던져져 있었다. 카나리아처럼 교살된 것이었다. 머리는 발판 위로 젖혀진 채 늘어지고 얼굴이 보기 흉하게 일그러져 있었다. 두 팔이 뻗쳐지고 한쪽 다리는 매트리스 끝에서부터 늘어져 바닥을 짚고 있었다.

번스가 중얼거렸다.

"샷끼*1로군. 린드퀴스트가 말했었지. 이상한데."

히스 형사부장은 어깨를 으쓱하며 날카로운 눈길로 시체를 내려다보았다. 여느 때와 달리 얼굴의 붉은 기운이 어디론가 사라지고 마치 최면술에 걸린 사람 같았다.

"오오, 이게 무슨 짓이람!"

형사부장은 완전히 겁에 질려 거의 기절할 정도였다. 그는 엉겁결에 십자를 그었다.

매컴 역시 충격을 받아 턱을 꼿꼿이 한 채 부자연스럽고 굳어진 목소리로 말했다.

"자네 말이 맞는군, 번스. 이 도시에서는 어떤 음산하고도 끔찍스러운 일이 저질러지고 있네. 악마가 마구 날뛰고 있어, 흉악하고 사나운 인간 이리가······."

"그렇지 않네, 매컴."

번스는 살해된 스킬을 뚫어지게 지켜보고 있었다.

"아니야, 그렇지 않아. 인간 이리는 아닐세. 결사적으로 몸부림치는 인간이지. 극단적인 인간일지도 모르지만······그러나 아주 이성적이고 논리적인 인간이네. 정말 너무나도 논리적이야."

*1 13세기부터 19세기 초까지 인도에 있었던 암살단.

체포

9월 16일 일요일 오후~17일 월요일 오전

스킬의 죽음에 관한 조사는 당국의 손에 의해 비상한 노력이 기울여지며 추진되었다. 검시관 드어매스 박사가 곧 달려와 범죄는 밤 10시에서 12시 사이에 행해진 것이라고 단정내렸다.

번스는 오델을 알고 있었던 모든 사람——매닉스, 린드퀴스트, 클리버, 스포츠우드——과 즉시 만나서 그 두 시간 동안 그들이 어디 있었는지 설명하도록 해야 한다고 주장했다. 매컴은 지체 없이 그 말에 동의하여 히스에게 명령을 내렸으며, 부장은 곧 네 부하에게 그 일을 맡겼다.

전날 밤 스킬을 미행한 맬로리 형사는 방문객이 있었느냐는 질문을 받았는데, 스킬이 살던 집은 스무 명이 넘는 하숙인에게 방을 빌려주고 있는데다, 그 사람들이 하루 종일 끊임없이 드나들므로 그 방면에서는 아무런 정보도 얻을 수 없었다고 말했다. 맬로리 형사가 뚜렷이 단언할 수 있었던 것은 스킬이 10시쯤 집에 돌아왔으며 그 뒤로는 외출하지 않았다는 사실뿐이었다.

하숙집 여주인은 이 참극으로 말미암아 대번에 취기가 가시고 기가 꺾였으며 사건에 대해서는 아무것도 모른다고 우겨댔다. 저녁 식사 무렵부터 다음날 아침 우리가 그 휴식을 방해할 때까지 자기 방에서 '병'으로 누워 있었다는 것이었다. 앞문은 하숙인들이 필요 없는 불편을 겪는다고 불평하여 늘 잠그지 않는 듯했다. 하숙인들도 신문했지만 결과는 아무것도 없었다. 게다가 그들은 무언가 알고 있다 하더라도 경찰에 정보를 제공할 부류의 사람들이 아니었다.

지문 전문가들이 방을 샅샅이 점검했으나 스킬 이외의 지문은 하나도 나오지 않았다. 피해자의 소지품을 철저히 조사하는 데 몇 시간이나 걸렸지만 살인범의 신원을 암시하는 건 하나도 찾아내지 못했다. 총알이 가득 채워진 38구경 콜트 자동권총이 침대 베개 밑에서 발견되었으며, 액면이 큰 지폐로 1천 1백 달러나 되는 돈이 놋쇠 커튼 막대기 속에서 나왔다. 그리고 또 복도의 느슨해진 마루판자 밑에서 날의 이가 빠진 행방불명되었던 강철 끌이 나왔다. 그러나 이러한 물품들은 스킬이 죽은 수수께끼를 푸는 데는 아무런 도움도 주지 못했다. 그리하여 오후 4시에는 그 방에 임시변통의 자물쇠가 잠겨지고 감시원이 배치되었다.

매컴과 번스와 나는 시체가 발견된 뒤 몇 시간 동안 그곳에 남아 있었다. 매컴은 곧 사건의 책임을 맡아 하숙인들을 신문했다. 번스는 여느 때와 달리 경찰의 판에 박힌 듯한 활동상을 지켜보며 수사를 돕는 일까지 했다. 스킬의 예복에 특별한 흥미를 느낀 듯 한 벌 한 벌 차근차근 살펴보았다. 히스 형사부장은 이따금 번스 쪽을 보았는데 그 눈길엔 경멸의 빛도, 이거 참 재미있군 하는 듯한 기색도 보이지 않았다.

2시 30분이 되어 매컴은 히스에게 그 날의 나머지 시간은 내내 스타이비샌트 클럽에서 보내겠다고 말하고 물러나왔다. 번스와 나도 그와 함께 갔다. 우리는 텅 빈 그릴에서 늦은 점심 식사를 했다.

매컴은 커피가 나오자 낙심한 듯이 말했다.

"느닷없이 뛰어든 이 스킬 사건은 모든 것을 뿌리부터 뒤흔들어놓았네."

번스가 대답했다.

"아니, 그렇지 않네. 오히려 내 눈부신 이론 구조에 또 하나의 새로운 기둥을 세워주었다고 할 수 있네."

"자네 이론…… 그렇군. 우리가 취할 수 있는 것 가운데 남은 것은 그것뿐인 듯싶네."

매컴은 한숨을 내쉬었다.

"자네의 이론은 확실히 오늘 아침에 실증되었네. 스킬이 사무실에 나타나지 않았을 때 자네가 방향전환을 주장한 것은 아주 훌륭했어."

번스는 다시 말을 이었다.

"매컴, 자네는 내가 조금 웅변을 펼친 것을 과대평가하고 있군그래. 오델 양 살해범은 스킬이 자네에게 제의한 사실을 알고 있으리라고 나는 추정했지. 그 제의는 스킬 쪽에서 말하면 그녀를 교살한 범인에 대한 일종의 협박이었을 걸세. 그렇지 않았다면 회견 약속을 다음날로 정할 이유가 없었을 테니까.

스킬은 협박 상대가 그 동안에 꺾여들기를 바랐음에 틀림없네. 그리고 그 커튼 막대기에 숨겨져 있던 돈 말이네만, 생각건대 스킬은 카나리아 살인범을 협박해 왔으며, 어제 자네에게 전화걸기 직전에 더 이상 돈을 내놓지 않겠다고 거절당한 것이리라고 추정할 수 있을 걸세. 그것은 또 그가 이번 사건에 대해 알고 있는 사실을 이제까지 자기 마음속 깊숙이 간직해 두었음을 말해 주는 게 아니겠나?"

"자네 말이 맞겠지. 아무튼 우리로서는 사태가 더욱 나빠졌을 따름이네. 길잡이가 될 스킬마저 죽었으니."

"그러나 감쪽같이 숨어 있던 범인이 첫 범행을 감추기 위해 또다시 범행을 저지르게 된 데에는 우리 탓도 크네. 그건 그렇고, 어젯밤 10시부터 12시 사이에 카나리아의 수많은 애인들이 무엇을 하고 있었는지 알게 되면 앞으로 어떤 수단을 강구하는 게 좋을지 그 암시를 얻을 수 있잖겠는가? 그런데 그 흥미진진한 정보는 언제쯤 들어오겠나?"

"히스의 부하들 운에 달려 있네. 모든 일이 잘되면 오늘밤 안으로 손에 넣을 수 있을 테지."

히스가 전화로 보고해 온 것은 8시쯤이었다. 그러나 매컴은 여기서도 역시 아무것도 얻어내지 못했다. 그보다 더 만족스럽지 못한 보고가 있으리라고는 거의 상상조차 할 수 없을 정도였다.

린드퀴스트 의사는 전날 오후 '신경발작'을 일으켜 에피스코펠 병원으로 실려가 있었다. 지금도 아직 저명한 두 의사로부터 치료받고 있으며, 그 의사들의 말을 의심할 수는 없었다. 린드퀴스트가 다시 자기 일을 할 수 있게 되려면 적어도 1주일은 걸린다는 이야기였다. 이것은 네 가지 보고 가운데 가장 결정적인 것이었고, 이 의사가 전날 밤 범죄에 관여하지 않았음을 완전히 증명하는 것이었다.

우연의 일치로 매닉스와 클리버와 스포츠우드 세 사람은 한결같이 만족할 만한 알리바이를 제공하지 못했다. 세 사람 모두 그 진술에 따르면 전날 밤 자택에 있었다고 했다.

매닉스와 스포츠우드는 해질녘 이른 시각에 외출했으나 날씨가 험악해서 10시 전에 돌아왔다고 했다. 매닉스는 아파트 겸용 호텔에 살고 있는데, 토요일 밤이었으므로 휴게실이 혼잡하여 그가 돌아온 것을 본 사람이 있을 듯싶지 않았다. 클리버는 작은 개인 아파트에 살고 있어서 그 행동에 신경쓰는 도어맨이나 경비원이 없었다. 스포츠우드는 스타이비샌트 클럽에 묵고 있는데 그의 방은 3층이어서 좀처럼 엘리베이터를 사용하지 않는다. 더욱이 전날 밤 클럽에서는 정치적인 초대회와 댄스가 있어 아무에게도 뜨이지 않고 마음대로 드나들 수 있었을 것이다.

빈스는 매컴으로부터 이러한 정보를 듣자 말했다.

"자네에게 도움될만한 건 아무것도 없군."

"아무튼 린드퀴스트만은 제외할 수 있네."

"맞아. 그리고 자동적으로 카나리아의 죽음에 관한 용의자 대상에서도 그를 제외할 수 있네. 이 두 가지 범죄는 하나의 전체적인 부분, 즉 같은 문제의 정수(整數)라고 할 수 있지. 서로 연결되어 있네. 두 번째 사건은 첫 사건과 관련하여 일어난 것이니까. 사실상 첫 사건의 논리적 발전이라고 할 수 있네."

매컴은 고개를 끄덕였다.

"아주 타당한 생각이네. 어쨌든 나로서는 전투적인 단계가 지났네. 잠시 자네 주장의 흐름에 몸을 맡기고 무슨 일이 일어나는지 보기로 하겠네."

"내가 난처해하는 것은 우리가 문제를 억지로 밀고 나가지 않으면 사실상 아무 일도 일어나지 않는 게 아닐까 하는 불안한 느낌이 드는 점일세. 이 두 개의 죽음을 꾸며낸 사람은 참으로 머리가 좋거든."

빈스가 말하고 있는데 스포츠우드가 방으로 들어와 누구를 찾는지 두리번거렸다. 매컴의 모습을 발견하자 그는 뭔가 묻고 싶은 듯한, 그리고 당황한 듯한 표정으로 성큼성큼 다가왔다.

"방해해서 미안합니다."

스포츠우드는 사과하며 빈스와 나에게 쾌활하게 고개를 끄덕여 보였다.

"실은 오늘 오후 경관이 와서 어젯밤 어디 있었느냐고 물었습니다. 이상하다는 생각이 들기는 했습니다만 대수롭게 여기지 않았었는데, 지금 막 오늘 저녁 호외에 토니 스킬의 이름이 크게 실리고 교살되었다는 기사가 나 있는 것을 읽었습니다. 오델 양 사건과 관련하여 당신이 스킬에 대해 물어본 적이 있었는데, 혹시 이 두 개의 살인사건은 서로 관계있는 것이 아닐까, 그렇다면 나도 끝내 이 사건에 휘말려들게 되는 것이 아닐까 하여 몹시 걱정스럽군요."

매컴이 말했다.

"아니, 그렇지 않을 겁니다. 그러나 두 개의 범죄가 관련되어 있을 가능성은 있는 것 같습니다. 그래서 경찰에서는 어떤 단서를 얻을 수 있지 않을까 해서 오델 양과 가까이 지내던 사람들을 일단 모두 신문했던 것입니다. 당신은 이 문제에 마음 쓰지 않아도 좋을 듯합니다. 다만 경관이 불쾌한 처사를 했을까봐 걱정스럽군요."

"그런 일은 전혀 없었습니다."

스포츠우드의 얼굴에서 불안한 기색이 사라졌다.

"아주 정중했습니다만, 좀 수수께끼 같아서 도무지…… 그 스킬이라는 사나이는 어떤 사람입니까?"

"암흑가의 인물로 강도 전과자입니다. 내가 보건대 오델 양의 어떤 약점을 쥐고서 그녀로부터 돈을 뜯어내고 있었던 것 같습니다."

스포츠우드의 얼굴에 분노와 혐오의 그림자가 스쳐지나갔다.

"그런 사나이는 그렇게 죽는 것이 당연하다고 할 수 있겠군요."

우리는 10시까지 여러 가지 문제에 대해 이야기를 나누었다. 10시가 되자 번스는 일어나서 비난하는 듯한 눈길로 매컴을 바라보았다.

"나는 이제부터 수면부족을 보충해야겠네. 아무래도 나에게는 경관 생활이 기질적으로 맞지 않는 것 같군."

그는 이런 불평을 늘어놓았으나 다음날 아침 9시에는 이미 지방검사국에 모습을 나타냈다. 신문을 대여섯 가지 들고서 아주 재미있는 듯 스킬 살해의 첫 번째 보도를 읽어나갔다.

월요일은 바쁜 날이었으므로 매컴은 8시 30분이 되기 전에 이미 사무실로 나왔으며, 오델 사건 수사에 손대기 전에 당면한 일반적인 사무를 마치려 서두르고 있었다. 히스 형사부장은 회의에 출석하느라고 10시에 오기로 된 것을 나는 알고 있었다. 번스는 신문을 읽는 것밖에 달리 할 일이 없었고 나도 마찬가지였다.

10시 정각에 히스가 와 닿았다. 그의 태도로 보아 무언가 부장을 굉장히 기쁘게 하는 일이 일어난 게 틀림없는 듯했다. 마치 공중에 떠 있는 기분에 젖은 듯싶었으며, 번스에게 하는 형식적인 자기만족에 넘쳐흐르는 인사도 승리자가 패배자에게 하는 듯한 것이었다. 부장은 여느때보다 더 깍듯이 매컴과 악수를 했다.

"우리의 고생도 이제 끝난 것 같습니다, 검사님."

히스는 한숨 돌리기 위해 여송연에 불을 붙였다.

"제섭을 체포했습니다."

이 놀라운 보고에 이어진 극적인 침묵을 번스가 깨뜨렸다.

"대체 무슨 죄로?"

히스는 번스의 말투에 조금도 굽히지 않고 유유히 돌아보았다.

"마거리트 오델과 토니 스킬을 살해한 죄지요."

"놀랍군요, 정말 놀랍소."

번스는 앉음새를 고치며 어처구니없다는 얼굴로 뚫어지게 히스를 보았다.

"하늘에 계시는 자비로운 천사여, 이 땅에 내려와 나를 위로해 주소서."

히스의 의기양양한 기분은 그 정도로는 끄떡도 하지 않았다.

"천사도 벌 대가리*도 필요없습니다. 내가 그에 대해 알아낸 것을 들으시면 말입니다. 이젠 깨끗이 자루 속에 가둬 넣었고, 언제든지 배심에 회부할 수 있도록 되어 있습니다."

매컴의 놀라움의 첫 물결이 진정되었다.

"이야기를 들어봅시다, 부장."

히스는 의자에 허리를 펴고 앉았다. 그는 잠시 생각을 가다듬고 있었다.

"검사님, 어제 오후 나는 차분히 생각해 보았습니다. 스킬 녀석은 밀고하겠다고 약속해 놓고 오델처럼 살해되고 말았으니, 이 두 사람을 목졸라 죽인 것은 틀림없이 같은 인물일 것이라고 말입니다. 그래서 나는 번스 씨가 말씀했듯이 월요일 밤 그 방에는 두 남자가 있었는데, 그것은 '멋쟁이'와 살인범이라고 결론을 내렸습니다. 그리고 나는 이 두 사람이 서로 꽤 잘 아는 사람이리라고 생각했지요. 한 녀석은 '멋쟁이'가 어디에서 사는지 알 뿐 아니라, '멋쟁이'가 어제 밀고하려 한 사실까지 알고 있음에 틀림없기 때문입니다.

생각건대 아무래도 이 두 사람은 오델을 처치하는 일을 함께 한 것 같습니다. 그 때문에 '멋쟁이'는 곧 밀고하지 않았을 겁니다. 그런데 또 한 녀석이 겁이 나서 보석을 내다버렸으므로, 스킬은 그렇다면 경찰측의 증인이 되어 몸의 안전을 꾀해야겠다고 생각했을 테지요. 그래서 당신에게 전화를 걸었던 것입니다."

부장은 담배를 한 모금 빨아들였다.

"나는 처음부터 매닉스나 클리버, 그 의사에 대해서는 그다지 대수롭게 생각하지 않았습니다. 그들은 그런 일을 할 수 있는 부류의 사람이 아닙니다. 그리고 스킬 같은 감옥 참새와 관련 맺을 부류의 사람도 아니지요. 그래서 나는 그 세 사람을 한쪽으로 제쳐놓고 썩은 달걀을, 스킬의 공범자가 될 만한 녀석을 찾기 시작했지요. 그러나 그전에 당신이 사건의 물리적 장애라고 부르는 것, 즉 범죄를 우리가 다시 구성해 볼 때 부딪치는 장애가 무엇인지 생각해 보았습니다."

부장은 또 잠시 말을 끊었다.

"여기서 우리가 가장 골칫거리로 생각하는 것이 무엇인가 하면 그 뒷문입니다. 6시 이후에 어떻게 빗장이 벗겨져 있었는가. 그리고 범행 뒤 누가 다시 빗장을 질렀는가. 스킬은 11시 전에 그리로 들어갔을 겁니다. 스포츠우드와 오델이 연극 구경을 마치고 돌아왔을 때 이미 방안에 있었으니까요. 그리고 클리버가 자정 무렵에 그 아파트에 왔다가 그 다음에 나갔겠지요.

하지만 이것만으로는 어떻게 빗장이 안쪽에서 다시 질러졌는가 하는 설명이 되지 않습니다. 그래서 검사님, 나는 어제 오랜 시간에 걸쳐 그 점을 검토해 보았습니다. 그리고 그 집으로 가서 다시 한 번 문을 점검했지요. 젊은 친구 스파이블리가 교환대에 앉아 있었으므로 나는 제섭이 어디 있느냐고 물어보았습니다. 제섭에게 물어보고 싶은 것이 두세 가지 있었거든요. 그러자 스파이블리는 제섭이 전날인 토요일 오후에 그만두었다고 하지 않겠습니까?"

히스는 이 사실을 매컴이 충분히 납득하기를 기다렸다.

"나는 사무실로 돌아가는 도중 어떤 생각이 문득 떠올랐습니다. 느닷없이 번쩍 떠올랐지요. 그 다음은 사건 전체가 훤히 내다보이더군요. 매컴 검사님, 제섭 말고는 아무도 뒷문의 빗장을 벗겼다가 다시 지르지 못합니다——어느 누구도. 당신도 잘 생각해 보십시오——이미 내가 충분히 생각해 보긴 했습니다만. 스킬이 할 수는 없습니다. 그것을 열 수 있는 사람은 아무도 없습니다."

매컴은 흥미를 느끼며 몸을 앞으로 내밀었다.

히스는 말을 이었다.

"그 생각이 떠오르자 나는 하늘에 운을 맡기고 해봐야겠다고 마음 먹었습니다. 그리하여 펜 역에서 지하철을 내려 스파이블리에게 전화를 걸어 제섭의 주소를 물었지요. 그때 반가운 이야기를 들었습니다. 제섭은 스킬의 집에서 길모퉁이를 돌아간 2번 거리에 살고 있었지요. 나는 관할 경찰서에서 두 사람을 지원받아 녀석의 집으로 쳐들어갔습니다. 제섭은 한창 짐을 꾸리고 있었는데, 디트로이트로 가려던 참이었답니다. 나는 녀석을 유치장에 집어넣고 지문을 채취해서 듀보이스 주임경감에게 보냈습니다. 그렇게 하면 그 녀석에 대한 어떤 재료가 나오리라고 여겨졌기 때문이지요. 악당이란 처음부터 카나리아 살해 같은 큰일에 손대는 법이 아니니까요."

히스는 아주 만족스러운 듯이 빙긋 웃었다.

"그러자 어떤 줄 아십니까? 매컴 씨? 듀보이스 주임경감이 샅샅이 조사해 보니 그 녀석의 이름은 제섭이 아니었습니다. 윌리엄은 진짜입니다만, 본디 성은 벤튼입니다. 1909년 오클랜드에서 폭행범으로 유죄판결을 받고 스킬이 들어가 있던 샌 퀜틴 감옥에서 1년 동안 복역했지요. 1914년에는 브루클린에서 은행강도의 망을 봐주다가 다시 붙잡혔는데 이때는 재판에 회부되지 않았습니다. 그래서 그 녀석의 지문이 경찰국에 있었던 거지요.

어제 저녁 다그쳐보니 브루클린 일이 있은 다음 이름을 바꾸어 군대에 들어갔다고 합니다. 우리가 그 녀석에게서 알아낸 것은 이것뿐입니다만, 더 이상은 필요없겠지요. 이미 다음과 같은 사실이 드러났으니까요.

즉 제섭은 폭행범으로 복역했고, 은행강도를 도와주었으며, 스킬과 같은 감옥에서 복역했을 뿐만 아니라 스킬이 살해된 토요일 밤의 알리바이가 없으며, 바로 이웃에 살고 있고, 토요일 오후에 갑자기 직장을 그만두었으며, 튼튼하고 힘이 세어서 그만한 일은 쉽사리 할 수 있는데다, 우리가 붙잡았을 때 도망칠 채비를 하고 있었습니다. 더욱이 녀석은 월요일 밤 뒷문의 빗장을 질렀다 벗겼다 할 수 있는 유일한 인물이었지요. 어떻습니까, 매컴 검사님? 이래도 아니라고 할 수 있을까요?"

매컴은 몇 분 동안 생각에 잠겨 있었다. 이윽고 그는 느릿느릿 말했다.

"거기까지는 앞뒤가 잘 맞소. 그런데 오델 양을 죽인 동기가 무엇이오?"

"그건 간단합니다. 번스 씨가 맨 첫날 넌지시 말씀했었잖습니까? 기억하고 있겠지만 번스 씨는 제섭에게 오델에 대해 어떤 감정을 가지고 있느냐고 물었었지요. 그때 제섭은 새빨개지며 안절부절못했습니다."

번스가 외치듯 말했다.

"아니, 그게 무슨 말이오? 이 터무니없는 미치광이 같은 일의 책임의 일부분을 나에게 지우다니…… 그야 내가 오델에 대해 그가 품은 감정을 슬쩍 떠본 것은 사실이오. 하지만 그것은 아무것도 드러나지 않았을 때의 일이었소. 나는 그저 신중을 기했을 따름이오. 있을 수 있는 온갖 가능성을 알아본 것 뿐이었소."

"어쨌든 그것은 당신치고는 아주 잘한 질문이었습니다."

히스는 매컴 쪽으로 몸을 돌렸다.

"나는 이렇게 생각합니다. 제섭은 오델에게 수작을 걸어보았겠지요. 그러자 그녀는 썩 나가서 신문이나 팔라고 말했을 겁니다. 그는 밤마다 전화교환대에 앉아 다른 남자들이 그녀의 방을 드나드는 것을 보는 동안에 그만 참을 수 없게 되었지요. 그럴 때 스킬이 나타나 제섭을 알아보고 오델의 방을 털자고 제안했을 겁니다. 스킬로서는 한패가 없으면 그 일을 할 수 없으니까요. 들어갈 때도 나갈 때도 교환원 옆을 지나야만 하기 때문이지요. 게다가 전에도 거기에 간 적이 있으므로 제섭이 얼굴을 기억하고 있을 염려가 있었던 겁니다.

제섭은 스킬의 제안을 받자 오델에게 복수를 하고도 죄를 남에게 씌울 좋은 기회가 왔다고 생각했겠지요. 그래서 두 사람은 월요일 밤에 해치울 일의 계획을 짰습니다. 오델이 외출하자 곧 제섭은 뒷문의 빗장을 벗겨놓았고, '멋쟁이'는 자기가 가지고 있는 여벌쇠로 열고 그 방으로 들어갔습니다. 그런데 오델과 스포츠우드가 느닷없이 돌아왔지요.

스킬은 벽장 안에 숨어 있었는데, 스포츠우드가 돌아간 다음 어쩌다가 소리를 냈기 때문에 오델이 비명을 질렀을 겁니다. 스킬이 벽장에서 나오자 그녀는 상대가 누구인지 알고 스포츠우드에게 아무 일 아니라고 말했습니다. 제섭은 그때 스킬이 들켰음을 알고서 그 사실을 이용하기로 생각했지요. 그래서 스포츠우드가 돌아가자 곧 여벌쇠로 열고 방 안으로 들어갔으며, 스킬은 다른 사람인 줄 알고 또다시 벽장 안에 숨었겠지요. 이때 제섭은 그녀를 붙잡아 목졸라 죽이고는 스킬에게 죄를 뒤집어씌우려 했는데, 스킬이 벽장 안에서 나왔으므로 두 사람은 의논하게 되었지요. 결국 의논이 잘되어 처음 계획대로 방 안에 있는 물건을 훔치는 단계에 이르렀습니다. 제섭이 부젓가락으로 보석상자를 열려고 하자 스킬이 끌을 써서 열어 주었을 겁니다. 그리고 두 사람은 방에서 나와 스킬은 뒷문을 지나 돌아갔고 제섭은 다시 빗장을 질렀지요.

다음날 스킬은 장물을 제섭에게 건네주며 세상의 관심이 사그라질 때까지 보관해 두라고 말했는데, 제섭은 겁이 나서 그것을 버렸습니다. 그래서 두 사람은 서로 다투게 되었고, 스킬은 모든 사실을 폭로하기로 마음먹었던 겁니다. 그렇게 하면 자기는 죄를 벗어날 수 있다고 생각했던 거지요. 제섭은 스킬의 속셈을 알아차리고는 토요일 밤 스킬의 집에 가서 오델을 해치웠듯이 상대를 목졸라 죽인 겁니다."

히스는 이것으로 이야기가 끝났다는 듯한 몸짓을 해 보이며 의자에 깊숙이 몸을 묻었다.

번스가 중얼거렸다.

"머리가 좋소, 부장. 아까는 잠깐 빗나가서 미안하오. 당신 설명은 한 치의 빈틈도 없소. 그 범죄를 훌륭하게 다시 구성해 보였소. 당신은 사건을 아주 멋지게 해결했소. 하지만 잘못되어 있는 거요."

"제섭을 전기의자로 보내기에는 충분합니다."

"거기가 바로 이론의 무서운 점이오. 이론은 이따금 불가항력적으로 그릇된 결론으로 이끌어가지요."

번스는 일어나서 두 손을 윗옷주머니에 넣은 채 걸어서 방을 가로질러나갔다 다시 돌아왔다. 그는 히스 바로 앞에서 걸음을 멈추었다.

"저어, 부장. 만일 어떤 다른 사람이 그 뒷문의 빗장을 벗겨놓고 범죄를 저지른 다음 다시 질렀다면 제섭에 대한 당신의 혐의는 근거가 박약하다는 것을 인정하겠소? 어떻소?"

히스는 너그러운 기분에 젖어 있었다.

"물론이지요. 어떤 다른 사람이 할 수 있었다는 것을 증명해 보십시오. 나는 아마 내가 틀렸을지도 모른다는 것을 인정할 겁니다."

"스킬도 할 수 있었소. 아니, 그가 한 짓이오. 아무에게도 들키지 않고."

"스킬이라고요! 대체 그게 무슨 기묘한 말씀입니까, 번스 씨?"

번스는 몸을 돌려 매컴을 보았다.

"들어보게. 나더러 말하라고 한다면 제섭은 결백하네."

번스는 내가 놀라지 않을 수 없을 만큼 열성적인 태도였다.

"이제부터 자네에게 그것을 증명해 보이겠네. 무슨 수를 써서라도 내 이론은 거의 완성되어 있네. 빠져 있는 것은 한두 가지의 하찮은 점뿐일세. 솔직히 말해서 아직 범인의 이름을 댈 만한 단계에 이르지는 않았네만. 그러나 옳은 이론이라네, 매컴. 그리고 부장의 이론과는 정면으로 맞서는 것이지.

따라서 자네는 제섭을 기소할 수속을 밟기 전에 나에게 그것을 증명할 기회를 주어야만 하네. 그런데 지금 여기서 증명할 수는 없네. 자네와 히스 부장은 나와 함께 오델의 집으로 가야만 하네. 한 시간 이상은 걸리지 않을 터이지만, 비록 1주일이 걸린다 하더라도 자네의 행선지는 그곳일세."

번스는 책상 쪽으로 한 걸음 더 나아갔다.

"나는 범죄가 저질러지기 전에 뒷문의 빗장을 벗긴 것도, 나중에 다시 지른 것도 제섭이 아니라 스킬이라는 것을 알고 있네."

매컴은 마음이 움직였다.

"알고 있다고? 자네는 정말 알고 있나?"

"그렇다니까. 그가 어떤 식으로 했는지도 알고 있네."

*1 　전혀 쓸모가 없는 것.

번스, 실험하다

                        9월 17일 월요일 오전 11시 30분
30분 뒤 우리는 서71블록의 작은 아파트로 들어갔다.

제섭을 범인으로 여기는 히스 형사부장의 근거에 일리가 있음에도
불구하고 매컴은 제섭을 체포하는 일에 전혀 만족할 수 없는 듯했다.
게다가 번스의 태도가 그의 마음에 의혹의 씨앗을 심어주었다. 제섭
에 대한 혐의를 깊게 하는 가장 유력한 근거는 뒷문을 어떻게 여닫았
느냐 하는 점인데, 스킬이 어떤 식으로 그 문을 조작하여 드나들었는
지 증명해 보이겠다고 번스가 주장했을 때 매컴은 반신반의했으나 함
께 가기로 했다. 히스도 역시 거만한 태도이기는 했으나 흥미로운 듯
기꺼이 가겠다고 나섰던 것이다.

스파이블리가 잔뜩 멋을 부린 초콜릿 빛 양복을 입고 교환대에 앉
아 우리를 불안한 눈길로 지켜보았다. 그러나 번스가 그 언저리를 10
분쯤 산책하고 오는 게 어떻겠느냐고 쾌활하게 제의하자 그제야 마음
놓이는 듯 곧 그 말에 따랐다.

오델의 방 앞에 지켜서 있던 경관이 다가와 인사했다.

히스가 물었다.

"어떤가? 아무도 찾아온 사람은 없었는가?"

"꼭 한 사람 있었습니다. 점잖은 신사로, 카나리아를 알고 있다고 하며 방을 보여 달라고 하더군요. 나는 부장님이나 검사님의 허가 증을 가지고 오라고 말해 두었습니다."

매컴이 말했다.

"잘했네."

그는 번스 쪽을 보았다.

"스포츠우드였겠지, 안됐군."

번스가 중얼거렸다.

"맞아. 정성이 대단하군. 로즈메리*¹라고 해 주어야 할 것 같은데 그래. 가엾기도 하지."

히스가 경찰관에게 30분쯤 바람쐬고 오라고 하며 내보내자 우리만 남았다.

번스는 유쾌하게 말했다.

"자, 부장, 당신은 교환대 다루는 법을 알고 있을 테지요? 미안하 지만 몇 분 동안만 스파이블리의 견습생 노릇을 해주겠소? 좋은 사람이 있었구먼. 하지만 그보다 먼저 뒷문의 빗장을 질러주오. 그 리고 정말 잘 질러졌는지 확인해야 하오. 그 운명의 날 밤처럼."

히스는 호인답게 웃었다.

"알았습니다."

부장은 신비스러운 일이라도 하려는 사람처럼 집게손가락을 입술 에 대고 몸을 앞으로 굽히며 희극에 나오는 우스꽝스러운 탐정같이 발끝으로 복도를 걸어갔다. 잠시 뒤 역시 입술에 손가락을 댄 채 발 끝으로 걸어서 교환대로 돌아왔다. 그는 크고 둥근 눈으로 주위를 몰 래 엿보듯 둘러보더니 입을 번스의 귓가에 갖다대며 속삭였다.

"쳇! 빗장은 질렀습니다. 철컥 하고……."

그는 교환대 앞에 앉았다.

"막은 언제 올라갑니까, 번스 씨?"

"올라가 있소, 부장."

번스도 히스의 익살스러운 기분에 휘말려 있었다.

"알겠소? 시각은 월요일 밤 9시 30분. 당신은 스파이블리오, 그만큼 미남도 아니고 콧수염도 없지만 어쨌든 스파이블리오.

그리고 나는 잔뜩 멋부린 스킬. 실감이 나도록 나도 양가죽장갑을 끼고 주름잡은 비단 셔츠를 입었다고 상상하오. 매컴과 반은 우선 '머리가 여러 개 달린 저승의 괴물'*²이라고 해 두세나. 자, 그럼, 부장, 오델 방의 열쇠를 빌려주오. 스킬도 가지고 있었으니까."

히스는 열쇠를 꺼내어 여전히 히죽히죽 웃으며 건네주었다.

번스가 말했다.

"무대감독으로서 한마디 하겠소만, 내가 앞문으로 나가면 당신은 정확하게 3분 기다렸다가 지금은 이 세상 사람이 아닌 카나리아의 방문을 두드려야 하오."

번스는 현관문까지 걸어갔다. 그리고 방향을 바꾸어 교환대 쪽으로 되돌아왔다. 매컴과 나는 히스 뒤의 조금 들어간 우묵한 곳에 서서 건물 정면을 보고 있었다.

번스가 알렸다.

"스킬 씨 등장. 9시 30분이라는 것을 잊지 말게."

그는 교환대 바로 옆까지 왔다.

"엉망으로 깨뜨리는군, 부장. 당신은 대사를 잊고 있소. 오델 양은 안 계신다고 말해야지요. 하지만 아무래도 좋소…… 스킬 씨, 오델 양의 방문 앞까지 가다…… 이렇게 말이오."

번스는 우리 옆을 지나갔다. 방의 벨이 울리는 소리가 나고 잠시 뒤 문 두드리는 소리가 났다. 그는 다시 복도를 걸어왔다.

"당신 말이 맞는 것 같소."

번스는 스파이블리가 진술했듯이 스킬이 한 말을 그대로 하고 현관 문을 향해 걸어갔다. 그리고 길로 나가자 브로드웨이 쪽으로 구부러 들었다.

우리는 정확하게 3분 동안 기다렸다. 아무도 입을 열지 않았다. 히스 형사부장이 진지한 얼굴로 줄곧 여송연만 피워대는 것으로 보아 기대에 잔뜩 부풀어 있음을 알았다. 매컴은 까다로운 얼굴로 눈썹을 찌푸리고 있었다. 3분 지나자 히스가 일어서더니 급히 복도 구석 쪽 으로 갔으므로 매컴과 나도 그 뒤를 따랐다. 히스의 노크에 대답하여 방문이 안쪽으로 열렸다. 번스가 그 안에 서 있었다.

"제1막 끝."

번스는 유쾌한 태도로 머리 숙여 보였다.

"그리하여 스킬 씨는 월요일 밤 뒷문에 빗장이 질러진 다음에도 교 환원에게 들키지 않고 그녀의 방으로 들어갈 수 있었던 거요."

히스는 눈을 가늘게 떴을 뿐 아무 말도 하지 않았다. 그리고 갑자 기 몸을 돌려 좁은 복도 끝에 있는 떡갈나무 문을 바라보았다. 빗장 손잡이가 수직으로 되어 있어 빗장이 벗겨졌음을 가리키고 있었다. 히스는 잠시 그 빗장을 바라보고 있더니 이윽고 눈길을 교환대로 돌 렸다. 그리고는 과연 재미있다는 듯이 감탄했다.

"잘했습니다, 번스 씨. 아주 잘했습니다."

부장은 말하지 않아도 다 알고 있다는 듯이 고개를 끄덕였다.

"어린아이 같은 속임수로군요. 설명하는 데 구태여 심리학까지 끌 어낼 필요는 없습니다. 당신은 벨을 누르고 좁은 복도를 달려가 문 의 빗장을 벗겼지요. 그런 뒤 다시 달려와 문을 두드렸습니다. 그리고 현관문을 지나 밖으로 나가 브로드웨이 쪽으로 구부러들어 큰 길을 빙 돌아 골목으로 접어든 다음 뒷문까지 가서 열고 들어와 우리들 몰래 방으로 숨어들어간 겁니다."

번스는 부장의 주장을 인정했다.

"간단하오, 안 그렇소?"

히스는 서의 경멸하는 듯이 말했다.

"그렇고말고요, 그것만이라면 문제될 게 없습니다. 월요일 밤의 사건에 관계있는 것이 그 문제뿐이라면, 누구나 그 정도의 것은 생각해 낼 수 있습니다. 그러나 내가 문제삼는 것은 스킬이 나간 다음 뒷문에 다시 빗장이 질려졌다는 점입니다. 스킬은 당신이 지금 해보인 그 방법으로 들어왔을지도 모릅니다. 아시겠습니까, 들어왔을지도 모른다는 말씀입니다. 하지만 같은 방법으로 나가지는 못했습니다. 문은 다음날 아침 빗장이 안으로 질려져 있었으니까요.

스킬이 나간 다음 누군가가 문에 빗장을 질렀다면, 그 같은 사람이 그전에도 스킬을 위해 빗장을 벗겨줄 수 있었을 겁니다. 9시 30분에 스킬이 직접 빗장을 벗기기 위해 3미터 이상이나 힘들여 달리지 않아도 되지요. 그러니 당신의 흥미있는 짤막한 연극도 제섭을 건져내는 데는 아무 도움이 되지 못한다고 생각합니다."

번스가 말했다.

"그러나 아직 연극은 끝나지 않았소, 다음 막의 커튼이 이제 막 오르려는 참이오."

히스는 눈을 크게 치켜떴다. 그는 거의 비웃는 표정으로 믿을 수 없다는 듯이 말했다.

"그렇습니까?"

그러나 그의 얼굴에는 번스를 살피는 듯한 기색이 떠올라 있었다.

"그렇다면 당신은 스킬이 바깥으로 나가 제섭의 도움 없이 어떻게 빗장을 질렀는지 해 보여주겠다는 말씀이군요."

"그렇소. 바로 그것을 내가 해 보이려는 거요, 부장."

히스는 뭐라고 말하려고 입을 열었으나 그만두었다. 그 대신 어깨를 으쓱하며 매컴에게 장난스러운 눈길을 보냈다.

"관람석의 위치를 바꾸어야겠네."

번스는 우리를 교환대 반대쪽에 있는 응접실로 데려갔다. 이 방은 이미 설명했듯이 층계 바로 아래에 있고 그 구석 벽은 뒷문으로 나가는 좁은 복도로 되어 있었다. 삽입한 평면도를 보면 그 배치를 뚜렷이 알 수 있다.

번스는 엄숙하게 우리에게 의자를 권한 다음 부장에게 눈짓했다.

"안됐지만 당신은 내가 뒷문을 두드리는 소리가 들릴 때까지 여기서 꼼짝 말고 있어주오. 들리면 와서 문을 열어주오. 부탁하오."

번스는 방문 쪽으로 걸어갔다.

"다시 한 번 나는 죽은 스킬 씨의 역할을 하겠네. 그러니까 다시 한 번 en grand tenue(예복을 차려입은), 눈부신 옷을 입은 나를 상상해 주게나. 자, 막이 오르네."

번스는 머리숙여 보인 다음 응접실에서 복도로 나가 모퉁이를 돌아서 좁은 복도로 모습을 감추었다. 히스는 의자 위에서 또다시 몸의 위치를 바꾸었다. 그리고 불안한 듯 매컴을 바라보며 장난기가 완전히 가신 말투로 물었다.

"잘 해낼 것 같습니까?"

"글쎄요."

매컴은 얼굴을 찌푸렸다.

"어쨌든 해내면 당신이 내놓은 제섭 유죄설의 주요한 근거가 날아가 버리겠구료."

"그건 괜찮습니다. 번스 씨는 많은 것을 알고 있으며 많은 좋은 생

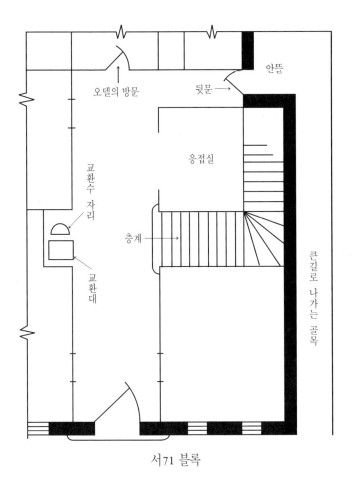

안뜰

오델의 방문

뒷문 →

응접실

교환수 자리

층계 →

교환대

큰길로 나가는 골목

서71 블록

각을 가지고 있습니다. 하지만 언제 또 어떻게······."

부장의 말은 뒷문을 두드리는 높은 소리로 중단되었다. 우리 세 사람은 똑같이 벌떡 일어나 복도 모퉁이를 재빨리 돌아갔다. 좁은 복도엔 아무도 없었다. 그 양쪽에는 문도 어떤 종류의 틈도 없었다. 두 개의 밋밋한 벽이 있을 뿐이었으며, 그 끝에 좁은 복도의 폭을 온통 차지한 안뜰로 나가는 떡갈나무 문이 있었다.

번스가 모습을 감추려면 그 떡갈나무 문으로 빠져나가는 방법밖에 없었다. 그리고 우리는 곧——왜냐하면 우리의 눈이 그것부터 찾았기 때문이다——빗장 손잡이가 수평으로 되어 있음을 알아차렸다. 이것은 문에 빗장이 질러졌음을 뜻한다.

히스는 놀라기만 한 것이 아니라, 아연했다. 매컴은 우뚝 서서 유령이라도 본 듯 사람 모습 하나 없는 좁은 복도를 뚫어지게 바라보았다. 히스는 한순간 주춤하더니 재빨리 문 옆으로 다가갔다. 그러나 문을 곧 열지는 않았다. 자물쇠 앞에 무릎을 꿇고 문을 자세히 살펴보았다. 그런 다음 주머니에서 나이프를 꺼내어 문과 문틀 사이의 빈 틈에 칼날을 찔러 넣었다. 칼날은 안쪽 빗장이 꽂히는 돌출부에 부딪쳐 멎었고 칼날 끝이 동그란 빗장 위를 긁었다. 육중한 문틀도 문의 귀틀도 튼튼했고 꼭 맞아 빗장이 안으로 질러진 점에는 아무런 이상이 없었다.

그런데도 히스는 여전히 의심스러운 듯이 문손잡이를 잡고 거칠게 잡아당겼다. 그러나 문은 꿈쩍도 하지 않았다. 부장은 비로소 빗장 손잡이를 수직으로 하여 문을 열었다. 번스는 유유히 담배를 피우며 안뜰에 서서 골목의 벽돌 밑을 바라보고 있었다. 그는 우리의 주위를 환기시켰다.

"이것 좀 보게, 매컴. 신기한 것이 있네. 이 벽은 굉장히 오래된 듯하네. 요즘처럼 곰상스러운 능률 본위로만 지은 것이 아닐세. 이것을 쌓은 아름다움을 사랑하던 석공은 우리 현대의 숨도 쉴 수 없는 달리기식——단숨에 해치우는 식——으로 쌓은 것이 아니라 프랑스 식으로 벽돌을 쌓았네. 그리고 위쪽은…… ."

그는 뒤의 안뜰 쪽을 가리켰다.

"조금 안쪽 물림으로 되어 있는 것이 꽤 멋있고 아주 아름답네. 영국에서 흔히 볼 수 있는 십자쌓기보다 더욱 재미있네 그려. 게다가 모르타르로 이은 곳은 모두 V자 형으로 세공했는데, 아주 마음에 드는군."

매컴은 담배를 피우고 있었다.

"그만하게, 번스, 나는 벽돌벽을 쌓고 있는 게 아닐세. 알고 싶은 것은 어떻게 해서 자네가 여기서 나갔는데도 안쪽으로 빗장이 질려져 있느냐는 점일세."

"아아, 그것 말인가?"

번스는 담배꽁초를 밟아서 끄고 안으로 들어왔다.

"그저 머리가 좀 좋은 범죄적 조작을 했을 뿐일세. 아주 간단하다네. 진짜로 편리한 일용품이란 모두 그렇듯이, 말할 수 없이 간단하지. 너무 간단해서 창피할 정도라네. 보게나."

번스는 주머니에서 122센티미터쯤 되는 보랏빛 실을 끝에다 맨 핀셋을 꺼냈다. 핀셋을 수직으로 되어 있는 빗장의 손잡이에 끼우고 각도를 좀 왼쪽으로 돌린 다음 문 밑으로 꼰 실을 넘겨 30센티미터쯤 문지방 밖으로 비어져나가게 했다. 그리고 안뜰로 나가 문을 닫았다. 핀셋은 아직 바이스처럼 빗장 손잡이를 물고 있고 실은 바닥으로 곧장 늘어져 문 안쪽으로 사라지고 있었다.

우리 세 사람은 홀린 듯이 빗장을 지켜보고 있었다. 꼰 실은 번스가 바깥에서 그 끝을 잡아당기자 차츰 팽팽해졌고, 더욱 아래쪽으로 끌어당기자 천천히, 그러나 착실히 빗장 손잡이를 돌리기 시작했다.

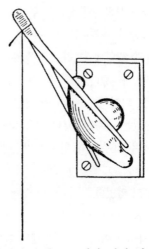

빗장이 걸리고 손잡이가 수평으로 되자 실이 가볍게 튀어올랐다. 그러자 핀셋은 빗장 손잡이를 놓고 소리없이 카펫이 깔린 바닥에 떨어졌다. 그리고 바깥에서 실이 잡아당겨지자 핀셋은 문의 밑부분과 문지방 사이를 빠져나가 모습을 감추었다.

히스가 안으로 다시 넣어주자 번스는 비평했다.

"어린아이 장난 같소, 게다가 시시하오. 그런데 그것이 바로 지금 저 세상에 가고 없는 토니가 월요일 밤 이 건물에서 나갈 때 쓴 방법이오, 부장. 그건 그렇고, 오델 양의 방으로 들어가서 이야기를 나눕시다. 스파이블리 씨도 산책에서 돌아온 것 같으니 전화는 다시 그에게 맡기고 우리는 자유로이 causerie(지껄임)를 할 수 있는 셈이오."

우리가 오델의 거실에 자리잡고 앉아 매컴이 쾌씸하다는 듯이 물었다.

"그 핀셋과 실의 요술은 언제 생각해 냈나?"

"생각해 내긴 뭘 생각해 내나?"

번스는 보고 있는 사람이 안타까워지리만큼 천천히 담배를 골라내며 대수롭지 않게 말했다.

"생각해 내기는…… 스킬이 고안해 낸 거라네. 그는 아주 재간 있는 사나이였지. 안 그런가?"

"여보게."

매컴의 평정함이 마침내 무너지고 말았다.

"스킬이 그런 식으로 바깥에서 빗장 지르는 방법을 썼다는 것을 어떻게 알았나?"

"어제 아침, 그의 예복 속에서 그 소도구를 찾아냈지."

히스가 무서운 얼굴로 소리쳤다.

"뭐라고요? 당신은 어제 수사할 때 그 연장을 들고 나오고도 잠자코 있었단 말입니까?"

"당신의 부하 나리들이 일단 수사를 끝마친 다음이었소. 사실 나는 당신들 경험 많은 수사관 나리들이 완전히 점검을 끝내고 옷장에서 손을 뗄 때까지는 예복 따위는 거들떠보지도 않았지요. 이 보잘 것없는 조그만 물건은 스킬의 예복 조끼주머니 속, 은도금한 담배 케이스 밑에 있었소.

그야 물론 내가 그의 예복에 특별한 애착을 가지고 조사했다는 건 인정하오. 오델 양이 이 세상을 떠나는 날 밤 입고 있었던 것이니까. 그래서 그가 사건에 협력한 아주 작은 흔적이나마 찾아낼 수 있지 않을까 하고 희망을 걸었지요. 이 조그만 핀셋을 찾아냈을 때도 사실 나는 그 뜻을 언뜻 헤아릴 수가 없었소.

짐작하겠지만 여기 달린 보랏빛 꼰 실 때문에 몹시 애를 먹었었소. 스킬이 설마 눈썹을 뽑지는 않았을 테고, 비록 그런 습관이 있었다 하더라도 꼰 실이 왜 달려 있는지 짐작가지 않았던 거요. 핀셋은 정교하게 만들어진 조그만 금세공품으로, 그 매혹적인 마거리트가 쓸직한 물건이었소. 게다가 지난 화요일 아침 화장대 위의 보석상자 옆에서 그런 화장도구를 넣은 옻칠이 된 작은 상자가 있는 것을 나는 봤었소. 하지만 이야기는 그것뿐이 아니오."

번스는 책상 옆에 놓인 꾸깃꾸깃해진 커다란 종이뭉치가 들어 있던 작은 모조가죽 휴지통을 가리켰다.

"그리고 나는 그 꾸깃꾸깃하게 뭉쳐진 포장지에 5번 거리의 유명한 양품점 이름이 찍혀 있는 것도 보았었소. 그래서 오늘 아침 중심가로 오는 도중 거기에 들렀는데, 그 가게에서 보랏빛 꼰 실로 물건을 묶는다는 것을 알았소. 그래서 나는 스킬이 그 사건이 일어났던 날 밤 이 방에 왔었으며 이 핀셋과 꼰 실의 도움을 받았다는 결론을 내린 거요.

결국 문제는 꼰 실을 핀셋에 매다는 수고를 왜 했을까 하는 점이었소. 처녀 같은 부끄러움을 무릅쓰고 고백하오만, 나는 그 해답을 찾을 수가 없었소. 그런데 오늘 아침에 당신이 제섭을 체포하겠다고 하며, 그가 스킬이 나간 다음 뒷문의 빗장을 다시 질렀다는 점을 강조할 때 안개는 걷히고 태양이 반짝이며 새들이 노래하기 시작했던 거요. 나는 그 순간 영매적이 되어 인스피레이션을 받았던 것이오.

모든 modus operandi(수법)가 환하게 드러났소. 이를테면 번개처럼 말이오. 자네에게는 말했었지, 매컴. 이 사건을 해결하려면 심령학이 필요하다고 말일세."

＊1 정조, 추억, 충성이라는 꽃말이 있다.
＊2 영국 시인 팝의 《실락원에 부치는 노래》에서 따온 글귀임.

범죄의 재구성

9월 17일 월요일 오전 12시

번스가 이야기를 끝내자 한참 동안 침묵이 흘렀다. 매컴은 의자에 몸을 깊숙이 묻고 허공을 노려보고 있었다. 히스는 원망스러우면서도 감탄한 듯한 표정으로 번스를 지켜보고 있었다.

부장의 제섭 유죄설의 밑받침을 이루었던 주춧돌이 무너져버리고 말았다. 그리하여 쌓아올린 건물이 위태롭게 흔들렸다. 매컴도 그것을 깨달았으며, 그의 희망은 산산이 깨어지고 말았다.

매컴은 번스에게로 눈길을 옮기며 못마땅한 표정을 지었다.

"자네의 인스피레이션이 좀더 쓸모가 있다면 얼마나 좋겠나? 자네의 이 새로운 계시는 우리를 거의 출발점으로 되돌려놓고 말았네."

"뭐, 그다지 비관할 것 없네. 반짝이는 눈을 가지고 미래에 맞서나가세. 내 이론을 듣고 싶지 않나? 아주 희망적인 것이라네."

번스는 편안히 의자에 고쳐 앉았다.

"스킬은 돈이 필요했었네. 확실히 그의 비단 셔츠는 꽤 낡아 있더군. 그래서 오델 양이 죽기 1주일쯤 전 협박하여 돈을 뜯어내려고 했으나 완전히 실패하고는 지난 월요일 밤 다시 이리로 왔던 걸세. 그녀가 외출한다는 것을 알고 있었으므로 안에 들어와 기다릴 생각이었지. 여느 방식으로 찾아오면 문간에서 쫓겨날 테니까.

스킬은 밤이면 뒷문에 빗장이 질러진다는 것을 알고 있었네. 그래서 그녀의 방에 들어가는 것을 남에게 보이고 싶지 않아 일부러 9시 30분에 와서 방문하는 척하고는 뒷문의 빗장을 벗겨놓았다가 11시 전에 방 안으로 몰래 들어온 걸세. 그녀가 남자와 함께 돌아오자 재빨리 벽장에 숨어 남자가 나갈 때까지 그 안에서 꼼짝하지 않았지. 벽장 안에서 나가자 그녀는 깜짝 놀라 비명을 질렀는데, 상대가 스킬임을 알았으므로 문을 두드리는 스포츠우드에게 아무 일도 아니라고 말했네. 그래서 스포츠우드는 마음 놓고 돌아가 포커를 했던 걸세. 스킬과 그녀 사이에 재정적인 토론——아마 아주 신랄한 것이었겠지——이 벌어졌지. 그때 전화가 걸려왔으므로 스킬이 수화기를 움켜쥐고 카나리아는 없다고 말했네.

말다툼이 다시 계속되고 있는데 이번에는 또 다른 애인이 등장했네. 벨을 눌렀는지 여벌쇠로 열고 들어왔는지 그 점까지는 나도 알 수 없네. 전화교환원이 이 사실을 모르는 것으로 미루어보아 어쩌면 여벌쇠였는지도 모르지. 스킬은 다시 벽장 안에 숨었는데, 운좋게도 이번에는 안에서 쇠를 잠그었네. 그리고 당연한 일이지만 스킬은 그 두 번째 침입자가 누구인지 보려고 열쇠구멍에 눈을 갖다 댔겠지."

번스는 벽장문을 가리켰다.

"열쇠구멍은 보다시피 긴 의자와 일직선상에 있네. 스킬은 방을 내다보다가 피가 얼어붙은 듯한 광경을 목격했지. 그 새로 온 손님은 무언가 달콤한 말을 지껄이고 있다가, 갑자기 그녀의 목을 움켜쥐더니 조르기 시작했네. 스킬이 그때 얼마나 놀랐을지 상상 좀 해보게, 매컴. 스킬은 캄캄한 벽장 안에 웅크리고 있었고, 그 겨우 몇 미터 앞에서는 살인자가 우뚝 서서 그녀의 목을 조르고 있었을 걸세.

Pauvre Antoine(가엾은 앙트와느), 돌처럼 굳어져 꼼짝 못하고 있었을 걸세. 그는 아마 교살자의 눈에서 미치광이 같은 광포하고 요사스러운 빛이 쏟아지는 것을 상상하며 숨어 있었겠지. 교살자는 꽤 힘센 녀석이었을 테지만 그와 반대로 스킬은 여느 몸집보다 가냘프네…… 부디 merci(살려주시오). 스킬은 아무것도 가지고 있지 않았으므로 얌전히 있을 수밖에 없었네. 나로서는 그 거지 녀석을 나무랄 수가 없네 그려."

번스는 묻는 듯한 몸짓을 했다.

"그 다음 교살자는 어떻게 했을까? 어쩌면 우리는 끝내 알 수 없을지도 모르겠네. 혼비백산했던 증인 스킬이 창조자 곁으로 가버렸으니 말이네. 하지만 아마도 범인은 그 검은 서류상자를 꺼내놓고 오델 양의 핸드백에서 찾아낸 열쇠로 열어 자기의 죄를 드러내는 갖가지 증거를 빼냈을지도 모르네. 그 다음에 방을 난장판으로 만들었으리라고 여겨지네. 그 신사는 상습적인 강도의 짓으로 보이게 하기 위해 방 안을 온통 휘저었을 테지.

오델 양 야회복 레이스를 찢고 어깨끈을 끊고 난초꽃을 쥐어뜯어 무릎 위에 내던지고, 반지며 팔찌를 잡아빼고 목걸이사슬을 끊었지. 그 일이 끝나자 스탠드를 쓰러뜨리고, 책상 위를 휘젓고, 장롱 속을 휩쓸고, 거울을 깨뜨리고 의자를 쓰러뜨리고, 커튼을 찢고……

그러는 동안 스킬은 심한 공포에 사로잡혀 열쇠구멍에 눈을 갖다 댄 채 꼼짝도 못하고, 들키면 옛 inamorata(애인) 곁으로 보내질지도 모른다고 생각하며 덜덜 떨고 있었겠지. 이제 와서 보니 스킬은 그때 방에 있는 남자를 사납게 날뛰는 미친 사람이라고 생각했을 듯싶네.

나는 스킬이 그때 겪은 괴로운 처지 같은 경우는 결코 당하지 않기를 바라겠네. 정말 아슬아슬했으니까. 그 사나이는 줄곧 난폭하게 날뛰는데, 무엇을 하고 있는지 보이지는 않아도 소리는 들리지. 그런데 스킬은 말하자면 독 안에 든 쥐와 다름없었으니 달아날 길이 있어야지. 도저히 피할 길 없는 절망적인 입장이었던 걸세."

번스는 잠시 담배를 피우며 앉음새를 조금 고쳤다.

"여보게, 매컴, 생각건대 스킬의 파란만장한 생애에서 가장 나쁜 때는 그 수수께끼의 난폭자가 그가 숨은 벽장문을 열려고 했을 때였을 것 같네. 생각 좀 해 보게. 스킬은 그 안에 갇혀 있고 적은 2인치도 떨어지지 않은 눈앞에서 얄팍한 백송 판자의 바리케이드가 덜거덕거리고 있었으니 말이야.

이윽고 살인자가 손잡이를 놓고 거기에서 멀어졌을 때 스킬이 얼마나 가슴을 쓸어내렸을는지 그 기쁨을 상상할 수 있을 테지? 그 반동으로 기절하지 않은 것이 이상할 정도일세. 하지만 스킬은 기절하지는 않았고 침입자가 방에서 나갈 때까지 마치 최면술에 걸린 듯한 공포에 사로잡힌 채 귀 기울이고 경계하다가, 무릎을 덜덜 떨고 식은땀을 줄줄 흘리며 벽장에서 나와 싸움터를 둘러보았겠지."

번스는 주위를 둘러보았다.

"분명히 마음에 드는 광경은 아니었을 걸세. 그렇지 않았겠는가? 긴의자 위에 여자의 교살 시체가 축 늘어져 있으니. 그 시체가 스킬에게는 가장 무서운 존재였겠지. 비틀거리며 테이블 쪽으로 가 내려다보았지. 오른손으로 몸을 단단히 받치며. 그래서 지문이 우리 손에 들어오게 된 걸세.

그런 다음 그는 갑자기 자기 입장을 깨닫고 섬뜩했겠지. 지금 죽은 여자와 함께 있는 것은 자기뿐이며, 그가 그녀와 가깝게 지냈다는 것은 세상이 다 알고 있네. 강도 전과가 있으니 아무도 결백하다고는 믿어주지 않으리라고 생각했을 테지. 아마 스킬은 그 난폭자의 얼굴을 보았을지도 모르지만 그런 이야기를 할 입장이 못되네. 모든 것이 그에게 불리했으니까. 방에 몰래 들어간 것, 9시 30분에 이 십에 왔다는 것, 그녀와의 관계, 직업, 세상의 평판. 이렇게 되면 모면할 길이 없는 걸세. 여보게, 매컴, '자네라면' 그 녀석의 말을 믿겠나?"

매컴이 으르대며 말했다.

"그런 것은 아무래도 좋네. 자네의 이론이나 계속하게."

지방검사도 히스도 열심히 귀 기울였다.

번스는 말을 계속했다.

"이제부터 펴나가는 내 이론은 자연적 발전이라는 것일세. 말하자면 타성의 힘으로 나아가는 거지. 스킬은 방에서 빠져나가야 하고 현장의 흔적을 지워야 하는 긴급한 문제에 부딪쳤네. 그러한 비상사태에 맞닥뜨린 그의 정신은 날카로워지고 활발해졌지. 만일 성공하지 못하면 목숨이 위태로워지니까. 그는 미친 듯이 궁리하기 시작했네. 아무에게도 들키지 않고 곧 뒷문으로 달아날 수는 있겠지만 그러면 빗장이 벗겨져 있는 것이 발견될 테니, 이 사실은 밤 9시 30분에 방문했던 사실과 연결되어 그가 뒷문의 빗장을 벗겼음을 암시하는 결과가 되네. 그러므로 그런 식으로 달아나면 안되지. 절대로 안되네.

스킬은 지금까지의 뒤가 켕기는 오델 양과의 관계며 자기의 일반적인 성품으로 보아서 일단은 살인혐의가 걸리라는 것을 알고 있었네. 동기, 장소, 기회, 시간, 수법, 행동, 경력 등이 모든 것이 그에게는 불리했지. 현장의 흔적을 감쪽같이 지워야지 그렇지 않으면 그의 로샐리오*[1]로서의 생애는 끝장이 날 테니까. 유쾌한 딜레마였네.

　물론 그는 감쪽같이 빠져나가 빗장을 안쪽에서 지를 수만 있으면 자기가 비교적 안전하다는 것을 깨달았지. 어떻게 해서 드나들었는지 아무도 설명할 수 없을 테니까. 그것이 알리바이를 세울 수 있는 유일한 길이었네. 물론 소극적인 방법이기는 했지만 좋은 변호사를 채용하면 그것을 밀고나갈 수 있지. 그는 다른 탈출 방법도 찾아보았겠지만 모두 장애에 부딪쳤고, 그 뒷문이 유일한 희망이었네. 그럼, 어떻게 하면 성공할 수 있을까.”

번스는 일어나서 하품을 했다.

“이상이 내가 소중히 키워온 이론일세. 스킬은 덫에 걸렸으므로 교활한 지혜에 넘쳐흐르는 머리를 쥐어짜 탈출 방법을 생각해 냈지. 그 계획을 짜낼 때까지 이 두 방을 몇 시간 동안이나 열심히 왔다 갔다 했을 걸세. 때로는 ‘오오, 하느님’하고 하느님에게 부탁드렸다 해도 이상할 건 없지. 핀셋을 써야겠다는 생각은 거의 순간적으로 떠올랐으리라고 여겨지네.

　그런데 부장, 문 바깥에서 안쪽에 있는 빗장을 지르는 방법은 오래 전부터 있었던 수법이오. 유럽의 범죄문헌에는 헤아릴 수 없을 만큼 그 예가 기록되어 있지. 한스 글록스 교수의 범죄학 편람[1]에는 도둑이 불법적으로 출입할 경우 쓰는 수법에 관한 기록이 거의 한 장을 모두 차지하고 있소. 그러한 이러한 수법 모두가 쇠를 잠그는 방법에 관한 것이며, 빗장을 지르는 것과는 좀 다르지요. 물론 원리는 같지만 기술은 다르오.

　바깥에서 안쪽의 쇠를 잠그려면 바늘이나 강하고도 부드러운 핀을 자물쇠의 용수철에 질러 넣고서 실을 아래쪽으로 잡아당기지요. 그런데 이 집 뒷문에는 자물쇠도 열쇠도 없고 빗장 손잡이에 용수

철도 달려 있지 않소. 하지만 머리 좋은 스킬은 무언가 좋은 방법이 없을까 생각하며 초조하게 왔다갔다하는 동안에 우연히 오델 양의 화장대 위에 핀셋이 있는 것을 발견했소. 요즘 여자들은 대개 그런 작은 핀셋을 가지고 있지요.

그리하여 그의 문젯거리는 해결된 셈이었소. 남은 일은 그저 실험해 보는 것 뿐이었지요. 그러나 나가기 전에 스킬은 또한 남자가 찌그러뜨리기만 했을 뿐 그대로 내동댕이치고 가버린 보석상자를 끌로 비틀어 열고 다이아몬드 반지를 꺼냈소. 나중에 전당포에 잡히려고 했던 바로 그것이오.

그런 다음 그는 지문을 깨끗이 닦았소. 모두 닦은 줄 생각했지만 벽장문 안쪽은 닦는 것을 잊었고, 테이블 위의 손자국도 그대로 남았지요. 그런 다음 몰래 빠져나가 내가 했듯이 뒷문의 빗장을 다시 지르고, 핀셋은 조끼주머니에 넣어둔 채 잊고 있었던 거요."

히스는 고개를 끄덕여 보이며 신탁이라도 전하듯 말했다.

"악당이란 아무리 영리한 녀석이라 하더라도 반드시 무언가 못 보고 넘기는 것이 있는 법입니다."

번스는 나른한 듯이 말했다.

"굳이 악당만 헐뜯을 건 없소, 부장. 이 불완전한 세상에서는 무엇 하나든 못 보고 넘기는 사람이 전혀 없다고 단정할 수는 없을 것이오."

번스는 부장에게 부드러운 미소를 지어보였다.

"경찰도 핀셋을 못 보고 넘겼잖소?"

히스는 말문이 막혔다. 여송연이 꺼져 있었으므로 그는 천천히 정성스럽게 불을 붙였다.

"어떻게 생각하십니까, 매컴 검사님?"

매컴이 우울하게 대답했다.

"상태는 그다지 뚜렷해졌다고 할 수 없소."

번스가 말했다.

"내 설명이 반드시 눈이 번쩍 뜨일 것 같은 계시라고까지는 할 수 없지만, 그러나 태고의 어둠 속에 그대로 내버려진 상태라고 하고 싶지는 않네. 내 망상에서도 어느 정도의 추론은 끌어낼 수 있네. 즉 스킬은 살인범을 알거나 얼굴을 기억하고 있었으므로 일단 이 방에서 탈출하는 데 성공하여 자의식을 얼마쯤 되찾자 그 살인범에게 협박하기 시작했지.

그가 살해된 것은 그 inconnu(미지의 사나이)가 성가시게 구는 인물을 없애기 위한 두 번째 시도에 지나지 않았네. 그리고 끌로 비틀어 연 보석상자, 지문, 흩어져 있지 않은 벽장 안, 쓰레기통에서 발견된 보석——그것을 훔친 사나이는 보석 따위는 필요 없었거든——그리고 스킬이 어째서 침묵을 지키고 있었는지를 내 이론은 모두 설명해 주네. 뒷문의 빗장이 어떻게 벗겨졌으며 어떻게 질려지는지도 설명하고 있네."

매컴은 한숨을 쉬었다.

"그건 그렇네. 모든 것을 밝혔지만 가장 중요한 점, 즉 살인범이 누구냐 하는 점은 설명하지 않고 있네."

"맞네. 점심 식사나 하러 가세." 번스가 말했다.

히스 형사부장은 어찌할 바를 몰라하며 우울하게 경찰본부로 돌아갔다. 매컴과 번스와 나는 델 모나코로 자동차를 달렸고, 그릴이 아닌 큰 식당에 자리잡았다.

식사가 끝나자 매컴이 말했다.

"사건은 이로써 클리버와 매닉스에게로 초점이 좁혀졌군. 스킬과 카나리아를 죽인 사람이 같다는 자네 설명이 옳다면 린드퀴스트는 제외될 테니까. 그 의사가 토요일 밤 에피스코펠 병원에 있었던 것은 확실하거든."

번스가 찬성했다.

"맞네, 의사는 문제없이 제외되지. 클리버와 매닉스, 꽤 매력있는 짝맞춤이로군. 그 두 사람을 앞지르는 방법이 도무지 나타나지 않네."

번스는 눈살을 찌푸리며 커피를 마셨다.

"내가 처음에 네 사람이라고 주장하던 설이 흔들리기 시작했네. 너무 범위가 좁아져서 마음에 들지 않는군. 둘 중 하나를 골라야 한다면 이를테면 정신을 써야 할 곳이 없어지는 셈일세. 클리버와 매닉스마저 제외하는 데 성공하면 대체 어떻게 되겠나? 우리는 어디로 가야 하겠나. 사실 갈 곳이 없네⋯⋯. 전혀 갈 곳이 없어. 그런데도 그 네 사람 가운데 하나가 범인이란 말일세.

그 일시적 위안에 지나지 않는 사실에 우선 매달려보세. 스포츠우드는 아니네. 린드퀴스트도 아니지. 남은 것은 클리버와 매닉스, 넷에서 둘을 빼면 둘이 남지. 간단한 산술인데, 난처하게도 이 사건 자체는 간단하지 않거든. 결코 간단하지 않네. 대수나 입체기하학이나 미분을 사용해 보면 그 방정식은 어떻게 될까. 4차원 아니면 5차원, 6차원의 세계에 갖다 놓아볼까⋯⋯."

번스는 두 손을 관자놀이에 갖다댔다.

"여보게, 약속해 주게. 매컴. 친절하고 상냥한 간호원을 나를 위해 고용하겠다고 약속해 주게."

"자네의 기분은 알아. 나도 지난 1주일 동안 자네와 비슷한 정신상태라네."

"나를 미치게 만드는 건 그 네 사람이라는 설이네. 나를 엎어누르고 억지로 마구 4인조를 빼앗아가려 하니 야단이군. 나는 4인조에게 싱싱한 믿음을 걸고 있었는데 말일세. 그것이 지금은 두 사람이 되고 말았네. 내 질서감과 균형감은 꺾여버렸어…… 나는 4인조가 좋네."

매컴이 맥없이 말했다.

"두 사람으로 만족해야 하지 않을까? 네 사람 가운데 하나는 조건이 맞지 않고, 하나는 병상에 있으니 말이네. 자네가 그렇게 함으로써 조금이라도 기운이 난다면 병원에 꽃이라도 보내는 게 어떻겠나?"

"하나는 병상에 있다…… 하나는 병상에 있다."

번스는 되풀이했다.

"맞아, 그래, 틀림없네. 그리고 넷에서 하나를 빼면 셋이 남지. 훨씬 산술적이야. 셋…… 그리고 이 세상에 직선 따위는 없지. 모든 선은 휘어 있네. 곧아 보이지만 실은 그렇지 않아. 겉보기뿐이지, 완전한 속임수일세. 잠시 무언의 계행(戒行)을 하여 시각 대신 정신작용을 가지고 해보는 것은 어떨까."

번스는 넓은 창문 너머로 5번 거리를 올려다보았다. 몇 분 동안 생각에 잠겨 담배를 피웠다. 다시 이야기를 시작했을 때에는 평온하고 침착한 목소리였다.

"매컴, 자네에게는 어려운 일인지 모르지만 언제 한 번……오늘 저녁이라면 좋겠네…… 자네 아파트에 매닉스와 클리버와 스포츠우드를 초대하지 않겠나?"

매컴은 커피 잔을 소리높이 내려놓고 뚫어지게 번스를 보았다.

"그게 대체 무슨 새로운 어릿광대짓인가?"

"무슨 말을 그렇게 하나? 내 질문에 대답이나 하게."

매컴이 망설이듯 대답했다.

"그야, 물론 못할 건 없지. 그들은 모두 어느 정도 내 관할 밑에 있는 셈이니까."

"더욱이 그런 초대는 오히려 상황에 잘 어울리는 게 아니겠나? ······안 그런가? 그들도 설마 자네 초대를 거절하지는 않겠지. 어떤가, 여보게?"

"맞아, 거절하지는 않을 걸세."

"그리고 모두 모였을 때 포커 게임이나 두 세 번 하자고 자네가 제안해도 그다지 이상하게 여기지 않겠지."

매컴은 번스가 내놓은 뜻밖의 요구에 당황하며 말했다.

"그렇겠지. 클리버와 스포츠우드는 할 줄 알 테고 매닉스도 역시 할 줄 알겠지. 그런데 어째서 포커를 하려는 건가. 자네는 지금 제정신인가, 아니면 정신착란에 걸리고 있는 중인가?"

"천만에. 나는 아주 진지하다네."

번스의 말투는 그 말이 틀림없음을 나타내보이고 있었다.

"포커 게임은 문제의 핵심일세. 나는 클리버가 게임의 명수라는 것을 알고 있네. 스포츠우드는 물론 월요일 밤에 레드핀 판사와 포커 게임을 했고, 그러니 내 계획의 밑바닥은 완성된 셈일세. 매닉스 역시 할 줄 알걸."

번스는 열심히 이야기하며 몸을 앞으로 내밀었다.

"포커 게임의 10분의 9는 심리학적이라네, 매컴. 그 게임을 할 줄 안다면 한 시간 동안 포커 테이블에 앉아 있는 것만으로도 1년 동안의 겉핥기식 교제보다 훨씬 더 인간 내부의 성질을 잘 알 수 있을 걸세. 자네는 내가 언젠가 범죄 자체의 요인을 검토하면 어떠한 범죄의 장본인이든 자네와 대면시킬 수 있다고 말하자 나를 놀려댔었지.

그러기 위해서는 물론 자네와 대면시킬 인물을 내가 알고 있어야 할 필요가 있네. 그렇잖으면 범죄의 심리적 징후와 범인의 성질을 연결시킬 수 없으니까. 이번 사건에서 나는 범죄를 저지른 사람이 어떤 인물인지는 알고 있으나 범인을 지적할 만큼 용의자를 잘 알지 못하네. 하지만 포커 게임을 하면 누가 카나리아를 죽일 계획을 세웠고 실행했는지 자네에게 말할 수 있을 것 같네[2]."

매컴은 어이없는 듯이 번스를 지켜보았다. 번스가 놀랄 만큼 포커 게임을 잘하며 그 게임에 포함된 심리적 요소에 대해 굉장한 지식을 지녔음을 잘 알고 있었지만, 그것을 써서 오델 살인사건을 해결하겠다는 말은 전혀 뜻밖이었던 것이다. 게다가 번스가 너무나도 열심히 이야기하기 때문에 매컴도 감명을 받지 않을 수 없었다.

나는 말로 표현한 것과 마찬가지로 매컴이 무엇을 생각하고 있는지 잘 알았다. 매컴은 전에 있었던 어떤 살인사건에서 번스가 같은 심리적 추리 방법을 써서 범인을 어김없이 알아맞혔던 일을 돌이켜보고 있었던 것이다. 그리고 번스의 요구는 언뜻 보아 이해할 수 없고 터무니없는 듯싶지만, 그 밑바닥에는 언제나 훌륭한 이유가 깔려 있었다는 것도 회상하고 있었던 것이다.

"그거 참, 자네의 계획은 하나에서 열까지 어이없는 짓 같구먼. 하지만 자네가 정말 그 사람들과 포커를 하겠다면 나는 그다지 군말 하지는 않겠네. 끝내 아무런 도움도 얻지는 못하겠지만……미리 말해 두겠네만, 그런 꿈같은 방법으로 범인을 찾을 수 있다고 생각하는 것은 정말 넌센스일세."

번스는 한숨을 쉬었다.

"그럴까? 어쨌든 얼토당토않은 기분전환을 했다 해서 그다지 해로울 것은 없을 테지."

"그런데 어째서 스포츠우드도 끼우나?"

"실은 나에게 무슨 생각이 있어서 그러는 것은 아닐세. 다만 그도 4인조의 한 사람이라는 이유 말고는. 게다가 곁다리도 있어야 하지 않겠나?"

"좋네. 하지만 나중에 그를 살인자로서 구치시키라는 말은 하지 않겠다고 하게. 하나의 선은 그어놓아야 하네. 자네들 비전문가에게는 이상하게 보일지 모르지만, 나는 물리적으로 범죄를 저지를 수 없다는 것을 알고 있으면서 그 사람을 기소할 생각은 없네."

번스는 귀찮은 듯이 말했다.

"하지만 물리적 불가능성이 내포하는 오직 하나의 장애는 물적 사실이라네. 그리고 물적 사실이란 자칫하면 사람을 속이기 쉽지. 사실 자네들 법률가가 그런 것을 완전히 잊는다면 좀더 잘해나갈 수 있을 걸세."

매컴은 그런 이단설에는 구태여 대답할 필요가 없다고 생각했으며, 번스를 바라보는 눈길이 입보다 훨씬 더 그 사실을 잘 말하고 있었다.

⑴ 번스가 인용한 논문은 《Handbuch für Untersuchungsrichter als System der Kriminalistik(예심판사를 위한 범죄과학 편람)》이다.

⑵ 최근 나는 시카고 대학의 인류학 교수로 《어째서 우리는 인간처럼 행동하는가》의 저자인 조지 A 드어세이 박사의 논문을 읽었는데, 이것은 번스 이론의 과학적 정확성을 친히 증명하는 것이었다. 그 논문 속에서 드어세이 박사는 "포커는 인생의 횡단도이다. 어떤 인물이 포커 게임에서 취하는 행동과 수법은 바로 그 인물의 실생활 그대로이다. 그의 성공 또는 실패는 포커가 주는 자극에 대해 그의 육체적 조직이 어떤 반응을 나타내는지, 그 반응의 양상에 달려 있다⋯⋯. 나는 평생을 인류학적, 그리고 심리학적 견지에서 인간성을 연구해 왔다. 그리고 내 도전에 대해서 상대방이 취하는 태도를 관찰하는 것보다 더 적절한 실험실적 조작을 아직 보지 못했다⋯⋯. 심리학자가 말하는 인간의 언어 표현적, 내장적(內臟的), 수공적(手工的) 행동 verbalized, visceral and manual behaviors은 포커 게임에서 그 최고의 기능을 발휘한다⋯⋯. 나는 사실 포커를 통해 인간을

알았다고 해도 지나친 말이 아니다"라고 말하고 있다.

＊1 영국 희곡작가 니콜라스 로(1674～1718)의 희곡 The Fair Penitent에 나
오는 난봉꾼.

포커 게임

9월 17일 월요일 오후 9시

번스와 나는 점심 식사 뒤 집으로 돌아갔다. 4시쯤 매컴이 전화를 걸어 그날 밤을 위해 스포츠우드와 매닉스, 클리버와 잘 타합이 되었다고 알려왔다.

그 전화를 받은 뒤 번스는 곧 외출하여 8시 가까이까지 돌아오지 않았다. 나는 그의 여느 때와 다른 행동에 호기심이 쏠렸으나 번스는 나에게 아무것도 가르쳐주지 않았다. 그러나 9시 15분전에 우리가 아래에서 기다리는 자동차를 타려고 내려가 보니 낯선 남자가 뒷좌석에 앉아 있었다. 나는 이 사람을 번스의 수수께끼의 외출과 결부시켜서 생각했다.

번스는 우리를 서로 인사시키며 설명했다.

"앨런 씨에게 오늘 밤 함께 가자고 내가 부탁을 드렸네. 자네는 포커를 하지 않고, 게임을 재미있게 하려면 한 사람이 더 있어야 하거든. 앨런 씨는 오래 전부터 나의 좋은 적수였다네."

번스가 허락도 받지 않고 매컴의 집에 불청객을 데려가려는 사실은 그 사람의 겉모습과 더불어 나를 몹시 놀라게 했다.

그 사나이는 키가 작았으며 날카롭고 재기가 넘치는 얼굴에 거드름 부리듯 비스듬히 쓴 모자 밑에서 보이는 머리카락은 검고 반들거려 마치 물들인 일본 인형의 윤기 흐르는 머리카락 같았다. 나는 그의 이브닝 타이에 자잘한 하얀 물망초 무늬가 있고 셔츠 앞자락에 다이아몬드 장식 단추를 달아 멋부린 옷차림을 보았다.

나무랄 데 없이 세심한 주의를 기울여 차려입은 멋있고 단정한 번스와 이 사나이의 대조는 눈이 번쩍 뜨일 만큼 뚜렷했다. 나는 두 사람이 어떤 관계인지 궁금했다. 분명히 사교적인 것도 지적인 것도 아니었다.

우리가 매컴의 응접실에 안내되었을 때 클리버와 매닉스는 이미 와 있었고 몇 분 뒤 스포츠우드도 왔다. 형식대로 소개가 끝나자 우리는 통나무가 타오르는 벽난로 가에 편안히 자리잡고 앉아 담배를 피우거나 특상품의 스코치 하이볼을 홀짝홀짝 마셨다.

매컴은 물론 예기치 않았던 앨런 씨를 반가이 맞이했지만 이따금 이 인물에게 흘끗흘끗 던지는 눈길은, 그의 겉모습과 번스의 취향이 아무래도 걸맞지 않아 의아스러워하고 있음을 나타내주었다.

이 작은 모임에서 표면상의 명랑성 밑바닥에는 어떤 긴장된 공기가 흐르고 있었다. 사실 그 자리의 상황은 도저히 사람들이 자연스럽게 행동할 수 있는 것이 아니었다. 거기에 있는 세 남자는 저마다 상대가 같은 여자에게 관심을 가지고 있었음을 알고 있었다. 게다가 세 사람이 이렇게 함께 초대받은 이유는 그녀가 살해된 사실에서 비롯되고 있는 것이다.

그러나 매컴은 그 자리의 분위기를 겉으로 적당히 꾸며대어 어떤 추상적인 문제를 의논하기 위해 아무 이해관계도 없이 불려온 제삼자라는 느낌을 저마다에게 갖도록 하는 데 거의 성공했다.

매컴은 맨 먼저 이 '회의'는 그 살인사건의 단서를 찾는데 완전히 실패했으므로 열게 된 것이라고 설명했다. 순전히 비공식적인 의논을 하기 위해 모든 형식이며 강요는 모조리 빼버림으로써 효과적인 수사의 선이 떠오를 만한 어떤 암시가 나오기를 바란다고 말했다. 그 태도는 진심으로 우정에 호소하는 것이었으므로 이야기를 끝냈을 때에는 그 자리에 감돌던 긴장감이 두드러지게 누그러졌다.

모두가 토론하는 동안 나는 그들의 저마다 다른 태도를 흥미 깊게 바라보았다. 클리버는 사건에서의 자기 역할을 쓰디쓰게 이야기하여 무언가를 암시하기보다 스스로를 나무라기에 바빴다. 매닉스는 수다스럽게 늘어놓으며 짐짓 솔직한 척했으나 그 말투 속에는 변명하는 듯한 조심스러움이 담겨 있었다.

스포츠우드는 매닉스와 달리 문제를 토론하기 싫어했으며 조심스러운 태도를 취하고 있었다. 매컴의 질문에는 정중하게 대답했으나 이처럼 자기를 사람들 앞에서 토론하도록 끌어낸 것에 대한 노여움을 완전히 감추지 못했다. 번스는 거의 말을 하지 않았다. 매컴의 말을 이따금 거들어주는 정도에 그쳤을 뿐이었다.

앨런은 말없이 얼마쯤은 재미있는 듯한 표정으로 다른 사람들을 지켜보고 있었다. 나에게는 대화 전체가 전혀 쓸데없는 것처럼 여겨졌다. 매컴이 정말로 거기서 어떤 정보를 얻으려 했다면 몹시 실망했으리라. 그러나 매컴은 이와 같은 파격적인 수단을 취한 것을 자기 자신에게 정당하다고 납득시키고, 오직 번스가 요구한 포커 게임을 시작할 계기를 만들기 위해 애쓰고 있음을 나는 알았다. 그리고 그 이야기를 꺼내야 할 시각이 왔을 때 그는 그리 어렵지 않게 말했다.

매컴이 포커를 하자고 제안한 것은 정확하게 11시였다. 그 말투는 정중했으며 강요하는 기색이 조금도 없었다. 그러나 긴요한 부탁이라도 하는 듯한 말투로 권유했으므로 사실은 거절할 수 없었던 것이다.

그러나 그렇게까지 할 필요는 없었다고 나는 느꼈다. 클리버와 스포츠우드는 두 사람 모두 싫은 대화를 끝내고 카드놀이를 할 수 있게 된 것을 진심으로 환영했다. 번스와 앨런은 물론 두말없이 찬성했다. 매닉스만이 거절했다. 포커를 아주 조금밖에 할 줄 모르며 또한 좋아하지 않는다고 설명했다. 그러므로 다른 사람들이 하는 것을 구경하겠다고 말했다.

번스는 그러지 말고 같이 한 번 해 보자고 권유했으나 그를 끌어들이지는 못했다. 그리하여 매컴은 하인에게 다섯 사람분의 자리를 마련하도록 일렀다.

나는 앨런이 자리에 앉을 때까지 번스가 기다렸다가 앨런의 오른편 의자에 앉는 것을 알아차렸다. 클리버는 앨런의 왼쪽에 앉았다. 스포츠우드는 번스의 오른쪽에 앉았고 그 옆에 매컴이 앉았다. 매닉스는 매컴과 클리버의 중간에 뒤쪽으로 의자를 조금 끌어내놓고 앉았다. 그래서 자리순서는 삽입한 도면같이 되었다.

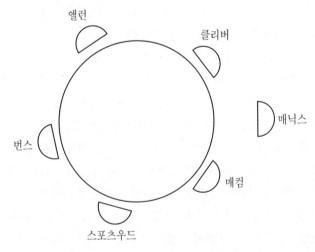

클리버는 처음에 판돈의 한도를 적게 제안했는데 스포츠우드가 훨

썬 크게 내걸었다. 그 다음 번스가 그것을 더욱 끌어올렸다. 매컴과 앨런이 찬성했으므로 번스의 제안이 모두들에게 받아들여졌다. 칩에 주어진 가치는 나를 몹시 놀라게 할 만큼 컸으며 매닉스까지도 신음 소리를 질렀다.

테이블에 앉은 다섯 사람이 모두 굉장한 솜씨들이라는 것은 게임이 시작된 지 채 10분도 안되어 밝혀졌다. 번스의 친구 앨런은 게임이 시작되자 그때부터 milieu(내 세상)를 만난 듯이 여유있는 태도를 보이기 시작했다.

앨런이 처음 두 판을 이겼고 번스는 3회와 4회에서 이겼다. 그런 다음 스포츠우드의 행운이 잠시 계속되다가 조금 뒤 매컴이 큰 잭 포트를 맞춰서 조금 앞질렀다. 클리버는 그때까지 계속 지기만 하다가 그 뒤 30분 동안 손실의 대부분을 벌충할 수가 있었다.

그 다음부터는 번스가 착실히 선두에 섰으며 다만 앨런에게만 승리를 양보하고 있을 뿐이었다. 그리고 얼마 동안 승부의 운은 골고루 나눠지고 있었다. 그러나 시간이 더욱 흐르자 클리버와 스포츠우드가 눈에 띄게 지기 시작했다. 12시 30분쯤부터는 어쩐지 기분 나쁜 공기가 모두를 덮쳤다. 판돈의 액수가 커지고 칩 피라밋을 쌓아올리는 손이 재빨라졌으며 수중에 돈이 풍부한 사람에게도——이때 승부를 겨루던 사람들은 모두 수중에 돈이 풍부했지만——끊임없이 소유주가 바뀌는 돈의 액수가 너무 크게 느껴졌기 때문이었다.

1시 조금 전 경기의 열이 하나의 정점에 이르렀을 때 나는 번스가 재빠르게 앨런을 보며 손수건으로 얼굴을 닦는 것을 보았다. 모르는 사람에게는 그 동작이 아주 자연스럽게 보였을 터이지만 나는 번스의 버릇을 잘 알므로 대뜸 그것이 부자연스러운 짓임을 눈치챘다. 그리고 그와 동시에 카드를 쳐서 돌리는 채비를 하는 사람이 앨런임을 알았다. 이때 앨런의 눈에 여송연 연기가 들어간 모양이었다. 눈을 깜박거리다가 카드를 한 장 바닥에 떨어뜨렸다. 앨런은 재빨리 그 카드를 주워 올리더니 다시 쳐서 번스 앞에 떼어놓았다.

승부는 잭 포트로 되었다. 테이블 위에는 이미 칩이 잔뜩 쌓여 있었다. 클리버와 매컴과 스포츠우드 세 사람은 패스했다. 그다음은 번스가 결정할 차례였는데 터무니없이 큰 액수를 내걸었다. 앨런은 떨어져나갔고 클리버는 남았다. 마침내 매컴과 스포츠우드가 떨어져나가자 승부는 번스와 클리버 두 사람이 겨루게 되었다. 클리버는 카드 한 장을 뽑았고, 자기편에서 판돈을 올린 번스는 두 장을 집었다.

그런 다음 번스는 형식상 조금만 덧붙여 올렸을 뿐인데 클리버가 그것을 꽤 많이 끌어올렸다. 이번에는 번스가 끌어올렸으나 액수는 그다지 많지 않았다. 여기서 클리버가 다시 번스를 앞질러 끌어올렸다. 이번에는 아까보다 훨씬 많은 액수였다. 번스는 주춤하여 그만 카드를 보자고 했다.

클리버는 의기양양하게 펼쳐 보이며 선언했다.

"스트레이트 플래시……잭이 높습니다. 이것만은 못 당할 겁니다."

번스가 풀죽은 목소리로 말했다.

"두 장을 뽑았으니, 안됐군요."

그는 카드를 펼쳐서 잭 포트를 보였다. 포 킹이었다.

반시간쯤 지났을 때 번스가 다시 손수건을 꺼내 얼굴을 닦았다. 아까와 마찬가지로 앨런이 카드를 나눠주고 있었다. 승부는 다시 잭 포트임을 나는 알았다. 판돈은 두 번이나 올려졌다. 앨런은 하이볼을 한 모금 마시고 여송연에 불을 붙였다. 그 다음 번스가 패를 떼었고 앨런이 돌렸다.

클리버와 매컴과 스포츠우드가 패스하자 다시 또 번스가 맨 먼저 판돈을 거는 차례가 되어 그 자리의 돈을 모두 걸겠다고 말했다. 모두 떨어져나가고 남은 것은 스포츠우드뿐이었다. 이번에는 그와 번스의 승부였다. 스포츠우드는 카드를 한 장 요구했고, 번스는 그대로 넘겼다. 그 다음 한순간 거의 숨막힐 듯한 침묵이 계속되었다. 공기는 전기가 통하는 것 같이 느껴졌는데, 다른 사람들도 그렇게 느끼는 모양이었다. 모두들 호기심이 잔뜩 돋워진 긴장된 눈을 반짝이며 승부를 지켜보고 있었기 때문이나.

그러나 번스와 스포츠우드는 더없이 냉정한 태도로 마치 얼어붙은 것 같았다. 나는 두 사람을 뚫어지게 바라보고 있었는데, 둘 다 감정을 조금도 겉으로 드러내지 않았다.

번스가 먼저 걸 차례였다. 그는 말없이 한 무더기의 노란 칩을 테이블 한가운데로 밀어냈다. 그날 밤의 게임에서 최고의 판돈이었다. 그러나 스포츠우드는 또 하나의 무더기를 그 옆에 놓았다. 그리고 냉정하게 익숙한 솜씨로 자기에게 남아 있던 칩을 세어서 그것을 손바닥으로 밀어내며 조용히 말했다.

"한도껏 내놓은 겁니다."

번스는 거의 아무도 알아차리지 못할 만큼 목을 움츠렸다.

"포트는 당신 것입니다."

번스는 유쾌한 듯이 스포츠우드에게 미소 지으며 손에 든 카드를 펴보여 자기가 잭 포트라고 선언할 만한 패를 가지고 있었음을 증명했다. 포 에이스였다.

앨런이 나직이 소리 내어 웃었다.

"아뿔싸! 허세 패였군요."

매컴이 말을 받았다.

"허세 패였다고요? 포 에이스인데다 그만한 돈을 걸고도 포기했단 말인가?"

클리버도 역시 놀라며 신음했다.

매닉스는 말도 안된다는 듯이 입술에 힘을 주면서 물었다.

"악의로 하는 말은 아닙니다만, 번스 씨, 엄밀하게 계산해 볼 때 승부를 포기하는 것은 너무 이르지 않을까요?"

스포츠우드는 눈길을 들었다.

"당신들은 번스 씨를 잘못 보고 있습니다. 번스 씨의 방법은 완벽합니다. 이 경우 포 에이스라 하더라도 포기한 것은 과학적으로 옳은 일입니다."

앨런이 끼어들었다.

"확실히 그렇습니다. 아아, 이런 승부가 또 있을까!"

스포츠우드는 고개를 끄덕이며 번스 쪽을 보았다.

"이런 경우는 두 번 다시 있을 듯싶지 않으니, 당신의 훌륭한 감각에 경의를 나타내는 뜻에서 내가 할 수 있는 유일한 일은 당신의 호기심을 만족시켜드리는 것이겠지요. 내 손은 비어 있었습니다."

스포츠우드는 손에 쥔 패를 내려놓고 품위 있게 손가락을 펴며 카드를 젖혀보였다. 나온 것은 클럽 5, 6, 7, 8과 하트의 잭이었다.

매컴이 말했다.

"나로서는 당신이 어떻게 추리했는지 잘 모르겠군요, 스포츠우드 씨. 번스는 당신에게 이기고 있었잖습니까? 그러다가 포기했지요."

스포츠우드는 상쾌하고 침착한 목소리로 대답했다.

"상황을 잘 생각해 보십시오. 나는 클리버 씨와 당신이 패스한 다음, 할 수만 있었다면 아마 상당한 액수를 걸고 끝을 냈겠지요. 그러나 그렇게 하지 않았고, 번스 씨가 그처럼 많은 돈을 걸고 승부를 시작한 다음에도 여전히 내가 남아 있었다면 내 손에는 틀림없이 포 스트레이트나 포 플래시, 또는 포 스트레이트 플래시가 있었다는 말이 됩니다. 그만한 패가 없는데도 남았다면 내가 꽤 명수라는 말씀을 드려도 실례가 아니라고 여겨집니다만."

번스가 끼어들었다.

"그렇네, 매컴. 스포츠우드 씨가 상당한 명수가 아니라면 포 스트레이트 플래시를 가지고 있지 않으면서 남을 수는 없지. 그만한 명수가 아니고서는 2내 1의 승산밖에 없는 승부에 나설 수 없을 걸세. 그렇지 않은가? 나는 먼저 포트를 열기 위한 한도의 금액을 걸었네. 여기서 스포츠우드 씨는 버티기 위해 테이블 위에 있는 돈의 절반을 걸어야만 했지. 승산은 2대 1이 되었네.

이 경우의 승산은 그다지 높다고 할 수 없으므로 포 스트레이트 플래시 이하는 어떤 수로도 위험을 막을 수가 없네. 그런데 아까의 경우 스포츠우드 씨는 한 장의 카드를 펴면 스트레이트 플래시가 될 기회는 47분의 2, 플래시를 만들 기회는 47분의 9, 스트레이트를 만들 기회가 47분의 8이었지. 그러니까 모두 47분의 19의 기회, 즉 세 번에 한 번 꼴의 기회인데, 수를 강화하면 스트레이트 플래시나 플래시나 스트레이트 가운데 어느 하나를 만들 수 있네."

스포츠우드가 말했다.

"그 말씀이 맞습니다. 그러니 내가 카드 한 장을 뽑은 다음에 번스 씨의 마음속에서 일어날 수 있는 유일한 의문은 내가 스트레이트 플래시를 만들었을까 아닐까였지요. 만일 그것을 만들지 못했고 또는 뽑은 것이 스트레이트나 플래시에 지나지 않는다면, 내가 그처럼 큰 내기에 응하지도 않을 테고 한도껏 끌어올리지도 않을 것이라고 번스 씨는 생각한 겁니다. 그런 짓을 한다는 것은 그 상황에서는 무모한 허세 패를 떼는 행위니까요.

1천 명 가운데 한 명도, 단순한 허세 패를 위해 그런 위험을 무릅쓰지는 않지요. 따라서 내가 끌어올렸을 때 번스 씨가 포 에이스를 가지고 있으며 또한 포기하지 않았다면 터무니없는 배짱이었다는 말이 됩니다. 물론 나는 실제로 허세 패를 쥐었음에 틀림없습니다만, 그러나 매컴 씨가 포기한 것이 옳고 이론적이었다는 사실에는 변함이 없습니다."

번스가 말했다.

"그 말씀이 맞습니다. 스포츠우드 씨가 말씀하신 대로 내가 바라는 패를 가지고 있어서 카드를 한 장도 바꾸지 않았음을 알고 있고, 스트레이트 플래시를 만들 수 없는데도 한도껏 내기를 걸 사람은 1천 명에 한 명도 없을 겁니다. 사실 스포츠우드 씨가 그 일을 해냈다는 것은 이 게임의 심리적 미묘함에 소수점 하나를 더 붙였다고 해도 좋을 정도입니다. 왜냐하면 이분은 나의 추리를 분석하고 자신의 추리를 한 걸음 더욱 앞으로 나아가게 했기 때문입니다."

스포츠우드는 가볍게 허리 굽혀 이 겉치레의 인사를 받아들였다. 그 뒤 클리버가 카드를 집어들고 치기 시작했으나 긴장은 이미 깨져 더 이상 게임을 지속시킬 수가 없었다.

번스는 어쩐지 상태가 좋지 않은 것 같았다. 잠시 동안 눈살을 찌푸리며 생각에 잠겨 담배를 피우고 하이볼을 마시기도 했다. 그러다가 몸을 일으켜 벽난로 가로 다가가더니 몇 년 전 매컴에게 선사한 세잔의 수채화를 뚫어지게 바라보기 시작했다. 그 동작은 번스가 마음속으로 당혹감을 느끼고 있음을 나타내는 것이었다.

이윽고 대화가 끊겨 한숨돌리고 있을 때 그는 갑자기 돌아서며 매닉스를 보았다. 그는 문득 어떤 생각이 떠올라 호기심으로 물어보는 듯한 투로 말을 걸었다.

"저, 매닉스 씨, 당신이 포커에 취미가 없는 이유가 무엇입니까? 모든 훌륭한 사업가들은 본질적으로 도박사라고 할 수 있습니다만."

매닉스는 신중히 생각하는 말투로 대답했다.

"그 말씀이 맞습니다. 하지만 내 견해로는 포커는 도박 속에 끼지 못합니다. 전혀 다르지요. 너무 과학적입니다. 게다가 내게는 지루하게 느껴집니다. 스릴이 없는 거지요. 내 말뜻을 아시겠습니까? 룰렛이 내 스피드에 맞습니다. 지난 여름 몬테카를로에 갔을 때 나는 여러분이 오늘 밤 내내 걸려 잃은 돈을 10분 동안에 잃었지요. 그러나 돈을 치른 만큼의 운동은 한 셈이었습니다."

"그렇다면 카드에는 조금도 흥미가 없겠군요."

매닉스는 마음을 터놓기 시작했다.

"카드놀이 가운데 돈을 걸고 카드를 뽑는 놀이는 좋아합니다. 세 번에 두 번 기회라는 그런 놀이는 싫어하지만, 승부가 빨리 나는 것을 좋아하기 때문입니다."

매닉스는 그런 재미를 한시 빨리 맛보고 싶다는 듯이 살찐 손가락을 몇 번 퉁기며 얼마나 날랜가를 나타내보였다.

번스는 테이블 옆으로 천천히 다가가 카드 한 벌을 집어 들었다.

"한 번 떼는 데 1천 달러는 어떻습니까?"

매닉스는 곧 일어났다.

"당신이 먼저."

번스는 카드를 건네주자 매닉스가 쳤다. 그리고 내려놓더니 떼어들었다. 카드를 뒤집자 10이었다. 번스가 떼자 킹이 나왔다.

매닉스는 10센트에 대한 관심만큼도 보이지 않으며 말했다.

"1천 달러를 빚졌군요."

번스는 잠자코 기다리고 있었다. 매닉스는 교활한 눈길로 번스를 보았다.

"다시 한 번 떼어봅시다. 이번에는 2천 달러입니다. 좋습니까?"

번스는 눈썹을 치켜올렸다.

"빚을 지는 겁니까? 좋습니다."

번스가 카드를 떼어 7이 나왔다.

매닉스의 손이 아래로 뻗어 5를 내보였다.

"이것으로 3천 달러 빚진 셈이로군요."

매닉스는 작은 눈이 더 가늘게 뜨여졌으며 여송연을 이로 지그시 물고 있었다.

번스가 물었다.

"다시 한 번, 두 배는 어떻겠습니까……좋겠지요? 이번에는 4천 달러입니다."

매컴은 놀라며 번스를 보았다. 앨런의 얼굴에 거의 어이없다는 듯한 표정이 떠올랐다. 그 자리에 있는 사람들은 모두 이 제의에 깜짝 놀란 듯했다. 차례차례 배로 늘려나가기를 허락하면 매닉스에게 엄청난 기회를 주게 된다는 것을 분명히 알면서도 번스가 그렇게 하고 있었기 때문이었다. 만일 그 순간 매닉스가 테이블에서 카드를 낚아채어 얼른 떼지 않았다면 매컴이 틀림없이 말렸으리라고 나는 생각한다.

"4천 달러입니다."

매닉스는 선언하며 카드를 내려놓고 떼었다. 나온 것은 다이아몬드 퀸이었다.

"이 여왕에게는 이기지 못할 겁니다……결코."

매닉스는 그 순간 명랑해졌다.

"말씀대로겠지요."

번스는 중얼거리며 3을 떼었다.

매닉스는 썩 좋은 기분으로 공세를 취하며 물었다.

"또 하시겠습니까?"

"이제 그만하지요."

번스는 지친 듯했다.

"자극이 너무 강합니다. 당신같이 튼튼한 몸집이 아니라서요."

번스는 책상 옆으로 가서 매닉스를 위해 1천 달러 수표를 끊었다. 그리고 매컴 쪽으로 몸을 돌려 손을 내밀었다.

"유쾌한 밤이었네, 모든 것이…… 그럼, 잊지 말도록 하게. 내일 함께 점심 식사하세. 1시에 클럽이 어떤가?"

매컴은 망설였다.

"아무 지장이 생기지 않으면 그러지."

번스가 고집했다.

"그런 일은 일어나지 않네. 자네는 나를 얼마나 만나고 싶어 할지 잘 모르고 있군."

번스는 집으로 돌아가는 자동차 안에서 여느 때와는 달리 말이 없었다. 나는 한 마디의 설명도 그로부터 끌어낼 수가 없었다. 그러나 나에게 잘 자라는 인사를 할 때 그는 덧붙여 말했다.

"수수께끼의 중요한 부분은 아직 비어 있네. 그것을 찾아낼 때까지 그런 것은 아무런 뜻도 없지."

*1 포커 게임을 모르는 독자를 위해 간단히 설명하겠다. 여기서 그들이 했던 것은 포커 게임 가운데 '드로우'의 변종 '잭 포트'이다. 누군가 잭의 페어 이상을 가지고 있을 때 그 플레이어에게 판돈의 액수를 마음대로 정하게 하지만 그때까지는 여느 '드로우'식으로 한다. 사용하는 카드는 한 벌. 흔히 대여섯 명이 하는데, 저마다 다섯 장씩 나누어 갖고 다섯 장까지 바꿀 수 있다.

　하는 순서는 오른쪽에서 왼쪽으로 돌아간다. 패를 돌리는 사람의 왼쪽 사람이 미리 정해진 한도의 절반 이내의 돈을 건다. 이것은 손에 쥐고 있는 패를 보지 않고 건다. 모두들 그것과 같은 금액을 내놓는다. 그런 다음 카드가 나누어진다. 상대방의 태도와 자기 손에 들어온 패를 비교해 보고 패가 좋지 않은 사람은 포기하고 남은 사람은 다섯 장 이내에서 카드를 바꾸어도 된다.

이리하여 승부는 잭 포트를 가진 사람과 그 도전자 사이에서 벌어지는데, 판돈의 액수가 높아짐에 따라 낙오자가 생겨 마지막에는 두 사람만이 남는 수가 있다. 그래도 여전히 거는 돈의 액수는 계속 올라가다가 한쪽에서 패를 보자는 제의가 나오면 그때 승부가 결정된다. 승부의 순위는 '드로우'와 마찬가지로 에이스는 최고로도 최저로도 취급되고, (1) 스트레이트 플래시(하트면 하트 다섯 장이 연속으로 나와 있는 것. K Q J 10, 9식으로). (2) 포(같은 자릿수가 넉 장이 있는 것. Q가 넉 장인 식으로). (3) 풀(석 장의 같은 자릿수패와 두 장의 같은 자릿수패. J 석 장과 9 두 장인 식으로). (4) 플래시(스페이드면 스페이드만 다섯 장). (5) 스트레이트(패의 종류가 서로 다른 다섯 장의 연속 패. 하트의 K, 스페이드의 Q, 클럽의 J……라는 식으로). (6) 스리(같은 자릿수패가 석 장. A가 석 장이라는 식으로). (7) 투 페어(같은 자릿수패가 두 장씩, A가 두 장, J가 두 장이라는 식으로). (8) 페어(같은 자릿수패가 두 장만 있는 것). (9) 이상의 것 중 어느 것에도 해당이 되지 않을 경우 최고 패의 소유자가 이긴다. 이것은 (8)까지의 경우도 같은 수가 나왔을 때, 예를 들어 어느 쪽도 투 페어나 스트레이트일 때에도 마찬가지로 자릿수가 높은 패를 가진 사람이 이긴다.

범인

9월 18일 화요일 오후 1시

번스는 다음날 아침 늦게까지 잤고, 점심 식사 전 한 시간쯤은 다음날 앤더슨 화랑에서 경매될 예정인 도자기 목록을 살펴보며 보냈다. 1시에 우리는 스타이비샌트 클럽의 그릴에서 매컴과 만났다.

번스가 말했다.

"점심값은 자네가 내야 하네, 매컴. 하지만 비싼 것을 사라고 하지는 않겠네. 내가 먹고 싶은 것은 영국 베이컨 한 조각과 커피 한 잔, 거기에 croissant(초승달 모양의 빵) 정도면 되네."

매컴은 놀려대듯 미소 지었다.

"어젯밤 크게 손해를 보았으니 절약하는 것도 무리가 아니겠군."

번스는 눈썹을 치켜올렸다.

"나는 오히려 굉장히 운이 좋았다고 생각하네."

"두 번이나 같은 종류의 카드를 넉 장 가지고 있으면서도 두 번 다 졌잖나."

번스는 점잖게 털어놓았다.

"하지만 두 번 다 나는 상대방이 어떤 수를 가지고 있는지 알았었다네."

매컴은 깜짝 놀라 뚫어지게 번스를 보았다.

번스는 잘라 말했다.

"정말이네. 게임하기 전에 그런 특별한 수가 나눠지도록 미리 손써놓았거든."

그는 부드럽게 웃음지었다.

"내가 실례를 무릅쓰고 그 좀 색다른 손님인 앨런 씨를 자네 아파트에 데려가는 악취미를 발휘한 것에 대해 자네가 한마디도 군소리하지 않아 정말 고맙게 생각하고 있네. 설명하고 사과해야겠네. 앨런 씨는 우리가 기분좋게 여기는 부류에 속하는 사람이 아닐세. 귀족적인 품위도 없고 그런 식으로 보석을 자랑하는 취미는 야비하지. 하기야 나로서는 알록달록한 넥타이보다 다이아몬드 장식 단추가 훨씬 낫다고 여겨지지만.

그러나 앨런 씨는 그런대로 쓸모가 있다네. 확실히 쓸모가 있지. 방 안 행운의 사수로서는 앤디 브레이클리, 컨필드, '정직한' 존 케리 등과 어깨를 나란히 할 수 있네. 실은 그 앨런 씨는 지금도 기억에 생생한 독 윌리 앨런 바로 그 사람일세."

"독 앨런이라고? 그는 엘도라도 클럽을 경영하고 있던 그 유명한 사기꾼이 아닌가?"

"그렇다네. 그리고 한때는 돈이 많이 벌리는 버젓하지 못한 장사를 하는 사람들 가운데서도 머리 좋기로 손꼽히는 카드 다루기 명수였다네."

매컴은 분개했다.

"그렇다면 어젯밤 그 앨런이 속임수를 썼다는 건가?"

"자네가 아까 말한 두 게임뿐일세. 기억하고 있듯이 앨런이 두 번다 선을 했지. 나는 생각이 있어서 그의 오른쪽에 앉아 그의 지시대로 신중히 카드를 뗐네. 자네도 그 점은 인정해야겠지만 나의 속임수를 나무라면 안되네. 그 앨런의 속임수로 이득을 본 것은 클리버와 스포츠우드였으니까. 앨런은 두 번 다 같은 종류의 카드를 넉장 주었지만 나는 두 번 다 크게 졌잖나. "

매컴은 의아한 듯이 잠자코 번스를 바라보다가 마침내 기분좋게 웃기 시작했다.

"자네는 어제 박애주의에 젖어 있었던 모양이군. 한 번할 때마다 판돈을 배로 올려 매닉스에게 1천 달러를 거저 준거나 다름없으니 말이네. 좀 돈키호테 식이 아니었을까. "

"그것은 결국 견해 차이겠지. 나는 재정적으로는 손해를 보았지만──물론 이것은 자네의 수사비에 포함시켜 달라고 청구할 생각이네──그 게임은 크게 성공했다네. 여보게, 매컴, 나는 어제 저녁 모임의 주요 목적을 달성했네. "

매컴은 문제가 그다지 중요하지 않아 깜박 잊고 있었던 듯이 막연하게 말했다.

"아참, 자네는 오델을 죽인 사람을 찾아내려고 했었지. "

"놀라운 기억력이로군…… 그랬지. 나는 오늘 사정을 밝힐 수 있을지도 모를 힌트를 얻었다네. "

"그리고 내가 누구를 체포하면 좋을지도 밝힐 수 있겠지 ? "

번스는 커피를 한 모금 마시고 천천히 담배에 불을 붙였다. 그리고 사무적인 목소리로 대답했다.

"나로서는 자네가 도저히 믿어주지 않으리라고 확신하네만, 오델 양을 죽인 것은 스포츠우드일세. "

매컴은 노골적으로 비꼬며 말했다.

"농담 말게. 스포츠우드라니. 번스, 자네는 정말 나를 몹시 놀라게 하는군. 곧 히스에게 전화 걸어서 수갑을 잘 손질해 두라고 해야겠지만 불행하게도 기적——도시 너머로 손을 뻗어 사람을 목 졸라 죽이는 그런 기적——은 오늘날의 이 시대에서는 가능성을 인정할 수 없네. croissant(빵)*²을 더 가져오라고 할까?"

번스는 한껏 연극조로 절망적인 몸짓을 하며 두 팔을 벌렸다.

"여보게, 교육을 받고 문명화한 사람에게는 시각적인 환각에 사로잡힌다는 점에서 굉장히 원시적인 데가 있는 모양일세. 나더러 말하라면, 자네는 자기 눈으로 보았다고 해서 마술사가 실크햇에게 토끼를 낳게 한다고 정말로 믿는 어린아이와 똑같다고 하겠네."

"이번에는 나를 모욕하려는 건가?"

번스는 유쾌하게 긍정했다.

"조금은, 그러나 자네를 법적 사실의 로렐라이*¹로부터 풀어주기 위해 어떤 철저한 조치를 취해야겠네."

"그렇다면 자네는 내가 눈을 가리고서 스포츠우드가 이 스타이비샌트 클럽의 위층에 앉아 71블록까지 팔을 뻗고 있는 것을 상상하라는 건가? 나는 도저히 그렇게 못하네. 왜냐하면 평범한 사람에 지나지 않으니까. 그런 환각은 시시해. 하시시(대마초)의 꿈 냄새가 나는 것 같네. 자네 자신이 cannabis indica(대마초)*³를 쓰고 있는 게 아닌지 모르겠군."

"그렇게 생각하고 싶으면 마음대로 하게. 내 사고방식에서는 좀 초자연적 냄새가 나지. 그러면서도 또한 Certumest est quia impossibile est(불가능하기 때문에 확실하다)이네. 나는 이 격언을 좋아한다네. 이번 사건에서는 불가능이 진실이니까. 맞아, 스포츠우드가 범인인 사실에는 의심할 여지가 없네. 그래서 나는 언뜻 보아 환각으로 밖에 여기지지 않는 생각에 어디까지나 매달려야겠어. 게다가 자네까지도 그 그물 속으로 끌어들여야겠다고 생각하고 있네. 자네 자신의——시시하다면 시시하다고 할 수 있지만——명성이 위험한 상태에 빠져 있으니까. 아무튼 자네는 지금 진짜 범인을 세상의 눈을 피해 숨겨주고 있는 셈이니 말일세."

번스는 뭐라고 반박할 여지가 없는 담담한 확신을 가지고 이야기했다. 매컴의 얼굴 표정이 달라지며 감동하고 있음을 나는 알았다.

매컴이 물었다.

"그래, 자네는 어째서 스포츠우드가 범인이라는 기막힌 확신을 얻게 되었나?"

번스는 담배를 눌러 끄고 두 팔을 테이블 위에 얹었다.

"우선, 네 가지 가능성——매닉스, 클리버, 린드퀴스트, 스포츠우드부터 시작하세. 생각건대 그 범죄가 살인을 유일한 목적으로 삼고 신중히 계획되었다면 그것을 할 수 있는 사람은 오델 양의 그물에 걸려들어 꼼짝달싹할 수 없게 된 사나이임을 알 수 있네. 그리고 그 네 사람말고는 아무도 그런 처지에 빠져 들어간 사람이 있을 수 없지. 그러므로 그 네 사람 가운데 하나가 범인인 셈인데, 린드퀴스트는 스킬이 살해된 날 밤 병원에 누워 있었다는 것이 밝혀졌으니 제외하세. 두 개의 범죄가 동일인물에 의해 저질러진 것은 틀림없으니까."

매컴이 말허리를 끊었다.

"하지만 스포츠우드에게는 카나리아가 살해된 날 밤 그에 못지않은 훌륭한 알리바이가 있는데, 한쪽만 제외하고 다른 한쪽은 제외하지 않는단 말인가?"

"유감스럽지만 나는 자네와 의견이 다르네. 사건 전, 그리고 사건이 일어나고 있는 동안 정직한 이해관계가 없는 증인들과 함께 잘 알려진 장소에 있었다는 점에서 두 사람이 같네. 하지만 그 운명의 날 밤 스포츠우드는 오델 양이 살해된 시각과 몇 분 차이나지 않는 시각에 실제로 현장에 있었으며, 그리고 사건 뒤 15분쯤 혼자 택시 안에 있었다는 것, 이 점은 다르지. 우리가 아는 한 스포츠우드가 돌아간 다음 그녀가 살아 있는 모습을 실제로 본 사람은 아무도 없으니까."

"그러나 그때 그녀가 살아 있었고, 스포츠우드에게 말을 걸었다는 증거는 의심할 여지가 없지 않겠나?"

"그 말은 맞네. 나도 죽은 여자가 비명을 지르거나 도움을 청하거나 자기를 죽인 사람과 이야기 나누기도 할 수 있다고 생각지 않네."

매컴은 빈정거리는 투로 말했다.

"알았네. 자네는 스킬이 가짜 목소리를 썼다고 생각하는 가 보군그래."

"천만에. 그건 터무니없는 생각일세. 스킬은 자기가 거기 있었던 것을 아무에게도 알리고 싶지 않았을 텐데 어째서 그런 어리석은 짓을 했겠나? 그건 말도 안되는 이야기일세. 이제 해답을 찾아내면 합리적이고 간단한 것임을 알게 될 테지."

매컴은 미소 지었다.

"자못 기대가 크네. 그러나 자네가 주장하는 스포츠우드 유죄설의 근거부터 듣겠네."

번스가 말을 이었다.

"그래서 네 사람 가운데 세 사람이 가능한 살인범이 되었지. 따라서 나는 기분전환을 위한 사교적인 모임을 갖도록 하자고 자네에게 말했고, 그 세 사람을 심리적 현미경 아래 놓고 보아야겠다고 생각했네. 스포츠우드의 조상은 그를 범인으로 지목하기에 아주 잘 어울리는 이들이었지만, 솔직히 말해서 나는 클리버나 매닉스가 그 범죄를 저질렀다고 생각하고 있었다네. 그 두 사람의 진술 자체가 우리가 아는 상황과 모순되는 점 없이 그 범죄를 저지를 수 있다는 생각을 하도록 했으니까. 그래서 어젯밤 매닉스가 포커를 하자는 자네의 권유를 거절하자 나는 우선 클리버를 시험해 보기로 했던 걸세. 그리하여 앨런에게 신호를 보냈고, 따라서 앨런은 요술의 첫 솜씨를 보여주었지. "

번스는 한숨 돌리고 눈길을 들었다.

"자네는 그때의 상황을 기억하고 있겠지. 잭 포트였네. 앨런은 클리버에게 포어 스트레이트 플래시를 주었고 나에게는 스리 킹을 주었다네. 다른 사람들은 모두 패가 약해서 떨어져나가지 않을 수 없었지. 뽑는 단계에서 앨런은 나에게 또 한 장의 킹을 주었고 클리버에게는 스트레이트 플래시가 되기에 필요한 카드를 주었네.

두 번쯤 내가 적은 금액을 걸었는데 그때마다 클리버는 액수를 끌어올렸지. 마지막에 내가 패를 보자고 했는데 물론 클리버가 이겼네. 이기게끔 되어 있었으니까. 절대로 틀림없는 패에 걸고 있었거든. 내가 포트를 열고 두 장 카드를 뽑았으니 내가 가지고 있는 최고의 패는 같은 종류의 카드 넉 장 이상의 패가 나올 수 없거든.

클리버는 그것을 알고 있었고 스트레이트 플래시를 가지고 있었으므로 판돈을 끌어올리기 전에 이미 나에게 이겼음을 알았지. 그래서 나는 곧 그가 내가 찾는 사람이 아님을 깨달았네. "

"어떤 이유로? "

"매컴, 절대적으로 확실한 것에 거는 포커 플레이어는 교묘하고 유능한 도박사로서의 이기적인 자신감이 모자라는 사람이라네. 위태로운 다리를 건너가며 크나큰 위험을 무릅쓸 사람이 아니야. 심리학자가 열등감이라고 부르는 것을 얼마쯤 가지고 있고, 자기 자신을 보호하고 유리하게 만드는 기회라면 무엇이든지 붙잡지. 요컨대 선천적인 순수한 도박사가 못되는 걸세. 그런데 오델을 죽인 사람은 수레가 한 바퀴만 더 돌면 어떤 위험한 곳에 떨어질지 모르는 아슬아슬한 것에 모든 것을 거는 으뜸가는 도박사였네. 그녀를 바로 그렇게 죽였으니까. 이기심만이 작용하고 절대로 확실한 것에 거는 일은 멸시하는 터무니없는 자신감을 가진 도박사만이 그런 범죄를 해치울 수 있지. 따라서 클리버는 용의자에게 제외되는 셈이지."

매컴은 이제 열심히 듣고 있었다.

번스는 말을 계속했다.

"그 다음 스포츠우드를 시험한 게임은 실은 매닉스를 시험해 보려던 것이었다네. 그런데 매닉스가 게임에서 빠졌지. 그러나 결국 아무래도 상관없는 일이었네. 클리버와 스포츠우드 두 사람을 모두 제외할 수 있으면 매닉스가 당연히 범인이라는 이야기가 되니까. 물론 나는 사실을 증명하기 위해 다른 어떤 방법을 생각해 내야 했겠지만 실제로는 그럴 필요가 없게 되었지.

　스포츠우드를 시험한 테스트는, 그 자신의 입을 통해 잘 설명되었네. 그가 말했듯이 패를 바꾸지 않는 상대에게 한도껏 거는 플레이어는 천명에 한 사람도 없을 걸세. 더구나 자기 자신의 패가 형편없는데도 말이네. 참으로 그것은 무시무시할 정도였네. 정말 무시무시하더군. 아마 이제까지의 포커 게임 가운데 가장 멋들어진 허세 패였을걸.

　나는 그가 자기 칩을 태연히 앞으로 내밀 때는 정말 감탄하지 않을 수 없었네. 손에 쥔 카드가 대수로운 게 아니라는 걸 알고 있었으니까. 그도 역시 그것을 알면서 모든 것을 걸었던 걸세. 내 추리를 분석하며 한걸음 한걸음 뒤쫓아 그 결론으로써 얻은 나를 앞지를 수 있다는 확신만을 가지고 말이네. 그러기 위해서는 용기와 담력이 필요했지. 그리고 절대로 확실한 것이 아니면 걸지 않는 것을 치사하다고 여길 만한 자신감이 필요했던 걸세.

그 승부에 담긴 심리적 원칙은 오델 살해 원칙과 같은 것이었네. 나의 강력한 패——바꿈패를 필요로 하지 않는 패——는 마치 그녀가 그를 협박했듯이 스포츠우드를 협박했지. 그러자 타협하는 대신에 나의 패를 보여 달라거나 포기하는 대신 그는 나를 깔아뭉개 버리려고 했네. 모든 위험을 무릅쓰고 나에게 결정적인 coup(일격)을 가하려고 했던 걸세. 정말이네, 매컴. 그 놀라운 그의 수법이 가리키듯 그의 성격이 이번 범죄의 심리와 얼마나 꼭 들어맞는지 자네는 모르겠나?"

매컴은 잠시 말이 없었다. 문제를 신중히 생각하는 것 같았다.

"하지만 번스, 자네는 그때 만족하고 있는 것 같지 않았네. 자네는 당황하고 있는 듯싶었지."

"맞았네. 나는 몹시 당황했지. 스포츠우드가 범인이라는 심리적 증거가 잡힌 것이 정말 뜻밖이었거든. 나는 그런 것을 찾고 있지 않았네. 클리버가 제외된 다음 나는 말하자면 매닉스에 대해 parti pris(선입관)를 가지고 있었다네. 스포츠우드를 무죄로 하는 모든 유리한 물적 증거, 즉 그녀를 교살하기에는 물리적으로 불가능하다는 것이 내 마음 속에 달라붙어 있었지. 그 점은 인정하겠네. 나도 완전하지는 못하니까.

불행히도 나또한 인간이기 때문에 소위 법률가라고 불리는 무리들이 뿜어내는 질식할 듯한 터무니없는 악취처럼, 자네에게서도 이 땅에 존재하는 '사실'과 '외견'에 어김없이 따라붙는 유해한 동물적 자기를 느낄 수밖에 없다네.

따라서 스포츠우드의 심리적 본질이 그 범죄의 요인과 완전히 들어맞는다는 것을 발견한 다음에도 나는 여전히 매닉스에 대한 의심을 마음속에 품고 있었다네. 그도 역시 스포츠우드가 한 것과 같은 승부를 할지 모르기 때문이었지. 그래서 나는 포커가 끝난 다음 도박 이야기로 그를 끌어들임으로써 그의 심리적 반응을 알아보려고 했던 걸세."

"그러나 매닉스도 역시 수레의 아슬아슬한 마지막 한 바퀴에 걸지 않았나?"

"맞네. 하지만 스포츠우드에 비하면 겁 많고 조심성 있는 도박사였네. 첫째로 그에게는 기회도 거는 것도 평등했었네. 그러나 스포츠우드에게는 기회가 전혀 없었지. 패가 제로였으니까. 그런데도 스포츠우드는 단순한 두뇌적 계산을 밑바탕으로 한도껏 걸었거든. 보다 높은 차원에 자리잡은 도박이었네.

여기에 비해 매닉스는 평등하게 이길 기회를 가지고 신중하게 은전을 던졌을 따름이었네. 더구나 거기에는 어떤 종류의 계산도, 계획도, 복잡성도, 방자함도 없었지. 그런데 내가 처음부터 말했듯이 오델 살해는 면밀한 계산과 더없는 대담성으로 미리 계획을 세운 다음 신중히 실행한 것이었네.

진짜 도박사는 두 번째로 돈을 걸 때 상대에게 액수를 배로 올리자고 하거나, 세 번째에서 상대가 배의 배로 올리자는 제안을 했을 때 그대로 받아들이지 않는 법이네. 나는 일부러 그렇게 해서 매닉스를 시험해 보았지. 그릇된 판단을 내리지 않기 위해서 말일세. 그럼으로써 매닉스를 제외했을 뿐만 아니라 삭제하고 박멸하여 철저히 말살해 버렸지. 그 때문에 천 달러가 들었지만 내 마음 속에 떠돌던 모든 의심의 구름을 거둬버릴 수 있었네. 그리고 온갖 반대되는 물적 징후에도 불구하고 스포츠우드가 그녀를 죽였다는 것을 깨달았지."

"자네는 자신의 주장을 이론적으로는 그럴 듯하게 만들었지만, 실제 문제로서는 받아들이기 어렵지 않을까 나는 걱정스럽네."

내가 보기에 매컴은 자기가 인정하는 것보다 더욱 감명받고 있었다.

잠시 뒤 매컴이 한탄했다.

"대체 어떻게 하면 좋겠나? 자네 이론은 합리성과 신빙성의 온갖 기성 도표를 파괴해 버리려 하고 있단 말일세. 조금은 사실을 생각해 주어야 하지 않겠나?"

매컴은 자기의 의문을 털어놓고 한바탕 토론할 작정인 듯했다.

"자네는 스포츠우드가 범인이라고 했네. 그런데 우리는 반박할 여지가 없는 증거에 의해 그가 방에서 나온 지 5분 뒤, 그녀가 비명을 지르며 도움을 청했다는 것을 알고 있네. 스포츠우드는 그때 교환대 옆에 서 있다가 그 소리를 듣고 제섭과 함께 문 앞까지 가서 그녀와 짧은 대화를 나누었지. 그때 확실히 그녀가 살아 있었네.

그 뒤 스포츠우드는 정면 현관으로 나가 택시를 타고 떠났네. 15분 뒤 클럽 앞에서 택시를 내렸고, 거기서 레드펀 판사를 만났지. 그 아파트에서 거의 40블록이나 떨어져 있으니 그보다 짧은 시간 안에 돌아올 수는 없었겠지. 게다가 운전수의 기록도 있네. 스포츠우드는 11시 30분부터 12시 10분에 레드펀 판사를 만날 때까지 살인할 수 있는 기회도 시간도 전혀 없었네. 그리고 기억하고 있듯이 새벽 3시까지 이 클럽에서 포커를 했네. 살인이 있은 다음 내내."

매컴은 힘주어 고개를 가로저었다.

"번스, 이러한 사실들을 무너뜨릴 길은 없네. 절대로 확고부동한 것이며, 스포츠우드가 범인이라는 설을 효과적으로 완벽하게 물리치는 것일세. 그가 그날 밤 북극에 있었다고 하는 것만큼이나."

번스는 꺾이지 않았다.

"자네의 말은 모두 인정하네. 하지만 전에도 말했듯이 물적 사실과 심리적 사실이 모순될 때는 물적 사실이 틀리는 법이라네. 이 사건

의 경우 실제로는 물적 사실이 틀리지 않을지 모르지만 속임수일
테지."

"그거 참, 귀가 솔깃해지는 말이로군, Magnus Apollo(위대한 아폴
론 신)."

매컴의 곤두선 신경에는 상황의 짐이 너무 무거웠다.

"스포츠우드가 어떻게 그녀를 목졸라 죽이고 방을 어질러 놓았는지
나에게 가르쳐주게. 그럼, 나는 히스에게 체포해 오라는 명령을 내
리겠네."

번스가 달래듯이 말했다.

"그러나 난처하게도 나는 그럴 수가 없네. 전지전능한 신께서 나에
게 그것을 가르쳐주지 않았다네. 그러나——부디 믿어주었으면 좋
겠네만——나는 아주 훌륭하게 범인을 지적했다고 생각하네. 그
수법까지 설명하겠다고 약속하지는 않았잖은가."

"그런가? 자네의 그 위대한 통찰력도 별수 없는 모양이군. 좋네.
그렇다면 나는 이제부터 고급 정신과학 박사가 되어 오델을 죽인
것은 클리펜*⁴ 박사였다고 엄숙하게 선언하기로 하지. 클리펜 박사
는 확실히 죽었네. 그러나 그 사실은 내가 새로 채용한 심리적 추
리법에는 조금도 저촉되지 않네. 클리펜의 성질은 이 범죄의 비교
적인 심원한 조짐과 모두 완전히 합치되고 있거든. 내일 시체발굴
명령을 내리기로 하겠네."

번스는 익살스러운 비난의 눈길로 매컴을 바라보며 한숨을 쉬었다.

"나의 뛰어난 천재를 인정받으려면, 아무래도 후세까지 기다려야
할 것 같군. Omnia post obitum fingit majora vetustas(관 뚜껑을
덮은 다음에 일이 되다). 지금은 나도 강한 심장으로 어리석은 군
중의 조롱과 냉소를 참기로 하지. 머리에서 피가 거꾸로 흐르고 있
기는 하지만 숙이지는 않겠네."

번스는 시계를 보며 어떤 생각을 열심히 더듬는 듯했다. 잠시 뒤 그가 말했다.

"매컴, 3시에 음악회가 있지만 한 시간쯤 여유가 있네. 나는 다시 한 번 그 방에 가서 여러 가지로 단서를 살펴보고 싶네. 스포츠우드의 트릭——나는 틀림없이 트릭이라고 확신하네만——은 거기서 꾸며졌을 걸세. 어떤 설명을 찾으려면 현장에서 찾을 수밖에 없겠지."

매컴은 스포츠우드가 범인이라는 가능성을 강하게 부인하면서도 한편 절대적인 확신을 가지고 있는 것 같지 않았다. 따라서 오델의 아파트에 다시 한 번 가보자는 번스의 제안을 내키지 않는 듯이 항의했을 뿐 결국 동의하는 것을 보고 나는 그다지 놀라지 않았다.

---

*1 라인랜드의 센트 고알 가까이의 라인강 오른쪽 강변에 솟아오른 큰 바위. 이 바위 위에는 금발 미녀가 살며 그 아름다운 노랫소리로 어부들을 꾀어 바위에 배가 부딪쳐 익사하게 만들었다는 전설이 있으며, 또 니벨룽겐의 보물이 이 바위 속에 숨겨져 있다는 말도 있다.

*2 초승달 모양의 빵

*3 인도 대마 하시시와 같음. 아편 같은 효과가 있다.

*4 미시간 태생의 의사로, 1910년 런던에서 가수였던 아내를 죽이고 시체를 집 마루 밑에 묻은 다음 애인과 함께 캐나다로 도망하다가 배 안에서 붙잡혀 사형을 받았다.

베토벤의 '안단테'

9월 18일 화요일 오후 2시

그로부터 30분도 못되어 우리는 벌써 서71블록의 작은 아파트 복도에 들어섰다.

스파이블리가 여전히 교환대에서 일하고 있었다. 일반용 응접실 바로 안쪽에 망보는 경관이 안락의자에 몸을 기대고 여송연을 피우고 있었다. 지방검사를 보자 그는 제법 재빠른 동작으로 몸을 일으켰다.

"언제쯤 처리되겠습니까, 검사님? 이런 휴양을 하다가는 몸이 망가지고 말겠습니다."

매컴이 말했다.

"되도록 빨리 하고 싶네. 그 뒤 누가 오지 않았나?"

"아무도 오지 않았습니다."

경관은 하품을 씹어 삼켰다.

"방 열쇠 좀 주게. 자네는 안에 들어갔었나?"

"아니오, 이렇게 바깥에 있으라는 명령을 받았습니다."

우리는 죽은 여자의 거실로 들어갔다. 차양이 올려져 한낮의 햇살이 비쳐 들어왔다. 보니 그 뒤에 아무것도 손대지 않은 듯 의자도 그대로 쓰러진 채였다.

매컴은 창가로 다가가 손을 뒷짐진 채 방 안의 정경을 힘없이 바라보았다. 자꾸 쌓이기만 하는 불안 때문에 고민하는 번스는 비꼬인 흥미를 가지고 방 안을 바라보았으나 어쩐지 자연스러움과는 거리가 멀었다.

번스는 담뱃불을 붙인 다음 흩어진 여러 가지의 물품 하나하나에 살피는 듯한 눈길을 보내며 두 개의 방을 점검하기 시작했다. 이윽고 욕실로 들어가 몇 분 동안 그 안에 머물러 있었다. 나올 때에는 여기저기 거무스름하게 얼룩진 수건 한 장을 들고 있었다.

번스는 그 수건을 침대 위에 던졌다.

"이것은 스킬이 지문을 닦을 때 쓴 수건일세."

매컴이 놀려댔다.

"히야, 신나는군. 그것은 물론 스포츠우드를 유죄로 할 수 있는 증거가 되겠네."

"쯧쯧. 하지만 이 범죄에 대한 내 이론을 증명하는 데 도움되네."

번스는 화장대로 가서 작은 은제 분무기를 냄새맡았다.

"그녀는 코티 Chypre(사이프러스)를 쓰고 있었군. 어째서 사람들은 모두 이것을 쓸까?"

"그것도 증명하는 데 도움되겠나?"

"매컴, 나는 지금 분위기에 젖어 있네. 내 영혼을 이 방안 공기에 맞춰보려 하니 가만히 좀 내버려두게. 언제 계시를 받을지 모르니까. 말하자면 시나이 산에서 내리는 계시를 말일세."

번스는 계속 살피고 다니다가 마지막에는 복도로 나가 열린 문을 한쪽 발로 받치고 호기심에 가득찬 눈으로 열심히 주위를 둘러보았다. 거실로 되돌아오자 서재용 테이블 끝에 걸터앉아 우울한 생각에 잠겼다. 잠시 뒤 그는 매컴에게 비웃는 듯한 웃음을 지어보였다.

"맞네, 이것이 문제일세. 괘씸하기 짝이 없군. 정말 이상하네."

매컴이 놀리듯 말했다.

"나는 머지않아 자네가 스포츠우드에 대한 추리를 수정하리라고 생각하네."

번스는 멍하니 천장을 바라보았다.

"자네의 머리는 정말 완고하군. 나는 자네를 불쾌한 궁지에서 구해주려고 이토록 애쓰는데, 자네는 성싱한 정열에 물을 끼얹기 위해 빈정거리며 비평만 하고 있으니."

매컴은 창가에서 떠나 번스 앞의 긴의자팔걸이에 걸터앉았다. 눈에 고뇌의 빛이 떠올라 있었다.

"번스, 오해하지 말게. 스포츠우드는 나에게 있어 아무것도 아닐세. 그가 살인을 저질렀다면 나는 그것을 알아내야 하네. 이 사건이 밝혀지지 않는 한 나는 신문에 호되게 두드려 맞을 걸세. 해결 가능성을 놓친다는 것이 나에게 큰 손실임은 알지만 스포츠우드에 대해서는 불가능하네. 너무나도 모순되는 사실이 많단 말일세."

"맞아. 모순되는 징후가 지나치게 완벽하네. 너무나도 훌륭하게 마디마디를 맞추었어. 미켈란젤로의 조각 형태처럼 훌륭하다고 할 만큼 단순한 우연의 상황들치고는 너무나도 신중히 조정되어 있단 말일세. 다시 말하면 그것은 의식적인 계획이었음을 가리키네."

매컴은 일어나서 다시 천천히 창가로 가더니 좁은 안뜰을 바라보았다.

"스포츠우드가 오델 양을 죽였다는 자네의 전제를 인정할 수 있으면 자네의 삼단논법에 따라도 좋겠지. 하지만 변명이 지나치게 완벽하다는 이유로 사람을 유죄로 하기는 어렵네."

"매컴, 우리에게 필요한 것은 인스피레이션일세. 무당의 점괘만으로는 모자라."

번스는 방 안을 왔다갔다했다.

"나로서 몹시 화나는 것은 이쪽이 당하고 있다는 점일세. 더욱이 그 자동차 부속품 제조업자에게. 이보다 더 큰 모욕은 없네."

번스는 피아노 앞에 앉아 브람스 광상곡 제1번의 서곡을 쳤다.

"조율해야겠군."

그는 중얼거리며 브울 풍 장롱 쪽으로 걸어가 상감세공 위를 손가락으로 만졌다.

"아름답기는 하네. 하지만 너무 공이 들어 있군. 어쨌든 훌륭한 작품일세. 시애틀에서 온다는 오델 양의 숙모는 꽤 많은 돈을 물려받겠는걸."

그는 장롱 옆에 매달린 촛대를 보았다.

"양초를 근대풍 백열전구로 바꾸지 않았다면 아주 잘된 것일 텐데."

그는 벽난로 선반 위에 놓인 작은 도자기 탁상시계 앞에서 걸음을 멈추었다.

"이것은 싸구려로군. 틀림없이 시간을 엉터리로 알릴 거야."

다음에는 책상 옆으로 가서 차근차근 살폈다.

"프랑스 르네상스의 모조품이로군. 하지만 꽤 보기좋은 걸."

그리고 눈길을 휴지통으로 보내더니 그것을 들어올리며 비평했다.

"시시한 착상이로군. 베이럼으로 휴지통을 만들다니. 어떤 여자 실내장식가의 예술적 걸작일 테지. 틀림없어. 이만큼의 베이럼이 있으면 에픽테토스의 전집을 장정할 수 있지. 그런데 꽃장식 따위로 효과를 망쳐버렸네. 미적 본능이 아직 이 아름다운 미국에는 쳐들어오지 못한 모양일세. 틀림없어."

번스는 휴지통을 내려놓은 다음 잠시 생각에 잠기며 그것을 뚫어지

게 바라보았다. 갑자기 그는 허리를 굽혀 그 속에서 꾸깃꾸깃한 포장
지를 한 장 꺼냈다. 전날 그가 말했던 그 포장지였다.

"이 종이에 틀림없이 그녀가 이 세상에서 마지막으로 산 물건이 싸
여 있었겠지."

번스는 감회에 젖었다.

"가엾어라. 매컴, 자네는 이런 시시한 것을 위해 감상적이 될 수
있나. 아무튼 이것을 묶었던 그 보랏빛 꼰 실은 스킬에게 있어 하
늘의 은총이었지. 참으로 하찮은 것이 그 필사적인 토니가 달아날
길을 열어주었던 걸세."

번스가 포장지를 펼치자 찢어지고 꾸깃꾸깃해진 마분지와 네모진
큰 갈색 봉투가 나왔다.

"아아, 틀림없이 축음기의 레코드일세!"

번스는 방 안을 둘러보았다.

"그런데 그녀는 그 괘씸한 기계를 어디 두었을까?"

매컴이 돌아다보지도 않고 피곤한 듯이 말했다.

"입구의 대기실에 있더군."

매컴은 번스의 지껄임이 쏟을 곳 없는 진지한 생각의 외부적 표현
에 지나지 않는다는 것을 알고 있었으므로 한껏 참으며 기다리는 참
이었다.

번스는 유리문을 지나 천천히 작은 응접실로 걸어가더니 벽 한구석
에 놓인 중국풍 치펜데일*1식 다리가 달린 축음기를 찬찬히 바라보며
서 있었다. 육중한 축음기 캐비닛은 작은 기도용 융단으로 반쯤 덮이
고 그 위에 반들반들한 청동제 꽃병이 놓여 있었다.

번스가 비평했다.

"어쨌든 축음기같이 보이지 않는군. 그런데 어째서 기도용 융단이
덮여 있을까?"

그는 멍한 눈길로 기도용 융단을 살폈다.

"아나토리아 풍이로군. 아마 판매상의 목적으로 시저 풍이라고 불려지는 것이겠지. 그다지 대단한 것은 아니야. 우사크*² 제품으로 봐줄 만한 것은 못돼. 그건 그렇고, 그녀의 음악 취미는 어느 정도였을까? 틀림없이 빅터 허버트*³였겠지."

번스는 융단을 들치고 캐비닛 뚜껑을 열었다. 기계에는 이미 판이 얹혀 있었다. 번스는 허리를 굽히고 그것을 들여다보았다. 그는 유쾌한 듯이 외쳤다.

"이거 참, 놀랍군. 베토벤의 C단조 교향곡 '안단테'라니! 자네는 물론 이 악장을 알고 있겠지. 지금까지 작곡된 것 가운데 가장 완벽한 '안단테'일세."

번스는 기계를 돌려보았다.

"잠시 좋은 음악을 들으면 공기가 맑아져서 우리의 두통이 달아날지도 모르네. 안 그런가?"

매컴은 번스의 농담을 들은 척도 하지 않고 맥없이 창 밖을 내다보았다.

번스는 모터를 돌아가게 하고 바늘을 판 위에 얹은 다음 거실로 돌아왔다. 그리고 긴의자를 뚫어지게 바라보며 당면한 문제에 정신을 집중시키고 있었다. 나는 문 가까이의 등의자에 앉아 음악소리가 나기를 기다렸다. 그 자리의 상황이 신경을 지치게 해서 초조해지기 시작했다. 1분, 2분쯤 지났는데도 축음기에서 나는 것은 희미하게 삐걱거리는 소리뿐이었다. 번스는 가벼운 호기심을 일으킨 듯 눈길을 들더니 다시 기계 옆으로 돌아갔다. 대충 훑어보고 다시 한번 틀었다. 그러나 몇 분 동안 기다려도 음악이 나오지 않았다.

"아니, 이상하군."

번스는 중얼거리며 바늘을 바꾸고 기계를 다시 한 번 틀었다.

매컴은 이때 창가에서 떠나 호인답게 참으며 번스를 바라보고 서 있었다. 레코드 판은 여전히 연주를 거부하고 있었다. 번스는 두 손으로 캐비닛을 짚고 몸을 앞으로 굽힌 채, 이거 참 재미있다는 듯한 흥분된 표정으로 소리없이 돌아가는 레코드 판을 뚫어지게 바라보았다.

"아마 사운드 복스가 고장난 모양일세. 아무튼 시시한 기계로군."

매컴이 맞장구쳤다.

"요컨대 문제는 자네가 귀족적이어서 이처럼 천하고 민주적인 기계의 내막을 모르는 데 있네. 내가 도와주지."

매컴은 번스 옆으로 걸어갔다. 나도 호기심이 일어나 그들의 어깨 너머로 들여다보았다. 아무데도 고장나지는 않은 듯했고 바늘은 거의 레코드 끝에 가까워져갔다. 그러나 들리는 것은 희미하게 삐걱거리는 소리뿐이었다.

매컴은 한 손을 뻗어 사운드 복스를 들어올리려고 했다. 그러나 끝내 그 동작을 이루지 못했다.

바로 그 순간 작은 방은 계속적인 찢어지는 듯한 새된 비명으로 가득 채워지고, 그 다음은 도움을 청하는 날카로운 말소리가 두 마디 들렸다. 싸늘한 전율이 내 몸을 스쳐 지나가며 머리 밑이 팽팽해졌다.

짧은 침묵이 흐르는 동안 우리는 아무 말도 못하고 있었는데, 갑자기 같은 여자의 목소리가 높고 뚜렷하게 다시 말했다.

"'아무 일도 아니에요. 이제 괜찮아요. 부디 걱정하지 마시고 돌아가세요.'"

바늘은 레코드 끝에 왔다. 희미하게 째깍하는 소리가 나더니 자동으로 모터가 멎었다. 여기에 이어진 소름끼칠 듯한 무서운 침묵은 번스의 빈정거리는 듯한 웃음으로 깨뜨려졌다.

번스는 거실 쪽으로 천천히 걸어가며 나른하게 말했다.

"어떤가, 여보게. 자네의 반박할 여지없는 사실이란 이런 것이네."

문을 세게 두드리는 소리가 나더니 바깥을 지키고 있던 경관이 깜짝 놀란 얼굴로 안을 들여다보았다.

매컴이 쉰 목소리로 알렸다.

"아무것도 아닐세. 일이 있으면 이쪽에서 부르겠네."

번스는 긴 의자에 앉아 새 담배를 꺼내 불붙인 다음 두 팔을 머리 위로 높이 뻗어 올리고 다리도 뻗었다. 마치 심한 육체적 긴장이 갑자기 풀린 사람 같았다. 그는 느릿하게 말했다.

"정말이지 여보게, 우리는 모두 숲 속에 버려진 갓난아기 같았네. 토론할 여지가 없는 알리바이——허참! 법률이 그런 것이었다고 생각하니, 그야말로 범블*4 씨가 말했듯이 법률은 얼간이고 백치일세. 오오, 알리바이, 그런 것을 인정하지 않겠네. 하지만 자네와 나는 어이없는 얼간이였어."

매컴은 최면술에 걸린 듯 까닭 있는 레코드 위에 눈길을 못박고 넋 잃은 것처럼 축음기 옆에 서 있었다. 이윽고 그는 천천히 방으로 들어와 맥 빠진 듯 의자에 몸을 던졌다.

번스가 말을 이었다.

"자네가 말하는 귀중한 사실은 그 신중한 가면을 일단 벗기면 어떤 것이 되지? 스포츠우드가 축음기의 레코드를 조작했네. 아주 간단한 일일세. 요즘은 누구나 만들고 있는……."

"맞아. 그는 롱아일랜드의 자기 집에 자그만 작업장을 가지고 있다고 했네."

"사실은 그런 것까지도 필요 없었지. 하지만 있는 편이 더 편리했을 걸세. 레코드의 목소리는 그가 꾸민 가짜 목소리에 지나지 않네. 오델 양의 목소리보다 그의 목적을 위해서는 더 어울리지. 강하고 더 잘 들리니까. 라벨은 다른 레코드에서 뜯어다 붙였을 걸세. 그날 밤 그녀에게 새 레코드를 두세 장 사주며 그 속에 자기 것도 끼워 넣었겠지.

극장에서 돌아와 그 무시무시한 연극을 마친 다음 경찰이 전형적인 강도의 짓으로 여기도록 면밀하게 무대장치를 했고, 그 일이 끝나자 태연히 나갔지. 캐비닛 위에 기도용 융단과 청동제 꽃병을 놓고 축음기를 좀처럼 틀지 않는 것으로 여기게끔 했는데, 그것이 아주 잘 맞아들어갔지. 아무도 그것을 들여다보려고 생각하지 않았으니까. 그런 생각이 들 리가 있겠나.

그런 뒤 제섭에게 택시를 불러달라고 부탁했는데, 이것도 그럴듯하네. 택시를 기다리는 동안 바늘은 레코드에 녹음한 비명을 지르는 부분에 이르게 되지. 뚜렷하게 잘 들렸을 걸세. 밤이니까 똑똑히 울리거든. 게다가 나무문을 통해 들리기 때문에 축음기의 timbre(음색)를 감쪽같이 속일 수 있지. 그리고 자네도 알아차렸듯이 축음기 속의 나팔은 문 쪽을 향해 있는데다 1미터도 채 떨어지지 않았네."

"하지만 그의 질문과 레코드의 대답이 잘 맞아야 할 텐데……."

"그거야 간단하지. 비명이 들렸을 때 스포츠우드는 교환대에 한쪽 팔을 얹고 서 있었다고 제섭이 한 말을 자네는 기억하고 있겠지. 그는 그때 자기 팔목시계를 들여다보고 있었던 걸세. 외치는 소리를 들었을 때 레코드 소리의 간격을 잘 겨냥하여 그 대답과 맞도록 상상의 여자에게 질문을 던졌지. 미리부터 면밀하게 계산하여 실험실에서 여러 번 연습했을 걸세. 아주 간단하고 결코 실패할 염려 없는 일이 아니겠나.

레코드는 큰 판이었네. 12인치 지름의 것이었지. 아마 바늘이 그 판을 다 돌리려면 5분 걸릴 걸세. 비명을 끝부분에 넣음으로써 택시를 부탁할 시간을 충분히 잡아놓았지. 그리고 택시가 오자 곧장 스타이비샌트 클럽으로 갔는데 거기서 레드펀 판사를 만나지 않았다면 어떤 다른 사람을 붙잡고 알리바이를 세울 수 있도록 뚜렷이 자기의 존재를 인상 깊게 심어놓았을 걸세."

매컴은 엄숙하게 고개를 끄덕였다.

"맞아! 기회있을 때마다 이 방을 다시 한 번 보고 싶다고 나에게 자꾸 부탁했었지. 그 레코드 같은 위험한 증거품이 있으니 밤잠이나 제대로 잘 수 있었겠나."

"상상하건대, 내가 그것을 발견하지 못했다면 자네의 Sergent-de-Ville(경관)가 여기서 철수하는 대로 즉시 그는 그 레코드 판을 슬쩍 다시 찾아갔을 걸세. 뜻밖에도 출입금지를 당해 당황했지만 그다지 대수롭게 생각지 않았을걸. 카나리아의 숙모가 그 뒤를 맡으면 그는 틀림없이 나타날 것이며 레코드를 도로 찾기가 그리 어렵지 않을 테니까. 물론 레코드는 위험성을 품고 있었지만 스포츠우드는 그처럼 쩨쩨한 장애로 끙끙 앓는 타입이 아닐세. 그가 가진 것은 순전한 우연이었지."

"그건 그렇고 스킬은?"

"스킬은 스포츠우드에게 있어 또 하나의 불운한 숙명이었네. 스포츠우드와 오델 양이 11시에 돌아왔을 때 스킬은 벽장 안에 숨어 있었지. 스킬은 스포츠우드가 자기의 옛 amoureuse(정부)를 목졸라 죽이고 방 안을 온통 흩뜨리는 것을 보고 있었네. 그리고 스포츠우드가 나간 다음 숨은 데에서 나와 그녀를 내려다보고 있는데, 그 축음기가 피도 얼어붙을 듯한 비명을 질렀겠지.

어쨌겠나. 무서워서 덜덜 떨며 살해된 여자를 내려다보고 있을 때 뒤에서 쨀질 듯한 비명이 들려오는 장면을 상상해 보게. 아무리 닳고 닳은 토끼라 하더라도 기겁했을 테지. 그는 조심해야 한다는 것도 잊고 테이블에 손을 짚어 몸을 떠받쳐야 했을 걸세. 그런데 이번에는 문 저쪽에서 스포츠우드의 목소리가 들려왔고 레코드가 거기에 대답했네.

이때 스킬은 틀림없이 어리둥절했을 걸세. 잠시 동안은 자기 머리가 돌지 않았나 생각했을 테지. 그러나 차츰 그 의미를 깨닫고 그는 틀림없이 히죽 웃었을 거네. 스킬은 누가 범인인지 알고 있었을 테니까. 카나리아의 찬미자들이 누구누구인지 몰랐다면 그의 성격에 어울리지 않는 일일세. 그리하여 하늘에서 내려온 mana(신의 은총)처럼 그 매력적인 젊은 신사에게 더 이상 바랄 수 없는 좋은 기회가 느닷없이 덫에 걸려든 거네. 스킬은 아마도 스포츠우드의 돈으로 호사스럽고 안락한 생활을 보낼 장밋빛 꿈에 젖어 있었음에 틀림없네. 몇 분 뒤 클리버로부터 전화가 걸려왔을 때 그는 오델 양은 외출 중이라고 말했고, 그 다음 자기가 빠져나갈 계획에 몰두했지."

"그런데 어째서 레코드를 들고 나가지 않았을까?"

"범죄현장에서 변명할 여지가 없는 증거를 없앤다는 말인가? 그건 좋지 않은 작전일세, 매컴. 스킬이 그 레코드를 들고 나가본들 스포츠우드는 그런 것을 모른다고 잡아떼며 공갈의 수단이라고 역습할 뿐이겠지. 그건 좋지 않네. 스킬이 취해야 할 유일한 길은 레코드를 그대로 남겨 두고 스포츠우드에게 곧 막대한 입막음 돈을 요구하는 것이었네.

그리고 스킬은 그대로 했을 걸세. 스포츠우드는 그 일부라고 하며 얼마 주고 나머지는 곧 지불하겠다고 약속해 놓고서 그 동안에 레코드를 꺼내 올 생각이었겠지. 스포츠우드가 바라던 대로 돈을 주지 않자 스킬은 자네에게 전화 걸어 모든 것을 털어놓겠다고 위협했네. 그런 식으로 스포츠우드의 엉덩이를 때리면 시원스럽게 결말이 날 줄 알았을 테지.

　스포츠우드의 엉덩이를 때릴 수는 있었네. 그런데 시원스럽게 결말낸 것은, 스킬이 생각했던 방향과 달랐지. 스포츠우드는 지난 토요일 밤에 돈을 주겠다고 하며 스킬을 만났는데, 돈을 주는 대신 그를 목졸라 죽인 걸세. 그의 성질에 꼭 맞는 짓 아닌가. 뻔뻔스러운 녀석일세, 스포츠우드는."

"어디까지나…… 정말 놀랍군."

"하지만 이제 와서 나는 그렇게 말하고 싶지 않네. 스포츠우드는 부득이 불쾌한 일을 해야만 했지. 그래서 냉정하고 논리적이며 열심히 사무적으로 그 일에 손댔네. 그는 자기 마음의 평화를 위해 카나리아는 죽어야 한다고 마음먹었던 걸세. 그녀는 처치 곤란할 만큼 시끄럽게 굴었을 테고, 그래서 스포츠우드는 날짜를 정했지. 법정에서 죄수에게 판결을 선고하는 판사처럼.

　그런 다음 알리바이를 꾸며내기 시작했네. 기계 나부랭이를 좀 다룰 줄 알므로 그는 기계적인 알리바이를 꾸며낸 것이지. 그가 선택한 수법은 간단하고도 빤히 속 들여다보이는 것이었네. 번거롭거나 복잡한 점은 하나도 없어. 그리고 보험회사가 거드름피우며 말하는 신의 조화라는 것이 없었다면 성공했을 걸세. 우연을 예견할 수 있는 사람은 하나도 없으니까. 만일 예견했다면 그것은 우연이 아니지.

　그러나 스포츠우드는 확실히 인간으로서 가능한 온갖 조심을 다 했네. 그런데 자네가 이 집에 다시 와서 그 레코드를 틀어봄으로써 그의 온갖 노력을 물거품으로 돌아가게 할 줄은 꿈에도 몰랐지. 그리고 내 음악 취미도 예상하지 못했고, 내가 소리의 예술에서 위안을 찾으리라는 것도 예상하지 못했네. 게다가 그녀의 방에 또 다른 애인이 벽장 안에 숨어 있으리라고 생각하는 사람은 없지 않겠나.

그런 일이란 없으니까. 요컨대 그 가엾은 신사는 억세게 운이 나빴던 걸세."

"자네는 이 범죄의 극악성을 못 보고 넘기고 있군그래."

"그렇게 덮어놓고 도덕적으로 말하는 게 아니네, 매컴. 누구나 마음속에서는 살인자란 말일세. 누군가를 죽이고 싶다는 정열적인 욕구를 한 번도 느껴보지 못한 사람에게는 감정이라는 것이 없을 테지. 일반적으로 사람에게 살인을 못하게 하는 것이 윤리학이나 신학이라고 자네는 생각하나? 결코 그렇지 않네. 다만 용기가 없을 뿐일세. 들키거나, 가위눌리거나, 후회에 시달릴까봐 두렵기 때문이지.

en masse(집단으로서의) 민중이——즉 국가가——얼마나 기꺼이 사람을 죽음으로 몰아넣고서 그것을 신문으로 읽으며 즐기는지 보게나. 국가는 그야말로 문제삼을 것도 없는 도전에 응하여 서로 선전포고를 하고는 아무에게도 거리낄 것 없이 살인의 향락에 젖을 수 있네. 스포츠우드는 다만 자기 확신에 대해 용기를 가진 이성적인 동물에 지나지 않아."

"사회는 불행하게도 자네의 허무적인 철학을 받아들일 채비가 아직 되어 있지 않네. 거기까지 가는 과도기 동안은 사람의 생명을 보호해야만 하네."

매컴은 벌떡 일어나 전화 옆으로 가더니 히스를 불렀다. 그는 명령했다.

"부장, 백지 체포장을 떼어가지고 곧 스타이비샌트 클럽까지 오시오. 기다리겠소. 부하 한 사람을 데려오시오. 체포할 사람이 있소."

"마침내 법률은 충분히 납득할 만한 증거를 손에 넣은 셈이로군."

번스는 천천히 외투를 입고 모자와 스틱을 집어들었다.

"자네의 법률수속이란 참으로 기괴하기 짝이 없군그래, 매컴. 과학적 지식——심리적 사실——은 자네들 박식한 솔론들에게는 아무 뜻도 없으니 말이네. 그런데 축음기의 레코드일 경우에는……거참, 납득이 가고 반박할 여지가 없는 최종적인 그 무엇이 되거든."

매컴은 떠나기 직전에 그 방을 지키는 경관에게 오라고 손짓했다.

"무슨 일이 있어도 내가 다시 올 때까지 이 방에 아무도 들여보내서는 안되네. 비록 서명이 든 허가증이 있다 하더라도 말일세."

우리가 택시에 오르자 매컴은 운전기사에게 스타이비샌트 클럽으로 가자고 말했다.

"아마 신문들은 좀이 쑤셔서 야단들일 테지. 마음껏 뛰어다니게 해 줘야겠네. 자네 덕분에 터무니없는 구멍에 빠지지 않아도 되어 정말 고맙게 생각하네."

매컴은 번스 쪽으로 눈길을 보냈다. 그 눈은 말로는 도저히 표현할 수 없는 감사의 뜻을 나타내고 있었다.

* 1 토머스 치펜데일. 영국의 이름 높은 가구 제작자. 경쾌하고도 견고한 것이 특색이며 곡선을 많이 사용했다. 의자가 유명함. 1718~1779.
* 2 스미르나라고도 불리는 터키 융단.
* 3 더블린 태생의 미국 작곡가. 슈트라우스 밑에서 첼로를 켠 적도 있다. 오케스트라를 위한 '숲의 환상', 교향시 '헤로와 리앤더' 등의 대표작이 있다. 1859~1924.
* 4 디킨즈의 《올리버 트위스트》에 나오는 으스대는 교구위원.

막이 내리다

우리가 천장이 둥근 클럽의 넓은 홀에 들어선 것은 정각 3시 30분이었다. 매컴은 곧 지배인을 불러 두세 마디 소곤거렸다. 지배인은 급히 나가더니 5분쯤 뒤에 돌아와 보고했다.

"스포츠우드 씨는 방에 계십니다. 전기기사에게 전구를 시험시키러 보내보니 그분 혼자 책상에서 글을 쓰고 있다고 합니다."

"방 호수는?"

"341호입니다."

지배인은 몹시 당황하는 듯했다.

"한바탕 큰 소동이 벌어지는 게 아닙니까, 매컴 씨?"

매컴은 차갑게 말했다.

"그런 일은 없을 거요. 그건 그렇고, 이 문제는 당신네 클럽보다 훨씬 중대하오."

지배인이 가버리자 번스가 한숨을 쉬듯이 말했다.

"뭘 그리 거창하게 생각하나. 스포츠우드를 체포하는 일 따윈 더없이 어리석은 짓일세. 그는 범죄인이 아니니까. 롬블로조[*1]의 Uomo Delinquente(범죄인)와 공통된 점은 하나도 갖고 있지 않아. 그는 철학적 행동자라고 불러야 옳을 걸세."

매컴은 코를 울렸을 뿐 아무 대답도 하지 않았다. 그는 성급하게 방 안을 왔다갔다하며 무언가를 기다리는 듯 큰 현관으로 눈길을 쏟고 있었다. 번스는 편안한 의자를 찾아가 아무 상관없는 듯 태연한 태도로 앉았다.

10분쯤 지나자 히스와 스니트킨이 왔다. 매컴은 두 사람을 급히 구석의 작은 방으로 데리고 들어가 부르게 된 까닭을 짤막하게 설명했다.

"스포츠우드는 지금 자기 방에 있소. 되도록 조용히 체포하고 싶소."

"스포츠우드!" 히스는 놀라며 그 이름을 되풀이했다.

"나는 도무지 무슨 영문인지 모르겠는데요……."

매컴은 날카롭게 히스의 말을 막았다.

"몰라도 괜찮소, 아직은. 체포에 대해서는 내가 모든 책임을 지겠소. 당신은 그 공이나 차지하면 되오, 갖고 싶다면 말이오만. 그러면 되겠소?"

히스는 어깨를 으쓱했다.

"나는 아무래도 좋습니다. 당신이 하라는 대로 무엇이든지 하겠습니다."

부장은 납득되지 않는 듯이 머리를 가로저었다.

"그럼, 제섭은 어떻게 합니까?"

"유치시켜 두오, 인적 증거니까."

우리는 엘리베이터를 타고 올라가 3층에서 내렸다. 스포츠우드의 방은 복도 끝에 있었으며 매디슨 스퀘어를 향하고 있었다. 매컴은 엄격한 얼굴로 앞장서서 갔다.

문을 두드리자 스포츠우드의 쾌활한 모습이 나타나 한걸음 뒤로 물러서서 우리를 방 안으로 들어가게 했다.

그는 의자를 권하며 물었다.

"아직 반가운 소식이 없습니까?"

그때 그는 밝은 쪽을 향하고 선 매컴의 얼굴을 똑똑히 보고는 대뜸 이 방문이 예사롭지 않은 것임을 알아차렸다. 표정은 달라지지 않았으나 몸이 갑자기 꼿꼿해지는 것을 나는 보았다. 그의 차갑고 무엇을 뜻하는지 알 수 없는 표정을 떠올린 눈이 천천히 매컴으로부터 히스와 스니트킨에게로 옮겨갔다. 그리고 그 눈길은 다른 사람들의 조금 뒤에 선 번스와 나에게로 떨어졌다. 그는 숨을 들이마셨다.

아무도 입을 열지 않았다. 그러나 비극은 아무 탈 없이 진행되었으며, 배우 한 사람 한 사람은 대사 한마디 한마디를 듣고 이해하는 것 같이 나는 느꼈다.

매컴은 앞으로 나아가기를 망설이듯 우뚝 서 있었다. 그 직책상의 여러 가지 임무 가운데 악인을 체포하는 일을 매컴이 가장 싫어한다는 것을 나는 알고 있었다. 매컴은 세속적인 사람으로서 불행히도 악한 일을 저지른 자에 대해 세속인의 너그러움을 지니고 있었다. 히스와 스니트킨은 앞으로 나서서 흥분되는 마음을 억누르며 지방검사가 체포장을 내보이도록 명령내리기를 이제나저제나 기다리고 있었다.

스포츠우드의 눈길이 다시 매컴에게로 쏠렸다.

"무슨 용건으로 오셨습니까?"

"이 두 경관과 함께 가시기 바랍니다. 스포츠우드 씨."

매컴은 가볍게 턱짓하여 옆에 버티고 선 두 남자를 가리켰다.

"당신을 마거리트 오델 살인범으로 체포합니다."

"아아!"

스포츠우드는 눈썹이 조금 치켜 올라갔다.

"그렇다면 당신은 발견했군요, 무언가를."

"베토벤의 '안단테'입니다."

스포츠우드의 얼굴 근육은 조금도 움직이지 않았다. 그러나 아주 순간적인 침묵 뒤에 마침내 겨우 알아차릴 수 있을 정도의 체념한 듯한 몸짓을 했다.

"전혀 뜻밖의 일은 아닙니다."

스포츠우드는 어딘지 비통한 느낌이 드는 미소를 떠올렸다.

"당신은 레코드를 손에 넣으려는 내 노력을 모두 방해했으니까요. 그렇기는 하지만 아무튼 승부의 운이란 언제나 믿을 수 없는 것이로군요."

그의 얼굴에서 미소가 사라지고 태도가 진지해졌다.

"매컴 씨, 당신은 나를 너그럽게 다뤄주었습니다. cannaille(구경꾼)로부터 지켜주었으니까요. 그 친절에 힘입어 한마디 더 하겠는데, 나는 그런 승부 말고는 달리 방법이 없었습니다."

매컴이 말했다.

"당신의 동기가 아무리 동정받을 만한 것이라 할지라도 그로써 죄를 참작할 수는 없습니다."

"내가 참작해 달라고 말씀드리고 있는 줄 아십니까?"

스포츠우드는 매컴의 힐책을 경멸하는 듯한 몸짓을 했다.

"나는 초등학생이 아닙니다. 내가 취하려는 행동의 결과를 계산하고 거기에 포함된 여러 요인을 저울질해 본 다음 위험을 무릅쓰기로 마음먹었던 것입니다. 확실히 도박이었지요. 하지만 나 스스로 계획한 모험이 불운하게 끝났다 해서 그것을 한탄하지는 않습니다. 그리고 또 그런 길을 택한 것은 실제문제로서 강요당한 것이었지요. 비록 그런 모험을 하지 않았다 하더라도 역시 나는 크나큰 손해를 입지 않을 수 없었을 겁니다."

그의 얼굴에 씁쓰레한 표정이 떠올랐다.

"매컴 씨, 오델 양은 나에게 불가능한 것을 요구했습니다. 금전적으로 나를 쥐어짜는 것만으로는 만족하지 못하고 법률적 보호, 지위, 사회적인 신망 등 이러한 나의 가문만이 줄 수 있는 것을 요구했습니다. 아내와 이혼하고 그녀와 결혼해야 한다고 고집부렸던 것입니다. 그 요구가 얼마나 어처구니없는 것인지 당신이 알 수 있을는지요…….

매컴 씨, 나는 아내를 사랑하며 귀여운 아이들도 있습니다. 그런 짓을 해놓고 이런 말을 기다랗게 늘어놓아 당신의 마음을 어지럽히고 싶지는 않습니다. 어쨌든 그녀는 자신의 쩨쩨하고 어리석은 야심을 만족시키기 위해 내 생활을 파괴하고 내가 소중하게 여기는 것을 엉망으로 만들도록 강요했지요. 내가 거절하자 우리의 관계를 아내에게 폭로하고 내가 쓴 편지의 사본을 보내 나를 세상의 구경거리로 만들겠다고 협박했습니다. 결국에 가서는 스캔들을 불러일으켜 내 생활을 파멸시키고 가족에게 창피를 주고 가정을 박살내 버리겠다는 것이었지요."

스포츠우드는 잠시 말을 끊고 한숨을 쉬었다. 그는 싸늘한 목소리로 말을 이었다.

"엉거주춤한 수단은 내 성미에 맞지 않습니다. 타협하는 재능이 없는 거지요. 아마도 타고난 결함인 듯합니다. 내 본능은 마지막 한순간까지 승부를 계속하는 것……어떤 위험이 있든 마지막까지 해야 한다고 명령했습니다. 그리고 1주일 전, 겨우 5분 동안에 나는 옛날의 광신자들이 정신적 파괴를 가지고 위협하는 적을 얼마나 냉정한 마음과 정의감으로 괴롭혔는지 깨달았습니다. 나는 사랑하는 사람들을 불명예와 괴로움에서 구할 수 있는 유일한 길을 택했던 겁니다.

　그것은 하늘에 운을 맡기고 하는 모험이었지요. 그러나 몸속에 흐르는 피는 나에게 망설이는 것을 용납하지 않았고, 또한 나는 무서운 증오의 고민으로 시달리고 있었습니다. 나는 잘하면 평화를 얻을 수 있을지도 모르는 아주 조금밖에 없는 기회를 목표삼아 산송장이 되기보다 자진해서 내 목숨을 거는 쪽을 택했던 것입니다. 그리고 졌습니다.”

스포츠우드는 희미하게 웃음지었다.

“그렇습니다. 승부의 운에 달린 것이었지요. 하지만 내가 불평하거나 동정을 구하고 있다고는 단 한순간도 생각하지 마십시오. 나는, 남에게는 거짓말했을지 모르지만 나 자신에게 거짓말한 적은 없습니다. 우는 소리를 늘어놓는 사람이나 자기 변명을 하는 사람을 아주 싫어합니다. 그 점을 알아주시기 바랍니다.”

스포츠우드는 옆 테이블로 가서 부드러운 가죽 표지의 작은 책을 집어 들었다.

“어젯밤 나는 와일드의 《심연에서》를 읽었습니다. 말재주가 있다면 나도 그런 고백서를 썼을지 모릅니다. 당신이나마 나에게 비겁자라는 최후의 더러운 이름을 씌우지 않도록 내가 말씀드린 것이 어떤 뜻인지 그런대로 설명하게 해 주십시오.”

스포츠우드는 책을 펼치고 읽기 시작했다. 그 목소리에 담긴 열정이 우리 모두를 침묵시키고 말았다.

“‘나는 스스로 내 파멸을 불러들였다. 신분의 높낮음을 가리지 않고 나 이외의 다른 사람 손에 의해 파멸당할 필요는 없다. 내가 이 고백을 하면 당장에, 적어도 지금으로서는 이 고백을 의심하는 눈으로 받아들일 사람이 많으리라. 그리고 나는 이렇게 나 자신을 가차없이 나무라고 있지만 변명하기 위해 이런 짓을 하는 것이 아님을 명심해 주기 바란다.

세상이 나에게 가져다준 벌은 무서운 것이기는 했지만 내가 스스로에게 가져다준 파멸은 더욱 무서운 것이다. 나는 성인이 되기 시작할 무렵에 스스로의 입장을 깨달았다. 명예있는 가문과 높은 사회적 지위를 이어받고 즐겼다. 그 뒤 전환기가 왔다. 나는 높은 곳에서 사는 일에 싫증이 나 스스로의 의지로 밑바닥에 내려갔다.

…… 나는 스스로 이룩할 수만 있으면 언제나 자기의 욕구를 만족시켰고, 이리하여 세월은 지나갔다. 나는 일상생활의 모든 행위는 아무리 하찮은 것이라 하더라도 어느 정도 성격을 만들거나 또는 부순다는 것을 잊고 있었다. 방에서만 지내는 은둔생활에서 일어나는 일 하나하나가 언젠가는 지붕꼭대기에서 소리높이 밝혀진다.

나는 스스로를 다스릴 힘을 잃었고 이미 키를 잡을 수 없게 되었는데, 나는 그것을 모르고 있었다. 나는 쾌락의 노예가 되었다…… 오직 하나만이 나에게는 남았다…… 완전한 오욕이.'"

스포츠우드는 책을 옆으로 내던졌다.

"이제 아셨겠지요, 매컴 씨?"

매컴은 잠시 동안 입을 열지 않았다. 마침내 그가 말했다.

"스킬에 대한 이야기를 들어볼까요."

"그 개새끼!"

스포츠우드는 속이 메슥거리는 듯 씁쓰레하게 웃었다.

"그런 녀석은 날마다라도 죽임으로써 나 자신을 사회의 은인이라고 큰소리치겠습니다. 정말입니다. 나는 그를 목졸라 죽였습니다. 훨씬 이전에 했어야 하겠지만 기회가 없었을 뿐이지요. 연극 구경을 마치고 오델 양의 방으로 돌아왔을 때 스킬은 벽장 안에 숨어 있었습니다. 내가 그녀를 죽이는 것을 보고 있었을 겁니다. 그 잠겨진 벽장문 뒤에 그가 숨은 줄 알았다면 문을 부수어서라도 그때 그녀석을 처치했을 겁니다.

벽장이 잠겨 있는 것을 나는 당연한 일로 생각했지요. 벽장에 대해서는 두 번 다시 생각해 보지도 않았습니다. 그런데 다음날 그가 이곳으로 전화해 왔습니다. 그러기 전에 롱아일랜드의 우리집에 전화히여 내가 여기 있는 것을 알아냈지요. 나는 전에 그를 만난 적이 한 번도 없었고, 그런 사람이 있다는 것조차 모르고 있었습니다. 그러나 그는 내가 누구인지 알고 있었던 모양입니다. 어쩌면 내가 그녀에게 준 돈의 일부가 그에게로 갔을지도 모르지요.

나는 참으로 어처구니없는 수렁에 빠져 있었습니다. 전화로 이야기할 때 그가 축음기에 대한 말을 꺼냈으므로 무언가 알고 있음을 깨달았습니다. 나는 월돌프 호텔 휴게실에서 그를 만났는데, 그가 털어놓더군요. 그의 말에는 의심할 여지가 없었습니다. 내가 인정하자 그는 그야말로 기절할 만큼의 큰돈을 요구했습니다."

스포츠우드는 침착한 태도로 담뱃불을 붙였다.

"매컴 씨, 나는 이미 부자가 아닙니다. 실은 파산 직전에 놓여 있답니다. 아버지가 물려준 사업은 벌써 1년 전부터 관리인의 손에 넘어갔지요. 지금 살고 있는 롱아일랜드의 토지와 가옥은 아내의 것입니다. 이런 사실을 알고 있는 사람은 거의 없습니다만, 불행하게도 사실입니다. 비록 내가 비겁자의 역할을 할 마음이 있었다 하더라도 스킬이 요구하는 만큼의 돈을 마련할 수는 절대로 없었을 겁니다.

어쨌든 2, 3일 얌전히 굴게 하기 위해 돈을 얼마쯤 주고 재산의 일부를 현금으로 바꾸는 대로 요구하는 만큼의 돈을 치르겠다고 약속했지요. 나는 그 동안에 레코드를 손에 넣어 그 녀석의 무기를 꺾어버릴 생각이었습니다. 그러나 그것은 실패하고 말았지요. 그래서 그가 당신에게 모든 것을 털어놓겠다고 위협했을 때, 지난 토요일 밤 나는 그의 집으로 돈을 갖다 주겠다고 약속했습니다. 나는 그를 죽일 생각을 품고 약속했던 것입니다.

그의 집으로 들어가는 것이 문제였는데, 그가 언제 어떻게 하면 남에게 들키지 않고 들어올 수 있다고 설명해 주었으므로 다행이었지요. 일단 들어가 다음부터는 일이 쉬웠습니다. 그가 경계를 늦춘 첫 기회를 노렸다가 느닷없이 달려들어서 멋들어지게 해치웠지요. 그리고 문을 잠근 다음 열쇠는 내가 가지고 제법 버젓이 그 집에서 나와 이 클럽으로 돌아왔습니다. 이것이 모두입니다."

번스는 재미있는 듯이 스포츠우드를 지켜보고 있었다. 그가 물었다.

"그렇다면 어젯밤 당신이 내 판돈을 끌어올릴 때 그 금액은 당신의 재정 상태에서 꽤 중요한 항목을 차지하는 것이었다고 할 수 있겠군요?"

스포츠우드는 맥없이 웃었다.

"실은 내가 이 세상에서 갖고 있는 돈 전부라고 할 만한 것이었지요."

"그거 참, 놀랍습니다. 그건 그렇고, 지장없다면 어째서 당신의 레코드에다 베토벤의 '안단테' 라벨을 붙였는지 말씀해 주시겠습니까?"

스포츠우드는 지친 듯이 말했다.

"그것도 오산이었습니다. 내가 레코드를 다시 찾아 부숴버리기 전에 우연히 누군가가 축음기 뚜껑을 열었다 하더라도 그보다 통속적인 음악을 좋아하며 그런 고전 따위는 들으려 하지 않을 것이라고 나는 생각했었습니다."

"그런데 통속 음악을 아주 싫어하는 사람이 그것을 발견했군요. 스포츠우드 씨, 아무래도 당신의 승부에는 불친절한 운이 달라붙어 있었던 모양입니다."

"맞습니다. 만일 나에게 종교심이 있다면 인과응보니 천벌이니 하며 멋대로 온갖 말을 늘어놓았을 겁니다."

매컴이 말했다.

"보석들에 대해 말씀하십시오. 이런 것을 묻는 일은 스포츠맨답지 않아 내 편에서 물어보고 싶지 않지만 이미 문제의 주요한 점에 대해 스스로 고백했으니까요."

"알고 싶은 일이 있으면 무엇이든지 물으십시오. 나는 괜찮으니까. 서류상자에서 편지를 되찾고서 나는 강도의 짓으로 여겨지도록 방안을 온통 휘저어놓았습니다. 물론 장갑을 끼었지요. 그리고 같은 이유로 오델의 보석들도 가졌습니다. 덧붙여 말씀드립니다만 대부분 내가 사준 것이었습니다. 보석은 입막음으로 스킬에게 주려고 했으나 두렵다고 하며 받지 않더군요. 그래서 결국 내가 처분해야 했으므로 클럽의 신문지 한 장을 갖다가 싸서 프레틸런 빌딩 언저리의 쓰레기통에 던져 넣었지요."

히스가 끼어들었다.

"아침신문인 헤럴드로 쌌지요. 당신은 팝 클리버가 해럴드만 읽는다는 것을 알고 있었습니까?"

그때 번스의 목소리가 나무라듯 비집고 들어왔다.

"부장, 스포츠우드 씨는 그런 것은 몰랐을 거요. 알았다면 헤럴드를 쓰지 않았을 테지요."

스포츠우드는 히스에게 경멸의 미소를 던졌다. 그리고 번스에게 감사의 눈길을 보낸 다음 다시 매컴 쪽으로 몸을 돌렸다.

"보석을 버리고 한 시간도 채 못 되어 나는 꾸러미가 발견되면 신문 때문에 꼬리잡히는 것이 아닌가 하고 걱정스러워지기 시작했습니다. 그래서 헤럴드를 다시 한 장 사서 신문철에 끼워두었지요."

스포츠우드는 말을 끊었다.

"이것뿐입니까?"

매컴은 고개를 끄덕였다.

"고맙습니다. 그것뿐입니다. 다만 이제부터 이 경관들과 함께 가주어야겠습니다."

스포츠우드가 조용히 말했다.

"매컴 씨, 호의를 조금만 베풀어주었으면 합니다. 이런 처지에 빠지고 말았으니 한 자 적어놓고 싶습니다만……아내에게. 그런데 쓰는 동안 혼자 있게 해 주시기 바랍니다. 내 부탁을 물리치지 않겠지요? 몇 분 동안이면 됩니다. 당신의 부하가 문을 지켜도 좋습니다. 나는 도저히 달아나지 못합니다. 승리자는 그 정도의 너그러움은 베풀 수 있을 겁니다."

매컴이 대답하기 전에 번스가 앞으로 나아가 매컴의 팔에 손을 얹으며 물었다.

"자네는 설마 스포츠우드 씨의 부탁을 거절할 필요가 있다고 생각하지는 않겠지?"

매컴은 망설이듯 번스를 보았다.

"자네가 지시할 만한 권리를 충분히 얻고 있다고 나는 생각해야겠지, 번스."

매컴은 히스와 스니트킨에게 밖에서 기다리라고 명령하고 번스와 나와 함께 옆방으로 갔다. 매컴은 경계하듯 문 옆에 서 있었으나 번스는 빈정거리는 듯한 미소를 떠올린 채 천천히 창가로 걸어가 매디슨 스퀘어를 내다보았다.

"여보게, 매컴. 저 사나이에게는 어딘지 멋이 있다고 말해주고 싶은 데가 있어. 훌륭하네. 참으로 건전하고 논리적일세."

매컴은 대답하지 않았다. 오후도 반쯤 지나간 거리의 시끄러움이 닫힌 창문에 가로막혀져 그 날카로움이 무디어져서 우리가 기다리고 있는 작은 침실의 불길한 조용함을 더욱 깊게 하는 것 같았다.

그때 옆방에서 날카로운 총소리가 들려왔다.

매컴이 문을 확 밀어 열었다. 히스와 스니트킨은 스포츠우드의 쓰러진 시체를 향해 이미 달려가고 있었고 매컴이 들어갔을 때에는 시체 위로 몸을 굽히고 있었다. 매컴은 몸을 확 돌려 마침 출입구에 나타난 번스를 뚫어지게 보았다.

"자살했네."

번스가 말했다.

"그럴지도 모른다고 생각했었지."

매컴이 소리쳐 말했다.

"자네, 자네는 이 사나이가 저런 짓을 할 것을 알고 있었나?"

"꽤 똑똑히 알고 있었네."

매컴의 눈이 노여움으로 번뜩였다.

"그런데도 이 사람 편을 들어 기회를 주었나?"

번스는 혀를 차며 상대를 타일렀다.

"쯧쯧, 여보게, 제발 인습도덕적인 분개는 그만두게. 남의 목숨을 빼앗는 것은――순이론적으로는――아주 비윤리적일지 모르지만, 자기 목숨은 자신의 것이니 본인이 좋을 대로 해도 나쁘지 않네. 자살은 넘겨줄 수 없는 인간의 권리란 말일세. 근대 민주주의의 어버이인 척하는 폭정 밑에서는 나는 오히려 자살은 인간에게 남겨진 유일한 권리라고까지 말하고 싶네."

번스는 흘끗 시계를 들여다보고는 눈살을 찌푸렸다.

"여보게, 매컴, 나는 자네의 시시한 일 때문에 음악회를 놓치고 말았어."

번스는 유쾌한 목소리로 불평하며 매컴에게 정다운 미소를 지어보였다.

"그런데도 자네는 나에게 화내고 있네. 자네는 정말 터무니없이 은혜를 모르는 사나이로군."

* 1 체잘레 롬블로조. 이탈리아의 범죄학자로 인간에게는 범죄자의 전형이 있다는 설을 주창했다. 1836~1909.

반 다인 최고의 베스트셀러

　　우리 나라에서는 반 다인의 장편소설 열 두 편 가운데 《그린살인사건》과 《비숍살인사건》이 대표작으로 꼽히며 널리 읽히고 있지만, 그가 미국에서 크게 환영받은 것은 처녀작 《벤슨살인사건》이다. 또한 두 번째의 《카나리아살인사건》은 그때까지의 미스터리소설 출판 기록을 깨뜨려버림과 동시에 영국에서도 제1위의 판매기록을 세웠다.

　　반 다인의 업적을 회고하며 검토해 볼 때 작품의 평가는 여러 사람들에 따라 저마다 서로 다르겠지만, 그 무렵을 돌이켜보면 '그린'이나 '비숍'으로 명성을 얻은 게 아니라 그전에 이미 처녀작과 두 번째 작품으로 압도적인 호평을 얻고 있었다고 할 수 있다. 특히 처음의 두 작품에 공통되는 탐정 파이로 번스의 '그때까지의 범죄활동에 한 번도 적용된 일이 없는 분석적이고 해석적인 방법'이 청신한 매력을 안겨주었다.

　　카나리아라고 불리는 여성의 죽음을 둘러싸고 여러 명의 용의자가 등장한다.

　　번스는 설정된 상황으로부터 경찰당국이 끌어낸 범인에 동의하지 않는다. 그의 '영혼 속에 있는 이렇다할 까닭 없는 관념이 빛을 구하며 꿈틀거려서' 견딜 수 없기 때문이다. '아무리 불리한 증거가 있다 할지라도' 그 용의자의 성격이 상황과 조화되지 않으면 범인으로 여길 수 없는 것이다. 그리하여 '물적 증거와 심리적 사실이 모순될 때는 물적 증거 쪽이 틀려 있다'는 결론에 이른다.

번스는 이 '새롭고 독자적인 심리학적 방법'을 써서 경찰당국의 경솔한 판단을 차례차례 배제해 나가는데, 그로 말미암아 사건의 양상이 점점 복잡해져 간다. 그러나 그는 마침내 어떤 참신한 방법을 생각해 낸다. 그것은 관계자들을 모두 초대하여 포커게임을 시도해 보는 일이었다.

"포커게임의 10분의 9는 심리학적이라네, 매컴. 그 게임을 할 줄 안다면 한 시간 동안 포커 테이블에 앉아 있는 것만으로도 1년 동안의 겉핥기식 교제보다 훨씬 더 인간 내부의 성질을 잘 알 수 있을 걸세"라고 잘라 말하며, 번스는 범죄 심리학적 징후와 범인의 성질을 연결시킴으로써 훌륭하게 해결해 보이는 것이다.

물론 심리적 방법에 대해 결점을 이야기하기란 쉽다. 더욱이 이것은 세밀히 잘 계획된 범죄로서 심리적 증거가 남겨져 있지 않으면 적용될 수 없으며, 이 작품 속에서도 소설이니만큼 썩 형편 좋게 구상되어 있기는 하지만 절대적인 해결수단은 되지 못한다.

그리고 또한 물적 증거와 심리적 증거가 모순되는 경우에는 심리적 증거를 택하는 게 꽤 타당성 있지만, 이른바 파이로 번스의 심리적 증거라는 것이 기껏해야 포커게임에 의한 인물 감정법 정도이니 좀 너무한 일로 여겨지기도 한다.

반 다인 자신도 심리적 증거에만 의존할 수 없다는 것을 충분히 깨닫고 있어서 밀실과 알리바이 구성에 중점을 두고 있다. 따라서 트릭이 독창적이지 못한 데 불만스러운 점은 좀 있으나, 한편으로는 트릭에 의해 구상된 미스터리소설의 모범되는 소설로 볼 수도 있다. 즉 꾸며낸 알리바이의 발견은 우연적으로 보이지만 범인이 그 증거를 필연적으로 남기고 있으므로, 이 작품에는 처음부터 범인과 탐정 사이에 서로 노려보는 기백이 있어 지은이가 포커 장면에서 가장 뚜렷하게 그것을 나타내보이려고 한 점에 더할 나위 없는 흥미가 느껴진다.

아무튼 반 다인이 창안한 심리저 탐정법은 그때까지 나왔던 미스터리소설의 결점을 깊이 찌르고 있으며, 거기에 탐정 파이로 번스의 풍모와 언동이 한층 큰 효과를 덧붙여 주고 있다.

반 다인은 '미스터리소설 작가가 깨달아야 할 열두 가지 조항' 속에서 '미스터리소설에 있어선 안 될 요소는 있을 법하지 않은 설명, 쓸데없이 덧붙여지는 예술 묘사, 교묘하게 펼쳐지는 성격 해부, 분위기적인 선입견이다. 이러한 것들은 범죄와 귀납의 기록에 아무 생명도 주지 못한다'고 잘라 말하고 있는데, 그 자신의 작품은 과연 어떠한가.

그는 미스터리소설을 일종의 이지적인 게임으로 여기는 편으로, 범죄검토에 확실히 길다란 서술을 하고 있다. 그러나 그 검사와 검토를 함에 있어 탐정 파이로 번스의 입을 빌어 지은이의 학자다운 교양이 풍부하게 흘러넘쳐 종래의 미스터리소설에서는 볼 수 없었던 고답적인 맛을 띠고 있다.

각 장의 제목과 더불어 있는 날짜와 시간으로 확실한 기록의 형태를 갖추어 리얼리즘을 중요시하면서, 번스의 풍모와 생각과 화술과 행동의 구석구석까지 세밀히 연구되어 무미건조함에 빠져들지 않도록 굉장히 조심하고 있다. 한편 작품에 '지은이 설명'을 세밀히 덧붙인 방법에 학자다운 치기가 느껴지기도 하지만, 날짜와 시간의 확실한 기록과 더불어 박진감을 지니고 그 효과가 계산되어 통속미를 일축하고 있다.

반 다인의 작품에 대한 불만은 쉽사리 여러 가지 들 수 있을 것이다. 그러한 결점들을 지니고 있으면서도 그의 작품이 다른 군소 작가들과 달리 감명을 주는 것은 역시 문체의 매력이다. 다루어진 사건에 대해 한 치도 어김없이 묘사하고, 그 논의에 비록 번스의 요설이 좀 지나치게 거치적거리더라도 엄밀한 분석에 태만하지 않으므로 논리를 주축으로 하는 미스터리소설 본디의 자세를 되찾고 있기 때문이다.

또한 그의 트릭이 좀 너무 가볍지 않은가 하고 한국 독자들이 느끼는 점에 대해, 그의 작품이 구미 여러 나라에서 큰 호평을 받은 것은 오히려 그 트릭의 가벼움에 있지 않을까 생각하는 비평가도 있다. 즉 서양 사람들은 과학상식이 풍부하고 우리와 생활양식이 달라 저마다 느끼는 감흥의 정도에 서로 차이가 있음을 지적하는 것이다. 과연 수긍되는 말이기는 하지만, 이 견해는 좀 지엽적인 것으로서 특별히 반 다인에게만 한정된 문제가 아니다.

본디 미스터리소설은 영국, 미국, 프랑스 등지에서 줄기차게 발달되어 온 것으로서 우리나라에 들어온 지도 80여 년이 가까우며 그동안 외국작품의 번역 및 번안과 민우보, 방인근, 김내성, 조풍연, 허문영, 이상우, 정건섭, 김성종 등의 창작활동도 꾸준했다. 《형사 콜롬보》《미스 마플 미스터리극장》《돌아온 세인트》 등의 TV 드라마도 많이 즐겨보았지만 논리를 주안점으로 하는 본격 미스터리소설이 융성했었다고는 할 수 없다. 미스터리소설이라면 대개 에로티시즘과 괴기성을 연상할 만큼, 수수께끼의 추리에 몰입하는 지적 게임을 즐기는 독자는 극히 한정되어 있는 것이다.

이것은 논리적 사고에 익숙지 못한 민족성에 그 바탕을 둔 것으로서, 그 점에 있어 순수한 추리과정에 초점을 둔 반 다인의 작품은 미국에서와 같이 많은 독자를 확보하기는 어려울지도 모른다. 그러나 추리의 재미를 이해하는 애호가에게는 그 진수를 파악하고 있는 반다인의 작품이 생명 긴 고전으로서 남을 게 틀림없다.

그가 저술한 《미스터리소설 쓰는 법》에는 그의 미스터리소설관이 명백하게 표출되어 있는데, 그 자신의 작품과 더불어 생각해보면 아주 흥미로운 점이 많으므로 다음에 그것을 부분적으로 소개해 보기로 한다.

근대 여러 문학 속에서 미스터리소설의 독자적인 지위를 이해하려면, 첫째로 그 표현의 특수성을 파악해야 한다. 미스터리소설이 다른 종류의 통속소설을 읽는데 부끄러움을 느끼는 사람들까지도 사로잡는 것은 왜인가? 높은 문화교양을 지닌 사람——즉 학교 교사며 정치가며 과학자들이 잘 팔리는 다른 소설을 제쳐두고 미스터리소설에서 기분전환을 구하는 것은 왜인? 그 대답은 간단하다.

미스터리소설은 여느 의미에서의 소설에는 들지 않으며 오히려 수수께끼 놀이 범주에 속하는 것으로서 소설이라는 형태의 주형에 부어진 복잡하고 광범한 수수께끼이기 때문이다.

그 해결은 프로세스의 분석, 표면적으로는 아무 관계없는 부분의 결합, 여러 요인의 파악, 그리고 많고 적은 추리에 의존하여 이루어진다. 독자는 책 한 권의 신비를 섭렵하여 한 장 한 장으로 끌려들어간다. 그리하여 수수께끼 놀이를 대할 때와 마찬가지 태도로 문제를 풀어나가는 것이다.

미스터리소설은 이러한 특이성으로 말미암아 다른 소설과는 전혀 관계없는 발전 양식과 그 자신의 법칙에 바탕을 둔 표준을 지니고 스스로의 전통에 따라 발전되고 있다.

그러므로 미스터리소설을 쓰는 데 있어 첫째로 추구해야 할 것은 '진실'이다. 그 밖의 묘사나 또는 심리적 의미에서의 분위기는 쓸모없으며 오히려 혼란만 일으킨다. 그렇긴 해도 배경은 아주 중요하며,

플롯은 그 발전하는 환경 자체에서 끓어오르는 사건의 참된 기록으로 보이지 않으면 안 된다. 설계도나 도해는 이 효과를 높이는 데 꽤 큰 역할을 한다.

미스터리소설 스타일은 직각적인 재단, 단순, 자유스러움이라고 할 수 있다. 설명문구며 비유며 현란한 대화로 가득찬 문학 스타일은 낭만소설이나 모험소설에는 힘과 미를 주지만 미스터리소설에 있어서는 필요없는 문학적 표현에 눈길을 돌리게 하는 불편을 생겨나게 하며, 또한 미스터리소설에서 어떤 스타일을 느끼게 하는 것은 크로스워드 퍼즐을 상형문자나 설형문자로 인쇄한 것이나 다름없이 쓸모없는 일이다.

플롯의 제재로는 평범한 것을 택하고 괴기와 환상은 모험 및 신비소설의 테마로 돌려버려야 한다. 미스터리 작가가 지닌 기교의 숙련은 가까이 있는 재료를 어떻게 서로 조화시킬 것인가 하는 문제와 자료 제출 방식의 미묘함 및 해결 방식의 정당함에 의존한다.

더욱이 미스터리소설의 중요한 흥미는 지적인 분석과 해결이 불가능해 보이는 문제의 해석에 있으므로, 단순한 정서적 감정의 개입은 어긋난 효과를 낼 뿐이다. 그러므로 뛰어난 미스터리소설에서는 연애 흥미가 전혀 눈에 띄지 않는다.

미스터리소설 애호가는 지난 4반세기 동안 그 테크닉의 날카로운 비평가가 되어왔다. 그리고 이 분야의 연구와 방법은 모두 속속들이 알려져 있다. 트릭을 쓴다고 해서 낡아 보이는 것은 아니지만, 문제를 다루는 방식이 독창적인지 아닌지를 알 수 있어서 작가에게 보다 뛰어난 엄격한 양식과 솜씨가 요구되고 있다. 그러므로 이제의 유행과 발명은 이미 쓸모없게 되어버렸다고 할 수 있다.

그리고 반 다인은 이어서 트릭과 작품 이름을 죽 들고 있는데, 여기서는 트릭만을 들어보기로 한다.

개가 짖지 않았던 사실로 침입자가 친한 사람임을 아는 것. 고르지 못한 치열에 의한 범인 추정. 범죄현장에 있던 특수한 종이나 잎사귀의 발견. 범죄해결의 열쇠가 담긴 암호문. 밀폐된 방 안에서의 살인——또는 자살. 동물에 의한 살인. 축음기에 의한 알리바이. 단서가 남지 않도록 단검을 총기나 그 밖의 발사장치로 쓰는 일. 심령학 집회나 유령을 써서 범인을 공포에 빠뜨려 자백시키는 일. 범인에 대한 심리 연상 실험. 가짜 알리바이를 꾸미기 위한 허수아비, 위조지문 등등.

이러한 트릭을 다시 사용하는 작가는 독자의 인기나 존경을 바랄 만한 충분한 권리를 갖지 못했다고 할 수 있다.

반 다인의 이러한 견해에는 수긍이 가는 점도 있고, 또 그의 작품과 대조해 볼 때 모순되는 부분도 있다. 그러나 그에게는 무엇보다도 이러한 기치를 뚜렷이 들고 실행하려는 의도가 넘치며 그 목표를 거의 이루어 거대한 발자취를 남긴 점에 있어 아무도 이의를 말할 수 없을 것이다.